大银幕上的
斯蒂芬·金

[英]马克·布朗宁 著
Mark Browning

黄 剑 姜丙鸽 译

世界图书出版公司

北京·广州·上海·西安

图书在版编目（CIP）数据

大银幕上的斯蒂芬·金 /（英）布朗宁（Browning,M.）著；黄剑，姜丙鸽译 .—北京：世界图书出版公司北京公司，2015.7
书名原文：STEPHEN KING ON THE BIG SCREEN
ISBN 978-7-5100-5774-8

Ⅰ.①大… Ⅱ.①布… ②黄… ③姜… Ⅲ.①斯蒂芬·金—长篇小说—电影改编—研究
Ⅳ.① I712.074

中国版本图书馆 CIP 数据核字（2015）第 153924 号

大银幕上的斯蒂芬·金

著　　者：［英］马克·布朗宁（Mark Browning）
译　　者：黄　剑　姜丙鸽
责任编辑：郭意飘　陈俞蒨
排版设计：刘敬利

出版发行：世界图书出版公司北京公司
地　　址：北京市东城区朝内大街 137 号
邮　　编：100010
电　　话：010-64038355（发行）　64015580（客服）　64033507（总编室）
网　　址：http://www.wpcbj.com.cn
邮　　箱：wpcbjst@vip.163.com
销　　售：新华书店
印　　刷：北京博图彩色印刷有限公司
开　　本：787 mm×1092 mm　1/16
印　　张：24
字　　数：380 千
版　　次：2016 年 1 月第 1 版　　2016 年 1 月第 1 次印刷
版权登记：图字 01-2013-3091

ISBN 978-7-5100-5774-8　　　　　　　　　　　　　　　定价：59.00 元

目录
CONTENTS

我太惊讶了，你写得那么好，那么细致。我原本以为会看到比想象中更多砍砍杀杀的东西。①

为什么制片人认为是作者把一切完全搞错了，而把自己的生活弄得那么艰辛？②

亲笔签名的人

2007 年 8 月，有人举报在澳大利亚爱丽丝泉一家名为戴莫克的书店里面有一名男子的形迹十分可疑，公然在几本斯蒂芬·金的小说上乱涂乱画。后来，书店经理即斯蒂芬·金的粉丝，比福·埃利斯认出

---

① 杰拉德·奥林用这句话来描述迈克·安瑟林的写作。
② 塞巴斯蒂安·福克斯. 恩乐比. 伦敦：古书出版社，2008：36.

那正是金本人。肖恩·伯克评价说："金谈到他的这个即兴签名的嗜好，在作品上签名，把它标记成自己的，尤其是在他为了筹备《绝望》（*Desperation*，1996）一书而进行的跨国旅行途中，这似乎对他很重要。这就反映出了亲笔签名重要的文化意义。"[①] 以"理查德·贝克曼"为化名出版的几本书虽然销量尚可，但直到附上了"斯蒂芬·金"这块金字招牌后，那些书才真正成为了畅销书。收录在《四季奇谭》（*Different Seasons*，1982）中的故事《呼吸呼吸》（*The Breathing Method*），讲述了一个私人俱乐部定期聚会的事。在故事中，金通过 D.H. 劳伦斯和乔叟的方式表达出了"重要的是故事，而不是讲故事的人"这样的观念。通常，金对于他的个人经历与小说之间的联系展现得十分谨慎。他非常认可约翰·欧文的看法，即作家能提供的似乎只有谎言。

然而，金在写作方面一直坚持一种毋庸置疑的导演主创论。这种导演主创论的持续存在，主要表现为在电影课程中的普遍存在。尽管有像罗兰·巴特这样的人物多次试图消灭这种理论，但它还是一系列仍在发挥作用的概念网。[②] 就金的作品而言，他第一部直接提到电影的作品《走进电影的斯蒂芬·金》（*Stephen King Goes to the Movies*，2009）包含了五部之前出版的小说，即影片《肖申克的救赎》（*The Shawshank Redemption*，1994）、《1408 幻影凶间》（*1408*，2007）、《猛鬼工厂》（*The Mangler*，1995）、《玉米田的小孩》（*Children of the Corn*，1984）以及《亚特兰蒂斯之心》（*Hearts in Atlantis*，2001）的文学基础。实际上，他是在追溯那些最初营销时没有与"斯蒂芬·金"这一品牌强有力地结合在一起的电影作品，对它们进行二度创作。然而，值得注意的是，这些影片的剧本都不是由金本人创作的。

---

① 肖恩·伯克. 作者：从柏拉图到后现代. 爱丁堡：爱丁堡大学出版社，1995：53.

② 蒂姆·安德伍德，查克·米勒. 梗概：与斯蒂芬·金关于恐怖的对话. 纽约：麦格劳 – 希尔出版社，1988：17.

不论是小说、短篇故事，还是剧本，不管关于著作权有着怎样的争论，本书谈及的影片都是在金授予著作权之后制作出来的。因此，虽然以统一方式出现的改编理论并非处处适用，但它与书中的影片还是有一定关联的。我已经在其他地方探讨过改编理论的历史背景，包括西摩·查普曼等人所提出的媒体特定假设方面的缺点，因此，此处我便不再赘言。① 但是总的来说，方法不外乎以下几种，要么是乔治·布卢斯通关于特定媒体特征的正规系统之间的比较，这一方法侧重于对书面文本的忠实程度，要么就是强调风格差异性的导演主创方法。

从历史上来看，利维斯派已经明确趋向于认为书面形式比视觉形式更有价值，传统媒体要优于新媒体，单个作者要高于整个行业工序（这很容易忽略一个事实，即单个作者并非孤立的存在，因为他也是整个出版行业的一部分）。正如黛博拉·卡特梅尔和伊梅尔达·威雷曼所说的那样："只有当小说家在无需考虑作品商业价值的情况下，通过个人孤独的努力来表现自身的独特视角时，才能写出高艺术水准的作品。这样先入为主的想法目前依然存在。"② 然而，金在职业生涯的很长一段时间里，他一直都在努力赢得评论界的认可。2003 年，哈罗德·布鲁姆等知名人士公开表示反对授予斯蒂芬·金"国家图书奖"这一荣誉。金一直以来的畅销书作家身份被认为与"艺术"不相匹配，也就是说，商业上的成功被评论家们看作是对审美价值的诅咒。他的作品时常被公共图书馆和学校图书馆拒之门外，同时他还经常受到诋毁，被视为流行文化淡化的表现。③ 根据金作品改编而成的影片甚至

---

① 马克·布朗宁. 大卫·柯南伯格：作者还是制片人？布里斯托尔：知识丛书出版社，2007：26-32.

② 黛博拉·卡特梅尔，伊梅尔达·威雷曼. 改编：从文本到银幕，从银幕到文本. 伦敦：劳特里奇出版社，1999：6.

③ 乔治·比姆. 斯蒂芬·金指南. 伦敦：富利出版社，1991：75-95.

要遭受双重审查。在那些苛刻的精英评论家们看来，这些影片属于一种历史地位比较低的电影亚类（恐怖电影）。此外，这些影片改编自一名畅销书作家的流行文学。然而，在区分艺术高雅与低俗的概念中一直存在着一种奇怪的延续。当金的作品被改编之后，尤其是被那些广受欢迎的知名导演，诸如斯坦利·库布里克改编成电影之后，影片获得了比金的原作更高的文化地位，比如库布里克执导的电影《闪灵》（*The Shining*，1980）。

尽管布莱恩·麦克法兰将其描述为一种 "被忠诚问题困扰"的倾向①，目前似乎依然存在评论家无休止地落入这种反复评论忠诚度的陷阱之中，他们使用狭隘的、性别化的词汇（通常基于"背叛"和"忠诚"的概念）对其进行评价。"忠诚"的概念，就像在浪漫小说或者色情小说中那样，它是非常不固定的，在很大程度上取决于某一特定时刻的上下文中。当作家们谈到忠诚于"这种精神"或者"文章精髓"时，就好像这是被大家公认的那样，而在这种情况下，"忠实"的概念就会变得更加不固定。事实上，理论家们对此已经哀叹得够多了，是时候提出一些更有建设性的方法来走出僵局了。

最终，基于媒体特定问题的争论，即在特定的表达形式下，不论电影还是文学都天生有效。根据詹姆斯·纳摩尔和罗伯特·斯塔姆等理论家们的观点，一种更高效的方法诞生了，即运用巴赫金的对话理论和互文性机制②来进行讨论和分析。斯塔姆的方法受到了巴赫金理论的影响，即任何话语和"交际话语的整个矩阵中，艺术文字所处的

---

① 布莱恩·麦克法兰. 从小说到电影：改编理论简介. 牛津：牛津大学出版社，1996：8.
② 米哈伊尔·米哈伊罗维奇·巴赫金是俄国现代文学理论和文学批评的重要理论家。他提出的重要概念包括对话理论（dialogism）、众声喧哗（heteroglossia）、狂欢荒（carnivalesque）以及时空观（chronotope）等。在文学理论方面，巴赫金继承了俄国结构主义学派，但是他仍然试图以文本以及围绕文本文化中的一系列固有结构为途径，去理解对话中的文学意义。——译者

位置"都有其内在的联系，这一方法后又被《现状》杂志 ① 的诸如朱莉娅·克里斯娃等人发展到"互文性"的概念领域中去。金在采访中经常提到他在写作时会播放嘈杂的摇滚乐，并且在他的作品中充满了各种当代流行文化的参照（以至于这已经成为他作品中的常规特征了）。其他作家，如布雷特·伊斯顿埃利斯，他也会借用金这种品牌商标的做法，但他更多是出于对消费主义的模仿而不是金所独有的"标签主义的伪装特征"，即把小说放到一种被认可的文化中的简单方法。②这也是本书的论点之一，即改编电影从自身实力来说是非常值得研究的，或者更确切地说，斯蒂芬·金的改编作品代表了互文语境中一种独特的作品形式。也有一些作家，他们的作品更是被频繁地改编，比如莎士比亚等，虽然他们的作品数量有限，但是却被反复改编成许多不同的版本，比如十九世纪的小说家查尔斯·狄更斯、简·奥斯汀和托马斯·哈代等。本书研究的影片是独特的，因为它们是改编自电影时代出现的作品，并且能够快速反映出与影像活动相关联的流行文化。

托马斯·里奇的改编"语法"描述了从文本到大银幕所有环节的可行性选择，包括调整（压缩或扩展文本）、叠加（引入新材料）、定植（改变设定和年代）、衍生注解（改编过程中使用自发的注释）、模仿和拼贴，以及二度或三度改编。里奇认为"互文性会以层出不穷的方式拒绝改编……目前并不存在任何标准的改编模型"，因此他提出了一个灵活的可能性选择范围，而不是一个指令性的清单。③ 里奇

---

① 《现状》杂志（Tel Quel），二十世纪六十年代至八十年代初发行于法国的一本先锋文学杂志。——译者

② 托马斯·泰西. 恐惧当道：斯蒂芬·金的小说和电影. 诺瓦托：安德伍德–米勒出版社，1988：74.

③ 托马斯·里奇. 电影改编及其质疑. 巴尔的摩：约翰·霍普金斯大学出版社，2007：126.

让我们参与到"主动识字"的过程中去，这是一种更为灵活的、可实现的忠诚概念，一种激发出讨论而不是压制灵活性的想法。① 这种意图令人钦佩，当然，正如尼尔·辛亚德提醒我们的那样，"改编一部文学作品，并且将其搬上大银幕，这本质上就是一种文学批评"，其过程应该有助于阐明这个源作品和基于原作改编而成的电影。② 无一例外，所有改编自金的电影都意识到了这一点，这是由于他无与伦比的全球畅销书出品人的地位，也因为在营销他的作品时，无论书名还是金高调的个人亮相，都彰显了他的作家身份。有相当多的观众都读过金的作品，若不是使用作品内容作为特定改编的基础，那么观看这样一部电影就变成了对电影改编和题材的赏鉴了。

然而，对于本书中所提到的改编情况，里奇的许多分类（比如定植）并不适用，而那些适用的分类（如调整和叠加）往往会进入注重忠诚度的死胡同中。热拉尔·热奈特的叙事学概念提出了一个更加富有成效的评论性框架，它更侧重于探讨改编策略将会实现怎样的功能。这提供了一种精准而又积极的方式来思考文字和电影之间的关系，特别是术语"跨越式互文"，它指的是"所有那些放在一部作品中的东西，不论是明显的还是隐含的，都和其他作品有所关联"。根据热奈特的分类，这种"跨文本关系"存在五种类型：互文性（intertextuality）、元文本性（metatextuality）、类文本性（paratextuality）、统文本性（architextuality）和超文本性（hypertextuality）。③

① 托马斯·里奇. 电影改编及其质疑. 巴尔的摩：约翰·霍普金斯大学出版社，2007：92.

② 尼尔·辛亚德. 拍摄文学：电影改编的艺术. 贝肯纳姆：克鲁姆·赫尔曼出版社，1986：1.

③ 互文性：指两篇或几篇文本共存所产生的关系，可以简化为"一个文本在另一个文本中的实际存在"，手法为引用、抄袭和暗示。
元文本性：指一个文本和它所讨论或评论的文本之间的关系。——译者

以电影《秘密窗》（*Secret Window*，2004）为例，问题化的叙事结构迫使观众重新考虑意义产生的途径，不只是在特定的影片中，同时也在其他电影中寻找相似之处，因此这种文本的相涉性因素也能促进互文性。人们已经意识到电影文本和其他作品之间的互文参照，比如电影《鬼作秀》（*Creepshow*，1982）就把一个动画形象的"食尸鬼"直接展现给观众，从而令观众联想到元文本性。这也是金的作品改编在很早以前就出现过的一个特征，其中明显的文学参照，通过极具趣味性的设置，可以轻易地被评论家们所发现。电影《猫眼看人》（*Cat's Eye*，1985）在开场的五分钟里，在视觉上大量借鉴了《狂犬惊魂》（*Cujo*，1983）和《克里斯汀魅力》（*Christine*，1983）。影片《舐血夜魔》（*Sleepwalkers*，1992）中则出现了许多当代恐怖片导演在电影中"跑龙套"的画面。在电影《危情十日》（*Misery*，1990）中，金本人也露了个脸，他扮演了一名十分理想主义的英雄，并且出现在了一本历史言情小说的封面上。观众通过发现这些参照的数量可以衡量出他们对于斯蒂芬·金品牌的忠诚度。一个更高水平的元文本性发生在《危情十日》的情节主线中，即安妮·威尔克斯不惜一切代价想要成为作家保罗的头号粉丝。

类文本性指的是那些超出作品本身的、对影片意义产生影响的因素，例如作者、导演自身的意见等。金常常接受谈话节目以及各类出版物的采访时，他都很乐意谈论他的最新作品，以及他最近在看的书籍和电影。作为大众品位的仲裁者，他在《娱乐周刊》的专栏里随处可见的评论自然让人难以忽视，然而其中的一些电影评论是否精确还有待商榷。

统文本性指的是文本的标题所表明的意义。本书提及的大多数改编电影几乎都保留了它们最初的文学标题，这表明对于电影公司来说，与原书作者保持密切的联系十分重要。即便是那些不常见甚至不实用的标题，比如《丽塔·海华斯和肖申克的救赎》（*Rita Hayworth and the Shawshank Redemption*），电影公司也会选择对原标题进行压缩，而不是彻底改变。但电影《伴我同行》（*Stand by Me*，1986）则是一个罕见的例外，小说的标题为《尸体》（*The Body*），这也反映出在金的职业生涯中期，作家与影视公司之间的权力平衡，影片以一首全球流行歌曲的名字命名，以达到一种势不可当的营销效果。

超文本性描述了一个核心或"超文本"与"假设文本"之间的关系，即对之前文本进行的某些修改。大多数商业电影的播放时间就决定了在把一部小说改编成电影的过程中必须要删掉很多文字。斯塔姆认为，改编的过程可以看作是"经过一系列复杂的操作把源小说转变成假设文本的过程，即选择、放大、具体化、现实化、批判、外推、模拟、普及"。

热奈特的几个概念可以同时运用。影片《伴我同行》剧情背景当中（寻找一个小男孩儿的尸体）一些零散的元素是基于金童年时期的一系列真实事件（类文本性）创作而成的，标题的改变是为了确保B.B.金同名歌曲的版权（统文本性）。而事实上，雷诺的·吉登和布鲁斯·A.埃文斯所写的剧本戏剧化地改编了金收录在《四季奇谭》中的短篇小说《尸体》（互文性）。更多的类文本意义是从音乐视频（演员们一起随着歌手跳舞）以及对片中年轻演员在后期悲惨的职业生涯的了解中获得的。

体裁理论

本书通过互文性以及与其密切相关的概念——体裁，以创新的视角来审视金的改编电影。在巴里·基斯·格兰特看来，"体裁"可以被定义为"那些商业化的电影，通过重复和变化，在熟悉的情境下，用熟悉的角色讲述熟悉的故事"①。其他理论家对于体裁的定义，如詹姆斯·纳里摩则给出了一个不太严格的定义："一种松散发展的论述和阅读体系，帮助作品塑造了商业策略和审美意识形态。"而罗伯特·斯塔姆甚至质疑"体裁"这一概念的有效性，并提出它可能只是一种学术评论构想。②然而，体裁概念并非只是一个术语，它对于电影制作和消费过程都是非常有价值的，而"重要"的含义在不同情况下或许存在些许的不同。对于影视制作人来说，体裁保证了现成的观众群，以及一种通过重复某些情况、主题和意象的集合，来迎合特定观众群的手段。越是接近现有的电影，制片人就可以更快、更容易地向其潜在投资合作伙伴解释他们想要拍摄的内容是什么。对于观众来说，体裁似乎提供了一种重复乐趣的承诺，令购买选择"更加安全"。对于电影研究者来说，体裁为那些看起来完全不同的电影提供了一种行之有效的方法，使主题、明星、思想观念和风格的选择相互联系起来。从商业意义来看，体裁定位是一种寻找重复快乐和创造重复销量的更加有效的过程。从学术意义上来说，如果体裁导致了单调乏味，那么自我实现的分类则是一种简化。本书以一种前所未有的方式来审视电影，批判地考量体裁这一概念，探讨体裁期望偏离如何导致独创性和附加的观影乐趣，或是带来困惑和失望。

威廉·怀特、托马斯·沙茨等理论家们有一个缺点，他们往往假设只有当对同一体裁内的其他作品产生反应，借鉴它们中的相当一部分作品时，体裁内部才会有所发展。③里克·奥特曼则提出跨流派"杂交"

① 巴里·基思·格兰特. 电影类型读者. 奥斯汀：德克萨斯大学出版社，1986：9.
② 罗伯特·斯塔姆. 电影理论：导论. 马尔登：布莱克韦尔出版社，2000：14.
③ 托马斯·沙茨. 好莱坞影片类型：公式，电影制作和好莱坞影城. 纽约：兰登书屋，1981：68.

中存在着更大的相似性。他的体裁观点是为了区分那些被他描述为"句法"（情节和主题）和"语义"（反复出现的迹象、地点，甚至是明星的存在）的元素。[①] 奥特曼有效地假定了体裁进化的分层方案，体裁开始于一些语义元素，但是只有当它们同时出现句法元素之后才会被认为是完整的体裁。在此临时借用达尔文的概念，如果体裁只是从他们自身的作品中进化的话，也就是说，那种进化过程可能需要很多年，但是通过体裁间的借鉴，更大的飞跃式发展则会变成可能。相应地，本书的研究是基于假设体裁发展，涉及借鉴、抄袭、模仿的过程——简而言之，与互文性有关。

巴里·兰福德等批评家们指出，当代明星和体裁电影的联系并不像二十世纪三四十年代的经典好莱坞时期那样紧密，但是即使拥有更大的财力和自己的制作公司，电影仍然存在体裁变化的核心制约因素——观众。[②] 体裁的概念与观众的定位和构建密切相关。大卫·威尔逊和肖恩·奥·苏利文提出了体裁发展的三个过程：新奇、常规化和耗尽。[③] 这导致了向常规化体裁添加新颖元素的微小变化，因此，那些被认为已经耗尽而实际上只是处于休眠状态的体裁又重新生动、活泼起来。简·福耶尔还注意到，同那些拥有和我们一样的特殊文化体验和品位的人共享视觉体验带来的愉悦感构成了一个"解释共同体"[④]。这可能会进一步发展成为电影公认的仪式性和行为，与诸如《洛基恐怖秀》（*The Rocky Horror Show*，1975）或者是《音乐之声》（*The Sound of Music*，1965）之类的影片相匹配。但是尽管如此，体裁电影

---

① 里克·奥特曼. 美国电影音乐. 布鲁明顿：印第安纳大学出版社，1989：71.

② 巴里·兰福德. 电影类型：好莱坞内外. 爱丁堡：爱丁堡大学出版社，2005：2.

③ 大卫·威尔森，肖恩·奥·沙利文. 禁闭的图像. 布里斯托尔：水边出版社，2004：34.

④ 罗伯特·艾伦. 论述的途径及重新组合：电视与当代评论. 伦敦：劳特里奇出版社，1992：144.

作为一种文化身份的证明的确发挥了重要作用。根据索尼娅·利文斯通的观点，不同的体裁对应了文本和读者之间将要进行协商所得出的不同“合同”……以及交际性框架（如参与者、观众的力量、文本的开放性以及读者的角色）。①

然而，如何平衡就成了一个问题。如果影片不去尝试对常规化的体裁进行一些扩展延伸，观众可能就会觉得叙事太容易被猜到，没有新意，不值得观看。如果影片“跑得太远”，偏离了常规体裁，观众可能又会感到失望、困惑，甚至是非常愤怒。在斯蒂芬·金的改编作品中，制片人和消费者之间的协议似乎很少起到作用。我们会发现，尽管观众期待的是一部恐怖片，但影片实际上却并未满足那些体裁期望。影片要么是在可预计的体裁范围内，毫无新意，而更多的时候，影片更深层的结构甚至一点都不恐怖。

大卫·波德维尔曾经谈到，观众按照体裁的不同把电影定位成一系列“框架”动作的过程，这个暗喻有点像《银翼杀手》（*Blade Runner*，1982）里面的戴克通过科技手段搜索一段影像，并对其不同的部分进行放大。② 然而，要想让体裁电影获得成功，让它们符合观众的心理预期，这也需要观众拥有足够的体裁类型知识去理解和欣赏某一特定文本是如何创作，甚至是挑战传统的。然而，当亚类体裁被使用并逐渐过时之后，比如狼人或者木乃伊电影，这一过程就变得相当困难了。再次使用“伪达尔文”术语，电影体裁需要包含一种新奇的元素来扩展影视形式，并保持其鲜活性。但这并不意味着这一不断完善的过程最终会产生某种体裁的典型范例。体裁类型的变化与观众

---

① 马克·R.利维，迈克尔·古伦维奇. 定义媒体研究：对现场的前景的反思. 纽约：牛津大学出版社，1994：252.

② 大卫·波德维尔. 获得意义：电影解读中的推理与修辞. 剑桥：哈佛大学出版社，1989：146.

密切相关，因为他们是令体裁存活下来的基本因素，从某种意义上来说，他们是一部影片存在的"环境"。实际上，体裁消亡，就是它们不能被充分改变以找到所需的寄托——愿意买单的观众。矛盾的是，体裁的概念帮助我们简化并编纂新的、潜在的、复杂的视觉体验，但与此同时，体裁正酝酿着产生改变，诸如亚类体裁，可能演变成为完全成熟的体裁，并进一步休眠或者完全消亡。酝酿改变的力量和持续下去的力量相互作用。使用托马斯·沙茨的体裁隐喻作为一种语法形式，可能它看起来似乎没有多少共识，甚至对斯蒂芬·金小说的改编语法是什么也没有多少理解，或者可以这样说，在观众期望与那些经过包装以符合金的品牌的影片之间并不匹配。[①]

对于体裁电影的批评可能表明，在某部单独的电影中并没有充分的内容引人注意。然而，我们也可以说，让体裁电影变得有意义的过程实际上更加复杂，因为在对某一文本进行解释和质疑的行为甚至在我们观看影片之前就已经开始了。可以说，相似的形式令我们更加关注内容的独特性。体裁变成了一种速记，它借鉴了观众以往的经验，更快并且更深入地创造出意义，甚至还有可能包括相反或者讽刺的意义。体裁这个概念意味着影片的意义主要是通过与其他影片的联动产生，也就是说，它们在本质上是互文的。

与此相关的还有观众可以获得什么样的乐趣。观众常常会关注一个已知的特定书面文本是怎样被改编成电影的，所以制作方对于变化（或改变）的一些考虑就显得十分重要。然而，有些影片要么并未与金密切相关，要么就是我们从来都未听说过。在这种情况下，更显著的问题则是体裁共通，即在风格和内容上，电影是如何成功地使用已知惯例，并基于那些熟悉的内容建立并迎合观众期望的。勒内·韦勒

---

① L. 布劳迪，M. 科恩. 电影理论与批评. 纽约：牛津大学出版社，2004：691–702.

克和沃伦·奥斯汀认为："完全熟悉并且重复的模式是枯燥的，完全新颖的形式是不知所云而无法想象的。"[①] 尽管他们指的是文学而不是电影，但却与此处密切相关。识别的力量也不容小觑。通过一种观众识别的电影形式，提供一些参考，只有那些拥有共同经历的观众才能够意识到，这样就会产生一种强大的、周期性的观影需求。在这里，改编电影利用了观众的欲望和记忆，使其出现一种超出单纯识别而产生的同情或逃避现实的感觉。托马斯和薇薇安·索伯恰克观察发现，当代导演和观众都"更加敏锐地意识到电影流派成就了神话制造"[②]，这一观点确实可以接受，这适用于电影《肖申克的救赎》，其上映以来一直被当作一个令人鼓舞的文本。这种梦幻般的、几乎是神话的结束场景给出了一种梦想实现的强有力的元素——不仅对于小说角色来说是这样的，还包括那些想要逃离充满限制生活的观众们。更加苛刻的叙述可能产生仍待解决的困惑和问题，进而构成了认知的乐趣。影片《肖申克的救赎》就是最好的例子，因为我们就像小说中的角色一样，不得不努力用已知的信息来解释安迪最终是如何逃脱的。《热泪伤痕》（*Dolores Claiborne*，1995）中的桃乐丝是怎么逃脱起诉的？在这两部作品叙事中都有警察介入详细调查并寻找证据和线索。

体裁理论和恐怖

构成恐怖片的要素有哪些？人们很容易认为这一问题已有答案。

---

① 勒内·韦勒克，沃伦·奥斯汀. 文学论之文学体裁. 哈蒙兹沃斯：企鹅出版社，1963：235.

② 托马斯，薇薇安·索伯恰克. 电影介绍. 波士顿：布朗出版社，1980：245.

然而，恐怖片是一种含有诸多亚类的多样化体裁，比如狼人电影、吸血鬼电影、僵尸电影、鬼屋／魔鬼电影、砍杀电影、怪兽电影、血腥暴力电影、末日电影以及生存探险类电影等。事实上，恐怖片如此多元化，任何试图容纳所有亚类的单一理论都不太可能完全有效或者具有说服力。同样地，当一些惯例只适用于影片的某些部分时该怎么办？若我们假设金的大部分作品都是基于恐怖体裁的，那么这可能只是一个十分无聊的猜测。然而仔细观察一下，情况并非总是如此。例如影片《闪灵》和《狂犬惊魂》，尽管两部电影中都存在一个可怕的高潮情节，但影片四分之三的篇幅则更像是一出家庭剧。事实上，在这两种情况下，最后关键部分的力量是把家庭成员（无论是父亲，还是值得信赖的宠物）本身变得恐怖、可视化，并攻击其所来自的群体。

体裁标记通常基于一些关键的标准：情节、位置、预算、意象，以及关键表演的存在，体裁特有的特征（如背景音乐和特效），甚至是生产要素（如锤子营造的恐怖感）。然而，尽管存在一个相当原始的体裁惯例清单——如坏人的存在、孤立的环境、暴力画面和死亡的场景、超自然的存在，等等。一般来说，这些对于许多可能被视作恐怖片的电影来说并不够，这些特点可能在其他类型片中显得更加明显，比如剧情片和西部片。

我已经在别处回答了用心理方法来营造恐怖感的缺点，但在这里，特别是罗宾·伍德声称的其他被限制在恐怖体裁下的清单（女人、其他文化、民族、交替的意识形态或政治制度、儿童及性规范的差异）不能被看作本书所讨论的电影改编的怪物来源。[①] 例如，本书中只有不到一半的影片中存在着一个被视为怪物的实体，并且很多都是人类角色，只是在电影中显露了他们怪物性的一面。在十部电影中，至少

---

① 安德鲁·布里顿，理查德·利珀，托尼·威廉姆斯，罗宾·伍德. 美国噩梦：恐怖电影随笔. 多伦多：节日出版社，1979：7-28.

有九部电影中的恐怖都是不明确的。把恐怖理论应用到《肖申克的救赎》《伴我同行》以及《天才除草人》（*The Lawnmower Man*，1992）这样的作品中毫无意义。在本书的第二章和第三章中，我们讨论了让大多数观众都感到恐怖的电影。在阐释这些影片时，我们都用到了恐怖理论。

如果说这里的电影改编缺少怪物的话，那么在安德鲁·都铎《怪物和疯狂的科学家：恐怖电影的文化中》一书中，这种案例更是少得可怜。[①] "科学怪人"指代那些利用科学释放出不可控力量，并不停地发泄自我、报复世界的人。几乎没有几部电影中塑造出了"科学怪人"的鲜明例子。《天才除草人》中的劳伦斯·安吉洛博士是一名科学家，但却没有受到权力欲望的驱使。《凶火》（*Firestarter*，1984）中的霍利斯特队长不是科学家，但他却试图利用科学来达到自身的目的。在这些影片中，科学已经超出了自身的界限，但却并没有出现疯狂的科学家，也没有任何可见的创造行为。

恐怖片希望表现那些不可说的、不被社会所接受的东西，探讨那些出格的、禁忌的行为（通常会在片尾重申社会规范）。恐怖片把人们对失去的恐惧视觉化：失去生命、自我、家庭、身体、理智或者希望。它戏剧化地表现了如果将其中的一个或多个元素从我们的日常生活中移除，生活将会变成什么样子。然而，不同于大部分的当代恐怖内容，本书涉及的这些电影改编很少具有色情、暴力内容。在过去的三十年里，观众的观影习惯和口味已经发生了巨大改变。透过当代恐怖片的视角，我们可以看到大部分根据金的作品改编而成的电影都看起来相当温和。那些被《电锯惊魂》（*Saw*，2004）之类的影片唤起的狂虐、杀害等残酷乐趣的观众很难对《鬼作秀》产生类似的反应。这是否传达出了一部

---

① 安德鲁·都铎. 怪物和疯狂的科学家：恐怖电影的文化史. 剑桥：罗勒布·莱克韦尔出版社，1989：119.

分文化品位的转移，这仍然不明确，但有一点很清楚，金的改编作品将很难在强调暴力画面的恐怖市场中占有一席之地。

本书的目标

分析电影改编时，本书在理论方法上采用了热奈特的术语名词，但只针对影视互文性和体裁的具体背景。本书的目的并不是提出或重申固定的分类法，那样可能会使本书成为单纯的体裁罗列。本书探究的是文本的潜在意义、影视化或文学性内容，只有在与其他文本进行互文时才能够被完全理解，并且达到满足、挑战或超越体裁期望的程度。关于斯蒂芬·金的研究，这是一个完全被忽略的领域，对其进行研究，有利于我们理解为什么有些文学作品改编成的电影如此成功，而有些却寂寂无闻。通过深入研究，我们发现许多观众对这些电影存在不准确的体裁期望，也就是说他们的期望与电影本身并不匹配。针对这一问题，在本书中，我们对影片的商业性和批判接受方面进行了探讨。

在研究过程中出现了一些十分有价值问题，人们质疑为什么会有人研究这些看起来质量很差的电影。关于"烂"电影的争论，要参考杰弗里·斯康思关于"类电影"的说法。在过去的十年中，不断有关于垃圾美学的论文发表，大学也不断开设关于小众电影和边缘化影片的课程。斯康思把类电影定义为"一个非常有弹性的文本分类，它不仅仅是一个独特的电影群体，更是特定的阅读协议，是一种具有反审美倾向的亚文化敏感性，专研于文化碎屑的所有方式"。其中，类电影文化的明确体现是对所有形式的影视"垃圾"进行限定，尽管该类影片已经被正统电影文化明确地拒之门外。

然而，尽管存在这样一个宽泛的定义，并且本书中的大部分影片都比看上去更具创新性，并显示出强烈的体裁特质和互文性元素，但金的作品改编几乎没有用到这种方式来进行解读。因为它们很少违反"阅读协议"（它们不激发狂热、群体性仪式或粉丝虚构），也不以剥削、明显的色情暴力或是离经叛道，甚至是古怪的叙事为电影特征。金的作品改编很少青睐开放式结局，并且不论从意图、形式、环境展示，还是文化地位上都与"类电影"毫无关联。套用斯康思最近一本书的说法，这些改编并没有导致品位、风格或者政治的边缘化——更确切地说，完全相反，这些改编的内在是面向影视观众的主流娱乐观念的。[①] 奇怪的是，金有两部改编作品是最接近主流观念的，《肖申克的救赎》在二十世纪九十年代以录像带的形式被大众广泛接受，而库布里克执导的《闪灵》更引起了学术界的强烈反响，学术界试图将其置于导演毕生的成功作品之列。这两个案例分别从流行性和学术性的角度揭示了金改编作品所获得的成功，其中的神秘力量值得我们探寻。

在全书的讨论中加入《坟场禁区》（ *Graveyard Shift*，1990）和《鬼作秀》之类的影片基于如下原因：首先，这完善了金的作品的改编范围。本书的研究并非从一开始就设定了一个预判，再选择相应的电影作为例证（这是如今文学评论的做法）。其次，对那种不仅存在于文学和电影之间，还存在于不同的作者和影视体裁之间的高级／低级的艺术划分方式产生的质疑非常重要。琼·霍金斯对斯康思的类电影概念进行了细化，认为"高级文化正是从低级文化所特有的、相同的图像、修辞和主题上获得优势的"，这很可能会模糊两者间的区别甚至使其

---

① 杰弗里·斯康思. 丑闻艺术家：电影的品位、风格与政治边缘的电影. 达勒姆：杜克大学出版社，2007：23.

彻底消失。① 本书涉及的一些影片，由于人们对金的小说进行过质量上的预判，事实上，任何改编电影都是如此，特别是恐怖体裁改编。最后，也是最重要的一点，它是这本书中的争议之处，即有些电影被判定为比较差的电影，因为它们未能给予观众所期待的那种特定体裁的乐趣。

就像斯康思提出的通过研究"烂电影"来更好地理解"好电影"的观点那样，体裁元素通常只有在我们看到该体裁的元素缺失或者没能有效发挥作用时，才能更好地被理解。尽管没有被划分为类电影的范畴之内，但书中提及的影片在改编过程中的确显示出了体裁和互文性的问题：在理论领域它们通常都是被单独研究的，但是又不可避免地被联系在一起。就像皮埃尔·布尔迪厄所指出的那样："没有一部电影可以摆脱正统电影的层次划分，因为一个文化对象的具体意义和价值在其所处的不同对象系统中是有所变化的。"②

斯蒂芬·金是全球畅销书作家之一，他拥有非常庞大而忠实的读者群，并成功保持了三十多年。然而，关于他的改编作品，一直都存在一个奇怪的谜题：为什么有那么多斯蒂芬·金的作品被改编成电影之后却被认为是"令人失望的"？更具体地说，为什么这位畅销书作家的部分作品没有变成世界上最赚钱并且广受好评的电影？仔细思考的话，对作者而言似乎这种电影改编不断增加的重要假设常常是错位的，甚至在应用过程中也往往被表述为一个事实，而不是真正从电影本身得出的分析——这也正是本书想要提出的问题之一。

任何试图把斯蒂芬·金的作品或者基于其著作的电影全部包含进来的做法都存在一个明显的问题，因为他是如此多产，并且他有着如

---

① 琼·霍金斯. 前沿：艺术恐怖和恐怖的前卫. 明尼苏达：明尼苏达大学出版社，2000：3.

② 这里的"对象系统"带有"体裁"的意义。

此多的活动，以至于几乎每天在官方或者非官方的网站上都会有新的消息，宣布一部新的小说的进展或者对其电影改编的更新，以及某些和金相关的新作品，因此任何对于他的研究几乎都存在一个天然的过时性。

现有的评论文学

很明显，现在已经出版了很多关于斯蒂芬·金的书，这也证明了读者兴趣的力量。斯蒂芬·琼斯的《鬼作秀：图解斯蒂芬·金电影指南》（*Creepshow: The Illustrated Stephen King Movie Guide*，2002）是一本简单汇总并且对电影进行粗略评级的图书。斯蒂芬·斯皮内斯的《纯粹的斯蒂芬·金》（*The Essential Stephen King*，2001）和乔治·比姆的《斯蒂芬·金从 A 到 Z：他的生活和工作百科全书》（*Stephen King from A-Z: Encyclopedia of His Life and Work*，1999）都是专供大家参考使用的。斯坦恩·怀特等人著作的《斯蒂芬·金全集》（*The Stephen King Universe*，2001）则按照主题把金的作品汇总到一起，比姆的《斯蒂芬·金：美国最佳恐怖大师》（*Stephen King: America's Best-loved Bogeyman*，1998）大部分是对《斯蒂芬·金的故事》（*The Stephen King Story*，1994)的改写，包含金不断持续的个人传记。马克·克默德的《肖申克的救赎》（*The Shawshank Redemption*，2003）则专注于一部特定的电影，蒂姆·安德伍德和查克·米勒的《梗概：和斯蒂芬·金对话恐怖》（*Bare Bones: Conversations on Terror with StephenKing*，1988）以及比姆的《斯蒂芬·金指南》（*Stephen King Companion*，1991）则是对各种关于金的文章、采访和材料的汇总。有些书名涵盖了电影方面的内容：杰西·霍斯廷的《电影中的斯蒂芬·金》（*Stephen King at the Movies*，1986），杰夫·康纳的《走进好莱坞的斯蒂芬·金》（*Stephen King Goes to Hollywood*，1987）以及迈克尔·科林斯的《斯蒂芬·金的电影》（*The Films of Stephen King*，1986）现在已经出版二十多年了，并且通常都已经绝版了。自 1976 年以来，平均每年都有两部金的改编作品问世，因此还存在大量有待研究的材料。

康纳的研究涵盖了十三部影片，采用了典型的研究模式：剧情梗概，创作历史，一般性意见和最初评论界的反应，通常以金自己的结论为准——好像那就是最终判定一样。书中还存在重复的文字引用放在每章的开头部分，这更倾向于一种"小报式"的语言，例如"……以及影视指导谈到的所有其他重要的剧本材料"[①]。科林斯的书中只涵盖了十一部电影，并且试图把重点放在金的文学作品发生的改变上，正如两本书的标题所暗示的那样，带有一种金的所有权以及影响在里面，同时这两种研究都有一个支撑理念，即所有的电影改编都或多或少地被完美"诠释"。对于改编质量的排名位置存在不断地洗牌和重新声明，但这却并不是从电影本身的细节中分析得来的。导演主创论是一个被普遍接受、毫无疑问的概念，当一些电影被教条似的形容为"金的影片"（例如《鬼作秀》），而其他一些电影则被看成不过是对"金的原始著作理念"的透明稀释。[②] 金自己也逐渐意识到"作为一位独自一人在屋中写作的作家，一旦走进了好莱坞电影，作家就不再是那个掌控一切的人了"[③]。同时，他还清楚地看到，阅读需要"一定程度的智能化"，他说这种需

---

① 杰夫·康纳. 走进好莱坞的斯蒂芬·金. 纽约：新美国图书馆出版社，1987：110-111.

② 迈克尔·科林斯. 斯蒂芬·金的电影. 华盛顿：斯达蒙特出版社，1986：1.

③ 托尼·玛吉斯特尔. 好莱坞的斯蒂芬·金. 纽约：帕尔格雷夫·麦克米伦出版社，2003：11.

求经常需要服从于电影的观看。他试图从电影中提炼一些"金的东西"出来，但是却从来没有真正准确定义出那些东西到底是什么，并且经常在分析前就提出诸如事实的判定和结论。[①] 那种想要尽最大限度进行总结的研究，最终都被证实过于乐观。

甚至对于一些最近出版的书籍，例如像安·罗伊德的《斯蒂芬·金的电影》（*The Films of Stephen King*，1994）以及托尼·玛吉斯特尔的《好莱坞的斯蒂芬·金》（*The Hollywood Stephen King*，2003）等，假设书中所研究的这些影片的意义都是显而易见的，并把重点几乎都放在某一部影片是否"忠实"于金的本意，同时把该意图也假设为确定无疑的。那么，尽管拥有这样一个标题，但罗伊德的书更像是一本画册，玛吉斯特尔的书中实际上也只有不到一半的内容在谈论那些电影。他自己也在前言中承认，"我在理解影片细致入微的技术、语言、艺术方面还是很'菜鸟'的"，而且他还说："我把解释这些电影的任务留给……一个更擅长于该领域的学者。"[②] 书中的那些小说被描述为本质上优于电影并且很少考虑到电影作为其自身的艺术表现形式。总体来说，除了那些在上映时所写的评论，杂志或者书籍对于这些电影也缺乏任何详细的分析，尽管它们的标题一贯声称含有这些分析。从本质上讲，现有的作品要么是"粉丝式"的百科全书，要么就是美国英语教授为金的作品寻求主题统一并且为了他们开办的课程寻求学术信誉。正如斯坦利·怀特所坦诚的那样，"对于作者职业生涯中至关重要方面的权威书籍还有待出版"[③]。

---

① 杰夫·康纳. 走进好莱坞的斯蒂芬·金. 纽约：新美国图书馆出版社，1987：32.

② 托尼·玛吉斯特尔. 好莱坞的斯蒂芬·金. 纽约：帕尔格雷夫·麦克米伦出版社，2003：15.

③ 斯坦·瓦尔特，克里斯托弗·金，斯坦·瓦尔特. 斯蒂芬·金的世界. 洛杉矶：文艺复兴出版社，2001：462.

这些作品的标题都反映出它们背后的关键性假设。罗伊德和科林斯的书中都隐含从金的角度出发的所有权，而玛吉斯特尔和康纳都认为金的作品被改编为好莱坞电影，因此他在某种程度上也是电影魅力和成功的来源。比姆使金的作品更加个性化并把它们视作独特的个体产物，而怀特则强调金有一种包罗万象的世界观。罗伊德遵循了剧情大纲的基本模式，略微古怪的背景事实和特效细节，以及金对影片的自身"判定"，这些都明确给出了最终批准或批判的限度。书中提到了影片的主演们，并介绍了观众对他们的反应，但是却并没有解释出具体的原因，即那种效果是怎样呈现出来的。琼斯的书比罗伊德的书中包含更多的细节，但是最后依然倾向于模式化。每部电影都有一个剧情简介，其讲述了（有时十分详细）电影是如何制作完成的（例如，制片人是如何聚到一起的），通过几本影视杂志（通常是 *Fangoria*, *Shivers*，特别是 *Cinefantastique*）会给出一个简单的判定，同时附有一篇非常粗略的评论。书中的每部影片都有着十分有趣的背景，并且还关注了醒目的图像，尤其是从电影海报上截取的那些图像元素。作为一本画册，该书完成了其简要概括的使命，旨在从片段中完成阅读。该书同时还强调了背景信息，详尽介绍了那些引人注目的特效，并且还把重点放在那些以恐怖片影迷为目标读者的杂志上。本书并未分析电影的具体内容，但却暗含一种倾向，即从每个开篇的积极描述，演变到最后的讽刺，甚至以冷嘲热讽结束。在基调方面，每一部金的改编电影最初都受到了狂热的追捧，但最终整体感觉都是不断重复的失望。

在这些现有的作品中，玛吉斯特尔的书对金电影改编的学术探讨最为深远，并且提供了许多有价值的意见，铺设了一些重要的基础。然而，仔细阅读该书，其缺陷之处也非常明显。玛吉斯特尔承诺自己将会对二十五部影片进行分析，而最后他却只深入讨论了其中的一小部分。该书只是持续地对少数几部电影进行了评论，例如像《魔女嘉莉》

（*Carrie*，1976）和《闪灵》，以及其他影片中的某些部分，例如像《纳粹追凶》（*Apt Pupil*，1998）和《亚特兰蒂斯之心》等。但是总的来说，书中的焦点几乎都放在了文学来源以及有关人物行为含义的概括上。尽管如此，有趣的是这样的言论通常是没有任何证据作为前提的——对于大银幕上的实际分析，并且有时候到了一种我们不清楚玛吉斯特尔到底是在谈论原著还是影片的地步（金在该书开头的采访中谈论了电影方面的内容，尤其是原著与影片《魔女嘉莉》的关系方面）。对于金这样一位作家，存在落差是一件不可避免的事情。然而，尽管声称需要"放弃用于分隔艺术高低定义的迂腐而又似是而非的区别"，那些并非改编自文学作品的电影，并且在英语学位课程中很容易被忽略，但却在书中鲜有提及，例如取材于漫画文化的《鬼作秀》，采用原创电影剧本的《舐血夜魔》，取材于金的短篇小说《坟场禁区》的电影，或者是《猫眼看人》之类的合成电影，这种情况也削弱了得出任何结论的可能性（尽管实际上并不存在任何总结部分）。①

在玛吉斯特尔的研究方法中，他只是坚持不懈地关注影片对原文本的忠诚度以及不同之处，或者是对那些缺失的部分进行批评，但他却并不接受任何一个九十页的剧本必然不可避免地大量删去一部几百页小说中的内容这种做法。书中每一部分的基本框架都包含一个情节概要以及对过去评论家评论的肯定，但其主要焦点都放在了对原文本与电影之间的关系和他所领悟的金的作品中主题的分析上面，并把大量的篇幅放在了对小说的讨论上（与小说相关的文学批评上），而不是电影上面。同时，影片中的角色也被常规化地视为现实的心理实体，而不是虚构的概念。本书的组织结构围绕主题分类突出了一种把含义视为既定的方法，并且一次又一次地把角色的行为描述成显而易见的，

---

① 托尼·玛吉斯特尔. 好莱坞的斯蒂芬·金. 纽约：帕尔格雷夫·麦克米伦出版社，2003：77.

书中很少有评论是基于电影形式的，进而产生了一些虽然有趣但不能完全令人信服的断言。书中还有对技术和金的典型主人公进行分析的章节，尤其是家庭类型（对于孩子、母亲和父亲都有各自独立的章节进行分析）。玛吉斯特尔的研究方法是把他的文学分析扩展到电影上面：从影片中找到共同点，然后当该特征在影片中缺失的时候就把其看成是一个重要的缺陷。他能看到书中的复杂性并对它们进行探讨，但是因为他没能在电影改编中看到同样或是相关的特征，他就把它们认为是低劣的，就像德·帕尔玛拍摄的影片《魔女嘉莉》，该片"放弃了书中的伪纪录片的视角"［他很乐于分析这个特点，因为它与布拉姆·史托克 1897 年的《德古拉》（*Dracula*）很好地联系在了一起］①。

　　书中还存在对个别电影评论的引用，但却并没有表明那些主要人物像德·帕尔玛、卡朋特、柯南伯格甚至罗梅罗具有的重要背景，也没有迹象表明定位早已存在，简而言之，电影学是作为一门学科而存在的。因此重复地一次次提出某位导演的影响力最大，其实并没有什么特别的价值——该研究主要关注的是影片本身，而不是争论是谁把那些相比较而言的优点放在那里的。通过在开头部分对金的采访，玛吉斯特尔强烈表明，他认为金是以下各章中的作品无可争议的"作者"。玛吉斯特尔和科林斯都谈到了对于那些"忠实于"金的小说的影片，那些影片都可以被看成是"他的"，而对于那些"偏离"了金的原创小说的"艺术家"，比如库布里克，他犯下了不忠于原文本的罪。从一开始，玛吉斯特尔就指出，因为所有的文本都有一个共同的来源——"它们必须拥有那些重要的相似性元素"，但遗憾的是他却没有谈论

---

① 托尼·玛吉斯特尔. 好莱坞的斯蒂芬·金. 纽约：帕尔格雷夫·麦克米伦出版社，2003：23.

为什么必须如此。① 显而易见，他是盲目的导演主创论者，而他自己显然没有意识到这一点，公开表达"想要看到那些主题、人物、情景和叙事设计具有共同相似之处的电影"②。

　　玛吉斯特尔努力适应那些没有文学基础的影片，或者把那些影片与金最密切相关的恐怖体裁联系到一起，同时他还努力对影片的场景进行精确的分析（例如在影片《闪灵》中，他用了很多描述努力表达出情节主线的断裂以及高低视角的使用，以及在《纳粹追凶》中，他把重叠拍摄的过程描述为"影片的魔力"，甚至在描述 1999 年上映的《绿里奇迹》中，当摄像机移动到考菲脸上的时候，错误地使用了术语"摇摄"一词）③。显然，要想发展壮大，电影研究应该对其他学科的专业人士进行开放。想象一下，如果让一个不知道隐喻和明喻区别的电影研究学者贸然去研究莎士比亚、狄更斯或者是赫尔曼·梅尔维尔，将会有多少抗议的吼声。些许自嘲是一回事，但是玛吉斯特尔从一开始就宣布，他没有受过"电影研究方面的正规培训"，他的作品中只会涉及一半的可用材料，这似乎削弱了很多研究的有效性。④ 然而，科林斯早期的作品可能在范围上更加局限，确切地说他把焦点更多地放在了对影片本身的关注之上。玛吉斯特尔意识到历史赋予了金的文学作品比较低的评论地位，以及更广泛的恐怖体裁，但是他继续秉持了这一态度，并且忽视了像《鬼作秀》和《舐血夜魔》之类的影片。书中还存在对"大众粉丝的好奇心"和"观众喜欢去看金的电影改编"的假设，仿佛对于这些术语的可能性含义都存在一个

---

① 托尼·玛吉斯特尔. 好莱坞的斯蒂芬·金. 纽约：帕尔格雷夫·麦克米伦出版社，2003：5.

② 同上，第 31 页。

③ 同上，第 91–94。

④ 同上，第 110 页。

共识①。怀特、比姆和玛吉斯特尔使用的重要方法通常需要确定小说中的主题，然后在电影中去发现它们。不幸的是，这成为一种自我满足的预兆，从而产生了局部的、重复性的，并且有时具有高度选择性的描述，而不是对实际存在的东西进行分析。

《大银幕上的斯蒂芬·金》是第一本由影视专家所撰写的书，它将会对金的每一部改编电影进行深入探讨。这本书也是第一次详细评论《舔血夜魔》、《劫梦惊魂》（Dreamcatcher，2003）和《1408幻影凶间》，并且是第一次对组合电影进行分析，例如像《鬼作秀》《猫眼看人》和《大小精灵》（Tales from the Darkside，1990）等影片。本书的目的并非是把书中所有的电影都描述成伟大的杰作，而是突出强调具体的、特定的电影在满足观众的体裁期望时是如何以及为什么是有效的（或无效的）。本书侧重于研究如何透过电影研究金的小说，分析其改编过程以及一系列的电影体裁，同时明确地从影片本身的特质去研究电影，而不是一味质疑影片是否忠实于原文本而使本书变味。

作者身份作为一种品牌工具

在导演方面，几乎所有的恐怖片知名导演都至少尝试过一部金的小说：约翰·卡朋特的《克里斯汀魅力》，大卫·柯南伯格的《再死一次》（The Dead Zone，1983），布莱恩·德·帕尔玛的《魔女嘉莉》和乔治·A.罗梅罗的《鬼作秀》和《人鬼双胞胎》（The Dark Half，1993）。而且还有那些想要参演金的改编电影的明星们，例如像《绿里奇迹》的

---

① 托尼·玛吉斯特尔. 好莱坞的斯蒂芬·金. 纽约：帕尔格雷夫·麦克米伦出版社，2003：138.

主演汤姆·汉克斯，《肖申克的救赎》的主演摩根·弗里曼或者是《亚特兰蒂斯之心》的主演安东尼·霍普金斯，等等。当《魔女嘉莉》第一次出版的时候，那个时候的金还并未大名鼎鼎，布莱恩·德·帕尔玛的电影则把他的作品带到了全球观众面前。自那以后，金一直都清楚电影是如何把他的作品带给了更广泛的受众的。当然，这也给他带来了艺术上和经济上的优待，尽管他拒绝认为他的作品就是为了改编而撰写的，但他充分认识到了电影版权被出售是理所应当的事情。他声称："我从来没有创作过一部电影，但是我的所写以及在我眼中，那就是电影……我的书在我看来就是电影，就是这样。"[①]

　　然而，这样的做法无疑有些虚伪。无论作为一名作家，还是一名制片人，金在电影改编行业中一直都扮演着日益强大的角色。此外，电影已经完全渗透到了金的写作生涯中。在《论写作》一书中，他承认自己在电影圈过着一种"准专业的生活"，并且他把自己描绘成"自从保罗·莫纳什在1974年选中了我的那本书《魔女嘉莉》之后，我就一直活跃在影视圈当中"[②]。1961年，十四岁的金在看到罗杰·科曼的版本之后，金印刷了四十本自己创作的小说《陷坑与钟摆》（*The Pit and the Pendulum*），事实上这也是他的第一本畅销书。实际上，金声称："我在1958年至1966年间最关注的就是电影领域，尤其是恐怖电影以及科幻电影，那些在大街上晃荡的青少年团伙的电影，以及骑摩托车的失败者的影片。"[③] 电影拍摄和他的写作几乎同时开始——影片《凶火》上映之时，他的小说依然位列畅销书排行榜之上。他还为影片《舐血夜魔》撰写过原始剧本，该片改编自他的作品《宠

① 斯蒂芬·金，弗兰克·达拉伯恩特. 肖申克的救赎：拍摄脚本. 纽约：新市出版社，1996：2.
② 斯蒂芬·金. 论写作. 伦敦：新英语图书馆出版社，2000：260.
③ 同上，第39-40页。

物坟场》，同时他还担任过《世纪邪风暴》的执行制片人和导演，这部影片则改编自他的小说《火魔战车》。他很早就对剧本的写作产生了浓厚的兴趣，这远远早于他热衷于改编自己的作品，他第一次尝试改编是将雷·布莱伯利于1962年的小说《坏东西这边来》改编成了杰克·克莱顿于1983年拍摄的电影。在影片《绝望》（*Desperation*）的花絮片段中，他甚至考虑去念一个编剧的硕士学位。他是一名有意识的分析型作家，他出版过许多关于写作过程［《论写作》（*On Writing*，2000）］以及与恐怖体裁有关的理论［《死亡之舞》（*Danse Macabre*，1981）］，他的学识被认为是广泛而又翔实的。在形式方面，他曾撰写过电视迷你剧的脚本［《末日逼近》（*The Stand*，1994）］，以及长期上映的科幻连续剧［《X档案》（*The X-Files*）、《阴阳魔界》（*The Twilight Zone*，1983）以及《外星界限》（*The Outer Limits*，1995）］。他非常乐意让电影专业的学生改编他的短篇文学作品，而他只是象征性地收取一定的费用——体现出其所谓的"一美元宝贝"，这也体现了他一直都在有意培养下一代电影制作人才的意图。尽管他与恐怖体裁密切相关，但是大部分他的作品都超出了这个界限：从《热泪伤痕》似的家庭影片到流行音乐录影带［为迈克尔·杰克逊的《鬼魂》（*Ghosts*）编写故事］，甚至是音乐剧［与约翰·麦伦坎普合作编写《达克兰县的鬼魂兄弟》（*Ghost Brothers of Darkland County*）］。

尽管金的合作者编剧大师威廉·戈德曼曾经有句名言，好莱坞对于影片的成功与否"一无所知"（这反映在他作为金的改编作品的一名编剧，从《危情十日》《亚特兰蒂斯之心》以及《热泪伤痕》的成功到《劫梦惊魂》的一塌糊涂），但是有一个事实却一直未曾改变：把斯蒂芬·金的名字和一个项目联系起来将确保（有时并不是很快）它会被拍成电影，并且它会赚钱。也许票房收益不是很高，但它至少会维持收支平衡，并且考虑到基于他的作品改编的电影和电视迷你剧的数量，单凭这一点就使他显得足够与众不同了。他可能不是一位重量级的导演、制片人或者演员，尽管他在这些领域都有所涉足，但简而言之，斯蒂芬·金是好莱坞最卖座的名字之一，并且他的"金字招牌"是好莱坞少数几个比电影片名更醒目的作家之一。他在出版界和电影界是一个多产的重量级人物。值得注意的是，在过去的三十年中，每年至少都有一部金的改编电影问世，并且一直延续至今，虽然那些作品的艺术品质和商业上的成功可能会有所不同，但这对于金的改编电影并不会带来资金方面的困难。作为一名制片人，杰夫·海斯在《噩梦工厂》（*Nightmares and Dreamscapes*，2006）的 DVD 花絮中指出，当影片被附上金的名字之后，"影片就不难卖了"。

金作为一名作家和电影项目发起人的商业地位是无与伦比的。他和城堡石娱乐公司的标准合约在合作程度和期限方面也是独一无二的。自从二十世纪八十年代以来，他一直都能掌控对编剧、导演以及演员的选择权，并且还可以选择在任何时间来终止影片项目。同样令人印象深刻的是他的"完全参与"交易，这意味着不论影片的利润如何，在他改编电影中获得的票房里，每一美元他都有提成。他对于制作过程的影响可能因项目而异，但这个基本的交易意味着任何以他的小说改编而成的电影，他都负有一定责任。

这种营利性甚至还扩展到了"新电视时代"的营销中，特别是在美国——电视迷你剧。通过国际联合电视版本，越来越多的金的电影走入电视屏幕中，他很可能会出现在家中的电视屏幕上。把金的名字和一部即将上映的影视剧联系到一起，总结出为什么导演主创论一直坚持的两个中心原则。它吸引了数以百万读者的注意力（以及满怀希望的观众），并且它还为一个未经面世的产品打上了"金的品牌"的烙印。美国电视网络也越来越多地将改编自斯蒂芬·金作品作为其高品质黄金时段电视剧的可见承诺。自《银色子弹》（*Silver Bullet*，

1985）以来，电影片名包括"斯蒂芬·金的……"这样关键性的表达，不仅彰显了出处同时还获得了大众认可。这也是为什么他如此极力避免与那些破坏品牌质量的电影联系在一起，最好的例子就是影片《天才除草人》。有趣的是，恰恰相反，在整个二十世纪九十年代中期，电影公司在一段时间之内都试图把它们的产品与金分离开来，比如《肖申克的救赎》和《绿里奇迹》，这些作品都极力避免给影片打上金作品的狭隘的恐怖标签。

金的名字和一张广为人熟知的面孔常常出现在一起：他的照片出现在了很多书籍的封面上，他经常通过签售会与读者见面，他还多次在美国谈话节目中露面，并且在当代文化中以及美国运通广告中都占有一席之地。关于他的个人生活，他曾经在1999年经历了一次致命的车祸，这曾被作为全国性的新闻报道出来，不过在当时，他在文学上的地位并没有被大众所认可。与此同时，基于其作品的电影版本（如果没有通过营销方式和他联系起来）却已经获得了受众的广泛认可：《绿里奇迹》获得了四项奥斯卡提名，《肖申克的救赎》获得了奥斯卡七项大奖，尽管该片最终并未荣膺奥斯卡最佳影片，但《肖申克的救赎》依然是"得奖大户"。

作为一名原创作家，金的作品极具营利性，甚至已经出现了对他自己的电影进行翻拍。在原著和翻拍之间的时间间隔在当代电影业中显得尤为短暂，这在恐怖体裁中表现得尤其明显，它们看起来是在相互竞争。现在已经出现了《闪灵》的翻拍作品（1979年和1997年版）、《午夜行尸》（1979年和2004年版）以及《魔女嘉莉》翻拍的所谓的续集版本（1976年和2002年版）。这些翻拍作品现在已经明显被打上了"斯蒂芬·金的金字招牌"，就好像之前的影片并非改编自他的作品一样。针对本书所讨论的电影，我们可以看到金的著作权的变化过程，从被动地参与（法律诉讼《天才除草人》标题的使用）到自编自导（《火魔战车》），再到执行制片人（米克·加里斯 1997 年翻拍的《闪灵》）。即便在编剧的角色中也存在一个相似的过程，从完全不涉及到发起编写，再到与其他作家合作一系列的剧本，直至完全独家著作（《舐血夜魔》）。这一过程存在一个认可参与和非认可参与的问题，以及一个令人困扰的问题，即如何改写出合适的、金认可的文字材料（例如《狂犬惊魂》）。对于其他导演而言，强调著作权的趋势愈发明显，尤其是在恐怖体裁中，例如像约翰·卡朋特的《吸血鬼》（*Vampire*, 1998）和韦斯·克雷文的《猛鬼街》（*New Nightmare*, 1984）。这已经演变成了一个更加不切实际的专营权，韦斯·克雷文的名字出现在"德古拉三部曲"之前，后来又出现在了《吸血鬼》和《遗产》的副标题中。在另外一些影片中，例如像斯蒂芬·金的《闪灵》，金本人撰写了该片的剧本。关于作者所有权的争论，它是一个国际认可的产品更加直观的品牌的一部分。

在吉姆·科林斯等更加积极的评论家们看来，这很可能会被视为制片人和消费者缺乏想象力的预兆，它更加敏锐地反映出他们的创造力和制作能力，以及想要在作品之间建立联系的强烈愿望。[①] 对于一部斯蒂芬·金改编电影的标准认可应该是本书想要努力包含进来的一个重要主题，即书中所涉及的影片都努力找到彼此之间共同的标志，从表面来看，仅凭小说并不能传达出来这种共性。电影之间的彼此引用越来越多地出现在对话、情景，甚至是在片名当中［《异形大战铁血战士》（*Alien vs. Predator*, 2004）］，这些方式都在模糊着体裁间的界限，并表明老式的体裁划分不仅不显多余，而且更是有用的起点。正如雅克·德里达指出的那样："每一部作品都存在一个或者多个体裁属性，不存在不属于任何体裁的作品。"[②]

---

① 吉姆·柯林斯，希拉里·拉德纳，艾娃·普瑞彻·科林斯. 电影研究贴近影片. 纽约：劳特里奇出版社，1993：242-263.

② 雅克·德里达. 论叙事. 芝加哥：芝加哥大学出版社，1981：61.

结构 / 内容

本书的主旨

本书尝试从电影的角度出发来研究金的文学改编，并探究它们在体裁方面究竟是成功还是失败的。本书加入了怪物的呈现，叙事的动力和认可度，体裁混乱的存在，体裁野心的存在与否，以及是否顽固忠实于过时的体裁。书中的电影总体上是按照时间而不是字母表顺序来进行讨论的。它们也是按照这个顺序拍摄的，把它们从文本背景中脱离出来将给人们以它们彼此间不存在什么联系的印象。尽管如此，一些电影比如《纳粹追凶》，通常都有一个相当漫长的，甚至是混乱的酝酿期和一些续集，尽管是在多年后翻拍的（《魔女嘉莉》或者《闪灵》）续集，也仍然是与原始电影放在一起进行比较更有意义，而不是将其分离开来。本书的章节之间是相当有渗透性的——《闪灵》和《亚特兰蒂斯之心》可能都应该放在《意识凌驾物质》的章节里面。对于那些影片中被删除的画面本书也有所涉及，尽管它们被纳入"多余"的理由是因为价格相对较高的 DVD 制作成本，从更积极的角度来看，那些未被放映过的片段可以让我们窥见电影的初衷。在某些情况下，那些被删的画面很可能是因为过长的放映时间或者超出预算而被迫做出的决定。

与本书无关的内容

请注意，本书并非试图涵盖金作品的所有电影改编——本书只涉及那些专门发行的电影版本。在这个基本架构之中也存在几处例外。《闪灵》和《魔女嘉莉 2：邪气逼人》（*The Rage：Carrie 2*，2002）

被拍摄成电影，但这两部电影其实是翻拍自库布里克于 1980 年以及布莱恩·德·帕尔玛于 1976 年所拍摄的续集，因此把它们与原始影片放在一起讨论是非常合理的。相反，《吸血鬼复仇记 2》（*Return to Salem's Lot*，1987）作为一部电影，但它在美国却是直接以录像带的形式发行的，并且还是 1979 年电视版本《午夜行尸》（*Salem's Lot*）的续集。当然，2004 年的翻拍也是电视版本。影片《瘦到死》（*Thinner*，1996）和《骑弹飞行》（*Riding the Bullet*，2004）都只是在某些地区进行了短暂放映，而《玉米田的孩子》和《猛鬼工厂》都在影院上映，并且特许经营的续集（在大多数地区）直接以录像带形式进行发行。本书并没有把电视荧屏上的作品归类到一个包罗万象的章节中，它们被明确描述为与金的改编关联性不大的作品，针对这个主题，希望今后会问世出完整的研究。

本书不存在对电影材料的歪曲以使其符合某个理论的范式。对于如此多的导演、演员和作家，对如此广泛的影片种类进行一个盖棺定论的尝试是不恰当的。在文学方面，已经出现了类似像怀特一样的评论家，他们试图把金的作品归纳到一起：把持续交叉引用的名字、情景和主题视为一个有机的整体。这可能是一个有趣的猜谜游戏，但却并不适用于电影。书中的章节在必要时会参考一些恐怖理论，但是几乎一半的影片并没有被归入到这一类型的影片当中。玛吉斯特尔指出，我们很震惊地发现"它们（电影）中很少存在符合恐怖电影的'典型'范畴"[1]。任何读过并且喜欢金的读者都会发现本书的研究简单易懂，它会使读者去观看那些他们从未看过的影片，并且用一种全新的视角去观看那些他们已经看懂的影片。

---

[1] 托尼·玛吉斯特尔. 好莱坞的斯蒂芬·金. 纽约：帕尔格雷夫·麦克米伦出版社，2003：11.

第一章

意识凌驾物质：念力

公众对精神力的兴趣并不是在上世纪七十年代突然出现的，在那一时期，产生了大量具有冲击性的、精神力的文化表现形式，例如出现了尤里·盖勒这样的演艺人员或者我们也可以称他为魔术师，从而催生了新的电影亚类。威廉·弗莱德金的《驱魔人》（The Exorcist，1973）一片极大地带动了宗教恐怖这一题材，正是这部电影推动了"着魔的孩子"这一电影亚类的产生。《魔女嘉莉》以及《凶火》这类电影在电影史上第一次极大地普及了念力，这种潜在的、令人心生恐惧，并且可能带来世界毁灭的神秘力量。同类别的电影还有杰克·高德执导的《魔力》（The Medusa Touch，1978）、布莱恩·德·帕尔玛的《愤怒》（The Fury，1978）、大卫·柯南伯格的《夺命凶灵》（Scanners，1981）等。在影片《魔力》中，理查德·伯顿饰演的约翰·穆勒拥有一种可以通过念力来引起毁灭的力量，这种力量愈发强大，并且在一次政治警告中达到了极致。主人公躺在医院的病床上，潦草地在纸条上写着"温兹卡尔"的字样（温兹卡尔是一处核电站的所在）。影片《愤怒》和《夺命凶灵》同样也讲述了阴暗的政府机构，通过操控念力而达到不可告人的邪恶目的。也许正是因为这类电影关注惊心动魄却又极其不现实的题材，使得念力这一电影亚类天然带有潜在的喜感，这些早在 NBC 播出的电视系列剧《我梦想的小精怪》（*I Dream of Genie*，1965—1970）中就有所体现。在影片《脸红心跳》（*Zapped*，1982）中，斯科特·拜奥扮演的主人公巴尼·斯布林波若在一场实验事故中意外获得了一种念力，并且利用这种力量展开了一系列孩子气的闹剧，比如脱掉女生的裙子。虽然这一场景在某种程度上堪称效仿《魔女嘉莉》中的沐浴场景，但其更多地则是为了迎合观众的低俗趣味。罗尔德·达尔的小说《玛蒂尔达》（*Matilda*，1988）及其同名电影则可以被视为《魔女嘉莉》的温和版本，影片中的主人公在恶霸女老师特拉奇布尔面前使用念力掀翻了桌子、打翻装有蝾螈的水瓶，但是这些举动并没有给任何人造成实际的伤害。

本章探讨的关键问题在于，如何改编斯蒂芬·金的作品，并使其拥有充沛的念力，故事情节呈现出戏剧张力。念力这一主题电影的表现手法往往在两种情形中不断徘徊，一种偏向科学，因此毫无戏剧张力而言，另一种则采用惊心动魄的表现手法，借助特效来表现效果，达到使观众信服的目的。在《论写作》一书中，金将写作描述成一种传心术，或者说是一种心灵感应。在他早期的作品中，他将这种心灵感应视为一种艺术形式进行探讨。① 然而，在金看来，拥有精神天赋的价值并不大。事实上，这种能力更像是一种诅咒而非天赋，就像在电影《再死一次》和《绿里奇迹》中所描绘的一样，这种天赋往往无法阻止不公平事件的发生，甚至还很有可能会带来自我牺牲。在电影《凶火》和《亚特兰蒂斯之心》中，这种能力所带来的则是排斥和利用。在金这些以念力为主题的故事中，似乎总是存在一个中心人物，

---

① 斯蒂芬·金. 论写作. 伦敦：新英语图书馆出版社，2000：113.

尽管这个中心人物无比温和、无私，但却因为身处严酷的现实环境中，最终不可避免地走向了悲剧结局，并且付出了沉重的代价。

本章运用导演主创论这一理论来进行深入研究。这一理论主要源自导演布莱恩·德·帕尔玛和大卫·柯南伯格。他们在摄像机定位以及移动方面都有自己独特的创意，并且能够让主演（茜茜·斯派塞克和克里斯托弗·沃肯）发挥出极具爆发力甚至可以说是个人演艺生涯中最精彩的表演。因此，影片《魔女嘉莉》和《再死一次》与后来的《凶火》及《魔女嘉莉 2：邪气逼人》之间产生了极大的差异。这样的导演主创方式并非是无可挑剔的，本章重点研究了影片的这几个方面。将这种独特的导演方式归功于导演本人的能力要比证明分析、评论的合理性简单得多。对于电影而言，最终起决定作用的是电影的内容及其表现形式，而非反复强调是谁拍摄了这部电影。

魔女嘉莉 Carrie

"血，鲜血。血总是一切的根源"[1]。

史蒂夫·尼尔提出过一种三重结构理论，以此来解释影片、艺术家以及观众之间的需求和期待相互依存的关系。基于这一理论以及四类相互关联的主题，罗伯特·斯塔姆给电影类别进行了定义，这四类主题分别是：蓝图（"电影产业设计、编排，模式化出品影片所依据的基本公式"），结构（"独立电影制作所依据的正规框架"），标签（"电

---

[1] 斯蒂芬·金. 魔女嘉莉. 伦敦：新英语图书馆出版社，1974：137.

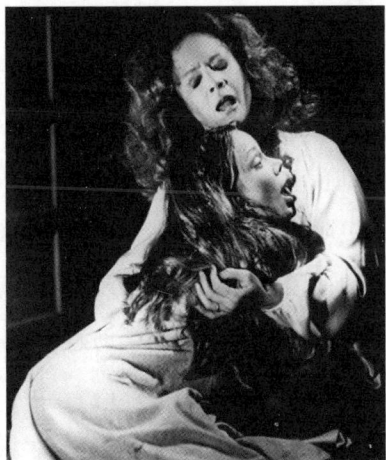

《魔女嘉莉》电影剧照

影发行商和展示商决策和传播影片的类别"），约定（"各种电影类别及其特定观众群所要求的观影视角"）。[①] 然而，从斯塔姆所用的这些术语来看，我们会发现本书中所讨论的电影常常在所谓的"蓝图"与"标签"之间存在着矛盾张力。由金作品改编的电影其蓝图是基于对之前影片的猜测基础之上的，而电影类别的"标签"往往并不准确，或者说不能准确传达出观众所期待的内容。因为"蓝图"和"标签"之间的这种不相符，使得"约定"也出现了失误。

不论是原作还是电影，《魔女嘉莉》都是从恐怖题材的角度推向市场的，片中主角茜茜·斯派塞克满身是血的形象在影碟封面、电影海报以及再版图书的封面上随处可见。舞会上的流血杀戮，对她母亲连捅四刀致使其慢慢死亡的折磨，一只手伸进画面戛然而止的惊人结局，无法入睡而尖叫不止的女性角色……影片在结尾处的确呈现了多样的恐怖元素，但这一切在某种程度上却使影片本身相形见绌。在影片八成以上的时间中，即直到舞会这一高潮的到来，该片都更多地

---

① 罗伯特·斯塔姆，托比·米勒. 电影与理论. 新泽西：威利－布莱克威尔出版社，2000：14.

被视作一部校园电影，如果有人声称《魔女嘉莉》是一部百老汇音乐剧，尽管这可能只是其中很短的一部分，我们也并不会对此感到惊讶。影片中的绝大部分内容会让我们觉得仿佛是《反斗星》（*Porky's*，1982）或是《开放的美国学府》（*Fast Times at Ridgemont High*，1982）这两部影片的更成熟、更阴暗的版本。在片中我们可以看到，嘉莉被同伴欺负、排斥，校园领袖团体对她十分冷漠（具体表现为记不清楚她的名字），一位富有同情心的老师试图帮助她能够对课堂内容进行快速回顾以及帮助她筹备校园年度活动，等等。

德·帕尔玛1976年版的《魔女嘉莉》是第一部改编自金小说的电影，这部电影带来的巨大成功使得金拥有了另外一个身份——好莱坞电影编剧。同时，这也使得恐怖电影重新焕发活力。然而，从本质上来说，《魔女嘉莉》与《黑色星期五》（*Friday the 13th*，1980）以及《猛鬼街》这类血腥肢解影片不同，它更多表现了美国青少年日常生活的痛苦，特别是毕业舞会这些校园传统活动带给青少年的痛苦。所以要给《魔女嘉莉》拍摄续集也许还要再等上二十六年的时间，由劳伦斯·D.科恩编剧的这部电影，其明显呈现出线性叙事的逻辑，具有延续性。不同于大多数肢解影片的松散结构，科恩编剧的电影取材于金的原创小说，通过不同的叙事方式——采访、信件、报告、课本条目等——来构造情节，这一点与布莱姆·斯托克在1973年拍摄的《德古拉伯爵》（*Dracula*）十分类似，重新打造故事使其更加明确地关注一个在家庭、宗教信仰、个人生理需求和学校、社会需求之间寻找平衡的个体形象。

在德·帕尔玛职业生涯的这一阶段，对其的常见评论（玛吉斯特尔似乎还没有意识到这一点——参见前言中的讨论）通常认为他的作品汲取了前人的丰富经验（特别是希区柯克）。他在处理围绕女性产生的暴力场景时所采取的表现手法实际上表达出了导演对女性的一种态度（很大程度上是他个人的态度），这种态度实际上就是一种对女性的厌恶之情。这样的评论并非空穴来风，但是这样的评论最终往往都不了了之，无法引起热烈讨论。与本书主旨息息相关的是德·帕尔玛是如何创造出影片中的恐怖场景的。在拍摄《魔女嘉莉》这部电影时，预算相当紧张，仅有一百八十万美元，拍摄周期也只有区区五十天。尽管如此，这部电影意义非凡并且获得了巨大的商业成功。一部分原因是因为《魔女嘉莉》的原作就非常短，只有二百来页，金后期的作品常常多达五六百页。《魔女嘉莉》的原作近乎一篇中篇小说，这个精简的故事使得科恩的改编任务轻松了许多，小说本身并没有什么悬念感，我们在故事结束之前就知道谁将会死去。相比较而言，电影《魔女嘉莉》则呈现出了更多的艺术感，使得其他类似的改编显得平淡无奇。不仅仅是对于影片中的感情处理，德·帕尔玛通过他对电影形式的深刻理解，使这部电影呈现出了一定的深度。仔细研究影片中的任意一处场景，你会发现具有艺术感的画面组合，精心设置的摄像机机位和移动，以及画面空间的创造和设置，都给观众带来了极大的代入感，因此当影片中每有意外情况发生时，观众总能身临其境一般感到不安和紧张。

与此一致的是一种隐喻风格，如果我们想要解释这部电影的影响力，我们应将这种有意识的互文参照提取出来。几乎在所有关于德·帕尔玛的评论中都会提及希区柯克——结尾的画面分割和突然的奇妙结尾。在这里我们并不进行具体分析，我们只是认为德·帕尔玛的作品是极具风格的，当然这显得有些老生常谈了，况且这样的说法往往有些"聪明反被聪明误"的意思在里面。互文的手法的确非常重要，但是我们并不打算具体举例说明其是怎样的一种互文方式。影片《粉红杀人夜》（*Body Double*，1984）从《迷魂记》（*Vertigo*，1958）和《后窗》（*Rear Window*，1954）中借鉴了大量的阴谋元素，相比之下，《魔女嘉莉》受希区柯克的影响要更小些。《魔女嘉莉》和《惊魂记》（*Psycho*,

1960）都把镜子作为自我分裂的一种符号，与此同时还有一些明显的视觉标签，如嘉莉就读的贝茨学院。导演采用了一种鸟瞰的视角，拍摄了一系列场景: 嘉莉被锁在橱柜里, 嘉莉的母亲绕着厨房的桌子转着, 思考如何杀死自己的女儿，以及她最终的一击……所有这些都令人想起在影片《惊魂记》中，阿伯加斯特被谋杀前夜所发生的那一幕。最初的摄像机机位如鸟一般栖息在篮筐的边缘俯瞰着整个球场，这一设置与冷酷、有距离感的全方位视角有异曲同工之处。希区柯克有时候十分偏爱这种拍摄手法，比如他在电影《群鸟》（*The Birds*，1963）中就采用了这一拍摄手法。这种拍摄手法体现出了一种漠不关心的冷漠之情。影片在结尾处再次运用了这一拍摄手法，在高处安放了一只桶，这只桶即将掉落在嘉莉的身上，镜头在桶的上方俯视拍摄。这预示着学校中的一些例行活动（如毕业晚会）所展现出的超凡魅力将预示着她在今后人生中的成功。

影片《魔女嘉莉》片头的一系列事件，以及因毕业舞会上的恶作剧而全身覆满鲜血之后的洗澡场景，同《惊魂记》中臭名昭著的沐浴场景十分类似，都意味着电影以原作的结尾方式进行收尾。这两场沐浴的戏份都暗含着洗礼的意思，但是在希区柯克的《惊魂记》中，女主人公玛丽昂·科瑞恩可以被认为想要洗掉真实的罪恶感（因为她确实偷了钱），而嘉莉则是寻求洗掉她身上被投射的一种罪孽感，这种罪孽感不仅仅来自于她的母亲，也来自于她所谓的朋友们。谋杀的工具、攻击者以及攻击的方式（被隐藏在大银幕之后，这里指的是浴室的门），这些都是类似的，但科瑞恩被其所谓的"母亲"捅死而迎来了自己人生的结局，嘉莉则不被打扰地完成了自己的洗礼，只是在此之后她被自己的亲生母亲攻击，最后运用念力杀死了自己的母亲。

德·帕尔玛与希区柯克另外一个细微的联系在于，他与希区柯克的长期合作者伯纳德·赫尔曼进行了合作。二人早在《姐妹》（*Sisters*，

1972）和《迷情记》（*Obsession*，1975）中就有过合作，德·帕尔玛在给《魔女嘉莉》配乐的时候也运用了赫尔曼的音乐，并且在最后一个场景发生时也用了影片《姐妹》中的一些音乐片段。德·帕尔玛大胆运用了一段剪切版的伯纳德·赫尔曼演奏的加速小提琴乐曲，以此来彰显嘉莉杀气的爆发。电影中最让人感到怪异的片段是嘉莉身在她的衣橱中，她窥视着外面的镜子，这让她看起来十分扭曲、变形。在此处运用极其简单的小提琴音符进行点缀，让观众感到十分迷惑，他们不确定自己是否真的听到了这段音乐。德·帕尔玛承认："这一灵感来自《惊魂记》。"[①] 这样的处理手法给人感觉表面之下似乎存在着一种隐隐的力量不断向前推动，努力想要爆发出来，进入到每天的日常生活之中，而在影片结尾处这一力量也的确爆发了出来。在《宇宙奇兵》（*Stargate*，1994）和《死亡幻觉》（*Donnie Darko*，1991）等影片中，在那种标志着不同真实维度间界限流畅的电脑特效出现的数年之前，《魔女嘉莉》中的低成本特效已卓显成效。

　　然而德·帕尔玛和希区柯克之间最紧密的联系不仅在于表面形式的相似，而在于二人一丝不苟的摄像和叙事安排，以及随后的影片编排。比如在影片的开头部分，嘉莉在校长办公室外面等候，她面朝观众坐着，观众可以透过窗户看到办公室里面的克里斯小姐，那位十分关心嘉莉的体育老师正在和校长讨论着课堂上发生的事情。在下一幕中，嘉莉仍然占据了银幕上最显著的位置，她面对着一名表情冷淡的秘书，同时我们还能听到办公室里面的对话仍在继续。在第一个镜头中，我们可以看到银幕上最显著的人物在银幕背景中被讨论着，然后在第二幕中我们还可以看到这一人物，但仅仅只能听见有关她的一些对话。从某种程度上来说，在这两个场景中，观众被置于这样一种处境当中——

---

① 布莱恩·德·帕尔玛在接受麦克·蔡尔兹和艾伦·琼斯采访时所说。

观众可以看见或听见不同意义面之间的关系，但影片中的个体彼此之间却不清楚这样的联系，这使得他们看起来十分迷茫无助。[①] 此后，我们没能听到怀特太太接到学校电话的具体通话内容，但从她的面部表情和她接下来对嘉莉施加的暴力中，我们可以推测出学校方面告知了她在体育馆中发生的事情。

　　精心架构的不同意义层面与电影配音连接在一起，这样的例子非常之多，比如影片的后半段在苏母亲的家中，当电话响起时，怀特太太在她邻居的家中聊天，斯内尔太太则接听了电话。在处理这一场景之时，摄像师采用了"虚焦"的拍摄手法，最终使得银幕上的影像慢慢变得模糊起来，但我们依然能听到她在和一个朋友进行对话，她让她的朋友稍后再打来。从她的语气中，我们能听出她当时正需要处理一件非常令人讨厌的事情。同时，银幕上的电视正在播映一部电影，影片中的一对夫妻正在吵架，男人叫嚷着"我要杀了你"。视觉提供的各类信息和幕前、幕后的不同声音同时交织在了一起，这些与似乎毫无关联的对话结合在了一起，围绕中心人物怀特太太展开。她的出现并不受欢迎，甚至让人感到了些许威胁，尤其是她在离开之时祈祷斯内尔太太发现基督并且找到信仰时所做出的抬手姿势更加强了观众的这一感觉。怀特太太希望斯内尔太太精神健康，但伴随着的却是一种让人觉得像是威胁的姿势，这一姿势在影片稍后得到了呼应。当她向自己的女儿摆出了同样的抬手姿势时，那一次她的手中还抓着一把刀，想要杀死自己的女儿，仅仅是因为她坚信自己的女儿是女巫。

　　此前与秘书有关的那场戏中的背景音乐，有些类似阿巴合唱团（Abba）的音乐录像带《知我，知你》（*Knowing Me, Knowing You*, 1977）。尽管使用了快速变焦的拍摄手法，在前后景之间进行了切换，

---

① 《魔女嘉莉》中校长错将嘉莉叫为嘉西·怀特，恰克·帕拉以此命名了在他的作品《窒息》中受到虐待、被孤立的女主人公。

以此来改变观众的注意力，但德·帕尔玛有时候还是会将前后景都作为观影焦点。在学校，前景和后景的联系表现为前景中汤米咧嘴而笑时，后景中的嘉莉正害羞地看着自己的桌面，为自己正面评论汤米的诗而感到不好意思。这样一种前后景之间的联系，暗示着如果同辈群体没有对他的懦弱个性施加巨大压力的话，这二人之间则会产生某种联系。德·帕尔玛还安排让这两个角色面对摄像机，虽然二人看不见彼此，但我们仍能看到他们全部的面部表情。为了达到更好的戏剧效果，书面的文字也运用到了场景的构造当中。当嘉莉透过体育馆的窗户向外望去时，我们可以看到一名清洁工正在清除墙上的涂鸦，这些涂鸦中明显包括"嘉莉吃屎"的字样。从这种类似副标题的文字建构中可以看出嘉莉一点都不在意其他女孩对她的强大恨意。在影片的结尾部分，涂写在她假墓碑上的"嘉莉永受地狱之火"的字样，则将恨意延续到了墓地之外。

这种复杂的拍摄构成甚至延续到了一些细节的拍摄上面。在嘉莉从学校走回家的路上，导演用长镜头来表现她沿着一条林荫大道的小径缓缓走来时的情景。当她慢慢接近镜头时，一个骑着自行车的男孩慢慢向她靠近，穿梭在树荫间。这一运动轨迹朝向镜头但又远离镜头，穿梭于画框之中，给整个场景以纵深感。同时，这也让观众产生了些许期待，期待二人的路线会有所交集，即那辆自行车会撞上嘉莉。然而自行车从嘉莉身边擦过，观众的期待未能成真，男孩决定转向再来一圈。所有这些都是由一个长镜头拍摄完成的。镜头的第一次停顿是当男孩再一次企图接近嘉莉时，这一次，他从后面慢慢靠近嘉莉。德·帕尔玛改变了摄像机的机位，从树林的另一侧进行拍摄，即从街道的另一侧进行拍摄，但依然沿用了长镜头的拍摄手法。男孩骑着自行车，他的身影在树林中穿梭，他不断地从镜头中出现或消失。当他不断靠近嘉莉时，他以嘲弄的语气叫着嘉莉的名字，此时镜头聚焦在嘉莉的脸上,她的眼中闪过愤怒,而他则跌倒在地。在另一个长镜头中,男孩(由德·帕尔玛的侄子饰演)看上去非常痛苦、震惊,并且他感到十分害怕,嘉莉看了看他,然后就走开了。长镜头、精心设计的拍摄结构和画面的运动方式,所有这些都在不同的路线之间营造出一种逼近的冲突感,但这样的冲突感并没有变成现实,反而被戏剧化地反转了。

不单画面可以制造悬念,电影剪辑的节奏也能够制造出悬念来。在《魔女嘉莉》这部电影中,德·帕尔玛和电影剪辑师保罗·赫希通力合作,德·帕尔玛采用了传统的"镜头—反切镜头—镜头"的方式来进行剪辑,同时增加了观众预期画面的重复出现次数,从而使观众一直等待剪辑出现不同的场景设定,而这种等待似乎永远都不会实现。这样的剪辑给观众带来了这样一种感觉,这些角色仿佛想要诉说他们隐藏在表象之下的焦虑和害怕,但就是无法成功。德·帕尔玛还特意尝试了多次拉长等待的过程,以此来考验观众的耐心。同时,他也加快了全片的剪辑节奏,所以每当镜头进行剪辑之时,观众就仿佛得到了一种解脱。校长办公室的那场戏就采用了这样的一种剪辑方式,一个是极高视角拍摄的嘉莉望向烟灰缸的镜头,另一个是反角度的镜头拍摄,镜头在两个角度之间来回剪切,重复了五次之多。同一拍摄模式也出现在了嘉莉的母亲用《圣经》打了她七次的"镜头—反切镜头—镜头"之中。在母女二人最后的那场争执中,五次重复"镜头—反切镜头—镜头"的拍摄,呈现出了挥舞着刀的母亲和蜷缩着的嘉莉拼命挣扎逃脱的场景。

正如玛吉斯特尔所评论的那样,用延展的慢镜头来表现一开始的沐浴场景,给观众带来了一种比较隐晦的色情感,但是这一场景也和最后一场戏中的一桶血联系了起来。慢动作的确给了观众充足的时间,让他们更加仔细地观赏了这一场景。但因为德·帕尔玛将慢镜头和流畅的摄像机移动结合在了一起,所以观众会感觉到摄像机一直都在跟拍。在一些其他影片的场景中，这样的表现手法更为明显，如电影《剃刀边缘》（*Dressed to Kill*，1980）中画廊勾引、挑逗的场景。即使是在影片《魔女嘉莉》中，沐浴的场景也带有些许色情的感觉，不仅仅是因为慢镜头的使用，镜头的缓慢移动也仿佛是从一个窥淫者的视角出发，首先经过储物柜，然后扫过各色正在更衣的女孩，最后落到淋浴间的某个特定的裸体女孩身上。侵入沐浴者极其私人的空间正是《惊魂记》这部电影依然能够带给观众冲击的原因之一，但在这里，德·帕尔玛有意用一种不同的方式操控了观众的同情心。希区柯克（在艺术指导索尔·巴斯的帮助下）使用了蒙太奇的剪辑手法，原本只有八十三个剪辑场景，但却让观众感觉远远不止这些，整体效果远远大于部分效果。德·帕尔玛放弃了粗糙的剪辑转而使用流畅的摄像机移动——延长的慢动作，使得镜头融合、叠加，结合二十个丰富流畅的系列镜头，以此来表现嘉莉往身上涂抹肥皂，抚摸自己身体时的场景。她的嘴巴微张，显示出明显的欢愉，给人一种肉欲解放的感觉，同时也唤起一种标准的"软色情"视觉。也许我们对此并不全然感到舒适，可能只有伴随着镜头的转换，我们才能彻底明白我们是如何被导演一步步引入一个极其私人的空间之内的。

　　这种矛盾情绪一直持续到嘉莉看到手上的血并且开始恐慌之时。客观来说，其他学生嘲弄她，用毛巾砸她的这些行为都应当属于被斥责的。然而，从影片前后的故事情节来看，我们跟随嘉莉的视角——更衣室里嘉莉寻求帮助，然后镜头切回到班里其他人的视角，从他们的角度来看一个眼睛睁大、赤身裸体的女孩，尖叫着朝他们跑来，双手满是鲜血，而这仅仅是嘉莉无法理解在她身上究竟发生了什么。所以在一瞬间，通过这种拍摄视角的转换所造成的矛盾情绪，致使其他人也无法理解到底发生了什么。只有当苏打开装满卫生棉条的柜子，将棉条递给其他人，大家齐声大叫"垫上这个"时，他们才明白这一场景对他们来说也是令人震惊的。在开场的一系列事件中，我们的确看到了一个尖叫着的女性面孔的特写镜头，发生在她身上无法解释的事情以及在他人面前丢脸，都让她感到非常恐慌。观众对此的反应并非是恐惧，而是同情，他们跟随淋浴中嘉莉的视角而产生了同情心。当看到一个虚构的角色表现出恐惧之时，这并不意味着观众也同步产生了相同的情感体验。

在这部影片中，导演还设计了另一种形式的开场，但在最后的成片中并未采用，将这两个开场进行对比是一件非常有价值的事情。在这一开场中，摄像机悬挂在一个不着一缕的女人（斯特拉·霍兰饰演）上方，她正在往自己的身上涂防晒霜，她微张的嘴唇暗示着她将彻底沉浸在自己的欲望之中。然而一个关键性的因素在于这一切都是在嘉莉的注视下完成的，正是基于这一点，也许在某种程度上可以缓解那种认为德·帕尔玛有"窥阴癖"以及"厌女症"的断言。尚未进入青春期的嘉莉透过邻居家的篱笆注视着正在太阳浴的邻居。由于对自己身体方面的忽视和羞耻，也由于她身为清教徒的母亲一直向她灌输着乳房是肮脏的，一个好女孩是不会发育的等想法，嘉莉这般迫切地注视和她的年轻面孔让整个场景显得十分协调。这一场景取材自金的原著小说，在书中，嘉莉十分好奇，以至于她甚至没有躲在篱笆后面遮挡自己，而是直接站在了斯特拉的旁边，直愣愣、傻傻地看着这一切。该片的原始剧本沿用了金最喜欢的文学叙事手法——倒叙。

嘉莉的母亲叱责她放纵自己，并且导致了天降石头雨砸在了他们的房子上，这给这一场景画上了句号。在小说中，所谓的"石头雨"被明确指出其实是冰雹，但是在德·帕尔玛执导的影片中这一点并未被明确说明，画面还是保持了如同小石子般纷纷而落的感觉。落在怀特家房子上的其实是冰雹，而其他地方落下的则是小石子，这样的矛盾带给了人们些许困惑（在小说中则是以一则新闻开头：报道声称该地区出现了"石头雨")。被删减的这场戏在开场和结尾处都使用了特写镜头来拍摄球状大小的鹅卵石。这不得不让人们联想到,该场景很有可能是德·帕尔玛在向电影《公民凯恩》(*Citizen Kane*,1960)中威尔斯公寓内所发生的一系列事件致敬,从而使用了类似雪景和白色图表来作为该片的开场和结尾画面。那些石头就如同影片《公民凯恩》中具有象征意义的玫瑰花蕾一样,在这里,它们象征着嘉莉的核心性格——一种根深蒂固的冷酷,并且承受着来自宗教和性方面的压制,使她产生了一种令人震惊但却炫目的怒火。不论是在小说还是被删掉的电影片段中,它们都将怀特夫人对待女儿的态度描述成"怒火滔天"。当她发现嘉莉在和斯特拉聊天的时候,她发出了野兽般的咆哮("她大吼着,愤怒极了,完全陷入了极度的狂躁之中,然后对着天空大吼大叫")。她很快就对嘉莉施以暴力,扇了嘉莉一耳光,也扇了自己一耳光(她抓挠自己的脖子和脸颊)。尽管小说中暗示嘉莉是从父亲那里继承了念力,但是影片中则更加明显地暗示她是从母亲这里继承的念力——我们可以从银幕上直接看到的角色(母亲),她更像是嘉莉念力的来源。

运气或者说是意外的导演决策也对电影的大获成功起到了一定的作用。最初在拍摄电影的开头部分时,导演本想把茜茜·斯派塞克设定成一个六岁模样的嘉莉,让她穿着大码的童装。这样的拍摄手法一方面表现出野心勃勃的感觉,另一方面也会让人感到荒诞不经。嘉莉能够天降"石头雨"的这一能力并没有在最后的成片中被明确提及,但是毫无疑问,这一情节有助于影片结尾部分的拍摄。影片中的最后一场戏也就是影片的最后一个事件,导演原本打算拍摄怀特家的房子被嘉莉引起的"石头雨"所砸毁,但由于拍摄经费和时间的限制(当时已经是凌晨四点了),附近的居民也报警抱怨拍摄现场的噪音太大,警察也都赶到了现场。同时,往投石机里装填石子的传送带也被卡住了,于是剧组不得不搁置原本的计划，转而将最后一幕设计成房子被烧毁。但是在当时，石块从屋顶落下的场景已经拍摄完成，所以最终的成片略显怪异，房子在向内坍塌的同时正在燃烧，原因尚且不明。影片并没有告诉观众这一切都是由于罪孽深重的嘉莉在杀死母亲时所造成的"参孙"式的毁灭性破坏。

德·帕尔玛对拍摄视角的处理也反映出他对小说文本的领悟，特别是他对希区柯克的了解。玛吉斯特尔并不认同克洛弗的论断即"影片通篇的视角主要以嘉莉的视角为主"，他认为恰恰相反，摄像机的机位一直都是跟随其他人进行移动的，而不是时刻跟随着嘉莉进行移动。事实上，观众可以看到许许多多以嘉莉的视角拍摄的场景，比如电影开始之时，嘉莉从淋浴间向外望去，她在校长办公室外面的等候，她注视着外面的走廊，在办公室里盯着烟灰缸，在体育馆里窥视其他女孩，当她发现汤米的车停在她家门外，在毕业舞会上走过一排排的桌子，在被宣布为"舞会女王"之后走向舞台，以及在电影高潮时她是那么无助地躺在楼梯下面，看着自己的母亲挥舞着刀慢慢接近她。玛吉斯特尔甚至在无意中承认了那些嘉莉想象中母亲对自己的警告（"他们全部都会嘲笑你"），她所听到的、看到的那些带有投射性的、主观的笑声其实都是真实的。我们可以通过影片运用的棱镜片表达手法得知这些拍摄其实都是源自嘉莉的主观视角，这些片段表现出了嘉莉同舞会上每一个人的破裂关系，甚至包括像柯林斯小姐这样想要帮助她的人。棱镜片的表现手法也用于专门面向年轻观众打造的娱乐节目之中，所以棱镜片的使用成就了一种讽刺手法，向观众传达出影片的人物关系，而这些人物关系将带来致命的后果。玛吉斯特尔试图通过指出男性角色的弱势来质疑马尔维的"男性视角"和"女性对象化"理论，但其实他的这一理论和马尔维的立场并无直接联系。

德·帕尔玛使用深度线索来延展每一个镜头的空间可能性，他严格按照时间的先后顺序控制着整部影片的节奏，以此来扩大观众对校园电影的期待。慢动作延长了电影的时间，同时也丰富了电影中某些特定时刻的内涵，赋予它们更加深刻的含义。当嘉莉被授予"舞会女王"的头衔之时，德·帕尔玛运用了拍摄选美比赛高潮时所特有的镜头，如头戴王冠、泪流满面、欣喜若狂的获胜者，热情的观众们热烈鼓掌以表达他们的赞赏，观众们纷纷拍照来纪念这一时刻，等等。而在影片结尾处，慢镜头则把观众代入到一种安全的错觉中，当观众跟随苏来到一处类似墓地的地方，看着她把鲜花放在了房子的原址，现在却是一处简陋的墓地之上。尽管慢镜头常常被用来拍摄梦境，但是前面提及的两处慢镜头并非梦境，因此当坟墓中突然伸出一只手之时，观众被吓得跳了起来，这很有可能只是导演跟观众开的一个玩笑。当镜头再次切回到苏躺在床上时，这仿佛暗示着之前的场景都只是梦境而已，德·帕尔玛再一次插入了嘉莉沾满鲜血的手的镜头，将噩梦的感觉化入到每天的生活之中。为了增加观众的恐惧感，德·帕尔玛在黑夜拍摄了白天的场景，并将动作反方向拍摄，然后在电影中将整个场景进行逆转（在影片开场中，观众可以看到在不远处的一辆红色轿车是倒着开的）。小说中描写了整个钱伯嵩镇都被摧毁了，与之不同的是，德·帕尔玛并没有足够的预算来构建这个小镇，并且在苏和嘉莉之间的某种联系、转移需要通过这场梦境戏份来实现。

小说的结局几乎没有高潮可言，在影片的结尾处，嘉莉死于过度使用念力而造成的巨大震惊以及精神压力引发的心脏病。当然，她被母亲刺伤也是造成她死亡的一部分原因。金最终设置了一个相当感情用事的结尾，苏和嘉莉交换了念力，这就预示着苏是嘉莉的继承者，并且试图暗示出苏的意图是无可指责的。柯林斯断言这样突然的结局令观众感到十分震惊，因为它仅仅造成了观众的神经反应，但却未能令观众产生害怕、恐慌并触及更深层次的感情。柯林斯不仅低估了具体的视觉和内涵,还低估了这一场景的戏剧效果。与小说中的结局相比,影片中的结局似乎显得更加模棱两可,苏和嘉莉在墓地之外,在更为友好环境中的这次"会面",让观众再一次感受到了噩梦之感。德·帕尔玛喜欢使用这种毁灭性的结尾,他的这一偏好也体现在了影片《剃刀边缘》和《粉红杀人夜》中。德·帕尔玛采用这样的手法,是想让观众更多地去反思自己所看到的情节,而并不仅仅只是出于营利为拍摄续集电影埋下伏笔。德·帕尔玛的电影作品并不应该被如此看待。

慢镜头尤其是长时间使用慢镜头,会使观众将注意力集中在这种电影手法之上,并进而关注使用这一手法的人——导演。在跳接这一手法的使用上更是如此。这些手法主要用于拍摄因怒气而引发念力的片段中,比如骑自行车的男孩嘲笑嘉莉的场景,舞会上所发生的毁灭性的一幕,以及最后克里斯想要阻止她的时候(在小说中则是比利试图阻止她,从而加重了她身上的戾气)。在影片中,导演用两次连续、突然性的跳接来展示嘉莉的眼神,让观众看到了她的怒气凶猛和强大。在嘉莉母亲切胡萝卜时,导演使用了五次跳接,预示着稍后她将对自己的女儿展开攻击,而嘉莉则会以某种形式逃脱,并且将会使用念力对她的母亲展开报复(在影片中表现为她在报复自己的母亲时,使用了锋利的刀具)。跳接的使用更多用于表现时间的飞逝,以此来展现不断重复的过程。在该片中,汤米和他的伙伴为了舞会试穿了一套套各式各样的服装,这一带有喜感的场景就采用了跳接的拍摄手法。从风格上来说,这一场景与整部影片的基调并不一致(该场景甚至加快了语速及对话方式),但这个简短而带有喜感的场景的确与随后舞会中的高潮形成了鲜明的对比。

在该片中,导演也大胆尝试了一些其他的拍摄手法,包括舞会开场时长镜头的使用,将摄像机悬挂在大厅上方缓缓移动并穿过整个大厅,然后将镜头向下推,在人群中定位于嘉莉和汤米,在两人跳舞的时候镜头围着他们旋转，进而捕捉到这一晚带给嘉莉的那种头晕目眩的陶醉。为了达到这一效果，在拍摄时，茜茜·斯派塞克（嘉莉的扮演者）和威廉姆·卡特（汤米的扮演者）被安排站在一个旋转的平台上，而摄像机则反方向旋转拍摄他们。正是由于德·帕尔玛这样一丝不苟和细致周到的规划和执行，使得影片最终呈现出非凡的视觉效果。通过拍摄镜头在轨道上的剧烈晃动以及一个长镜头，影片向观众逐步揭示出虚假的选举结果，一根绳子则联系起阴谋者们和对此毫不知情的苏。观众逐渐看到了一连串清晰的事实，因果关系也逐渐呈现出来，有些人的确有错，但是其他人则是在毫不知情的情况下，被动陷入了这一系列的阴谋之中。由此，观众很有可能会联想到在影片的开头部分，苏也曾经欺负过嘉莉，她对即将发生的事情也负有一定的责任。随后，镜头聚焦在那只装满了血的木桶之后，这个长镜头又回到了嘉莉和汤米的身上才结束，他们对计划、阴谋一无所知，镜头几乎摇过了整个拍摄现场。在这一场戏中，德·帕尔玛用自己的方式诠释了希区柯克定义下的悬念。但不同于藏在桌下的炸弹，观众即将看到的是一场青少年的恶作剧，而这一恶作剧即将引发爆炸性的后果。此处，利用未经剪辑的长镜头和延长了的慢镜头制造悬念，营造出一种无法改变的宿命感，吞噬了所有罪恶以及那些相对无辜的人们。具有戏剧性而又讽刺意味的是，处在观众的角度，我们可以看到主角们所不能看到的一切。

当摄像机不断接近站在后台的苏时，舞台的布景极好地创造了一个分屏效果。苏移动的视线将观众的注意力引到了那根绳子上，那根绳子仿佛就是一条导火索，从一端到另一端，从水平到竖直，观众的视线随着绳子慢慢向上。当克里斯开始拉绳子的时候，苏成为这一幕中不同场景之间的关联所在，仿佛绳子从她的手中滑过一般。延长慢镜头之间的不断切换显示出苏的恍然大悟以及困惑等不同的表情，当她醒悟之时，她注视着舞台下方的阴谋者们。与此同时，汤米也向舞台下方望去，但他并不明白这到底是怎么一回事。柯林斯小姐在一旁看着苏的奇怪表现，但却误以为这仅仅只是一场恶作剧。克里斯在拉动绳子之时，他表现得就像是一名热切的刽子手，镜头拍过他的侧影，他竟然点头赞同这一闹剧。在舞会即将结束的那一场戏中，嘉莉站在大门口，她的侧影显示出熊熊怒火正在她的体内慢慢爆发。这一手法与"羞辱手法"形成了互补，这里采用的手法是导演本人对罗杰·科曼最著名的惊悚喜剧中某些片段的最直接诠释。在电影《血流成河》（*A Bucket of Blood*, 1959）中，"厄舍"式的毁灭最先毁灭了学校的健身馆，然后是白宫，而本片中映照着嘉莉面孔的红色灯光与之前她脸上被淋上的鲜血，又与科曼的另一部电影《红死病》（*The Masuqe of the Red Death*, 1964）相呼应。斯派塞克在舞台上以及她一步步缓缓走下舞台时的僵硬身体，标志着她正在经历着一场彻底的转变，当那只血桶突然降落之时，掌声戛然而止。德·帕尔玛使观众的注意力集中到极其细微的声效上（血滴落的声音、绳子发出的吱嘎声），一切又回到正常的速度打破了此时静谧的气氛。

在影片高潮时使用的分屏特效并非是创新之举，在早期的电影中，如阿贝尔·冈斯的《拿破仑》（*Napoleon*, 1927），迈克尔·沃德利执导的纪录片《伍德斯托克音乐节》（*Woodstock*, 1970）中都使用了这一技术，其主要目的是为了表现动作的同步性。在电影《姐妹》中，一边是警察正在四处询问目击者，另一边则是罪犯正在清理犯罪现场。这一拍摄手法通常用在打电话的场景中，它使得两个角色之间可以同时做出反应。特别是在轻喜剧影片中，如迈克尔·戈顿执导的《枕边细语》（*Pillow Talk*, 1959）以及罗伯·莱纳的《当哈利遇上莎莉》（*When Harry Met Sally*, 1989）中，主演洛克·赫德森和多丽丝·黛以及比利·克里斯托和梅格·瑞恩将这一手法发扬光大。如同慢镜头一样，分屏是一种极为自发的手段，它打破了戏剧的幻觉，因为观众不可能同时关注银幕上的两个部分。分屏使观众更加活跃，并在这一框架内搜寻内在含义。德·帕尔玛非常擅长运用这样的元叙述方式，这些手段不仅能将观众的注意力引向故事的叙述上，同时也能让观众留心到暗示的内容。这让我们意识到我们的的确确是在观看一场戏剧创作，并且更加关注导演的作用。当被问及这样的一种拍摄手法会不会使观众产生疏离感之时，德·帕尔玛回答："这不会比极限角度或者是俯摄更加糟糕。"然而在《魔女嘉莉》中，通篇都是这样的拍摄手法（比如比利、克里斯和其他阴谋者接近猪群时的场景设计，整个画面正映衬着描绘田园生活的壁画，瞬间让观众产生了困惑感）。这些拍摄手法的密集应用，正是德·帕尔玛企图追寻的自我意识的反应，或者说至少是他努力尝试想要达到的效果。此时，观众应该意识到，他在1978年拍摄电影《愤怒》时运用了蒙太奇的剪辑手法，从多个角度反复运用慢镜头拍摄了约翰·卡索维茨的爆炸场景。在影片《夜都迷情》（*Bonfire of the Vanities*，1990）的开场镜头中，德·帕尔玛运用了长达五分多钟的长镜头。在《铁面无私》（*The Untouchables*，1987）中，德·帕尔玛在错综复杂的楼梯间由内向外拍摄，他在用自己的慢镜头向爱森斯坦的影片《战舰波将金号》（*Battleship Potemkin*，1925）中的著名场景"敖德萨阶梯"表达敬意——一辆婴儿车缓缓滑下躺满了尸体的台阶，随后翻倒在地……德·帕尔玛学院派的电影技巧显露无遗。

分屏技术比单个影像传达出更多的信息量，这些信息很有可能来自于不同的视角，但在动作顺序上它会使人产生迷惑感。分屏致使某一场戏可以自然而然地产生一种恐慌感和混乱感，但此处成功使用这一手法，德·帕尔玛本人则持一种矛盾的心态。舞会开头的五分钟就是以这种方式进行拍摄的，之后德·帕尔玛用了数周时间剪辑了这一段落，最终他加入了一些完整的画面，以求减少该段落的紧迫感（也仅仅减少了一点点紧迫感）。德·帕尔玛明显且巧妙地尝试了不同的编辑手段，他运用了传统的分屏手法，进一步并列呈现了舞台上同时同地发生的动作。如此一来，每个镜头都被浓缩了，甚至可以说是被赋予了双倍的含义，常见的视觉信息总量已经包含了同一镜头相对角度的所有信息量。观众可以同时看到嘉莉注视的表情以及她所注视的内容，这时候因果关系在视觉上是同步显示的。分屏镜头和完整的镜头交替出现，我们不仅能够看到嘉莉的行为和她的行为结果，还可以看到整个舞会中弥漫开来的恐慌情绪。在德·帕尔玛后来的导演生涯中，他拍摄了一部名为《蛇眼》（*Snake Eyes*，1998）的动作片，为了呈现拳击比赛现场的暗杀场景，德·帕尔玛再一次使用了分屏手法，但是这一次，他更倾向于展示同时同地的打斗动作。

怀特夫人的缓慢死去，她的呻吟声明显流露出宗教的执着感和性压抑的快感。镜头缓缓地从烛光映照下的女人身上移开，她的脸上显露出一种平和、近乎幸福的笑容。尽管不能与耶稣的苦难相比，但是这与嘉莉柜子里的圣塞巴斯蒂安的雕像交相呼应——圣塞巴斯蒂安也是因为坚持信仰最终被刺死，追为烈士。但在此处，还有一个经常被忽略的电影间的对比。与《魔女嘉莉》同期发行的影片《阴风阵阵》（*Suspiria*，1977）也是一部以离奇且如同噩梦一般的梦境，流畅的摄影，歌剧式的暴力，黑暗的哥特式房子，飞舞的刀为手段跟踪并折磨剧中主人公的电影。此外，该片的导演达里奥·阿基多还运用了学校式的场景设置（一个芭蕾舞中心而不是一所高中），女性更衣室的场景，并且将重点集中在超常人群（巫术而非念力）的情节之上。在这部影片的结尾处，一所房子被一种不知名的超自然力摧毁，而阿基多将整个场景设置特别是走廊的设置，都笼罩在一种血红的灯光之中（这不同于德·帕尔玛的电影，只在影片的高潮部分出现了红光，在该片中，血红的灯光一直都在）。

在影片《魔女嘉莉》中，德·帕尔玛在构造情节时将希区柯克的信条和阿基多式黑暗梦境般的视觉融合在了一起。通过深度创作，延长长镜头和慢镜头，在情节上进行大胆创新，在传统编辑上实践性突破，以及对其他影片有意识的借鉴，都使得德·帕尔玛的创作彰显出了众多令人毛骨悚然、难以忘怀并且效果非凡的电影画面。不同于其他导演对金作品的改编，在德·帕尔玛执导的影片中，很多情节在三十年后的今天依然保有非凡的魅力。

魔女嘉莉 2：邪气逼人 The Rage: Carrie 2

"她和我们不一样！"

——莫妮卡

影片《魔女嘉莉》在续集中运用了一个明显的互文手段，其目的在于吸引对这一电影类别及情节十分了解并且感兴趣的既定观众群。尽管《魔女嘉莉 2：邪气逼人》运用并且参照了德·帕尔玛电影的风格，但从很多方面来看，它更像是一部翻拍片而不是一部单纯的续集。从类文本的角度来看，影片的片名并不恰当，因为影片中并没有出现一个名叫嘉莉的人。本片与德·帕尔玛电影的关联在于，电影试图将叙述时间安排在了《魔女嘉莉》故事发生后的二十年。在同一所高中，女主角瑞秋·郎（艾米莉·贝吉尔饰演）发现自己也拥有了嘉莉的念力。为了向小说更加靠拢，在小说中曾经折磨过嘉莉的一个名叫艾米·欧文的女孩现在已经成为学校的辅导员，最终苏·史耐尔挽救了她。而嘉莉与母亲的终极对抗也更加贴近书中的情节（如同电影《魔女嘉莉》第二版剧本中所设定的情节那样），嘉莉让自己的心跳逐渐停止——

THE RAGE

CARRIE 2

《魔女嘉莉2：邪气逼人》电影海报

LOOKS CAN KILL.

这一设定也许是在暗指爱伦·坡的短篇小说《泄密的心》（*The Tell-Tale Heart*，1843）。

然而这部电影给人的感觉更像是一部地道的高中校园电影，它借鉴并影射了艾米·海克林导演的电影《独领风骚》（*Clueless*，1995）。在萨姆·门德斯执导的影片《美国丽人》（*American Beauty*，1999）中，米娜·苏瓦丽（丽萨的扮演者）突破性地饰演了一个性感活泼、喜欢八卦的女孩。同样的性格在《魔女嘉莉2：邪气逼人》的特蕾西（夏洛特·阿雅娜饰演）身上也有所体现，特别是当她发现杰斯（杰森·伦敦饰演）竟然与既不漂亮也不酷的瑞秋约会时，她大发雷霆。特蕾西的朋友莫妮卡将瑞秋带到了选拔会上，并且当场宣布"她是我们的一分子"之时，这也许是该片在无意识地呼应托德·布朗宁的影片《畸形人》（*Freaks*，1932）中的集会口号。

从《魔女嘉莉2：邪气逼人》中的部分角色性别被倒置可以看出，本片的目的在于修正并重拍《魔女嘉莉》。无处不在、带有侵略性的摄像机记录下了司空见惯的运动员行为，比如竞争对手开车驶过时砸鸡蛋的举动。这一次并非是嘉莉的母亲，而是瑞秋的养父成为家中压抑的存在——因为瑞秋没有按时回家，醉酒后的他扇了瑞秋的耳光。他哀叹道，如果瑞秋离开了，他们将会损失三百美元的月收入，他们收养瑞秋完全是为了钱，而并非出于善意。在这部影片中，观众会看到男更衣室里男人们的臀部（在更衣室里每个人都在讨论着他们自己的感受），这种带有侵略性的男性性欲被这样一种叙事手法贬低了。其中一个男性角色在这一幕中受到了羞辱（教练坚持让他脱下裤子证明"他的两腿间没有垫卫生棉"，这场戏明确影射了影片《魔女嘉莉》中，嘉莉沐浴时的场景）。除了男子气概的展示之外，男人们一起理发、教练称队员为"姑娘们"都让观众感到一种过度修正的异性恋印象。由于家庭和政治性因素，那些未成年少女被利用的情形被堂而皇之地隐藏了起来，地方性政策就是"睁一只眼闭一只眼"（在影片《猛鬼工厂》和《坟场禁区》中，这代表着经济工业掩饰下的性类比）。瑞秋拒绝了马克（丹兰·布鲁诺饰演）的性邀约，她告诉他自己是一名同性恋。尽管稍后她和杰斯在一起的行为表明她并非是一名同性恋，但这个情节的确重现了嘉莉身上所暗藏的某种特质。

瑞秋母亲这一角色空洞地效仿了嘉莉母亲的角色，字幕和开场的一幕都表现出她怪异的举止。她在墙上画着红色的线条，企图"穿过"那些线条以及女儿的身体，为的就是把罪恶阻挡在门外，从而显示出她同嘉莉母亲一样的宗教狂热。然而，在一次引人注目的机会下，她穿着一件笔挺的夹克被警察带走了，尽管这个角色的设定是为了揭露瑞秋父亲的性格特征（影片在结尾处，镜头又重新切回到当瑞秋还是个小女孩时的黑白画面）。她一边慢吞吞地走着，一边尖叫着说瑞秋已经着了魔。互文并不仅仅表现在性别互换和相同的角色设置上，片中还出现了大量对影片《魔女嘉莉》的直接参照，片中的许多场景不论是地点还是风格都密切呼应了影片《魔女嘉莉》。在苏的办公室里，瑞秋一直盯着一只咖啡杯，用念力使它坠落。尽管她的手被信号枪射伤了，但她还是突然抬起手一把抓住马克将他拖进了水池里。在影片结尾处，她的身上并没有沾满鲜血，但是她血红色的连衣裙、僵硬的身体姿态、不断伸长的手指以及缓慢的动作，还有围绕在她四周的恐慌情绪，都让人们联想起了茜茜·斯派塞克（在《魔女嘉莉2：邪气逼人》中，她被压死在倒塌的墙之下这一情节的呼应显得相当空洞乏味）。门内的男孩和门外的苏被同一支标枪刺穿的情节，融合了嘉莉母亲的死法和影片《月光光心慌慌》（*Halloween*，1978）中受害者被钉在桩上的死法。同时，瑞秋和杰斯相爱时的配乐也让人感觉非常像德·帕尔玛电影高潮之前所用的弦乐背景音乐。还有一些特定但不切实际的情节线索，比如瑞秋的父亲就是嘉莉的父亲，还有嘉莉曾经就读的学校废墟被保留了下来，成为"扭曲的纪念牌"，以此来纪念死于那场事故中的人们。从副文本的角度来看，还有三段源自影片《魔女嘉莉》详细而又短小的蒙太奇片段，这些都是苏的记忆闪回（一种懒惰且不合逻辑的手法）。例如，当警长暗示她对艾瑞克（扎切里·泰·布莱恩饰演）的不断追求是源于她想要对多年前所发生事故的一种补偿心理时，观众的视角被切回到满是红色的沐浴场景之中。之后，她尝试心理咨询的场景又被切换到了电影的结尾处，从而将她的崩溃情绪与她在瑞秋母亲学校念书的时光联系起来。仅仅是一次平淡无奇的心理测试造成了舞会上的大屠杀，瑞秋受这一测试的刺激而砸碎了一个玻璃地球仪。还有一个情节直接引用了影片《魔女嘉莉》的第二稿剧本：这一情节原本打算放在影片的高潮处（即原著小说的高潮之处），但在该片中，这一情节却被放在了影片的开头部分。我们可以从镜头中看到"待售"的牌子被放在了怀特家的门外，旁边的一些涂鸦则写着——"嘉莉·怀特因罪孽深重而被烧死"。这一情节引发了一种错觉，它会让观众误以为该片是《魔女嘉莉》的续集，而事实上它更接近一部翻拍片。影片的副标题也可能暗指金早期的一部短篇小说《愤怒》，这篇小说写于1966年，但直到1977年它才被公开发表。《愤怒》依然讲述了一个高中生欺凌和报复的故事，当金同意发表这部短篇小说之时，对于当时频发的高中校园枪击案来说，这无疑是在火上浇油。

很明显，该片的高潮也是发生在主人公身上的一个恶作剧，人们嘲笑她在校园中被孤立，由此而引发了主人公毁灭性怒火的爆发。不同于影片《魔女嘉莉》中的一桶血，该片中取而代之的是一盘偷拍的瑞秋和杰斯发生关系的录像带以及一本私下流传的女性书籍。在《魔女嘉莉2：邪气逼人》中也同样使用了棱镜片的拍摄手法，比如当瑞秋感觉到自己被别人嘲笑之时，门被重重关上，以及大火和飞舞的物体所造成的死亡，受害者还有无辜的人都已死去之时的场景……然而，该片却并未体现出德·帕尔玛电影中所特有的艺术性（一些倾斜的画面无法与早期分屏的叙事手法相媲美）。但影片在结尾处却存在着一些有趣的情节点，当瑞秋被激怒使用念力之时，导演使用了黑白色调来拍摄瑞秋和她周围的环境，以及此前当乔克一家攻击她并试图恐吓她的时候，导演使用了单色镜头来拍摄瑞秋，随后再将镜头切换至她身边的其他颜色上。使用黑白特写镜头近距离拍摄她的眼睛（令人联想到她的童年），随后镜头慢慢放大、宽角度镜头以及加速镜头造成的影像扭曲——都暗示着她在现实生活中的扭曲（以及使用电影手法影射《凶火》中的机械化效果）。影片中那些报复、折磨他人所采用的手法十分合情合理：爱慕虚荣的莫妮卡（雷切尔·布兰卡德饰演）因爆炸致使双目失明，爱乱搞的艾瑞克被捕鱼枪击中了胯部，马克曾试图帮助艾瑞克掩饰他强奸一名未成年女子的事实，所以他本人最终溺死在了泳池之中。影片最终的结局是在一年以后，杰斯已经读大学了，瑞秋去他的学校看他，在浪漫的音乐声中他们接吻了。但这一场景瞬间就被打断了，瑞秋尖叫着，一切在瞬间化成了碎片——这一场景原来只是一场梦。影片中的最后一幕显示出杰斯悲伤地注视着镜中的自己，他依然思念着她。尽管从理论上来说这一幕设计得十分巧妙，杰斯的前后都安放了镜子，但实际效果却并不理想。影片中的确存在一些镜头令人印象深刻，比如跳动心脏的文身，随着念力的增长，她的身体上呈现出了玫瑰花的图样，苏在进行心理咨询时的音量越来越小，直到声音完全消失，这些都在讽刺她其实一点都不懂得聆听。总的来说，片中音乐的混搭有些奇怪，校园中的片段往往采用硬核说唱当作背景音乐，而瑞秋家中两场戏的背景音乐则是"爵士乐天后"比莉·荷莉戴演唱的歌曲。看起来，瑞秋似乎更喜欢更加现代的低俗时尚［在提到垃圾乐队（Garbage）的时候，她表现出了激动的情绪］。影片中也存在着一些比较牵强的情节——那些犯罪的照片恰好是在瑞秋工作的地方被冲洗出来的，这一点无法令观众感到信服。在影片中，对话内容从不合时宜却还算有趣的（当瑞秋发现丽萨在往一辆车的挡风玻璃上泼水时，她问道："哦，这是谁的车？"）转变到那名风趣的医生谈论起瑞秋那条名叫沃尔特受伤的狗时，他却用了一种谈论落寞英雄的语气，毫无讽刺之意（"它被撞得不轻呀，但我想它会坚持下来的"）。本片仿佛只是从形式上对《魔女嘉莉》一片进行呼应，但却缺乏深度，仿佛仅仅只是情节上的堆砌，以及对前作风格的复制，本片并未体现出更多的内涵。作品之间的相互参考不仅可以增加已有作品的潜在含义，同样也会显示出其缺乏原创性的一面。

再死一次 The Dead Zone

"他们跟我说你刚才在外面。"

——莎拉

"我现在还在外面。"

——尊尼

大卫·柯南伯格于1983年上映的电影《再死一次》引发了观众极大的兴趣，首先是因为柯南伯格在影片视觉顺序上的编辑、选择延展了观众对同类电影的心理期待。其次源于影片在大部分时间里都表现出了忧郁的气息，以及克里斯托弗·沃肯在本片中贡献了其演艺生涯中最好的表演。最后则是因为影片对小说本身进行了重新解构。本片改编自金1979年的小说《死亡区域》，所以剧中的角色斯蒂尔森（该人物在原作中与尊尼从未有过直接接触），他仅出现在了影片的后三

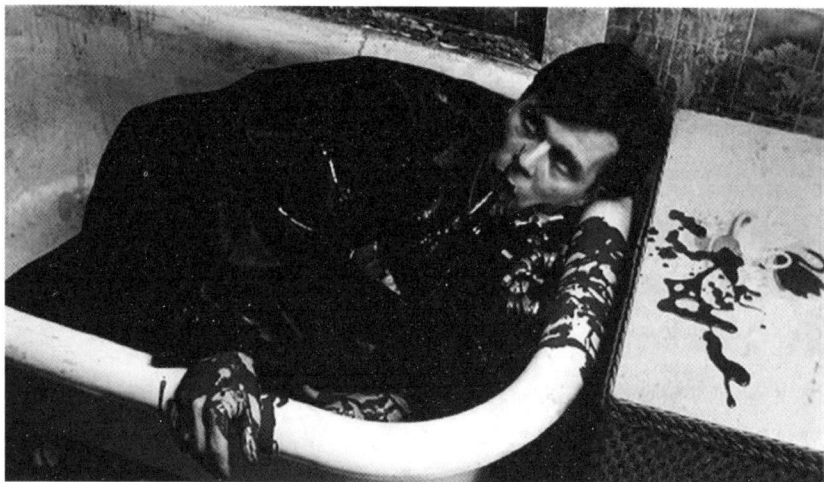

《再死一次》电影剧照

分之一处，这一设定带来了令人满意的电影高潮但也不可避免地损失了人物本身的潜在性格。金自己改编的电影剧本并没有被导演接纳，柯南伯格认为他改编的电影脚本太过糟糕。最终，本片的剧本由杰弗里·鲍姆和金共同执笔撰写。此外，就连导演本人以及斯坦利·多南、保罗·蒙纳什、安德烈·康查拉夫斯基，甚至是制片人黛布拉·希尔都为该片的剧本贡献出了自己的一分力量。毫无疑问，这是一次成功的电影改编——该片从小说相互交错的情节中精妙地创造出一个清晰的"三幕剧"结构（包括：尊尼的罗曼史、车祸以及他的昏迷，追逐城堡石杀手，以及最后斯蒂尔森的死亡）。电影的情节向后推了十年，这使得尊尼身上（以及绝大部分的叙事情节）都少了许多政治因素，片中删去了反越战和学生抗议的情节。在小说中一次溜冰时发生的意外催生了尊尼幻觉的出现，但这一情节在电影中被舍弃了。在电影中影响他的主要因素则是他与莎拉之间不幸的爱情。在影片中，尊尼第一次出现幻觉是他在和莎拉一起坐过山车的时候。影片中莎拉的命运以一种小说未曾提及的方式与斯蒂尔森纠缠在一起，从而与尊尼无法逃脱的悲剧宿命感相一致。

考虑到柯南伯格的创造性掌控程度，以及那些改编影响最大的部分都是出于他作为导演的授意，因此我们主要以导演主创论的角度来看待这部影片。影片中出现了典型的"柯南伯格式"的元素——一名被遗忘的男主角，他身上的超自然天赋耗尽了他的生命力，由于与生俱来的命运所造成的悲伤爱情故事，最终致使主角的死亡或是自杀（而不是像小说中所描绘的那样）。但是，我们却很难把《再死一次》视作柯南伯格的典型作品。当玛吉斯特尔谈及《再死一次》时，他将该片视作"柯南伯格唯一一部描写人性的影片"，这一说法源自一份对《变蝇人》（*The Fly*，1986）这部极具个人特色作品的研读报告。[①] 如同电影《凶火》和《魔女嘉莉》一样（至少直到电影终场结束之前），《再死一次》更像是一部科幻片，而不是一部恐怖片。在这部影片中甚至都没有出现那些令人毛骨悚然的场景，而这样的场景在柯南伯格之后的作品中鲜有出现，比如在影片《感官游戏》（*eXistenZ*, 1999）中的"鲑鱼农场"，又或是影片《暴力史》（*A History of Violence*，2005）中发生在餐车里的打斗场面。

在许多金的改编作品中，超自然现象的真实属性并没有清晰的界定。小说《死亡区域》的超自然现象是一个"时间缺口"，在此期间未来的情况将会受到影响（而这一切竟然是由于脑肿瘤而引起的）。然而在电影中，火的幻象更加令人捉摸不透。它的突然出现以及一种不太现实的英雄主义先发制人的行动，这些都使得尊尼对威扎克母亲的观察是后认知的，而他看到男孩们掉进水池的幻觉则是前认知的。所有主要的时态形式都囊括在了影片中。尊尼运用自己的"天赋"清楚表述了关于潜在的自由意志的哲学问题。威扎克没有和他的母亲说

---

① 玛吉斯特尔. 好莱坞的斯蒂芬·金. 纽约：帕尔格雷夫·麦克伦米伦出版社，2003：123.

话，他只是在心中暗自说道："不该是这样的。"在电影结尾处，尊尼英勇地自我牺牲阻止了一场未来的核灾难，但这却是由一次谋杀未遂而达成的，影片在此处也明确提出了一个道德上的难题。当事后尊尼问威扎克，是不是杀死希特勒才是正确的选择，对于这个问题，在停顿了片刻之后，科学家真心表示了赞同。

我们对尊尼的第一印象是一名朝气蓬勃的老师，他正在愉快地鼓励自己的学生朗读爱伦·坡的《乌鸦》一诗，然后他背诵了一首自己很熟悉的诗歌。这里诗歌的引用和暗喻给尊尼这一角色的悲剧性格增加了更多的辛酸感，从学术角度来说，影片清晰刻画了一种"普通人"的形象。在影片中提到爱伦·坡（这是柯南伯格惯用的增值手法，玛吉斯特尔和柯林斯这两个爱伦·坡研究领域的学者都讨论过这一点），这暗示着尊尼注定将会不幸失去一位美丽的女伴并且他本人也会沉浸在脆弱的忧郁之中。金在小说《死亡区域》中提及爱伦·坡也有可能是受到了《魔女嘉莉》一书的启发，在《魔女嘉莉》中，当比利在准备那一桶血的时候，书中也特别提到了《乌鸦》一诗（但德·帕尔玛并没有将这一情节放到自己的影片中）。他谈到了"一尊帕拉斯的半身雕像出现在了某个古老的戏剧场景之中"[1]。接下来，尊尼推荐了《沉睡谷传奇》一书，书中讲述了一名老师被无头鬼追逐的故事，故事本身的反讽含义不言而喻。尊尼自己也是一名老师，但是他的生活不可避免地被他的超自然能力所改变，他想逃脱这一宿命，最终却无法改变。之后他将自己比作《沉睡谷传奇》中默默无闻的隐居者伊奇博德·克瑞恩——"因为他是一个单身汉，没有什么负担，也没有人为他操心"。从外表来看，尊尼是一名略带书生气、稍显"书呆子"的老师，他的西服、领带、裤子和马甲（英国人通常都是这么叫的）一点也不搭。他笑起

---

① 斯蒂芬·金. 魔女嘉莉. 伦敦：新英语图书馆出版社，1974：130.

来的时候有些紧张，但是当他在走廊上和莎拉调情的时候，他显得非常开心。学生的阅读时间抢占了他为莎拉准备的一次惊喜约会——在小说的情节走向中，他即将被排除在外。

之后，莎拉打破了僵局，她邀请尊尼共度春宵，但是他却拒绝了，称"有些东西值得等待"。而在小说中，当两人在房子里待了一会儿之后，莎拉便因身体不适拒绝了他，随后尊尼乘坐出租车回家，而不是自己开车回家。显然，影片将情节设计成是尊尼的责任，这使得影片的开头显得既讽刺又令人心生同情。然而，影片中尊尼回家途中的那起车祸却显得十分离奇。用中景透过挡风玻璃拍摄和从侧面拍摄司机都是非常常见的拍摄手法，对风暴可悲的错误理解则预示着即将到来的悲剧，同时也为行驶中极差的能见度和抓地力埋下了伏笔。尽管泼到挡风玻璃上的是牛奶而不是血，但是油罐车在十字路口打滑到路的另一侧这一场景也显得十分不真实。实际上，道路是笔直的，车辆的行驶速度很慢而且尊尼并不是一名粗心大意的驾驶员。而这一切的发生则意味着这场车祸本是可以避免的，而不是影片中表现出来的必然发生。

如同影片《绿里奇迹》中的约翰·考夫利以及《亚特兰蒂斯之心》中的泰德·布拉提根一样，促使尊尼出现幻觉的因素是人性的触动（他们都极其渴望拥有，但又必须拼命压抑自己的欲望）。此时的心电图图像呈现波浪状，如同触电一般（在医院里，通过一个过肩镜头的拍摄表现出尊尼的头向后撞到床上）。上面提到的三个角色最终似乎都厌倦了承受由天赋所带来的这些痛苦，所以死亡或者被捕不再让他们感到害怕或是畏惧，而似乎成了他们心心念念的一种解脱方式。在尊尼第一次产生错觉时，特写镜头显示他转头看向了摄像机的右侧，此后镜头被切换到一个玩具屋内着火的镜头，背景音乐是单一高调的小提琴声，许多关键、有力的影像出现在了观众的视线之内，观众需要多方关注——一个正在冒泡的鱼缸，一间玩具屋（如同电影《闪灵》中的微观世界影像一样，但该片中的玩具屋无疑更具视觉效果），此外还有一个蜷缩在角落中的女孩。之后，镜头又切回至尊尼，他正在叫着一个女孩的名字，当镜头第三次切回到他的时候，观众可以看到他仍然在床上躺着，一点都没有移动过。但此时他的床已经着火了，不同的寝具和墙纸使他仿佛置身于错觉之中，他很有可能躺在了小女孩的床上（这又是柯南伯格电影中独有的方式，这种错觉使得体验更加主观化、个人化，最终令观众感到十分迷惑）。尊尼转身往画面左侧看去，他警告了那名护士，他认为她有足够的时间来救那个女孩。在拍摄幻觉这一系列影像时，传统的地点、并列的手法（小女孩房间内的窗子被风吹开，尊尼躺在医院的病床上，突然蜷缩了自己的身体）又被推向了更高的层次——交叉剪切（"不同地点—相同时间"与"相同地点—相同时间"的混搭剪辑）之中。

稍后，柯南伯格在拍摄尊尼在露台上产生的错觉时候，使用了相同的手法。但这一次，他采用了更加戏剧性的编排，一面隐藏一面慢慢展露凶手的真实身份。伴随着脚踩在雪地上时的嘎吱声，高角度镜头清楚地展现了白天时的露台，镜头聚焦在尊尼身上，他抓住了受害人的手，但这一切只是他的幻想而已。静止镜头拍摄了夜间与白天明亮雪景的交叉剪辑，镜头跟随受害人阿尔玛来到露台附近，镜头在她的身后升高，模糊拍摄了站在不远处与她打招呼的人。尊尼以跪地的姿势出现在了这一幻觉中，镜头在他无助地目击这一犯罪场景和此时守在犯罪现场的弗兰克之间来回进行切换。当尊尼看到剪刀这一凶器被拿出来之时，镜头在袭击事件和尊尼之间来回切换，此时的他已经站了起来，很明显此刻他（"我就在那儿"）无法介入（"但是我什么也没做"）到这一情境之中。这种超自然的天赋给他带来的痛苦在于，他能够真实地看到过去发生了什么，就好像他本人当时就在那里一样，但是他却身在现在，对过去无能为力。1993 年，大卫·芬奇执导拍摄了麦当娜的歌曲《坏女孩》（*Bad Girl*）的音乐录影带，男演员克里斯托弗·沃肯在其中仿佛拥有了"上帝视角"可以预见未来：然而遗憾的是，这个角色最终未能阻止一个女孩被残忍地谋杀。此后，尊尼不再以自己的幻觉为重（克里斯淹死的景象，斯蒂尔森发起核战争并最终结束了自己的生命），这些都在暗示着他的超能力在逐步减弱、退化。在影片中，我们也会见到一些反常的幻想——比如姓名准确但情感荒芜的斯蒂尔森宣称他看见自己做了总统，并且在尊尼此前的回溯中，斯蒂尔森疯狂地认为那场战争就是"他的宿命"。

柯南伯格不止一次提到他对瑞典导演伯格曼的敬仰，伯格曼的同行兼同乡阿尔夫·斯约堡——影片《朱丽小姐》（*Miss Julie*，1951）的导演——将主角沉浸在自己幻觉中的拍摄手法发扬光大。在影片《朱丽小姐》中，阿尔夫·斯约堡放弃了当时传统的"标志性情节"，通过将过去出现在女主人公人生中的角色（比如她的母亲）代入到当前的某一幻觉中，从而使过去和现在产生交错的问题情境。对于影片《再死一次》来说，当威扎克被告知有关他母亲的事情之后，柯南伯格创造了一种极其有效的情境，这一场景令人难以置信，与威扎克通话的是一个他认为已经不在人世的人。最初，所有的幻想都是为了突出尊尼这一人物角色，甚至包括那起"曲棍球事故"，这些都是为了彰显仅靠一只手臂便可将克里斯按在水下，身穿米黄色毛衣的尊尼的身份。尽管不断尝试着脱离社会，尊尼的超自然天赋还是将他置身于自身的幻觉之中，并且无法逃脱，这就意味着他的生活愈发精彩而短暂。

学者威廉·彼得和玛吉斯特尔对此持有相似的观点，他们都认为这些角色都应被看成精神实体而不仅仅是虚构的概念，观众以及评论家应该从叙事的主题上来认定电影文本，而不应将时间花在分析某种特定的电影形式上。彼得认为尊尼属于受虐性格，他所遭受的痛苦绝大多数来自于自我折磨。① 然而，金的小说却对幻觉的出现做出了一些解释（比如此前提到过的溜冰事故），但在影片中却并未进行过任何解释。彼得误把坐过山车当成了幻觉出现的潜在原因，但他却并未发现坐过山车就是幻觉的首次出现。

柯南伯格常常将童年时的创伤情节从原著中删去（在他看来，这些情节使观众的心理解读太过简单），他在改编影片《暴力史》时也是这么做的。彼得对医院那段情节的解读令人感到十分费解，他认为："他（尊尼）突然抓住护士胳膊的这段情节一定是出于影片本身想要创造的这种令人心悸的传统效果。"但正如在分析这些幻觉时所暗示的那样，这些情节都采用了一反传统的拍摄手法。因此，彼得总结说："从这一情节我们可以得知，尊尼是影片中的怪物。"② 这绝对是对影片内涵的一大曲解，所有的幻觉都是因为突然的碰触而引发的，堕落、邪恶并且准备先发制人发动大决战的斯蒂尔森才是迄今最应该被称为"怪物"的人。彼得在这里的想法显得很奇怪并且自相矛盾。彼得认为尊尼代表了"一类反抗残暴的人，他们身上兼有具体化的超同情心和一种祛身体化的放逐……"③ 在这种情况下，应该尽量避免将尊尼身上消极、包容的女性特质拿来和其他两种类似的男性特质进行比较——多德身上那种性施虐的男性特质和斯蒂尔森身上那种外向的控制欲和表演欲特质。然而，尊尼的确采取行动阻止了斯蒂尔森的运动，从某种程度上来说，正是他自己导致了最终的自我牺牲。

尽管彼得认为尊尼戏剧性甚至是夸张的退缩十分有趣，但这最终还是未能将情感上的特点归因于特定的性别当中：敏感是尊尼最核心的性格，但敏感一词并不仅仅局限于女性。彼得试图在尊尼和多德之

---

① 威廉·彼德. 怪兽般的艺术家. 多伦多：多伦多大学出版社，2001：175.

② 同上，第178页。

③ 同上，第191页。

间寻找两人互为分身的情况也缺少可信的证据，这两者之间的唯一联系在于，尊尼可以看到他已经做过的事情，但这并不能表明二人互为密友。两人透过窗户交会的眼神充满了负罪感，但却独独没有表现出二人的密谋和串通之情。如果尊尼投身政治，也许他会更像斯蒂尔森，但是绝对没有证据显示多德就是尊尼所害怕一旦停止自我抑制就会成为另一个自己。彼得的逻辑中存在着漏洞：他将多德的故事看成是"因为莎拉这一虚构的妻子所拜访的结果"。而这一推断恰恰忽略了一个事实，尊尼之所以会介入是因为他看了一则电视报道，当时他和自己的父母在一起，他并不是为了去见莎拉，即使他真的去见莎拉，他一定也会极力避免这一行为。彼得认为电影"提出了一个模式，即主人公所居住的房屋体现了他的生活和教养，而外界环境则是毫无生气且冷冰冰的"。这种看法在某些方面是说得通的，但是它同时也掩盖了一些实际情况。多德家的房子是黑暗的储藏室，这体现出了他身上压抑的性欲。护士的家则象征着潜在的死亡陷阱，而露台的场景却是在明亮的阳光下进行拍摄的。如此概括地追寻符号的价值是有局限性的，如同彼得术语所意指的"模式化"一般。然而，这也正是柯南伯格本人所力求避免的。

　　不同的要素结合在一起制造出了一种深沉的忧郁，最特别的是克里斯托弗·沃肯的表演——关键时刻语言的乏力以及时不时出现的忧郁时刻。在他漫长而卓著的职业生涯中，克里斯托弗·沃肯将自己最好的表演全部奉献给了本片。柯南伯格是这么形容本片的主旨的："孤独和忧郁，处理事情的无能为力，但又有着不得不做的无可奈何。这正是克里斯·沃肯的脸庞，这张脸庞就是本片的主旨。"① 至于尊尼这一角色，是什么令他如此寻常，又是什么令他如此不同寻常，我们深

---

① 马克·布朗宁. 大卫·柯南伯格：作者还是制片人？ 布里斯托尔：知识丛书出版社，2007：39-40.

感迷惑。影片大多数时间都采用了低角度的拍摄方式，尤其是在影片的结尾处，在他准备着他的步枪时，明显表明了他此时无足轻重的地位。他的台词功底相当深厚，例如当他和莎拉在一起时的那种尴尬气氛，最终都被他半真半假的笑话打开了僵局。由于莎拉打破了他原本的生活，致使他人介入到自己的生活之中，他产生了一些困惑和愤怒。当莎拉留意到他瘦了，他的回答带着些许苦涩和懊悔："是啊，这大概就叫作昏迷节食，当你睡着的时候你就瘦了。"他失去的不仅仅是体重，一旦他尝试使用自己的超能力时，他就会与人类失去联系。他失去了他的工作，他的母亲，以及他和莎拉的爱情。随后，莎拉在新闻发布会上目睹了他心脏病发作的全过程，同时她也觉察到他和克里斯之间仍然保有即时联系。之后，他愤怒地回应了班纳曼的说教，这一来一回的对话其实解释了在金的小说中尊尼的内在想法："上帝对我来说真的是一个巨大的笑话。"这种感觉形如昏迷一般，他对人生产生了近乎绝望的念头，他甚至无法控制自己的人生。他无法选择自己究竟是活着还是彻底死去——那种不可能并且无法忍受的无尽缓期在他身上成为现实。

从很早以前开始尊尼就意识到了他的身体正在经历着某种变化，他曾经问过威扎克："我到底怎么了？"这种痛苦也影射了在影片《变蝇人》中布朗德利弗莱的质问，当男主人公意识到自己身体的进化，并且当他完全没办法阻止这种变化之时，他清楚地感觉到："当咒语到来之时，自己的肉体将要死去。"这种超自然天赋使他整个人都处于一种反常的状态中，致使医患之间的角色发生了颠倒（他问威扎克："山姆，你究竟在想什么？"）。在观众的眼中，尊尼已然成为某种精神领袖，生活贫困的人们纷纷把自己的难题抛给他，成包并且尚未开封的书信从纸箱中溢出，这也形象地表现出了这一点。在电影中，尊尼无数次想要摆脱这样的命运，但是命运却紧紧地跟随着他——班纳曼公开呼吁寻求帮助，罗杰·斯图尔特为自己的儿子寻求导师，莎拉为斯蒂尔森发起运动……所有的一切都打破了他自我隔离的尝试，每与这些人接触一次，他就越来越虚弱。中心角色所受的约束表现在柯南伯格对身体恐惧的轻描淡写上，尽管在影片中增加了多德自杀的恐怖情节，但他还是把金原著中的开场情节删去了。在金原著小说的开头部分，斯蒂尔森正在折磨一个小男孩，随后他就把一只狗踢死了。

在某些关键时刻中，比如在电影《孽扣》（*Dead Ringers*，1988）最后的电话场景中，语言本来是有助于理解情节并让情节能够为人们所接受的，但在此处语言并不具备充足的说服力。当尊尼的父母告诉他已经昏迷了五年之久，并且他和莎拉之间早已成为"过去时"，尊尼转过身、捂住自己的脸，整个画面慢慢洇成了黑色，暗示着他的悲伤。

在电影中，威扎克不能和他的母亲说话，因此观众无法看到他们之间过分夸张的场景。尊尼不能在电话里同斯图尔特讲话，当他知道克里斯还活着的时候，他释然地将话筒靠近了他的胸膛。

稍后，尊尼的父亲吐露了自己的心声："我觉得我不太会说话。"当高大的尊尼抱住这位衰老而又瘦小的男人之时，丧妻后无以言说的悲伤感显得格外强烈。在影片中，克里斯的设定由小说中十八岁的乔克变成了一个更加年轻、安静、敏感的男孩。在情节的设置上，柯南伯格给尊尼安排了一名至交，他们最终被迫分道扬镳的场景则显得分外伤感。

柯南伯格通过特定的拍摄构造出一种实现的忧郁美，从而延展了相对狭隘的电影亚类概念。

威扎克拜访隐遁的尊尼，这一情节的背景被设定为斯蒂尔森的巨型海报，这幅还未完成的海报则暗示了斯蒂尔森的双重人格——受人尊重的公众形象以及私下里的疯子形象。第一位受害人在隧道里被杀害的场景是在背光下进行拍摄的（受到了停在路边的巡逻车的启发），背光拍摄产生了一种表现主义的长阴影以及尊尼、班纳曼和多德三人的剪影。在类似洞穴状的场景中，随着人物的前行，摄像机慢慢向下进行拍摄，给整个画面营造出了空间感和纵深感。尊尼在多德家中碰到其母亲后，他意识到她早就知道了自己儿子的情况，但是却并未采取任何行动。整个场景的布置（部分取材于小说）诡异得令人叫绝。在多德幽暗的卧室里，牛仔色的墙纸、西部漫画以及各种手办都营造出一种不适、源于被拘役的青春期的性意味，就像大卫·林奇执导的影片《蓝丝绒》（*Blue Velvet*，1986）以及《妖夜慌踪》（*Lost Highway*，1997）里的暗室一般。与此同时，橡皮艇悬在那里，仿佛就是一种性支撑。在影片中，那个相当离奇的自杀场景要比小说中直截了当的割喉情节更具戏剧性，在镜前完成自杀这一动作，主要是为了展现多德孤僻、离奇的个人生活。此外，拍摄母亲的慢镜头则显得太过戏剧化，她的手穿过楼梯的扶栏向尊尼伸去，这一幕显得极其虚假，设计痕迹过重。

柯南伯格的作品中常常弥漫着失落感，甚至是在电影的结尾，银幕上通常会出现一些有棱有角的形状，渐渐创造出不同的空间，这些空间结合在一起定义成某个字母，最后定义成为某个单词。空间创造了单词，而缺失则表示了存在。那些短小但强烈的忧郁片段装点了整部影片：在看望过已经恢复健康的尊尼之后，莎拉坐在车里哭了好一阵子才开车离开。在选择布鲁克·亚当斯扮演莎拉时，制片人完全背离了金小说中的人物形象，即身材高挑、一头金发的莎拉，但是她的表演非常细致入微，影片中多次出现了她的脸部特写镜头。[①] 这次令人伤感的拜访，让尊尼看到了他本来可以拥有的生活（三代同堂围坐在桌前吃饭的场景很好地表达了这种情绪）。莎拉心知肚明，她心里很清楚自己在干什么，她告诉自己这种看望仅此一次，以后绝不会再有。在去尊尼家之前，她

---

① 斯蒂芬·金. 死亡区域. 伦敦：未来刊物出版社，1979：234.

伫立了许久，然后深深地吸了一口气，随后她离开了熟睡中的孩子，做好充足的准备面对自己的感情，尽管她很爱尊尼，但却还是要离开他。伴随着这种深沉的痛苦之情，尊尼在莎拉心里留下了不可磨灭的印象：他将手杖放到一边，稳健地一步步走向她、迎接她。即使是在和克里斯一起读书时，尊尼也奇怪地被爱伦·坡《埃莉诺》（*Elinore*）中的片段所吸引，故事中男主人公对是否能够再次看见他的爱人充满了不确定性，此处也隐隐暗示着莎拉，"悲伤"一词不断被重复着。随后当他再次在家门前看见莎拉时，他突然挥手示意克里斯离开，随即便大哭起来，然后伸手环抱住克里斯，超能力的天赋使他看到了"冰球事件"的景象。最终这些时刻交织在一起，成为他生命中最强烈的推动力，即他对莎拉的爱，赋予了电影悲剧性的力量。

在尊尼濒死之际，他倒在了莎拉的怀抱之中，她向他表达了爱意，故事最终以尊尼写给莎拉的一封信作为结尾。这实际上是一封自杀信，通过画外音的方式将信的内容展示在观众面前。信中尊尼解释了他的暗杀计划，但莎拉突然的尖叫使他分了心，致使最终暗杀失败了。然而就在影片的结尾处，这一次命运给予了他帮助而非阻碍，斯蒂尔森自毁政治生涯，夺走了莎拉的孩子（那个孩子很有可能是她和尊尼的），并把这个孩子当成了自己的"挡箭牌"，然而最终他还是自杀了。尊尼在临死前终于还是目睹了这一幕的发生（这一情节在小说中并没有出现）。

凶火 Firestarter

虽然从某种意义来说，《凶火》与《魔女嘉莉》之间有那么一丝联系，但本片表现出的不足之处有助于重新审视之前作品所具备的优点，本片的不足之处甚至还会致使一部电影脱颖而出，并且延展、定义了某一电影类别，而本片则充分发挥了这一因素。然而令人遗憾的是，最终呈现出的效果却令人颇为遗憾。虽然很少有人认为金是一位撰写政治题材的作家，在金的作品中，最没有原则性的组织机构并不是一个外星组织，而是一个代号为"商店"的政府秘密部门。金在小说中花费了大量笔墨勾画出这样的一个多维空间，然而却并不能令读者感到信服。因为其缺少必要的叙事空间，模糊的人物形象在电影中仿佛如纸板裁出的剪影一般单薄，缺少戏剧分量。尽管在影片《凶火》中，观众并不同情"商店"中的员工，原因在于这些人试图杀死查莉·麦吉，但是从某种程度上而言，他们又是可以被理解的。查莉·麦吉拥有潜在的破坏力（在影片《闪灵》中，哈洛伦称丹尼是一颗"原子弹"），不知何时就会释放出未知的力量，甚至连拥有同等力量的人都无法与她抗衡。

此外，影片《凶火》中还有一处暗指由洛萨·门德斯于 1936 年拍摄的作品《制造奇迹的人》（*The Man Who Could Work Miracles*）。该片讲述了一个男人戏剧化地突然拥有了一种神奇的力量，他以停止地球自转的方式来证明这一点。然而门德斯却让主人公福泽林盖（罗兰德·扬饰演）进行干预，以此来阻止生命的损失、扭转自己的行动，就像童话故事里的咒语一般。相比于电影《凶火》，《制造奇迹的人》显然更加挑战了观众的道德底线，影片中的政治意图更加明显，尽管当时全球性的法西斯主义威胁已经迫在眉睫，但该片仍然传达了一个想法——可以通过自我控制来抵制绝对的权力。然而，对于战后一代人而言，在明白了原子弹的潜在破坏力之后，他们并非具备这种理想主义思维。

这就是约瑟夫·万利斯博士（弗雷迪·琼斯饰演）的主要担忧。

他是电影《流金岁月》（*Golden Years*，1991）中的疯狂科学家陶德亨特的先驱。万利斯博士不断重复着对一个女孩发出警告，他希望杀死这个女孩，然而这却意外导致了自己惨死在瑞伯德的手下。影片《凶火》的基本前提是政府的黑幕实验制造出了精神力量，这种精神力量试图被操控和利用。然而这一前提并非是原创的，在电影《愤怒》和《夺命凶灵》（*Scanners*，1981）中它们已经被良好地运用过了。在电影《驱魔人2》（*Exorcist II：The Heretic*，1977）中出现了对一个具有通灵能力的女孩进行测试的情节，但在影片《凶火》中并未出现类似的情节（机会被错过了）。查莉·麦吉放火烧了一些日记，大火在墙上烧出了一个洞，随后火苗便窜到了浴室和巨大的冰块上。当然，霍利斯特队长（马丁·辛饰演）孩子气的欢呼声是不可能让观众产生共鸣的。

从一开始，故事的叙述就聚焦在了一对亡命天涯的人身上，但是导演莱斯特成功实现了一个难以实现的成就，创造了一个全新的电影类别——无聊乏味的追捕影片。除了影片的节奏因素之外，有效的追捕故事情节需要一条清晰、条理分明的情节线，并且不必包含过多的情感因素。我们跟随安迪和查莉·麦吉一路从机场到了汽车旅馆，最后再回到家中，但在整个过程中却没有出现一丝危机感。父亲和女儿在一起时的场景甚是甜蜜，德鲁·巴里摩尔（查莉·麦吉的饰演者）的长相十分甜美（制片人坚信这会是电影的一个卖点），但就整部影片来看，其情节设置过于简单，太易于推测。通过场景消失、标志性的倒叙手法来强调影片整体的叙事感，所以我们从中可以得知第六号场地的实验宣告失败，查莉·麦吉点燃了母亲的烘焙手套以及查莉被诱拐的情节。在金的小说中，读者的注意力被慢慢转移到了烘干机玻璃门上的一个血手印上。在影片中，观众的注意力则被转移到了安迪发现妻子的尸体（带有明显的虐待痕迹）从橱柜里掉了出来这一情节，他的反应非常奇怪，只是跟随查莉·麦吉匆匆地离开了。甚至当他和查莉·麦吉走进《纽约时报》的办公室时，伊弗·曼德斯（阿尔特·卡尼饰演）说的最后几句话"你现在安全了"，以及她仰望天空说的一句"我爱你，爸爸"。这些都显得十分感性，正是这种过于感性的处理手法使得影片的结尾稍显逊色。

念力这一电影类别普遍存在着一个特殊的问题，这在电影《凶火》中表现得尤为突出。从风格上来说，主人公扭曲的脸部特写，因聚焦而扭曲的镜头特殊效果（也有可能不是特殊效果）与传统的剪切技术之间很难达到令观众信服的戏剧效果。利用明确的互文概念，金本人虽然并未详细说明，但他还是提到了影片《外星大脑》（*The Brain from Planet Arous*，1957）是他撰写《魔女嘉莉》一书的灵感来源。但从电影的角度来说，风格上的主要联系是主角脸部的瞬间特写镜头以及他眼睛的变化。在影片《外星大脑》中，近距离的特写镜头会因为刻意突破镜头焦距而显得十分怪异，最终导演让史蒂夫·马驰（约翰·艾加尔饰演）戴上了深色的隐形眼镜。在影片《魔女嘉莉》中，德·帕尔玛则选择了变焦摄影并且减少技巧性的拍摄手法——使观众更多地去关注由此产生的电影效果，而不是嘉莉做出的那些扭曲的表情。在影片《凶火》中，安迪打算"推动"出租车司机发现五百元的纸币，查莉·麦吉因机场保安甩掉怀孕女友而产生的愤怒，都运用了相似的拍摄手法表现出来。安迪的手掌按压着他的太阳穴以及用风扇吹着查莉·麦吉的头发并对她的脸部放大特写，背景声则是不断重复的合成鼓声，这些组合在一起仿佛是对电影《无敌金刚》（*The Six Million Dollar Man*，1974）的重现。在这部影片中，史蒂夫·奥斯汀的"仿生能力"就是以慢镜头和一种类似结巴的音效表现出来的。在影片《凶火》中，"商店"中的工人们仅仅通过将安迪的双臂固定在他的身上就能使他失去超能力，这个看上去十分荒唐可笑的场景，以及所有的暗指包括影片中的服装和发型都给整部电影蒙上了上世纪七八十年代的味道。橘梦乐团（Tangerine Dream）的环绕合成器与达里奥·阿基多《阴风阵阵》中的背景音乐 *The Third Ear Band* 产生了一种乏味的呼应。就《魔女嘉莉 2：邪气逼人》而言，互文的比较也显示出了该片的一些缺陷。约翰·内博德（乔治·C. 斯科特饰演）这个人物的潜在性格也令人不寒而栗，一旦"商店"和查莉·麦吉断绝关系，他的阴谋就会得逞，这样他就可以杀死她并且在来生获得超能力。他热衷于打扮小孩子则显示出他的"恋童癖"：用查莉·麦吉来诱骗自己，将自己伪装成一个井然有序的人，但他却十分怕黑，讲述那些亦真亦幻的有关越南的噩梦并且带她去骑马。作为一名"假爸爸"（他将一匹叫作"巫师"的马介绍给她认识），他杀死了查莉·麦吉真正的爸爸即邮局员工万利斯，对此他并未感到丝毫的内疚，他甚至更像一个毫无目的的精神病患者。因此，玛吉斯特尔认为应该把这个角色塑造成具有莎士比亚笔下恶棍的所有缺点的人物形象，但这一想法看起来似乎十分荒唐。①

在影片的高潮部分，查理·麦吉破坏了"商店"位于弗吉尼亚州的基地，此前发生的类似场景则预示了高潮的发生并且显示影片《凶火》可能会出现类似德·帕尔玛执导的影片《魔女嘉莉》的结局。查莉·麦吉慢慢地前行，如同受伤后的嘉莉一般，放火烧了"商店"的代理人，同时她还向车辆和建筑物投掷火球。后者的效果，由于电影特技的日臻完善，那种即时并且真切的破坏性效果确实产生了致命一击的感觉。然而，虽然片中出现了一些有趣的镜头（比如霍利斯特骑自行车去工作，这看起来相当不协调。又或者是当内博德用药将查莉·麦吉一家迷倒之后，一群西装革履的代理人如影片《X 档案》中的角色一般从树的后面冒出来），但我们仍旧无法将《凶火》称之为一部有趣的电影。

---

① 玛吉斯特尔. 好莱坞的斯蒂芬·金. 纽约：帕尔格雷夫·麦克米伦出版社，2003：35.

康纳指出，全明星阵容是"烂片模式"的一大特色，不幸的是，《凶火》涵盖了烂片所具备的一切特质。

结论

　　将戏剧性突变归入这一电影亚类的一大特征便是此类电影缺少对念力出现原因清晰而又合理的解释。在影片《魔女嘉莉》中，德·帕尔玛虚构了一个小情节来解释嘉莉的天赋从何而来，但是这并没有从科学的角度对其进行解释。就算是像《鬼头鬼脑》（*Modern Problems*，1981）这样的喜剧片通常也会尝试做出解释，在本片中男主角切维·切斯因与一辆垃圾处理车发生相撞之后，整个人被撞飞在了核废料堆之中，从而获得了某种超自然力。电影《再死一次》则用一场颇具戏剧性的车祸来解释尊尼超能力的来源（在金的小说中则是因为脑肿瘤）。《再死一次》是这一章节中唯一一部念力并未用于搞破坏（恰恰相反，念力被用于警告当下或是不久之后将会出现的灾难）的电影，而这恰恰也是叙事最为复杂、最令人满意的一部电影，这恐怕并不是一种巧合。嘉莉和查莉·麦吉的盲目怒火在影片中引发了强烈的连锁反应，但是作为观众却无法单纯地感同身受——在影片《再死一次》中，克里斯托弗·沃肯所饰演的男主人公一角长时间承受着痛苦、悲伤和负罪感，观众需要充分的时间来理解、体会这样细微的情感。金本人对于念力的理解也存在着易变的问题，在他的小说中，念力可以实现主角的全部所想，这种念力如同超级英雄们的超能力一般，这实在令人难以置信。在影片《凶火》中，查莉·麦吉的父亲能够通过暗示促使其他人进行小规模的行动。在《魔女嘉莉》中，嘉莉毁灭性的怒火能使物体移动，或者使他人做出自我伤害的行为，比如我们所看到的杀死她母亲的场面或者是舞会上大开杀戒的场景。这种处理方式削弱了叙事的严肃性，使电影本身变得更像是拍给孩子们看的娱乐片。这样天马行空的情节设置存在一个问题，那就是如果没有什么是不可能的（查莉·麦吉可以使付费电话"吞吐"出硬币以及发射火球烧死她的敌人），那么设置危险情境又有什么意义呢？

从理论上来说，影片《凶火》和《魔女嘉莉》的叙事结构从表面上看都是十分相似的，这两部影片都讲述了年轻女孩感觉自身受到了威胁，并且发现自身具备的无理性破坏力，但她们自己却又无法完全控制这种力量。但是，我们可以通过不同的电影表现手法将这两部影片区分开来。德·帕尔玛在延展既有电影类别甚至是在定义新的电影类别方面表现出的导演才能是这两部电影最主要的区别之一。德·帕尔玛的成功之处更在于，他创造了具有不同层次和深度的人物形象，并且在他的引导下茜茜·斯派塞克爆发出了极具深度的表演。在这方面，茜茜·斯派塞克比起当时还十分青涩的德鲁·巴里摩尔来说，她表现得的确更加成熟，演技也更为出色。影片《魔女嘉莉》中精心设计的场景（比如开放式的沐浴场景，舞会，以及影片的结尾），与嘉莉那种宗教狂热以及走向不可避免的悲剧结局之间形成了鲜明的对比，类似的情节并未出现在影片《凶火》中。德·帕尔玛成功组织并提升了一个普通的文学文本，将金的小说变成了现代版的《德古拉》。同时，他还将支离破碎的叙事文本变成了一个难忘且连贯的整体。

德·帕尔玛寓意深远的审美和引人注目的电影方式，如分屏和慢动作的使用，自然而然地促使观众将他执导的其他电影文本联系起来。正是这种电影形式和叙事结构上的野心延伸甚至是定义了未来电影类别的界限（比如肢解电影突然且惊人的结尾），并且提升了茜茜·斯派塞克的影响力。《凶火》一片既无节奏感又缺少智慧，该片只是对

《魔女嘉莉》进行了简单回应，而《魔女嘉莉 2：邪气逼人》则表明，如果一部电影缺少德·帕尔玛的导演才能以及茜茜·斯派塞克的魅力，那么它将会是另外一种景象。

在影片《不一样的本能》（*Phenomenon*，1996）中，乔治·莫利（约翰·特拉沃尔塔饰演）在突然看到一道闪光之后便拥有了念力，但随后影片却将念力的来源解释为是由不断恶化的脑部肿瘤所引起的。在一场新闻发布会上，乔治·莫利彻底崩溃了，长久以来他都无法理解大千世界的追逐感，最终因自身情况而引发了死亡。这样看起来，该片十分类似影片《再死一次》。然而，柯南伯格精心设计并极具挑战的电影剪辑，特别是对幻觉和一直贯彻始终的忧郁感的描绘，以及克里斯托弗·沃肯极具深度且令人惊艳的表演，所有这些特质都强调了好莱坞制作的主流电影与其他资本出品（庞蒂—德·劳伦提斯制片公司）的电影之间的区别。在安德烈·塔科夫斯基执导的影片《潜行者》（*Stalker*，1979）的结尾处，男主角的女儿明显有能力将三个玻璃杯从桌子的一端移动到另一端，观众则十分好奇，这究竟是一种无法解释的念力使然还是由于火车经过时所带来的震动感而造成的。如果仍然把念力电影作为独立于喜剧类别之外的一个题材，或许最好的办法就是不要对这一题材进行过多解释，开放式的结局比令人半信半疑的情节设置要好得多。

第二章

阴暗世界的故事：
组合电影

"漫画书里充满了各种奇妙的多功能设计，电影类型通常被认为也是这样一种精妙的设计。"[①]

　　罗伯特·斯塔姆在进行上述联想时也许并没有想到本章中的这些电影，但这种说法依然是很中肯、切题的。在两部《鬼作秀》影片的结尾部分都出现了一则简短的"广告"，其中就包含罗伯特·斯塔姆所提及的这些"精妙设计"。这一方法有助于我们更好地理解"组合"这一概念，"组合"也是一个涵盖性术语，它可以将不同的、可能对立的意义包含在一个富有成效的张力之中。影片《鬼作秀》很有可能是本书所涉及的电影中最具有天然互文性质的一部电影——影片中的互文模式是衡量影片效果的关键性因素，也是用以衡量影片中不同故事之间通过并列或对比等特定叙事结构而产生的一系列关联效果。

　　这些电影也是最易被评论界遗忘的一类电影（在本书中，只有玛吉斯特尔提到过一次《鬼作秀》），这就引发了一个问题，这些电影

[①] 罗伯特·斯塔姆，托比·米勒. 电影与理论. 新泽西：威利—布莱克威尔出版社，2000：14.

是否真的不值得我们去深入探究？

然而，在处理这些影片时，我们很容易看到一种精英文化的因素——这些电影已经被关联到一种低层次的文化电影类别（恐怖电影）中，但这种特别的形式更进一步地与另一种类似的印刷形式（漫画）相关联。漫画也许仅仅被用于放大低俗文化的价值内涵。我们可以从影片类别来考虑此类低成本影片效果可能带来的观影乐趣——在有限的时间里叙述的故事会达到何种效果？这些故事本身又有哪些创新？这些故事彼此之间是怎样联系的？事实上，可以这么说，尽管评论界对这些电影持抵制态度，但是这些电影的确是所有金作品改编影片中最为成功的一批。从最基本的意义上讲，它们满足了观众对此类电影的心理期待，至少从形式上是如此。除了《鬼作秀》中内含的五个小故事之外，本章中的其他电影都被分成了三部分，并且都有一个全景型的故事，所有电影都与 E.C. 漫画（EC Comics 漫画公司，以暴力、恐怖漫画出名）存在文化和视觉上的联系——金本人对 E.C. 漫画颇有研究，并且十分喜爱它们。① 人们似乎更喜欢将短篇小说改编成电影。正如金所说的那样："一个短篇故事总是可以被扩展开来，而一部长篇小说却总是需要删掉一些内容。"② 一些电影制作公司在面临成本问题时，通常会用这样一种过于简单的方式。制片人们的确十分热衷于金的改编作品，最近改编自他作品的电视、电影就有《梦魇幻景录》（*Nightmares and Dreamscapes*，2006），这是一部每集时长四十五分钟的八集电视迷你剧，电影《秘密窗》（*Secret Window*，2004）以及《1408幻影凶间》和《迷雾》（*The Mist*，2007）。但如果仅仅只是因为金的作品恰好是一个短篇故事或是中篇小说，从而单纯认为这个作品可以

① 斯蒂芬·金. 死亡之舞. 纽约：伯克利出版社，1981：36.

② 玛吉斯特尔. 好莱坞的斯蒂芬·金. 纽约：帕尔格雷夫·麦克米伦出版社，2003：9.

被拍成一部优秀的电影，这样的结论未免过于轻率。诚然，《魔女嘉莉》和《肖申克的救赎》都是基于中篇小说改编而成的电影作品，但是影片《猛鬼工厂》也是根据金的中篇小说改编而成的，所以如何将文学文本进行有效的视觉化才是问题的关键所在。

在诸如《魔界奇谭》（*Tales From the Crypt*，1989—1996，金评价这次改编堪称"一次惨痛的失败"）以及其他电视系列剧中，金也表现出了他对漫画文化的浓厚兴趣。无论是漫画还是影视作品，这两者都是"断开式"的叙事模式，有意为之并且通常以讲故事为目的的"插话式"形式。在这一点上，它们不同于短篇故事并列存在或是通过一个松散的结构而赋予故事整体的连贯性。① 在影片《鬼作秀》公映后，基于片中的五个小故事而出版的一本漫画风格的小说由金执笔创作了故事的文本，这真的是一个非常奇怪的创作顺序。影片《鬼作秀》的创作灵感来自于漫画，因此影片中也包括了漫画式的情节脚本。该片主要通过电影院线进行发行和放映，但它却是依靠录像带和电视传播开来的，并最终形成了一部漫画风格的小说。小说的格局以及最初的灵感来源与漫画十分相似。如此看来，这种组合模式十分符合恐怖电影这一类型，脱胎于此种电影类型的文学基础，这种模式既能适应短小的形式，又能从暗含的文化声誉中受益。组合模式的恐怖电影其历史至少可以追溯到《深夜》（*Dead of Night*，1945）以及二十世纪六七十年代由 Amicus 电影制作公司出品的一系列恐怖电影，包括《活尸的城堡》（*Dr. Terror's House of Horrors*，1965）、《精神病院》（*Asylum*，1972）以及《来自墓地下面》（*From Beyond the Grave*，1973）之中。金认为，大多数恐怖电影运用了框架式的故事手法讲述了三至四个短篇故事，然而每个故事的作用却并不一致，有的故事甚至根本起不到

① 斯蒂芬·金. 死亡之舞. 纽约：伯克利出版社，1981：304.

任何作用。但这似乎并没有削弱他对这一电影亚类的热情，随后他仍然制作了影片《夜半路惊魂》（*Quicksilver Highway*，1997）。[①]

对于里克·奥特曼而言，电影体裁自身的自我重复会不断地削弱电影结局的重要性。影片的因果序列也得出了这一结论。反过来说，体裁电影也依赖于电影经常重复出现的情境、主题和标志所积累的效果。[②]恐怖电影的结局往往承载着生与死的意义，特别是在组合电影中往往也是这样的。在一部电影中甚至会存在多个结局，不同结局之间则会产生类比。里克·奥特曼通过研究得出了以下结论，他认为体裁电影重复和积累的本质，使整部影片的走向更易于预测，这样的结论对本章而言是更为确切的。可以说，观赏体裁影片的乐趣更多源于不断的确定性，而并非是影片本身带给观众的新奇感。人们选择去观看某一部体裁电影时，他们更多是去为了感受那些看上去很熟悉的场景。[③]

研究发现，恐怖电影的观众与其他类型片的观众有所不同，他们中有相当一部分人的观影乐趣源于某种共有的互动惯例〔这并不仅局限于类似《洛基恐怖秀》（*The Rocky Horror Picture Show*，1975）这样的影片〕。组合电影中的双关语、情节的编织以及其中的血腥恐怖知识极为丰富，大受寻求恐怖、刺激观众的好评和欢迎，这些观众精通这类电影的一贯特点。本章所要思考的关键问题在于，这类电影如果通过不同的故事叙述以实现某种风格或者说是主题的连贯，这是否代表了体裁惯例的延展，或者说这类电影是否仅仅满足在那些特定观众群的预期范围内进行的剧情发展。

---

① 斯蒂芬·金. 死亡之舞. 纽约：伯克利出版社，1981：304.

② 里克·奥特曼. 美国电影音乐. 印第安纳州：印第安纳大学出版社，1989：25.

③ 马特·希尔斯. 影迷文化. 伦敦：劳特里奇出版社，2002：74.

鬼作秀 Creepshow

　　乔治·A.罗梅罗是《鬼作秀》的导演兼后期编辑。他和斯蒂芬·金保有长期的密切联系，他曾为影片《克里斯汀魅力》以及 Cell 贡献过自己的一份力。金的银幕首秀就是在罗梅罗执导的影片《飞车敢死队》（Knightriders，1981）中客串了何奇·史密斯一角（一个非常愚蠢的角色）。罗梅罗还曾是电影《午夜行尸》（Salem's Lot，1979）的首选导演，但由于他并不喜欢编剧对巴罗和斯特瑞克这两个角色的解读，并且他非常厌恶迷你剧的电影形式，因此他最终并未执导这部电影。此外，他还曾导演过影片《人鬼双胞胎》，由于他对僵尸电影的痴迷，他也许还会成为影片 Cell 的续集导演人选，对于制片方而言，他是不二的人选。

　　在本章列举的所有电影中，评论界对《鬼作秀》的态度最为典型。影片《鬼作秀》通常被认为是金的原创剧本，但是五个故事中有两个故事其实是基于已有的故事改编而成的——《箱子》和《它们爬到你身上了》（这两个故事很有可能被忽略了，因为它们并没有被收入任何现已出版的选集中）。相比之下，二十世纪九十年代中期之前金的电视迷你剧显得缺少影视制作规范，情节线索过于曲折，使得暗含的戏剧张力被大大削弱，而影片《鬼作秀》则包含了五条相对独立的故事线，观众不仅仅关注故事本身。考虑到影片本身的结构以及它实际上是由四位不同的编剧分别负责编写不同的故事（迈克尔·斯波兰负责编写《父亲节》和《它们爬到你身上了》，帕夸拉·布巴编写了《朱迪·瓦利孤独地死去》，罗梅罗负责《涨潮把你冲走》，保罗·赫希则负责《箱子》的故事编写工作），因此影片最终呈现给观众一种不均衡的"插话式"的感觉并不足为奇。这正是组合电影的本质（也许有人会将其称之为魅力），这些并列的故事之间产生了鲜明的对比。这部电影之所以引人注目，主要有三个原因：一是影片中使用了不同寻常的场景设置；二是金采用了一种类似于默片的表演风格，扩展了整部影片的剧本；三是漫画风格与电影传统的融合。毫无疑问，这些都挑战了观众对特定电影类型的心理预期。

影片中的第一个故事《父亲节》仿佛发生在格兰瑟姆家族公寓内部的维多利亚时期的鬼故事，直到提及了贝德里亚阿姨，影片才引出了首个场景效果。通过这样一种方式，罗梅罗企图告诉大家有关这个家族中的一个丑闻故事。在这一场景中，银幕上三分之二的部分瞬间被白色条纹分成了四个方块，而银幕底部的三分之一处则保持不变。汉克·布莱恩（艾德·哈里斯饰演）和西尔维娅（凯莉·奈伊饰演）则出现在了银幕上方的两个方框里，但是此时我们的目光却被银幕下方的两个方框所吸引。在银幕下方的两个方框中，左边一个显示出一辆汽车以倾斜的角度驶离，这个场景还未结束，我们就看到了旁边的方框里采用了相反的拍摄角度，同样一辆汽车正在向我们缓缓驶来。一个动作以超出传统分镜头的编辑手法在一个画面中展开，并在下一个画面中结束。在此处，我们看到了一些动作的重叠（这是 E.C. 漫画的风格特点），我们需要从一个画面到另一个画面寻找意义，从左到右，从上到下，这就有点像漫画书的阅读习惯。[①] 银幕下方的画面通过近距离的拍摄给观众造成一种错觉，让观众误以为驾车的人是贝德里亚，随后整个镜头水平扩展，填满了银幕下方的整个方框。

身为家族"大家长"的纳芬则出现在了一个动画似的晃动着的方框内，他仿佛置身于一幅家庭肖像画中，斥责着那些嗜钱如命的亲戚们。

---

① 斯科特·麦克劳德. 了解漫画：看不见的艺术. 纽约：哈珀·柯林斯出版社，1993：13.

快速剪切的镜头戏剧化地表现出他对自己女儿新欢的嫉妒，在这种嫉妒情绪的驱使下，一场谋杀被视为打猎时的意外而草草收场。起初，树林中的猎人形象被附上了细细的水平边界，还出现了带刺的金属线，旨在暗示那个男人正在一步步走入陷阱之中。然后镜头切换到类似比萨斜塔角度的方框内，其同样也出现了边界设置。在这个边界中我们从一个低角度倾斜看到一个身在奇异红光中的男人，他只是恰好途经摄像机，仿佛要走出整个画面一般。让我们回到第一个水平的画面上来，镜头在男人的脚部特写和附近树丛中出现的步枪声中来回切换，镜头好像是在故事讲述者和听众之间切换一样。当步枪开火时，镜头切回至汉克划火柴的声音。步枪开火和身体掉入水中的特写镜头的速度太快了，观众根本无法看清楚到底发生了什么。两组镜头都被框在一种红色的、锯齿状的边界内，快速剪切则创造出一种视觉上的震撼效果与火柴和步枪同步带来听觉的震撼互补。

此时，镜头切回到家中的场景，他们向汉克展示了一个沉甸甸的烟灰缸（这个烟灰缸出现在了五个故事中），这个烟灰缸是贝德里亚复仇时所使用的武器。汉克这才慢慢意识到他陷入了怎样一个家庭之中，这是一个可以为了双方经济利益而宽恕一场谋杀的家庭。当他的妻子卡斯将双手放在他的肩上，这种姿态可能是在表达爱意，也可能是在威胁他之时，他渐渐明白知道谋杀这个秘密所要承担的责任。贝德里亚在父亲的墓碑前献花之后，全家相见，故事此时才逐渐明朗起来，这一天是父亲节。这既是一场纪念，又是一次双方彼此缄默的约定。

画面选择所发出的信号不仅仅是那些倒叙的片段，还有那些已经完成的可怕场景，它们都包含着极富争议性的道德选择。这里运用了表现主义的表达效果，夸张的表演风格以及某个过于简单的动机（这一动机也许只适用于儿童漫画）都预示着某个角色即将死亡。在墓地的那一场戏中，我们看到贝德里亚陷入了回忆的沉思中，随后镜头又闪回到墓地的场景中去。一个蛋糕形状的边界环绕着她丈夫经常吃的一种蛋糕，一个胸针形的边界里展现了厨房的繁忙景象。厨房的门上也有一扇胸针形状的窗户，门轻轻晃了一下，给整个镜头营造出了一种深邃感。随着镜头的切换，观众随后便会看到另外一个更大的胸针形状的画面，仿佛像光圈逐渐扩大一般，这个画面包含着纳芬的特写镜头，重复了之前全家福照片的效果。一系列使用了长方形边界、不断交替的极高和极低视角拍摄的贝德里亚和受害者的镜头，与她的手伸向烟灰缸的特写镜头之间不断进行切换，这一切都营造出一种近乎默片式的简单的视觉美感。更多表现主义的画面伴随着鱼骨似的边界与古怪填充玩具的剖面图之间进行着切换，这些填充玩具（一只熊、一只猫和一只狐狸）看起来仿佛成了这场谋杀案唯一的目击证人。恰好就在那一刻，贝德里亚挥动着手臂，画面中呈现出一幅类似风景画般的长方形边界，带着红色碎片状的设计以及一个反打镜头展示了她手臂后方的全家福照片。起初的画面是清晰的，然后镜头慢慢靠近，画面渐渐变得扭曲了，这预示着这个男人已经死去，一切将不再是一种负担。光圈、动物符号、主观镜头以及画面中戏剧背景（诸如插入字幕）的使用——罗梅罗正在运用着各种各样已经过时的表现主义手法。然而，我们却无法判断观众是否足够了解这些电影艺术的特殊表现手法，从而给影片带来了一种整体上的迷惑效果。

影片中有一些更易于识别的体裁标志——在墓地那场戏中，当提到"和平"一词时，一只血手破土而出，但尸体却并未试图抓住贝德里亚，如影片《魔女嘉莉》一般，最终他自己爬了出来。些许瘀血出现在一具尸体满是蛆的脸上，但是更具识别度的是他那句极具讽刺意味的标志性口头禅："我想要我的蛋糕。"这些场景触及了保罗·布洛菲有关"恐怖性"的定义，但并不深入。当面对一些表面上无法解释的事情时，人们并不总能幽默面对。汉克的命运（他也掉入了那个墓地之中，有可能是因为他在墓碑前划火柴，并且在墓碑前痛饮而惩罚他对逝者的不敬），或者是西尔维娅做蛋糕时如同斩首示众的表情都不太可能引出如威廉·保罗研究当代恐怖喜剧电影的著作《大笑并尖叫》（*Laughing Screaming*，1994）那样的反应。观众无法在有限的时间里对这样的叙事结尾达成某种欣赏。[①] 合成弦乐的背景音标志着尸体的出现，画面中出现了卵形窗，而西尔维亚不久之前也在同样的卵形窗中出现过。这种表现手法其实相当粗糙，但明显暗指了约翰·卡朋特在《血溅十三号警署》（*Assault on Precinct 13*，1976）以及《月光光心慌慌》中使用的低音背景音乐片段。总的来说，《父亲节》绝对堪称一次超越二十世纪二十年代德国表现主义风格的实验。事实上，故事本身并非发生在那一时期，观众对这样的规范和惯例也并不熟悉，这看起来更像是罗梅罗进行的一次自我满足的尝试。

组合电影需要一些手段来把所有的叙事连接起来。在影片《鬼作秀》中，第一个故事和后面的所有故事一样，先是通过漫画书中的绘画风格引入，随后才是真人表演（但事实上，电影拍摄的过程则恰好与之相反）。叙述性信息通过银幕左上角的说明性文字进行表达，令人毛骨悚然的电影片段则通过双关和修辞的手法渲染而成。说明性文字将漫画功能和无声电影惯用的字幕插入功能联系在一起，激发了观众的好奇心，使影片更显幽默，同时传递出大量信息，并在影片的结尾处彰显寓意。

迄今为止，在金的"银幕秀"中，在本片的第二个故事《朱迪·瓦利孤独地死去》中的表演是他在银幕上最长的一次表演，并且该角色有着明显的元文本间的互指。这个故事也是金的儿子乔·希尔·金的银幕首秀，凭借自身的努力，他现在也是一位成功的恐怖小说作家。

---

① 威廉·保罗. 大笑并尖叫：当代好莱坞恐怖片和喜剧. 纽约：哥伦比亚大学出版社，1994：2.

在现实生活中，父子二人对恐怖漫画有着同样的喜爱，毫无疑问这种写作灵感及天赋实现了父子间的传承。

在本片五分之一的时间里，金实际上是唯一的人类角色。除了在大学期间，他把陨石带给了一名男子，还有那名医生，他希望从他那里寻求治疗（令人奇怪的是，这两个角色都是由同一名演员扮演的）。与影片中其他既有角色的自然表演相比（比如艾德·哈里斯、莱斯利·尼尔森、特德·丹森以及哈尔·霍尔布鲁克等），金扮演的反应迟钝的朱迪·瓦利总是挠头以示自己的困惑，过度斜眼的面部表情和几乎类人猿的身体姿态，都使得他的表演风格更加接近于无声电影，他似乎是在给剧场后排的观众进行表演一样。尽管遭致一些批评，金仍然不打算尝试自然主义的表演风格，并且从影片第一部分开始他就一直与罗梅罗那种过时的文体美学保持一致。

采用晃动的银幕效果来表现他在大学中的愿望成真运用了传统的电影表现手法。事件场景在前三个镜头中，呈现出云一样的边界，随后逐步达到一个全框架的状态，在拍摄时采用了低而倾斜的角度，褪色怀旧的色调。在稍后的一场梦境中，他想要打电话求助，画面在此时依然使用了黑白色调，并且以极低的角度进行拍摄。而当疯狂的医生从一个特殊的蒸箱中取出一把菜刀要截去瓦利已经感染的四肢时，这一场景使用了骷髅图案的边框（表达出对药品的不理性恐惧）。《朱迪·瓦利孤独地死去》的故事情节呼应了约翰·温德汉姆于1951年撰写的小说《三叶草在行动》（*The Day of the Triffids*），BBC 拍摄的电视电影《夸特马斯实验》（*The Quatermass Experiment*，1953），以及电视系列剧《神秘博士》（*Dr. Who*）中1976年的故事《毁灭的种子》（*The Seeds of Doom*）。同时，片中还将第四个故事《箱子》中的极地探险与这个故事中感染的植被融合在了一起。影片《鬼作秀》的特别之处在于，将漫画书中讲故事的方式与真实表演融合在了一起，并且将传统的剪辑方法与表现主义的取景、灯光和表演结合在一起。本片的叙事并不具备如电影《变蝇人》中布朗多的"间质性"身份所带来的悲剧存在主义品质（特别是金对自己腰线以下部位的惊恐一瞥），但他最终以类似自杀的方式进行了了结，在浴室的镜子中观众看到了一场父子间的对话，稍后他用一把步枪结束了自己的生命。无论是在《朱迪·瓦利孤独地死去》还是在《父亲节》中，罗梅罗采用最少的色调，戏剧性的场景，一人饰演多个角色，夸张、戏剧化的表演风格等要素结合在一起，产生了一种无声电影美学与维多利亚时代音乐舞台剧相融合的独特产物。

在第三个故事《涨潮把你冲走》中，理查德·威克斯（莱斯利·尼尔森饰演）在淹死了自己的妻子和她的情人哈利·温瓦夫（特德·丹森饰演）之后，银幕上出现了水坑状的边框环绕着他的房子。死去的二人如同行动迟缓的僵尸生物一般，这是罗梅罗最擅长使用的拍摄手法。但即使通过倾斜的角度进行拍摄，无声尖叫着的威克斯的面部特写，苍白的人物，浑身覆盖着的绿藻，周身环绕着干冰雾气这些看起来更像是化装舞会上的不速之客，而并非是令人忐忑不安的怪物。更为神奇的是那些扭曲的、"液化"的声音，以及当威克斯惊慌失措时，那道极具表现主义色彩的蓝光，还有无处不在的监控镜头，没有任何超自然入侵者的迹象……种种迹象都显示出金在此处借鉴吸血鬼小说时的混乱不堪。当他们最后开始进攻时，罗梅罗再一次使用了水坑状的边框，但这一次的边框中带有一条同心线，仿佛就像威克斯掉入了一个令人眩晕的漩涡中一样。在这个故事的结尾处，威克斯被埋在了沙滩上，海水拍打着他的脸，他大叫着："我可以屏住呼吸很长一段时间。"这一结尾既有一种"温瓦夫式"的复仇结局，又有一种永恒的回归，从逻辑上讲，他可能也会变成类似的僵尸生物去纠缠他人。

《箱子》从电影《怪人》（*The Thing from Another World*，1951）

中吸收了很多元素，影片讲述了科学家从北极探险后带回来了一名冻僵的外星飞行员。出人意料的是，这名外星飞行员解冻、恢复得太快了！性格温和的讲师亨利·诺斯拉普（哈尔·霍尔布鲁克饰演）终于勇敢面对道德败坏、好色的顶头上司德克斯特以及粗暴而又低俗的妻子威尔玛，这不仅使他免受不明生物的伤害，同时他还将自己的妻子送入了不明生物的口中。两个未有预兆的梦境展示了在一次聚会上，亨利叫着威尔玛的名字并随即朝她开枪，在场的众人对此报以热烈掌声，之后他又试图勒死她，但她却毫无任何反应。仅仅在回忆中，影片表现出了这两个梦境只是个人主观愿望的自我满足。

咆哮的声音，类似邪恶的《罗丝玛丽的婴儿》（*Rosemary's Baby*，1968）的眼神（亨利望向箱子时的眼神），长满毛的手和可笑的动作就像看门人把他的胳膊伸进箱子中去，或者是第二个受害者故意爬进他的"巢穴"里一样，所有这些融合在一起使故事中的"怪物"元素更像是对经典小说《化身博士》（*Jekyll and Hyde*）的拙劣模仿。此处，荒谬的特质也融合在了一起——这些不明生物显然是类人猿（但它们几乎不可能生活在北极地区）。它们有着巨大且锋利的牙齿，当它们咬住受害者的脖子时，它们和吸血鬼之间并无较大差别。影片中的不明生物如同是影片《小丑回魂》（*It*，1990）中小丑与爱伦·坡的小说《莫格街凶杀案》（*Poe's Murders in the Rue Morgue*）中的杀人猿的混合体。但是这种不明生物是如何不吃不喝而活这么久的，我们就不得而知了。

显而易见的恐怖手法，特别是镜头突然移动到取景框内，比如当德克斯特突然把手放到怪物的下一个受害者迈克的肩膀上，又或是突如其来的噪音，比如亨利被一只桶绊倒，等等。想要淹死怪物的尝试仿佛是另一个年代的说法，就如同食尸鬼提醒我们的那样："你无法轻易掩藏自己的恐惧感。"恐怖意图就如同被否定和压制着的恐怖

61

突然爆发一样，这种感觉更像是对《黑湖妖谭》（*Creature from the Black Lagoon*，1954）这样的电影"弗洛伊德式"的解读。所有的故事都重点描述了一个主要角色，并且试图压制一桩犯罪事实的供认，他们最终都为此付出了代价（或者是在将来，因牵连其中而付出代价）。瓦利有些例外，他只是在寻求开发利用某个事物，这样的举动使其代价可能相对较小一些。

在恐怖即将出现的时候，诡异的红光预示着不明生物攻击的恐怖时刻（类似的手法也出现在了1997年电视剧版《闪灵》中杰克·托伦斯的身上）。毫无疑问，对于威尔玛来说，她也被红色锯齿状的边界包围着。当她接近亨利为她而设的"陷阱"之时，钢琴声使得这一场景更像是一场无声的闹剧。守门人和亨利之间的电话场景使用了分屏技巧，随后，纵向和水平方向的画面渐渐消失。当亨利把箱子用车运出来时，罗梅罗创造了一种多屏效果，就好像在《父亲节》中贝德里亚出场时的镜头一样。此处的银幕被水平分成三份，在最顶部的三分之一中，我们可以看见一只手从箱子中伸了出来。银幕最下方是一张大学建筑的正面照片（都是静态的）。中间的三分之一则被一条垂直的线分开，参考贝德里亚的例子我们可以看到同时发生的、连续的并列动作。这里有一处垂直的线条将底部的三分之一扩大到全屏的大小，就好像电影在放映时被不同的画面卡住了一样。

对于影片中的最后一个故事《它们爬到你身上了》，这是一个极具说教意味的故事——蟑螂逐渐占领了一个十分干净的公寓。从主角出现在观众的视线中开始，十分富有的厄普森·布列特（E.G. 马绍尔饰演）就让人们想起了弗里茨·朗执导的无声电影《大都会》（*Metropolis*，1927）中的洛特汪一角。在影片《大都会》中，洛特汪秃顶的人物形象深入人心，仅在耳朵上方有两块头发，他无法区分人和虫子，他的公司不断创造着利润，但他却对手下员工所受的苦难全然不知。威廉·巴罗斯于 1959 年拍摄的《裸体午餐》(*Naked Lunch*)和柯南伯格 1991 年的版本都给人这样一种感觉。在门口的交流，在门边寻找驱虫人的下属，透过门上的猫眼致使人物的脸部和声音都变得扭曲了，以及虫子从房间的各个孔洞（水槽和格栅）中汹涌而出的特写镜头，甚至是虫子从布列特的身体中爬出来时的场景，这些都让人感到无比恶心。故事的拍摄主要采用了自然主义风格，但它还是流露出些许的表现主义风格。在故事的结尾处，一个红色/黑色循环的背景，以及一个手绘的蟑螂边框增加了最后一点表现主义的印记。这个故事最终以一个收垃圾的男人（这一人物设定源于金的学生的专栏——"金的垃圾车"）想要捡起一本漫画书，但他却发现那不过是寻找遗失巫毒娃娃的广告宣传页。最后，镜头切到父亲正在承受着颈部的剧烈疼痛，而儿子则通过针刺象征着父亲的娃娃获得了报复的快感。红色的灯光和锯齿状的背景再一次模糊了漫画书和现实之间的界限，结尾镜头又切换到动画形态的食尸鬼仓促地吹灭了一支蜡烛。

难以令人信服的是，金试图将影片极差的口碑归因于评论家们没能很好地理解这部电影，他认为这绝不是一部"表达讽刺意味的模仿之作"，而是一部具有二十世纪五十年代恐怖漫画特质的"娱乐电影"[①]。这一点很重要，将影片体裁置于尝试模仿的基础之上，然而在影片中这一区别却并不明显。做作搞笑的成分贯穿了整部影片，即便如《箱子》中刻意为之的恐怖情节也没能真正给观众带来预期的震惊和紧张感。真正令人惊喜、值得注意的反而是罗梅罗在导演本片时采用的表现手法。影片中插入了明显的传统漫画书风格，重复使用一页页消失的手法来展现时间的流逝（暗示了瓦利病情的不同阶段以及

---

① 蒂姆·安德伍德，查克·米勒. 梗概：与斯蒂芬·金关于恐怖的对话. 纽约：麦格劳—希尔出版社，1988：42.

温瓦夫被埋在沙滩上的不同时期），抑或是用银幕上的标题来展示时间的消逝或是地点的转换（当威克斯开车到达临近的沙滩时），还有同时使用上述两种手法以此来表现时间和地点的转换（如在《箱子》中"那天深夜，亨利的书房里"），以及用全景镜头拍摄瓦利家被感染的后院，摄像机带动镜头晃动营造出别具一格的画面（我们仿佛在扫视漫画图像一般）。

金和传奇插画家伯尼·莱特森合作创作了中篇小说《狼人周期》（Cycle of the Werewolf）和《鬼作秀》配套的漫画书。在编剧马弗·沃尔夫曼看来，金十分"了解漫画并且知道如何根据漫画进行改编和创作"①。《鬼作秀》一片因维护所谓的"垃圾文化"而遭到了"家长们"（评论界、学术界）的反对。比利那个喜好施虐并因此而获得自我满足的父亲谴责漫画（从某种程度上来说也是在谴责自己的儿子），他认为漫画"毫无用处"。比利争论说，漫画绝不会比他父亲的色情读物更加糟糕，父亲哑口无言，他原本以为这一直是一个秘密。这两种读物都体现出了负罪感的乐趣：青少年漫画已被公开承认（同时也遭到了各方谴责），而与之相对的成人读物则被强烈地否认着。当漫画书被扔出家门的时候，比利的父亲表现出一副意味深远、洋洋得意、心满意足的姿态，他跷着脚，手上拿着啤酒，并且叫嚷着："我是你爸，我想怎样就怎样。"因为缺少父爱，比利陷入了另一个想象的世界中，那些在成人看来可能毛骨悚然的事物似乎变得可以接受了，甚至是深受欢迎，他对此毫无惧意，并且当他看到窗外的骷髅骨架时，他甚至笑了。在故事的转折阶段，我们看到了一些典型漫画特质的事物（这些特质常常只在静止的画面中才显得比较清晰），如招聘广告、影迷们的来信，特别是一些商品（X光眼镜、电子门铃以及健身器材），

---

① 唐·赫伦. 恐怖统治：史蒂芬·金的小说和电影. 诺瓦托：安德伍德—米勒出版社，1988：14.

恐怖片的行家们对这些东西一点也不陌生。二十世纪八十年代早期，在主流的非恐怖情节中，特效技术开始使现场表演和漫画章节得以有效融合（1985 年由史蒂夫·巴伦导演的 A-Ha 组合的音乐录影带 *Take On Me* 中就可以看到这样的手法）。罗梅罗的长期合作伙伴同时也是僵尸特效的专家汤姆·萨维尼协助担任了本片的监制（他在影片结尾处饰演了一个收垃圾的人）。然而在本片中，罗梅罗的分屏实验挑战了观众的观影习惯，迫使他们接受不仅适用于漫画，而且适用于无声电影的阅读及观影方式，但是这种方式早已被时间淘汰。

鬼作秀 2 Creepshow 2

从理论上来说，《鬼作秀》和《鬼作秀2》这两部电影有着某种延续。影片《鬼作秀》的摄影师米高·哥历克担任了《鬼作秀2》的导演一职，而罗梅罗则担任了该片的编剧。不过，片中依然有一些遗留问题需要处理——片中的三个故事是《鬼作秀》的遗留故事，它们并非是为这部影片量身打造的。可能就是因为这个原因，致使这三个故事在内容上存在着体裁与故事之间衔接的混乱。贯穿全片的儿童动画片则重点描述了一个叫比利的十三岁男孩，因此在某种程度上该片的故事是由比利在杂志上读到的故事而随之产生的想象所组成的：这是将图像化的小说改编成电影的典型之作。在本片中，每个故事的开头和结尾部分都由从杂志上选取的一幅图画与电影画面连接而成，这一手法试图给观众带来一种时代错位感。说着双关语的鬼（如月亮酋长"极其昂贵的假发"）和另一个时代中食尸鬼的矫揉造作，这些都与夸张无比的音效保持了一致（影片中的背景音乐一度还用到了里克·维克曼的合成乐）。虽说预算有限，但粗糙的动画风格，单调的声效以及简陋的化妆，都让本片显得相当简陋，完全不像是为了成年观众而拍摄的。天真的比利似乎与片中一些与性有关的内容格格不入，如在第二个故事《木筏》（The Raft）中，兰迪趁瑞秋熟睡之际脱掉了她的衣服，又如在第三个故事《搭便车》（Dawn of the Dead）中一闪而过的安妮的胸部特写镜头，以及对她应为六次高潮付多少钱问题的讨论，等等。事实上，这三个故事仿佛是为不同观众群拍摄的：如果不是在结尾处出现了暴力片段，第一个故事几乎可以视作一个"迪士尼式"的家庭片，第二个故事则是青少年探险片，最后一个故事则是讨论婚姻忠诚度的道德片。其中，第一个故事和最后一个故事都拥有一个共同的主题——复仇。在影片结尾处，当比利打算报复校园恶霸时，这些恶霸最后被他的吃蝇花所吞噬，他很有可能是通过杂志上的广告而买到这些吃蝇花的。

片中的第一个故事《木头老酋长》（Old Chief Wood'nhead）的节奏相当沉闷，故事的开头是拖拉的商店场景到玛瑟和雷伊这对夫妻之间的交流。在这一场戏中，女演员多萝西·拉莫尔（玛瑟的饰演者）的表演看起来就像是商店外面伫立的印第安雕像一样木讷。在谈到这个经济萧条、死气沉沉的小镇时，雷伊坚信"总有一天小镇将会重新焕发生机"，这种坚定的信念清楚地表达出对袭击商店行为实施报复的暗喻（尽管这确实引出了木头酋长最初为何袖手旁观，任由事态继续发展下去的疑问）。除了罪魁祸首的山姆·怀特姆，其他袭击商店的三个小混混都是典型的程式化角色。山姆·怀特姆幻想自己是一位好莱坞明星，并且他坚信他的发型比拥有超能力的那个人更加帅气（我们猜测，这里指的就是超人的扮演者克里斯托夫·里夫）。然而，这对夫妻的死亡并没有令人感到悲痛或是残忍，观众对此并没有感同身受。对这三人的报复好像仅仅是对电影《克里斯汀魅力》的一种苍白回应。绰号"肥猪"的格瑞本斯在边看电视边吃晚餐的时候，被几支箭准确地钉在了椅子上。我们可以从投射到墙上的影子看到安迪·卡瓦诺被斧头砍死，与此同时电视中正在播放影片 The Cisco Kid 的背景音说道："你一定会后悔这么耍我的。"在一场低速追逐之后，帮派头目被逼到了密室的角落里，他被甩向墙壁，最后他的头皮被剥了下来。在这个故事中，情节走向的基本问题在于影片类别的限制（在第三章中，我会讲到类似僵尸元素所产生的一系列问题）。

片中的第二个故事《木筏》改编自金 1968 年的作品《浮萍》（The Float），这部作品的主题非常吸引人，但改编的难点在于如何将它有效地视觉化。在阅读小说时，读者可以构建出一个邪恶无形并且具有感知力的实体，但是在大银幕上，我们仅仅能够看到某种乱糟糟的水草所发出的黏黏的、吮吸的声音。金笔下的浮萍是有色彩的，它具有催眠能力并且看起来似乎是吃的人越多它们就长得越大。影片中的一些画面构造还是很有视觉效果的，镜头由上至下拍摄布兰迪从画面中游过，紧跟在他身后的就是浮萍，这一镜头极具视觉效果［安德鲁·尼科尔在 1997 年拍摄电影《变种异煞》（Gattaca）时再次使用了这种拍摄手法］。但是此时男孩僵硬的面部表情使他看起来一点也不紧张、害怕。当他到达岸边时，他转身说了一句："我打败你了。"而此时的浮萍一跃而起，像毯子一样包裹住了男孩的身体并且把他吃掉了，相信在看到这里之时，观众几乎都要为这个"怪物"喝彩了。随后，两个女孩从浮萍中慢慢升起，她们优雅地做着类似芭蕾舞的动作，仿佛花样游泳一般。在这个镜头中，前景中远处的救生筏以及开着门和广播的汽车，这些元素有效拉近了前后景之间的距离，带给观众一种极具吸引力的安全感。

然而，从受害者一方来说，影片在实践中存在前后矛盾的道德差异，这就引发了 E.C. 漫画的保守主义与肢解电影结构理论之间的争论。

结构理论的代表人物维拉·迪卡对电影亚类有着极其严苛的划分。①
那些在性、吸毒方面极其开放的人，如迪克最终都走向了死亡的结局，瑞秋拒绝与他们同流合污，最终她也死掉了。害羞的兰迪试图保护这些女孩，他将瑞秋拖出水面，此时他已经很清楚地意识到浮萍的危害。这听起来就像是英国作家威廉·戈尔丁的《蝇王》（*Lord of the Flies*，1954）中的"猪崽"一样，他曾说过："没有人知道我们在这里。"这极有可能是因为迪克对拉维恩心生邪念，因而让她躺下，最终遭到了惩罚（尽管他刚刚才目睹了两个朋友的死亡，他知道浮萍很可能是把他们从木筏上"吸"走了——事实上，它就是这么做的）。但是瑞秋的好奇心（这算不上是一种犯罪）使她将手指伸进了浮萍的口中，正是她的好奇心最终将她置于死地。一只手状的触角突然探了出来，将她拖了进去。

在组合电影中，《鬼作秀2》着实显得非常拙劣，粗糙的叙事，符号化的场景都使它缺乏必要的戏剧张力。可以说，《鬼作秀2》算是这类电影的蒙羞之作。

在第三个故事《搭便车》中，安妮（那个出轨的妻子）自言自语地说着大段令人质疑的旁白。在她成功逃离险境之后，至少有两次她都莫名其妙地突然停了下来，如观众所料到的那样，那个搭顺风车的人在她的后视镜中又出现了，然后就出现在了她的车窗旁边，随后穿过了她车顶的天窗。本片中的第一个故事讲述了经济衰退削弱了许多美国本土社区，第二个故事则谈到了环境的过度开发可能造成浮萍这类生物的泛滥，第三个故事则展示出一种经济方面的种族隔离，这有点像汤姆·沃尔夫撰写的小说《名利之火》（*Bonfire of the Vanities*，1987），一个富裕的白人撞倒了一个"黑人小伙"（斯蒂芬·金在文

---

① 维拉·迪卡. 恐怖游戏: 万圣节, 黑色星期五以及跟踪循环电影. 卢瑟福: 菲尔莱·狄更斯出版社, 1990: 221.

中是这么形容他的），而不是载一个搭顺风车的人。她将自己的奔驰车从他动作迟缓的身体上轧了过去，并且轧了五次，直到他的身体被碾靠到一棵树上。她又故意倒回去从他的身上压过去，并且还朝他开了好几枪，这些都显示出潜藏在她内心深处的仇恨和对经济社会下层人民及种族的一种恐惧心理。随后，他抓住了她的奔驰车标站了起来，随即他又毁坏了她的公寓，并且彻底沦为一名报复中产阶级的罪犯。

猫眼看人 Cat's Eye

"猫很古怪。"①

——《宠物坟场》

　　"鬼作秀"系列电影运用了传统的漫画效果，影片《猫眼看人》则尝试通过常用的文字上的叙事线（一只奇特的猫）以及内容上的相似性（三个与猫有关的故事）来实现组合电影的连贯性。但是这一尝试只取得了有限的成功，由于该片的剪辑策略——删掉了一些重要的主体内容以及每个故事中的一些情节，最终使电影看起来仅仅只是将这几个关于猫的故事并列起来，并没有体现出故事主线的一致和连贯。从整体上看，影片《猫眼看人》中的几个故事之间并不均衡，特别是把一个明显的恐怖故事《将军》（The General）附在另外两个并不怎么恐怖的故事之后，这并不是一个十分成功的串联方式。《戒烟公司》（Quitters Inc.）和《边缘》（The Ledge）这两个故事被描述成"出人

---

① 斯蒂芬·金. 宠物坟场. 伦敦：新英语图书馆出版社，1984：184.

Follow
the newest
cat-and-creature
game
as played
through

STEPHEN KING'S
Cat's
Eye

《猫眼看人》电影海报

DINO DE LAURENTIIS PRESENTS
STEPHEN KING'S "CAT'S EYE" STARRING DREW BARRYMORE JAMES WOODS ALAN KING
KENNETH McMILLAN ROBERT HAYS CANDY CLARK MUSIC BY ALAN SILVESTRI DIRECTOR OF PHOTOGRAPHY JACK CARDIFF
CO-PRODUCER MILTON SUBOTSKY CREATED BY CARLO RAMBALDI SCREENPLAY BY STEPHEN KING PRODUCED BY MARTHA J. SCHUMACHER
PG-13   DIRECTED BY LEWIS TEAGUE

意料的故事"更为合适。在《戒烟公司》这个故事中，猫（在金最初的作品中是兔子）成为主人公理查德·莫里森（詹姆斯·伍兹饰演）戒烟的手段之一，这只猫甚至已经威胁并且折磨到了他的家人，这也使他在不知不觉中戒了烟。在《边缘》中，猫也帮助主人公诺里斯战胜了克雷斯的手下，使他最终转败为胜。在《将军》中，猫成了将女孩从怪物手中拯救出来的救世主。金很赞赏制片人迪诺·德·劳伦提斯所提出的用猫作为叙事转折点的这一想法。在金的原作中，他也提到了猫，克雷斯的妻子警告诺里斯："我的丈夫有点像猫，一只非常卑鄙的猫（就像《猫和老鼠》中的那只猫一样，既倚老卖老又极其卑劣）。" [1] 然而，概括性故事中存在的缺陷则意味着，想要将观众的注意力从三个本质不同的故事上转移开来的尝试并非十分有效。

评论家们忽略了很多影片中出现的互文和变换文本，从某种程度上来说，这些互文和变换文本弥补了影片表现出的前后不一致。尽管玛吉斯特尔刻意忽略了这部电影，但影片《猫眼看人》确有其文学根源。本片中的三个故事通过一只猫串联起来，这种叙事结构并不能算得上新颖。早在1932年，理查德·奥斯沃德拍摄的影片《离奇的愿景》（*Unheimlichen Gesichten*）就是以爱伦·坡的两部作品《黑猫》（*The Black Cat*，1843）和《焦油博士和羽毛教授的疗法》（*The System of Dr Tarr and Professor Fether*，1850），以及罗伯特·路易斯·史蒂文森的《自杀俱乐部》（*The Suicide Club*，1878）为蓝本改编而成的。《戒烟公司》和《边缘》都是基于金的短篇小说集《守夜》（*Night Shift*）中的故事改编而成的，这两个故事在结尾处都设置了出人意料的转折。与此同时，《戒烟公司》和罗尔德·达尔于1954年出版的故事集《南方来客》（*Man from the South*）中《吸烟者》的故事设置极其相似——

---

① 斯蒂芬·金. 守夜. 伦敦：新英语图书馆出版社，1979：239.

这两个故事都与赌博相关，主人公的妻子都因为赌博使其小指被剁掉。

在组合电影中，不同片段之间的转折需要谨慎处理，这样有助于帮助观众理解潜在场景的转换以及不同角色之间的组合，并且帮助他们快速辨认出来。在该片中，一只猫在热闹的纽约街头迷了路，随后它驻足在一家服装店门口，一直盯着一个人体模特。这时镜头的剪切向观众展示了一段短暂的猫的"内心活动"的片段，当它看到一个小女孩身陷危险之中时，它对此产生了极大的兴趣，它设法使自己被戒烟公司中多纳蒂（阿兰·金饰演）先生的手下容克捉到。然而在这部影片的诸多版本中，这一段情节却被删掉了，由此引发出的三个故事之间的明确的叙述关联显得有些令人困惑。影片中容克所提出的问题（"是什么让你这么兴奋？"）也着实令观众产生了压抑感。在这里，观众的注意力被转移了两次——第一次转移是从猫转移到了在它身后停下的车上（车门上的标志"戒烟公司"有助于观众更好地理解剧情）。第二次转移发生在容克把猫关进了一个盒子之后，我们跟着他穿过街道，另一辆车又停在了镜头中间，此时镜头的焦点则停留在了主人公理查德·莫里森身上。镜头的转换十分流畅，不会令观众产生压抑感，因为此时容克的场景已经结束了，但观众很有可能已经厌倦了看到那只猫的古怪姿态。此时，理查德·莫里森很明显成了影片的焦点，从此时开始他就是观众关注的焦点，并且一直持续到影片的第一部分结束之时。

此时的理查德·莫里森已经失去了勇气，在途中他遇到了多纳蒂。此处，角色的选择、照明和对白都具有强烈的元文本暗喻，这些要素模糊了影片体裁的界限。百叶窗被拉上，光线径直落在理查德·莫里森的脸上，他轻轻地往后缩了一下，营造出一种审讯的气氛（他在车上问过杰瑞："这里到底是戒烟公司还是中央情报局？"）。这时，观众似乎也感受到了那种不确定性，金对于角色之间的处理让观众更加模糊、混乱了。在金的原作中，他形容理查德·莫里森"有些熟悉"，并且在他看来，理查德·莫里森颇有几分大银幕上亨弗莱·鲍嘉的影子——一个一天抽四十支烟的烟鬼，声音低沉、粗哑。看似荒唐和某种更加阴暗的事物之间形成了强烈的反差。[①] "我们是不是应该处理掉它？"理查德·莫里森焦虑地问着。对此，多纳蒂表示："当然，事实上我们已经开始着手处理它了。"然后他顺手锁上了门。刘易斯·提革精心营造出了这样一个场景，外面的办公室仿佛是一幅画，角色的反应出人意料并且非常情绪化。当理查德·莫里森乖乖交出自己随身携带的烟之后，多纳蒂把它们一根根地慢慢摆在桌子上，理查德·莫里森微微前倾着身子，此时摄像机从他的视角拍摄了香烟的特写镜头。随后多纳蒂在影片中第一次发了火，镜头随即切换到理查德·莫里森，他突然间感到十分害怕，身体向后蜷缩了一下。多纳蒂突然开始暴怒，并且将香烟一根根碾压、猛击、捣碎，然后平静地将一片狼藉的桌面收拾干净，最后静静地坐了下来。通过电影体裁的参照和糅杂使一切都处于紧张的氛围之中，但是在此时我们无法确定，我们究竟是在观看一部"亨弗莱·鲍嘉式"的惊悚片还是只是对这一类型拙劣的模仿之作？在这部电影中，我们领略了充满幻想的剧情设置，我们无法当即对所见的情节进行合理解释。茨维坦·托多洛夫对奇幻进行了定义，并且他将这样的情况描述为"创造片刻的犹豫，因为我们想要将所得的体验进行分类"[②]。《猫眼看人》这部电影的有趣之处在于，它成功延伸了这个片刻并使之成为一段意义非凡的时光，而在此期间我们无法对当下的经历给出合理甚至是超自然的解释。

在理查德·莫里森软弱无力地威胁和徒劳无益地尝试开门而最终

---

① 斯蒂芬·金. 守夜. 伦敦：新英语图书馆出版社，1979：275.

② 茨维坦·托多洛夫. 奇思妙想：结构方法到文学体裁. 伊萨卡：康奈尔大学出版社，1975：25.

自取其辱后，多种电影体裁的参照依然继续着。多纳蒂视他如空气一般，他从房间的一头漫步到另一头，随后用遥控器关上了窗帘。此处似乎营造出了一种表演氛围，多纳蒂就是一名喋喋不休的表演者（"看仔细点，理查德·莫里森先生，你会发现我的手绝对会好好长在我的胳膊上的"）。他的"表演"伴随着轻音乐、骗人的小把戏（一面是玻璃的房间）以及残酷的场景（将一只猫放在接了电的地板上）展现在观众面前。随后，镜头回切到理查德·莫里森惊骇的反应中，他看到猫在地板上四处乱蹦，并且伴着 *Twist and Shout* 的音乐。多纳蒂将理查德·莫里森推坐在椅子上，然后告诉他和银幕外的观众一个关于"家族事业"如何帮助人们成功戒烟的故事。低角度镜头中的多纳蒂带有意式美国口音，他说着含糊不清的词汇，讲述着各种生意以及有关组织的犯罪故事，给人一种他既是"黑手党老大"又是"黑手党死忠"的感觉。在这个场景即将结束时他所说的一番话，这甚至比整个故事都精彩得多，也更加令人印象深刻。他带着一种矛盾的心态警告理查德·莫里森不要再继续抽烟了，因为他会被戒烟公司的执行人员发现。那番话是这么说的："也许你会发现一部分监视着你的人，你甚至也可能发现他们所有的人。但是请相信我，你永远看不到全部的事情。"为了与多纳蒂身上所传递出的模棱两可保持一致，镜头由家中看电视的场景切换到了另一个幻觉之中（些许模糊的光圈和扭曲的音轨都在向观众暗示这是幻觉），多纳蒂正在解释抽烟将会受到的惩罚，比如理查德·莫里森的妻女将在猫屋中受虐，他们也许会派出一个变态的人去强奸他的妻子。金将原作中的十场戏浓缩为四场并加以戏剧化，而在问到第四次犯错将会发生什么时，多纳蒂仅仅拉开了夹克上的拉链，露出了他随身携带的手枪。此时，镜头又切回到理查德·莫里森坐在扶手椅上，洒洒湿了他的全身。这种剪辑方式有些令人摸不着头脑，这究竟是真实事件的闪回还仅仅只是一个幻觉，是他自己能够掌控对未来的想象还是如此所示的一个死局？这是影片中出现的第一个故事（蹑手蹑脚地爬下楼梯抽烟，聚会以及堵车的场景），观众并不确定事件的具体情形，所有的场景都有效地将茨维坦·托多洛夫所谓的"犹豫期"进一步延长了。

理查德·莫里森偷偷摸摸找烟抽的场景极其简单地运用了常见的恐怖套路——雷电交加的夜晚，他在房子里蹑手蹑脚地走着，一闪而过自己的影子，当他猛地拉开门时，一个高尔夫球袋从橱柜里掉了下来，他甚至还找到了一双靴子。这一场景都带有影片《剃刀边缘》式的启示，特别是此时的镜头视角是从橱柜里向外望去的——尽管这些镜头很老套，但由于整体基调夹杂了荒诞和邪恶，它们仍然具有极强的戏剧张力，因此观众根本无法忽略这些情节，无法仅仅将它们视为一些空洞的套路。例如，当理查德·莫里森对着衣柜说话，并且宣称自己没有抽烟，然后便离开了。随后，理查德·莫里森去接身体残疾的女儿（在金的原作中，主人公的孩子是一个男孩，也许在电影中女孩显得更加脆弱）放学，并且给了她一个洋娃娃。在这一场景中，我们可以看到理查德·莫里森是一个慈爱的父亲，或者可以将其视为他因将家人置于险境而寻找良心的慰藉。

那场几乎所有人都在抽烟的聚会看上去非常离奇，毫无真实感可言，在没有任何预兆的情况下，幻觉出现了，在原作中仅占两行文字的内容被扩展成了影片中的一段场景。理查德·莫里森看见一个陌生人在沙发上紧挨着自己的妻子坐着，他长长地吐了一口烟。在这一场景中，观众看到的可能仅仅只是现实中的场景，但是随后理查德·莫里森本人却看到了来自戒烟公司员工的可怕身影，他四处张望着，鼻孔里冒出了烟气。此时，一群孩子正在玩弄一包香烟，一根根香烟长出腿来四处走动着。一些无聊的人则每只手里都握着燃烧的香烟，这是相当老套的梦境表现手法。影片中的其他一些场景，诸如服务生端上鸡蛋制成的甜点，这些甜点变形成了四处移动的眼球，更加让人们感到惴惴不安。最终，多纳蒂身穿一身白色的西服出现，他高唱着 *Every Breath You Take* 一歌，与此同时他的口中呼出了一片巨大的烟云。这和阿德里安·莱恩执导的影片《异世浮生》（*Jacob's Ladder*，1990）中的派对场景非常相似，自然主义的开场演变成了高度风格化的叙事，传达出主人公不断增强的偏执感，但片中并没有直接给出线索告诉观众，他们看到的到底是真实的还是虚幻的场景。

原作中列举了一系列在接下来的几周时间里理查德·莫里森生活中将会发生的许多事情，包括他在黑暗的隧道中偷偷摸摸地抽烟，但是这些情节似乎并没有任何紧张感而言。然而在影片中，当理查德·莫里森被堵在桥上之时，他不惜冒着生命危险抽了一根烟。影片中再次出现了荒唐中夹杂着凶兆（后来他感到非常害怕，甚至会戴着隔热手套去接电话）的场景。在他偷偷吸烟的场景中，他先是检查了车顶上方安全与否，然后戴上一副墨镜便躲在副驾驶的座位下面偷偷抽了一支烟。这不仅反映出他的偏执和他阻碍交通的失态，以及在西方社会中常见的诉讼喜好——吸烟已经日益成为一种社交生活中不受欢迎的举动。

刻意忽略带有组织犯罪性质的自助企业以一种体裁模糊的形式表现在影片当中。当理查德·莫里森被召唤到多纳蒂的办公室之时，他被迫观看了自己的妻子就像那只猫一样被折磨的场景，一切仿佛黑帮电影一般。这一场景令人感到极度不安，因为观众是处于偷窥者的角度和其他三个人一起（两个人是自愿的，还有一个人则是被迫的）观看的，这就意味着从男性施虐者的观赏乐趣来说，猫和女人同样都是可有可无的。从戒烟到减肥的转变则显示出有组织的犯罪体系的腐蚀并浸入到了他们的日常生活中（至此，理查德·莫里森和多纳蒂还是可以相互沟通的）。同样具有腐蚀性的还有赌博这一极具传染性的行为。

起初，对理查德·莫里森来说，赌博对他极具诱惑，也因此他妻子的手指被残忍地切掉了。在这个故事的结尾处，在理查德·莫里森的朋友杰瑞家的晚宴上，他们举杯庆祝戒烟成功，特写镜头向我们展示了其妻子缺失的手指。在最后一幕中，我们拥有了第三方证据，最终证实了理查德·莫里森的经历。堵车和派对都是真实发生的事情，此时，茨维坦·托多洛夫所谓的"犹豫期"才刚刚结束。

从一开始，电影的连贯性就是由对话中彼此心照不宣的自我参照实现的，甚至是由元文本实现的——与克雷斯打赌的那个男人嘴上说着"不要担心这些大块头，他们只是一些摆设而已"，并且他还试图哄猫过马路。电影中充满了只有金的铁杆粉丝才能理解的各种笑料。影片开头的那只狗看起来很像《狂犬惊魂》中的那只圣伯纳犬，它伸着舌头钻到了一只已经翻了的船的下面，差一点就被一辆1958年出厂的普利茅斯复仇女神车撞倒。那辆车后侧保险杠上的贴纸在镜头中持续了数秒钟的时间——"我极其邪恶，我是'克里斯汀'"。后来，当理查德·莫里森在看电视时屏幕中也出现了这句话［詹姆斯·伍兹在这里重现了他在柯南伯格于1983年拍摄的影片《录影带谋杀案》（Videodrome）中的角色，接下来模糊不清的经历很有可能只是错觉而已］。在影片《再死一次》中，尊尼在接受威扎克医生的采访时问道："这部垃圾电影是谁导演的？"在《将军》这个故事中，母亲萨利为了讨论小女儿身上的问题时而记下的书名正是《宠物坟场》。细心的观众还能发现除了金经典作品之外的互文参照的出现，克雷斯也暗指了金非常喜欢的一本小说——约翰·D.麦克唐纳创作的 The Girl, The Gold Watch and Everything（1962年本书被改编成电影，罗伯特·海斯在本片中扮演了主人公诺里斯，威廉·瓦尔德在1980年的电视版本中也饰演了同一角色）。能够发现影片中这些暗指所带来的乐趣已然成为不可缺的体裁特点，并且构建了电影体裁识别的不同层次。

在金的原作中，《边缘》的故事开头是克雷斯面临的挑战——看看包里有什么？但是，包里的东西直到故事结尾才真正展现出来，在电影里也是这样的。影片《鬼作秀》中的第一个故事《箱子》，以及在《午夜行尸》中，当泰德想要打开斯特瑞克不同寻常的箱子时，金很好地利用了读者想要发现隐藏之物的好奇心。影片的改编增加了戏剧成分，并且将焦点集中在打赌的实现以及从高处坠落当场死亡的可能性之上。诺里斯罪行（与克雷斯的妻子一直保持婚外恋关系）的确定性在电影中并不如原作那么清晰，但这似乎也并不是那么重要，因为影片将焦点集中在赌注上——诺里斯挑战环绕克雷斯住宅外围的狭窄地带。奖品有三种，分别是钱、拿走放在诺里斯车上的毒品以及克雷斯的妻子，而惩罚则是把毒品送去执法部门。诺里斯认为自己别无选择，所以他最终接受了这项挑战。

　　叙事的主体围绕着环楼"旅行"开始，一系列真实、夸张的障碍出现在了诺里斯的"旅程"中。这听起来就像是一部标准的好莱坞故事片，虽然该片真实地展现出处于危险之中的主人公的命运，但这样的电影未免太过俗套，很难让观众专注于影片的剧情并且为诺里斯的命运感到担忧。接下来，镜头仰拍了一系列建筑物，随后镜头下移至建筑物下方的街道上，交替变换的极低镜头向上拍摄了诺里斯的缓缓移动，偶尔出现的特写镜头集中展示了当他紧贴着墙壁移动时恐慌的神情，同时还有一些手持摄像机拍摄的当他向下望去时的颤抖镜头。所有这些镜头都激发出了观众的同情心。

　　尽管特效大师埃米利奥·鲁伊兹制作的模型看起来相当真实可信，但是这些道具模型并没有营造出如影片《最后安全》（Safety Last，1923）中哈罗德·劳埃德身处危难之中带给观众的危机感，这对于影片的影响十分巨大。不管观众怎样看待鲁伊兹的特效，这些特效最终都是在工作室里完成的，劳埃德特效的关键部分在于街上的行人和车辆川流不息的景象。我们可以想象一下，当一只鸽子突然飞入镜头，还有从底部拍摄诺里斯侧着身子缓缓移动，以及当他失去平衡时双手挥舞的镜头。在影片中，诺里斯接二连三地遇到障碍，那些障碍并不是积累到一定程度才出现的。一系列的叠加画面用来表现时间的流逝，并且从侧面说明了因为没有戏剧性的情节发生，所以需要压缩片中的时间。观众见识到了强大的风力（通过制风机和声效，而不是像原作中那样使用了风力计），克雷斯穿着紧身裤，外套被风吹着不断发出"啪啪"的声音，然后一个喇叭出现在了镜头中，还有一只脏兮兮的正在啄食的鸽子。我们对《边缘》中的主人公诺里斯并不是十分了解，所以我们并不会真正关心他身上到底发生了什么事。尽管罗伯特·海斯饰演的诺里斯一角与电影《空前绝后满天飞》（*Airplane*，1980）中绝望的飞行员泰德·斯特莱科一样都有着酗酒问题，他们常常把杯子砸到自己的额头上而不是举到嘴边，然而诺里斯这一角色并未达到预想的效果。

影片中的其他部分在表现这类俗套的剧情时则显得卓有成效。那个喇叭（就是克雷斯一直在寻找的东西）突然倾斜进入到画面中，在一系列快速剪切中，那个喇叭在前景中渐渐模糊起来。早前，猫快跑穿过马路的慢镜头要先于喇叭的慢镜头，以及克雷斯从公寓跌落到街上的慢镜头。之前的伏笔在这里起到了很好的作用，完美表现出了克雷斯一蹶不振的样子，他的施虐行为最终还是报应到了自己身上。克雷斯的身体跌落在喇叭上面，死亡时还伴着"吱"的一声而不是"啪"的一声，这些都表现出了生命本身的荒诞不经。金在原作中采用了开放式结局，结尾并没有向读者交代克雷斯是否死亡，但在电影版本中导演却给出了最终答案。刘易斯·提革将原作中新年夜用的笛子换成了喇叭，这一变化也起到了很好的促进作用，这使得克雷斯看起来更像是一个荒唐的小丑，而不是一个冷酷的黑帮老大。在镜头中，当猫躲在一辆车底下并且凝视远方之时，我们仅仅听到了喇叭的声效，然后银幕慢慢变黑。这与影片《异形》（*Alien*，1979）中布雷特的死亡片段产生了巧妙呼应，布雷特也是因为寻找一只名叫琼斯的猫最终导致了自身的死亡。通过部分对猫的特写镜头我们可以看出，镜头中的猫对异形生物的攻击表现得异常坚定，极其冷漠。导演在本片结尾处设置了剧情上的转变，不同于金的原作，克雷斯在结局中不仅炫耀了他的胜利品——钱，同时，他还向观众展示了诺里斯妻子的头颅。那颗头颅从地板上慢慢滚过，这一场景原本应该极具戏剧张力［如同达里欧·阿基多的电影《外伤》（*Trauma*，1993）一样］，但在本片中这一场景却加重了整部影片的荒诞气息，而不是令观众感到恐怖至极。对于诺里斯来说，他的反应也是气愤大于震惊和反感的。

第三个故事《将军》中的转折涉及由猫来充当串联起整个故事的催化剂，它搭火车去北卡罗来纳州的威尔明顿市，在那里它将完成一项使命，拯救一个从影片开头就寻求帮助的女孩。不同于前面两个故事中的次要角色，猫在第三个故事中不仅仅是一种连接手法，更是整个故事强有力的中心角色。从类文本的角度来说，影片中的三个故事都包含了"猫的所见"这一元素（从片名中我们就可以明白这一点），但是在这个故事中，这一元素因其对无助的人们提供夜间防护预警而获得了更大的共鸣，同时也验证了名义上它在交通方面的功能。

然而，从体裁上来说，这是一种极其不易的将日常生活和彻底的空想混合在一起的体裁。考虑到对于家养宠物的恐惧，特别是那些想要分享我们生活空间的宠物，还有"猫偷走沉睡者的呼吸"这一民间传说中的迷信说法，《将军》这个故事就显得相当有趣了。一个怪物住在一个女孩房间的墙壁里，女孩表现得十分害怕。从文本上来看，《将军》具备了恐怖电影所需的一切元素——夜间出没的怪物，这看起来甚至会给女孩带来致命的伤害。在这里，我们不仅有一个"客观"

视角——女孩房间墙壁上的一个洞，我们从中可以看到一双闪闪发亮的眼睛。当镜头从相反的角度剪切时，我们也可以从洞里面向外望去，这可能会使我们在某种程度上对它产生同情感，甚至有可能会带来一种感同身受的感觉。但镜头接下来则表现出怪物给人带来的荒谬之感。它微微抽搐着鼻子，咯咯地笑着，仿佛将"楚巴卡"（Chewbacca）以及迪士尼动画《兔八哥》中的"恶霸"角色，还有变身玉米超人的"瘪四"（Beavis）等形象集于一身。它的声音以及它的动作都带有某些卡通成分，它表现得很像那只著名的老鼠杰瑞（Jerry），从房间的洞里跑出来，像"傻大姑"西尔维斯特（Sylvester）一样，爬到鹦鹉笼子上。它轻快地溜过地板，通过一个倾斜镜头，我们看到它爬上了通向鹦鹉笼的杆子，但是我们只能看见它的一部分——它小丑似的帽子，黑色的身体抓住了杆子，绿色且布满鳞片的爪子掀开了鹦鹉笼，些许的震动和几根羽毛的飘落让人们知道它匆匆吞掉了那只鹦鹉。随后，我们看到它悄悄地爬到了床上，和女孩一起出现在了一个特写镜头之中。

影片中的许多特效技术都是由劳埃德亲手制作完成的，前所未有的超大尺寸设备被用来制作一系列特效，其中的一些特效已经被德·帕尔玛用在了《魔女嘉莉》之中，但最终这些特效还是被删去了，因为它们总是无法达到理想当中的效果。[①] 拖拖拉拉的怪物特写镜头向观众展示了它爬行时的特征和锋利、细小的牙齿。这些特效兼具定格叙事和真人实景叙事的特点，定格叙事似乎无意中又带有了影片《魔偶奇谭》（*Puppetmaster*，1989）的动漫效果，而真人实景叙事看起来就像是一个穿着万圣节服装的人在银幕前面"耍宝"一样。当它从床上跳下来，它的前臂对着猫做了一个手势之后，它立即消失在了墙壁后面。这一系列动作是通过长镜头拍摄出来的，然后再巧妙地重新组合

---

① 安·劳埃德. 斯蒂芬·金的电影. 纽约：圣马丁出版社，1993：43.

（电影的放映顺序与拍摄顺序恰好相反，这很有可能是在暗指电影《克里斯汀魅力》）起来，这一连串的动作看起像是刻意营造的有趣氛围，它似乎过得很开心。

观众对怪物的感情是很矛盾的，它具有伊渥克人［电影《星球大战》（*Star Wars*，1977）中的角色］的某些魅力。当它从床上被赶下来掉进一只鼓里的时候，它必须自己想办法逃出来。它就像是漫画中的荒诞角色，走起路来就像一个老太太迈着轻快的小碎步，但它似乎并未真正带给人们什么威胁。当它捏住自己的鼻子时，这看起来更像是一种派对上的游戏。它其实也挺倒霉的，当猫终于找到如何进入女孩房间的方法之后，这只猫像圣诞老人一样从烟囱中滑了下去。此时，怪物表现得十分沮丧，从某种程度上来说，我们甚至都有些同情它了。它惊人的后空翻更多突出了穿着怪物戏服的特技演员，随后当它爬上玩具屋之时则与《边缘》中的故事情节产生了呼应。当它抓住一个氦气球飘起来的时候它笑了出来，伴随着动画片中常用的"啊哦"一声，它的身体开始慢慢向下坠落。猫跳上气球的那场戏在整部电影中算是情感最薄弱的一场戏了，在猫的巧妙操控下，怪物落在了黑胶唱片机上。此时黑胶唱片机所播放的歌曲和《戒烟公司》中多纳蒂出现时所唱的歌曲是同一首——*Every Breath You Take*。这首歌将这三个故事有机地串联在一起，同时它也很适合这个场景。因为怪物的目标就是那个女孩，女孩因为窒息而无法大声尖叫，当女孩的父母冲进来时，怪物匆匆离开并钻进了附近的风扇之中。

故事之所以在体裁内部显得与众不同，是因为在金的原作中，超自然生物存在的证据被直接展现在了那些不相信怪物存在的人们（女孩的父母）面前（这有点像《1408 幻影凶间》剧场版本的剧情设置）。此前，女孩的母亲从怪物的帽子里看见了一个铃铛，在结尾时，她的父母还看见了一副残骸，以及女孩房间墙上的大洞。对于观众而言，他们并没有看到片刻的茨维坦·托多洛夫的"犹豫期"。这个特殊的怪物并没有让观众受到刺激，从而改变他们对世界的看法——它的长相和行为都非常奇怪，甚至可以直接被视为"愚蠢"。然而在小说中，在人物看见怪物之后，他们在对宇宙的理解方面遇到了一些挑战。有趣的是，他们的反应纯粹是基于对自身社会地位的担忧，他们甚至还担心女孩会不会把事情告诉其他人。在她答应保守秘密之后，作为回报她可以留下那只猫。此时的她已经学会了"情感勒索"的真谛，与此同时他们也了解到怪物的"真相"。然而，《将军》这个故事不能具有深远影响力的原因在于，父母的世界观被强行改变以接受那些明显不可能的事实，而我们的世界观却并未被改变，因此在片中父母的戏剧地位也被削弱了。

一段已被删除的开场场景原本是以女孩的死亡和母亲的报复行动展开的，随后则引出了猫的幻想和来自坟墓的请求。考虑到这样一种悲观的开场可能会对票房造成一定的影响，甚至还有可能会因为片中猫被各种武器追逐而引发动物权利组织的抗议，这些担忧最终不得不使电影制作方对影片进行了修改。这样的剪辑方式确实削弱了叙事的连贯性，但它并没有严重影响观众对于剧情的理解。互文性甚至是元文本性都提供了共同的主线，并且将观众作为特别活跃的一类要素加入到了意义创作的过程中去。在《边缘》中，慢镜头的使用预示着克雷斯的死亡。在《将军》中，看似矛盾的生物兼有荒谬和凶残的双重特质，这些也在时不时地发挥作用。《戒烟公司》的基本前提也在可预知中逐年增长，由于吸烟愈发不被社会认同，这也预示着更多新近的电影如大卫·芬奇执导的《心理游戏》（*The Game*，1997）中，曾提到过一个暗中提供改变人生服务的机构。影片整体基调的不均衡，主要是由于导演试图将截然不同的叙事结合在一起。不同于"鬼作秀"系列电影和《大小精灵》，这些影片都固守在恐怖体裁的范围之内。

在金的所有改编作品中，《猫眼看人》的确有着几分不同寻常，真可谓是一部"大杂烩"电影。

大小精灵 Tales from the Darkside：The Movie

"你是一个怪物。"

——布雷斯顿

"我是一名代理商，作为一名代理商，成为怪物是其职业素质之一。"

——代理商

如同乔·丹特在 1983 年执导的组合电影《阴阳魔界》（*The Twilight Zone：The Movie*）一样，电影《大小精灵》的统文本性在于影片中包含的体裁元素不仅受到了漫画的影响，还受到了金在年轻时就很喜欢的一部非主流深夜剧集的影响。在本片中，罗梅罗担任了第二个故事的编剧（这个故事也改编自金的小说），这个故事原本打算放在影片《鬼作秀 2》中。本片（有说法称本片《鬼作秀 3》）也是一条主线贯穿了三个短篇故事——罗梅罗担任《来自地狱的猫》（*Cat from Hell*）这个故事的编剧，《第 249 号》（*Lot 249*）则是基于柯南·道尔的作品改编而成的，《情人的誓言》（*Lover's Vow*）是由迈克尔·麦克道尔编剧的。除了在第一个故事中偶尔使用垂直或对角线的表现手法，本片中几乎没有受到漫画书的影响。在主线故事中，影响体裁的主要因素是来自于欧洲的传说故事。

在第一个故事《来自地狱的猫》中，尽管裙子本身给观众带来了

《大小精灵》电影剧照

一种时代错位感（镜头中突出了红色长外套和帽子），贝蒂（狄波拉·哈利饰演）看起来就像是一名典型的乡村家庭主妇，正在准备一次晚宴。当贝蒂打开一个储物柜的时候，拍摄的视角变成了从房间内部向外拍摄，房间仿佛变成了一间单人牢房。从郊区公寓内的厨房转变成中世纪的地牢，这是一个十分匪夷所思的转变，地牢里甚至还有着锻造的铁门和火葬场般大小的烤箱。一开始，哈里平淡、毫无感情的语调似乎很违和，但正是这种违和感表现出了她同精神病患者一样缺少同情心，这样就突出了她冷静地对提米（马修·劳伦斯饰演）解释什么是"取出内脏"这一场戏。比起"鬼作秀"系列电影中的比利，本片中提米的戏份显然要更重一些。通过《天方夜谭》（*Scheherazade*）一书的帮助，他计算着自己的烹饪时间。同时，他还通过阅读与本片主旨相呼应的一书《惊奇轶事》（*Tales of the Unexpected*）来延缓自身的死亡。提米承诺讲述一个爱情故事，以及贝蒂在冷静地组织绑架、谋杀和食人时公开宣布偏好浪漫故事的这两点都彰显了影片体裁的模糊性。

除了爱迪·贝灵翰姆（史蒂夫·布西密饰演）从事古董生意来资助自己的研究之外，《第249号》基本延续了影片《鬼作秀》中《箱子》的中心主旨。相对于贝蒂为提米所制定的计划，爱迪在很大程度上代表了观众的消极观察者视角，以此来向安迪（克里斯汀·史莱特饰演）描述木乃伊最初是如何被杀死的。那些木乃伊的脑子被人从它们的鼻子处取出，它们的躯干被切开然后再在里面装入鲜花——这些可怕的细节成了木乃伊选择的杀人手段。尽管在二十世纪三四十年代，木乃伊恐怖片曾短暂地流行过，但是现在这种类型基本上已经不复存在了。斯蒂芬·索莫斯执导的电影《木乃伊》（*The Mummy*，1999）和《木乃伊2》（*The Mummy Returns*，2001），以及查克·拉塞尔导演的《蝎子王》（*The Scorpion King*，2002）也不过都是一些供全年龄段观众观赏的高成本特效电影。本片的导演约翰·哈里森试图利用一系列形象化的参照，比如爱迪口述一段咒语来培育木乃伊，木乃伊的手（他的手少了一根手指）出现在了棺材边缘等，许多观众也许会认为这些场景只是一些简单的模仿而不会感到任何的恐怖感，以此来将这种与时代不符的事物带到乡村公寓中。当他们闯入李（罗伯特·赛奇威克饰演）的家中，这看起来相当奇怪，但却并不怎么吓人。镜头从李的角度寻找到一个挥舞着网球拍的闯入者，随后镜头转向了木乃伊，它们将一个衣架加工成了一件武器，然后镜头又转到即将成为受害者的李，这样的镜头转换效果很好。突袭伴随着类似影片《精神病院》中的低八度电影配乐，以及李的匆匆离去。尽管片中运用了各种不同的武器，但它还是不可避免地令人联想起《月光光心慌慌》中的迈克尔·梅耶斯将鲍勃·希姆斯（约翰·迈克尔·格雷汉姆饰演）钉在门上的场景。在那个从一开始就切断了电源的黑暗房间中，木乃伊渐渐出现了，受害者的恐惧感不断增加，但是很遗憾观众并未一下子就看清楚怪物的全貌。

在本片中，恐怖电影元素展现出一种"保守美德"（尽管被人们公认为是时代的错乱），木乃伊表现得像是维护社会正义的工具，保护贫困阶级，但能力有限的学生团体总是在对抗悠闲的剥削阶级，悠闲的剥削阶级通过剽窃、抄袭，导致了整个学术系统的腐败。影片中也有一些悬疑片段，比如精心设计、刻意安排的楼梯间场景。位于银幕左侧的木乃伊缓慢向上移动，而位于银幕右侧的安迪仍旧毫不知情地下楼梯，伴随着手机来电的声音，他停顿了一下，然后继续往前走，直到铃声第二次响起的时候他才停了下来，转身并且慢慢向上走，而此时木乃伊已经在"静候"他了。这样的拍摄方式只能暂时性地掩盖《木头老酋长》中出现过的同样问题——缺少灵活性的怪物。在第一次看到怪物时，安迪并没有流露出震惊或是害怕的表情，随后它们便发生了激烈的冲突，结果他被砍掉了四肢，这一场景更像是一场低俗的闹剧但却并没有带给观众带来恐怖的感觉。

不同于影片《鬼作秀》在形式上的连贯性或是《猫眼看人》通过某种动物有机地串联全片，《来自地狱的猫》除了复仇的主题之外，其他剧情设置都缺少与主题之间的明确联系，与片中的其他故事之间也仅仅只是并列关系。复仇这一元素［坐在轮椅上的格罗根（威廉·赫基饰演）］通过在成千上万只猫的身上做实验而开发药品赚取了一大笔钱，影片整体表现出一种倒叙结构和表现主义的空间感。当格罗根自己转动轮椅进入餐厅之后，在餐厅里他妹妹的闪回镜头是用一种发蓝的旧色调拍摄出来的，这些表现手法都和影片《鬼作秀》十分类似，但其呈现出来的效果并没有那么显著。表现主义的审美方式也渗透到了影片的主要视角中去——从一开始，观众就看到了使用高角度拍摄的猫的镜头。此时，观众的视野由于栅栏和蓝色光晕的存在而带来一种模糊感，但这也没有产生恐怖的感觉。当格罗根的妹妹第一次在楼梯上被猫绊倒之后，影片通过高低角度的交替拍摄显示出她从楼梯上摔下来的画面。在画面中，观众可以看到她躺在楼梯的底部，而格罗根微微侧身进入镜头，营造出了一种"背景画面"的效果。与此同时，一只猫趁着夜色潜入了他另一个妹妹卡洛琳的房间里令她窒息而亡。此处与影片《猫眼看人》中《将军》的主题息息相关，但与《将军》不同的是，由于本片中的猫看上去仿佛来自于外星球，从而使得影片的整体效果显得十分滑稽。同样地，在攻击豪斯顿（大卫·约翰森饰演）的那一场戏中，猫跳到了他的胯上，镜头在他与猫之间进行转换，这场戏在无意中给人一种十分有趣的感觉。在影片的高潮处，尽管豪斯顿手持一把激光制导手枪，但他最终还是没能射中，猫的的确确从他的喉咙里钻了进去。由斯坦·温斯顿制作的这个特效本该发挥出极强的效果，但是那只猫两条自动摇摆的腿，看起来仿佛就像豪斯顿正在试图吞下一个廉价的玩具一样。相反，格罗根的归来仿佛是一场反向的出生场景：猫跳到他的轮椅上，把他活活给吓死了。尽管闪闪发光的猫所带来的恐怖感和这个想法本身所带来的挫败感再一次融合在了一起，但镜头中展示的依旧是低劣的动画效果（特别是整个银幕右下方出现的猫跳到他轮椅上的那个镜头）。与影片《鬼作秀》相比，毫不起眼的表现主义效果以及低质的特效（在片中使用旋转摄像头来表现撞毁的汽车这一场景实在令人难以置信）极大地削减了这个故事的戏剧张力，这距离观众的期待实在相差甚远。

在《情人的誓言》这个故事中，落魄的艺术家普利斯顿（詹姆斯·瑞马尔饰演）遭到一只状如滴水兽的怪物的勾引，为了保命，怪物开的条件是他同意一种"浮士德式"的契约，他永远都不能告诉其他人他看到了什么。这种口头契约的随意性难以缔造一个真正连贯的故事——普利斯顿最终活下来了，但是那个试图帮助他回家的酒吧服务员杰却被无辜杀害了。在普利斯顿遇见卡罗拉（瑞伊·道恩·冲饰演）之后，他们很快便结婚了，直到他们结婚十周年纪念日这一天（通过银幕下方的字幕告知观众），他突然有了坦白一切的冲动。从表层的叙事来看，怪物的出现明显带有童话故事的成分，一个被迫许下但最后却又被打破的承诺和一个特殊时间段的流逝联系在了一起。结尾处假定的转折，即卡罗拉就是那个怪物，这个假设从她不合常理的突然出现到她同意与一个陌生人一起回家时就已经表现出来了。如同《来自地狱的猫》这个故事一样，它们都因其粗劣的效果而令人大失所望——变形的场景俨然是由约翰·兰迪斯执导的《美国狼人在伦敦》（*An American Werewolf in London*，1981）和乔·丹特导演的《破胆惊魂夜》（*The Howling*，1981）的低廉版本。然而，故事真正的转折出现在了孩子们出场之时，那些异常可爱的小家伙们站在门边。卡罗拉用自己的翅膀围住他们，像吸血鬼一般咬伤了他们的脖子，此时她还没有变成真正的滴水兽。然而，就像《闪灵》中的树篱生物一样，能够拍摄出无生命体移动的可怕镜头的机会就这么错过了。故事的整体寓意还是很模糊的。普利斯顿违背了自己曾经许下的诺言，虽然这样做的人大有所在，但他们却并没有被巨型滴水兽吃掉，罪与罚一点都不对等。在这里，道德上的问责似乎被随意应用了，这似乎与那种残忍、惩罚性的逻辑，即童话故事中是如何处理被认为是有罪或是不被社会所接纳的人的逻辑并不一致。

提米依靠讲述自己的亲身经历救了自己，这里融合了不同叙事形式中的互文修辞——《奇幻森林历险记》（*Hansel and Gretel*，1988）和《小鬼当家》（*Home Alone*，1990）。他将弹球抛在地上，致使贝蒂滑倒、掉了钥匙，还正好跌倒在烤肉叉上，这也使得他能够将她推上手推车，最终送进烤箱之内。在类文本的转折中，当有人试图伤害他的时候，对各种故事的熟知程度帮助提米最终转败为胜（在"鬼作秀"系列电影中，叙事知识也是这样帮助了那些男孩）。在了解元文本的情况下，童话般的主题以提米一边吃着曲奇（此处取材自《奇幻森林历险记》），一边直面镜头宣称"我就是喜欢大团圆结局"而画上了句号。

尽管片中的一些演员后来可能在更大的制作中获得成功（克里斯汀·史莱特、史蒂夫·布西密，还有当时非常年轻的朱丽安·摩尔），毫无疑问，如果在这部电影中加入一段贯穿全片的故事情节将会更加引人注目。当贝蒂正在准备一场晚宴派对时，一定还存在一些其他的食人族，他们家庭的常态掩藏了一些更为黑暗的秘密。

结 论

如果出版商马弗·沃尔夫曼对于金在漫画和绘画方面的天赋和看法是完全正确的，那么"鬼作秀"系列电影则表现出了他的博学，以及他试图将漫画的文法转变成特别媒介的野心。他曾公开宣称，"鬼作秀"系列作品的本意是为了唤起人们恐惧感，这使得这一系列作品的成功显得更为复杂。金本人曾经说过，他希望影片《鬼作秀》可以"一直使观众感到一种恐惧感，以至于最后他们不得不爬出电影院"。诚然，在低成本的拍摄条件下，影片的成功给观众带来了极大震撼，但其中的恐怖程度却明显缺失了。其中的一个原因就在于影片《鬼作秀》以其相对保守的道德尺度，采用了典型的 E.C. 漫画风格，但却俗套地运用了恐怖电影中常见的诅咒形式，特别是在每个故事的结尾处都对其加以强调，最终致使道德败坏的人一如既往地受到了惩罚。在影片《鬼作秀 2》《木头老酋长》中，凶残的小偷们最终被剥掉了头皮。在《木筏》中，聚众吸毒的青少年们一个个地被杀害。在《搭便车》中，被杀害的搭车人最终惩罚了不贞的女主角安妮。

金的脚本和罗梅罗取景风格的选择都含有对绘画艺术的敏锐理解，特别是在视觉上的审美强化了漫画这一特殊格式。然而，从电影的角度来看却十分令人感到意外，影片中缺少相应的文化内涵，组合电影所贡献的乐趣不遗余力地发挥在了体裁之中。如瑞克·阿特曼所说的那样，体裁电影的悬念几乎都是一些虚假的悬念。在特定亚类的惯例中，我们无法期待出现整体丰满、令人信服的角色，并且如果我们总是期待不道德的行为最终将会遭到报应，那么我们就不可能体会到金所追求的那种恐怖了。然而，即使是这样的乐趣在影片的叙事中也很难找到，在《木筏》和《情人的誓言》中，所谓的惩罚就显得非常随意。组合电影提供了一种仪式化的体裁观点，在这种观点之下，在充满想象力且违背道德观的戏剧中进行表演则被观众赋予了特定的意义和重要性，但如果观众被引导去接受明显舒适的行为和形式，以此作为在社会中获得快乐的一种方式（接近阿尔都塞的一种文本意识），这一点也是相当具有争议性的。

从文化角度来看，也许在这本书的其他章节中，金的部分作品的确有些过时了，不过这与他在青春期时所看的亚类电影和习得的准则有着千丝万缕的联系，从而致使当下的观众无法与他产生共鸣。不过在大卫·贝金汉姆看来这并不奇怪，观众对电影体裁的理解与他们的年龄以及观影经验有关。就影片《鬼作秀》而言，对于一个不懂绘画艺术，不熟悉 E.C. 漫画作品的风格和说教性质内容或者是不习惯华丽色彩、表现主义风格照明以及取景效果的观众来说，他 / 她一定很难喜欢上这部电影。动画风格的食尸鬼串联起了整部电影，但这也只是更加突出双关语的乏味、无聊，以及些许的自我满足感。在这种情况下，组合电影模式使得金得以利用他过去的一系列短篇小说而并非是有目的地去创作一些有可能更适合改编成为电影的作品。

影片《猫眼看人》的表层叙事并不是特别连贯，但它却包含了真正令人感到恐怖的主观元素，特别是当我们不太确定我们正在看到的是什么时。如果我们足够敏感，能够找出片中的参照文本，那么就增加了互文以及元文本之间的共鸣。但是，金对于异形的混乱概念使得《将军》中的怪物看上去似乎更具喜感而显得不那么凶残。影片《大小精灵》的野心则要小得多，当然它所取得的成就也相应小得多，本片甚至因其可预见性的情节设置，粗糙的电影效果和叙事形式，以及错乱的时代感，最终未能带给观众一部单纯的体裁电影所应该带来的有限趣味。这也是本章所列举的所有电影中问题的核心所在——电影带给观众的快感都与互文相关，但精通电影以及熟知所有亚类型的观众数量却是越来越少了。

也就是说，组合电影在不同故事之间自然而然地引入了对比，各种亚类型之间的连贯性平衡是不一样的。因此，这类电影似乎更容易引起评论界的非议，特别是当片中的几个故事完全是由不同的演员出演，并且发生在不同的地方，有时甚至是由不同的编剧编写之时（比如《大小精灵》）。当然，就质量而言，组合电影则表现出了一种"大杂烩"的感觉。如果我们完全否认了这一电影形式，我们无疑也就否认了影片《鬼作秀》中罗梅罗精妙的剪辑和取景，以及《猫眼看人》互文之间的博弈。同时，我们也否认了一种精英之间高低艺术的分割，以及一种致使电影本身失去了更为清醒的自我审视。

第三章

死亡有时是件好事：
床单下的尸体

"我们害怕床单下的尸体。那是我们的尸体。" ①

　　"死亡就是怪物抓住你的时候。"

——《午夜行尸》

　　对于金来说，"最显著的心理压力是我们自身已经死亡的事实" ②。恐怖片经常热衷于通过虚构替身的各种死亡情景来延迟人物自身的死亡。在经典的恐怖小说和电影中，死亡是一种边缘界定的状态。死去的人变成鬼魂（如影片《闪灵》和《1408 幻影凶间》）、僵尸（《宠物坟场》以及《鬼作秀》中的《它们爬到你身上了》）、狼人（《银色子弹》）还有金自己创造的"半人半猫"的吸血鬼（《舐血夜魔》）。人类角色所面临的主要危险是那种畸形的实体，它们已经明显超越了死亡的界限，变成了图腾式的"杀不死的东西"，将一种不可能的情景（超越了死亡）替换成了另一种不可能的困境——你拿什么去对付

---

①　斯蒂芬·金. 守夜. 伦敦: 新英语图书馆出版社, 1979: 12.

②　斯蒂芬·金. 死亡之舞. 纽约: 伯克利出版社, 1981: 86.

一个已经死亡的东西呢？幸运的是，这些文化神话都拥有它们自己的绝杀，我们对于消灭这些怪物各有不同的对策。

本书所涉及的死亡电影通常会回归到某一大类的子类中，而这些子类大部分都已经过时了，比如狼人电影。当然，这也许是由许多体裁上的因素所导致的。狼人的身体转变本身就受制于月球的周期性波动，从技术角度来看，这一点是相当苛刻的（这与电影特效技术的发展息息相关，从某种程度上来说，这类电影的发展受到了技术条件的限制）。在吸血鬼文学作品中，比如在《化身博士》中，狼人这种集怪物和人类特性为一体的生物看起来相对简单一些。从某种角度来说，布莱姆·斯托克所撰写的《德古拉》一书则更加贴近自然（毕竟，现实生活中真的存在吸血蝙蝠这种动物），而狼人则只是一直存在于人类的幻想之中。尽管在狼人文学作品中，作家依然侧重表现狼人身体上的改变，特别是体毛的变化，但是绝大多数作品中所呈现出来的恐怖感则是一种源于内部的恐怖。反观吸血鬼神话故事，其对于血液／性别的交换有着更为宽泛的解释，并且传递出一种世纪末的波西米亚式的颓废之感（反映在一系列已有或继续以吸血鬼为主题和特色所拍摄的电影中），而狼人的情节似乎仅仅局限于在隐喻中使用。狼人被普遍视为青春期压抑的性欲象征，以此来反映二十世纪五十年代压抑的性文化以及青少年文化和某种经济现象的出现。但是到了八十年代中期，这种程度的性压抑在西方的视觉文化中已经不复存在了。

以影片《银色子弹》为例，隐约可见的神秘情节与主人公对怪物的同情心理，这两者之间相互矛盾。因为在大部分的电影中，我们并不能完全确定怪物到底是什么。与此同时，我们也没有看到怪物转变的场景，甚至包括它的内心挣扎或者是道德方面的困境——怪物就这么凭空出现了！如果怪物挑战了占主导地位的异性，即男权价值观，那么影片中就必须要设定一名英雄来打败它。最终，女主角对化身英雄的男主角产生了爱慕之情，影片最终上演大团圆结局。然而，这部电影却没有采用这样的套路。在本片中，女主角被设定为英雄（男主角）的妹妹——可以说，整部影片就是一部小城镇家庭剧，而并非是对乱伦禁忌的挑战。

体毛的出现很可能隐喻了青少年对青春期的恐惧之情，但是在电影里面我们却很少能够看到怪物的真身。[①] 影片中只是引用了一些狼人的特性——它只在月圆之夜行动，人类只能依靠一种银色的子弹（片名也由此而来）才能将它杀死，它一旦被杀死，立刻就会变回人的样子。然而，其他一些约定俗成的特质却被省略了——没有必要让受害者也变成狼人，狼人的手上也并未有过多的体毛，身体上也没有五角星的符号以及能够随意伸缩的食指。恐怖只是电影的体裁之一，恐怖电影中的很多亚类也都与神话故事密切相关，它们并非直接取材于我们赖以生存的世界中，电影常常引用体裁中曾经出现过的一些情节作为例子出现。在约翰·兰迪斯执导的《美国狼人在伦敦》以及乔·丹特导演的《破胆惊魂夜》上映的五年之后，影片《银色子弹》才刚刚拍摄完成，此时的观众早已习惯了当时最顶尖的变形场景。当然，如果我们以当下的视角来看，那些场景几乎是被全盘否定的。单从电影体裁来看，影片《银色子弹》在本质上给观众一种不合时宜的感觉。缺少灵活多样的变形场景以及对出生、重生的参照都在很大程度上削弱了芭芭拉·克里德等理论家提出的评论方法，当然，影片中也没有出现那些突出怪物生存困境的场景。我们从未见到一名"变性男"成功地将自己的孩子生出来，我们也没有看到男主角或者其他角色被渗透膜分隔开来，因为他们看起来根本就没有在同一个场景中出现过，对于怪物而言，它几乎完全没有被拍摄到。[②]

---

① 乔纳森·莱克·科瑞恩. 恐惧和日常生活: 恐怖电影史上的非凡瞬间. 伦敦: 塞奇出版社, 1994: 26–27.

② 伊娜·瑞·哈克. 筛选男性: 探索好莱坞电影中的男性气质. 纽约: 劳特里奇出版社, 1993: 124–125.

斯蒂芬·金对狼人神话十分着迷。他曾经在自己所撰写的作品《小丑回魂》中提到了小吉恩·福勒所执导的影片《我是少年狼》（*I Was a Teenage Werewolf*，1957），书中的主人公佩尼怀斯身上也体现出了狼人的某些特征（主要体现在他的身体上，露出一排锋利的牙齿）。同时，金在《死亡之舞》中也热切地谈到了这部电影。不幸的是，对于金来说，电影术语中的狼人亚类题材似乎已经全部都撰写完了，这可以从韦斯·克雷文执导的影片《诅咒》（*Cursed*，2005）在票房上的失败看出来。从某种程度上来说，这很可能也是导致他与彼得·施特劳合著的《魔符》（*The Talisman*）一书失败的原因所在。在该书中，他们给狼人起了一个毫无想象力的名字"狼"（Wolf），以至于这部小说至今仍未被改编成电影。诚然，狼人电影在二十世纪八十年代初期出现过一个短暂的复苏，但是评论家和观众的注意力都集中在狼人变形过程中的特效使用上，尤其是特技大师里克·贝克和罗伯·博丁，两人所使用的特效给观众和评论家带来了诸多启发。这种亚类题材代表了一个逝去的时代（金在《小丑回魂》一书中采用了这一亚类题材，进而表现出二十世纪五十年代末的青少年文化）并且还经常出现其效仿之作，比如罗德·丹尼尔执导的电影《十八岁之狼》（*Teen wolf*，1985），也因此该亚类题材很难再跻身主流恐怖片之中。在梅尔·布鲁克斯执导的电影《新科学怪人》（*Young Frankenstein*，1974）中，当吉恩·怀尔德饰演的男主人公法兰克斯坦博士被驱赶到特兰西瓦尼亚城堡并指着一片黑压压的队伍时，他问伊戈尔（马蒂·费德曼饰演）："那是狼人吗？"随后，他得到的回答是"狼人来了"，狼人电影似乎已经走到了穷途末路。安东尼·威勒在1997年执导的电影《美国狼人在巴黎》（*An American Werewolf in Paris*）的失败似乎也证实了这一说法，评论界普遍认为，这部影片的片名毫无想象力。狼人电影偶尔也会有"惊喜"出现——迈克尔·沃德利执导的《狼人就在你身边》

（*Wolfen*，1981）一片试图将美国城市底层人民和狼人的暴力攻击结合在一起，而罗梅罗的僵尸片则更具说服力地体现出了这种结合。迈克·尼科尔斯执导的影片《狼》（*Wolf*，1994）给了男主角杰克·尼克尔森一个向狼人神话注入新鲜活力的机会，但遗憾的是，在该片的大多数时间里，他一直都专注于表现出越来越多的恶魔鬼脸。

银色子弹 Silver Bullet

既然选择了一个泛滥且不合时宜的亚类题材，金基于他在1983年发表的中篇小说 *Cycle of the Werewolf* 的基础上创作了一个剧本。然而，该剧本既没有任何惊人的剧情，也没有任何吸引人的地方。剧本的名字就暴露出从一开始我们就可以清楚地看出狼人最终将难逃一死，并且当我们看到马蒂·克斯劳（科里·海姆饰演）新定制的轮椅上写着"银色子弹"的字样时，我们就可以明确得知究竟是谁最终杀死了狼人。随着幕前字幕的滚动播出，我们看到了一轮满月的开场镜头。尽管马蒂·克斯劳的妹妹简通过旁白告诉我们，"我们的噩梦在黑夜开始时将会降临"，但除此之外，影片并未体现出任何特殊的紧张气氛，因为我们都清楚地知道怪物的天性，并且我们深知主角最终都会活下来。

怪物的出场对于任何狼人电影来说都是至关重要的。但是，第一次攻击会给后续的情节设定一种模式。我们从怪物的视角进行拍摄，透过它藏身的灌木丛向外望去，怪物的咆哮／沉重的呼吸声和深厚的合成弦乐参照了约翰·卡朋特的《月光光心慌慌》（在怪物第二次和第三次出现时，也采用了这种拍摄手法）。但遗憾的是，这种模式本身并不能产生足够的紧张感。我们并不清楚这些角色的内在自我是怎样的（如果它们真的有内在自我的话）——这根本无法使观众产生任何移情的关联。当铁路工人阿尼·韦斯顿（詹姆斯·盖豪饰演）的身体飞起来穿越黑暗之时，慢动作奇怪地展现出一种近乎芭蕾舞的美感。但是达里欧·阿基多在1993年执导电影《外伤》时，却向我们展示了这一手法惊悚、幽默的效果。在本片中，由派珀·劳瑞饰演的受害者在被斩首之后变成了一个会说话的头，并且说出了"尼古拉斯"这个名字，而不是像《银色子弹》中的怪物那样，将一条毛茸茸的胳膊伸进画面中，此处的情节更让人觉得搞笑而不是惊恐。

体裁惯用的手法和不当的剪辑手段之间存在着相互抵触的情况。第二次攻击的出现正是一名怀孕少女企图服药自杀的时候，伴随着无处不在的雷声和闪电，一只毛茸茸的手伸进了画面之中（攀爬上棚架）。奇怪的是，这名少女在怪物破窗而入之前就开始惊声尖叫起来。然后，我们看到用蒙太奇手法拍摄的少女尖叫时的面孔，狼人的嘴逐渐靠近。当我们看到怪物的手抓住少女的脖子时，镜头聚焦于它闪烁着的猩红的眼睛，随后是一连串顶部拍摄的镜头，画面中怪物掐住女孩的脖子，头部十分滑稽地摆动着（就像《舐血夜魔》中怪物袭击法罗斯先生时一样），这里明显存在着一个剪辑错误。对比影片《公民凯恩》中苏珊企图自杀的场景，或者是尼古拉斯·罗伊格执导的《尤利卡》（*Eureka*，1984）中鲁特格尔·哈尔和特瑞莎·罗素之间的性爱场面的构图，在这两部电影中，门、床以及女性的身体都处在类似的位置上，而本片的最后一个镜头根本无法与这两部电影中的构图深度相提并论，但是它至少表达出了一种对电影体裁的迎合。

怪物的第三次攻击依然没有带来真正的悬念感或危机感。我们可以看到更多怪物的主观镜头，这些主观镜头与受害者拿着手电筒向花园内照射的镜头交替出现。手电微弱的灯光杂乱无章地摆动着，但是穿过花园棚屋的亮光似乎并没有预示会出现像电影《猛鬼追魂》

（*Hellraiser*，1987）中克里夫·巴克镜头下的修道士怪物那样的存在。在一个令人不安的时刻到来之时，摄像机跟随受害者的脚步快速飞奔上台阶并在途中停留了片刻，透过台阶我们可以看到狼人的眼睛。不断摇晃的花园棚屋让人联想起托比·霍珀执导的电影《鬼哭神嚎》（*Poltergeist*，1982）中的某些片段，当这名男子令人难以置信地被上翘的木板刺穿时，尽管画面中只出现了模糊的嘴部特写镜头，我们还是能够听到怪物抽动鼻子的声音。如同《猫眼看人》中的第三个故事《将军》一样，这使得原本恐怖的剧情只剩下了愚蠢。

借鉴德国表现主义的群体主旨，社会层面的意义让电影故事更富深意。一开始，我们看到牧师罗威（埃沃雷特·麦克吉尔饰演）正在解决一起纠纷，在这个过程中他盛赞"塔克磨坊"的乡亲们最能体现出"整个社区的精神"。不久之后，随着当地一大"刺头"安迪·华顿（比尔·斯米特罗维奇饰演，后来，当我们看到他在张贴猎枪广告时，这就意味着他早已牟取暴利多时）在酒吧里煽动社区居民与警长哈勒对着干，整个社区开始出现了裂痕。在这方面，他确实有几分道理。哈勒后来实施了宵禁，但这似乎对抓捕怪物起不到丝毫的作用，然而他又不愿意寻求外援帮助。他未能阻止暴民们的行动，他们开着汽车，带上枪支和猎狗闯入了树林中。然而体裁的标识却是令人迷惑的。在罗梅罗的《活死人之夜》（*Night of the Living Dead*，1968）中，主动出击的民众有效地传达出大型社区居民的反应，甚至包括潜藏其中的种族主义，这一点具体反映在最后一个黑人幸存者的死亡问题上。在本片中，社区里的居民看起来非常奇怪，他们在黑暗中步履蹒跚，吵吵嚷嚷地挥舞着手电筒。当一个男人踏入陷阱之时，一开始他逃了出来，但是救援人员在听到他的声音之后又跳了下来，于是他的脚踝又被捕捉器夹住了。这一切都使本片看起来就像是打打闹闹的喜剧片而不是恐怖片。随后镜头转移到了调酒师身上，他用棒球棍击打怪物，伴随着雾气，我们已经可以看到棒球棍落入怪物手中。

就电影体裁而言，本片从表面上来看是一部恐怖片，而从深层架构来看，它更像是一出儿童剧，影片中简的旁白就可以表现出这一点。她的独白在电影开场后便消失了，而当马蒂试图让瑞德相信桥上发生的事情时，她的独白又再一次出现了，这样的处理方式看起来非常没有必要并且对剧情产生了一定的干扰。对于狼人神秘身份的猜测，以及非常有限的可疑人选（只能是瑞德或者是牧师）同样使得电影更加接近类似《史酷比》（*Scooby-Doo*）之类的卡通片，我们更加确信影片仿佛就是拍给儿童看的。尽管本片的暴力等级是 R 级，电影中诸如马蒂坐着他新定制的轮椅在空无一人的道路上来来回回，或者是简踏上寻找神秘独眼人的旅程，开着小车在城镇附近展开搜索，收集易拉罐和瓶子做慈善，这些场景都使本片看起来更像是一部迪士尼儿童电影而非恐怖片［本片的观众群或许更接近于《我是少年狼》（*I Was a Teenage Werewolf*，1957）的受众群体］。此外，试图通过张贴匿名信的方式将牧师赶出小镇，这封匿名信把报纸上的字母粘贴到一起，这一情节看起来更像是伊妮德·布莱顿而非斯蒂芬·金的惯用手法。在影片的最后强调兄妹二人相互说"我爱你"，同时又强调了简的内心独白："我以前一直说不出口，但是现在我可以说了。"尽管正如在第二章中提到的那样，潜在的保守道德观已经和血腥的恐怖叙事联系了起来，受害者的本质模式在这里也增强了反正统行为的目标感，即对青少年观众的道德说教。影片讲述的是一个酗酒、未婚先孕的女孩试图自杀，以及一个家暴、酗酒的父亲歧视残疾人（"该死的瘸子总是享受福利"，他总是在影片中喃喃自语）的故事。除此之外，本片还有一个极具象征意义的影射，在一个纯粹迪士尼式的举动中，四号受害者马蒂的朋友布拉迪将玩笑开得太过火了——他在简的面前晃动一条蛇，吓得简直接掉进了水里。

怪物的最后一次攻击似乎体现出一些体裁方面的变化，因为导演丹尼尔·阿提亚斯在对门的拍摄时使用了慢速变焦的拍摄方式，人物按照观众预想中的方式入场，但是接下来狼人却穿墙而入。然而，一切正如我们所料，马蒂射杀了怪物，狼人变了回去——变身的顺序现在反了过来（这一设定明显参照了约翰·兰迪斯作品的高潮部分）。这里有一个非常奇怪并且甚是荒唐的场景，牧师突然蹒跚起来，随即摔倒猝死。"杀不死的"怪物的隐喻，以及类似《魔女嘉莉》一片的惊人结尾，若非出于模仿意图则看起来不免让人觉得十分幼稚。

偶尔出现的电影体裁的混乱更多是出于惯性而不是刻意设计。在教堂中，牧师试图劝说让人们拥有更多的耐心，但是他却不能抗衡"个人正义"的口号。随着几个角色开始变成狼人，我们在接下来看到了大量变身的场景，这时候牧师已经清醒过来，观众这才发现原来一切只是一场梦。在拍摄梦境的戏份时，导演并没有使用晃动画面和模糊光圈这类拍摄手法，这不禁令人想起尼尔·乔丹执导的影片《狼群》（*The Company of Wolves*，1984）中的类似场景。在梦境的戏份中使用惯常的拍摄手法成功地迷惑了观众，从而使观众并没有那么容易预测到牧师也会变身为怪物，而医院中的"两次梦境"则又一次从约翰·兰迪斯的电影中直接"偷"了过来。

体裁混乱的一个更典型的例子发生在牧师试图撞击马蒂的时候。尽管当时的情节设置具有动作、悬念和移情的潜质，但此时的剧情发展却完全没有传达出这些内在潜质。这里的"动作"看起来特别卡通（画面中甚至还出现了一个"前方危桥"的标识，这是卡通片《兔八哥》的典型风格），马蒂的汽车此时已耗尽汽油，他被迫溜进廊桥，跑向了下一个站点。当马蒂再次试图发动汽车的时候，此处的的确确有几秒钟的紧张气氛，影片的节奏突然慢了下来，他通过用木板封住入口处的小洞向外望去，他发现此时牧师的汽车正在缓缓向他靠近。动机不明的声音（"砰"的关门声）和模糊的视线（从马蒂的角度只能看到牧师的下半身），所有这些都营造出一种恐惧感。然而，当牧师慢慢走近并且开始说话的时候，这些感觉统统消失了。在低角度拍摄的镜头中，牧师戴着一只眼罩并且说着一些可怕的字眼，他声称马蒂是"一坨爱管闲事儿的狗屎"，这又一次让观众觉得像是在看卡通片。其实最后还有一个机会可以来挽救这一场景，当马蒂看到一个路人开着拖拉机路过时，他向那个路人寻求帮助，但是那个路人似乎在一开始的时候并未听到他的呼喊声。这样的阴差阳错本来可以更加令人感到绝望，但是那个路人却听到了他的求救声，并走过来查看，于是牧师只好先离开了。

丹尼尔·阿提亚斯和金在创作剧本时似乎无法在不参考、借鉴其他狼人电影的前提下，表达出狼人故事的惯常特点。毫无用处的体裁杂糅，使得本片好像成了一部卡通片似的家庭历险电影，当这两者发生碰撞，例如在影片的最后一幕中，恐怖元素就彻底消失不见了。讽刺的是，该片或许是"小镇恐怖故事"中最具说服力的一个故事［包括《杀死一只知更鸟》(*To Kill a Mocking Bird*, 1962)］，但它的确展示了使用暴力画面、场景掩盖在文化或电影方面不再可信的亚类电影所带来的问题。

宠物坟场 Pet Sematary

"一个暗含恐怖基调的儿童故事。"①

在《死亡之舞》中，金在谈到恐怖片吸引人的地方在于为自己的

---

① 斯蒂芬·金. 宠物坟场. 伦敦：新英语图书馆出版社，1984：290.

死亡做准备，但是在《宠物坟场》里面这个问题被明确提及。同时，金还参考了爱伦·坡的《过早埋葬》（*Premature Burial*）以及雅各布斯在《猴爪》（*Monkey's Paw*）里面的一些典故（这在金的小说里面曾被明确提到过）。你应该对自己的期望谨慎一些——特别是像恶邻弗雷德·格温（优德·克兰德尔饰演）所说的那样，你所期待的可是让死去的儿子复活呀！ ① 电影的开场是一些低成本但令人印象深刻的墓地场景，并且暗含着一丝隐喻，几个东倒西歪的十字架，一条石头小径和不断弥漫的雾气，都使得开场的一系列镜头看上去颇像一场表现主义风格的噩梦。这是一片哥特式的背光荒地，一切都被蓝色和白色的光笼罩着，岩石从中一闪而过，使得这一场景更加梦幻。

《宠物坟场》电影剧照

　　尽管从表面来看本片和《银色子弹》并不一样，《宠物坟场》是由金本人进行创作的（根据金的第一部长篇小说改编而成）。但从本质上来说，该片也是一出小型家庭剧加上一些超自然元素的内容设置。电影的内容借鉴了《弗兰肯斯坦》一片的主题，影片中的男性角色全

---

① 斯蒂芬·金. 宠物坟场. 伦敦：新英语图书馆出版社，1984：257.

都受到了惩罚，因为他们试图在重新创造生命之时，侵占了女性的生物学功能，并且改变了人终有一死的事实。影片中有一段关于塞尔达（安德鲁·胡鲍切克饰演）的倒叙，塞尔达是瑞秋（丹尼斯·克罗斯比饰演）的妹妹，影片中她代表了一种肉体上的死亡——畸形的、艰难的、家族遗传的、压抑的死亡。在影片中，她（被安置在后面的卧室）由瑞秋照顾，这给她带来了心灵上的创伤，她憎恨自己的妹妹并且觉得是因为她自己才会变成现在这个样子。画面构图强调了剧情的家庭特质——路易斯·克里德（戴尔·米德基夫饰演）和他的女儿艾丽在询问临死之时究竟发生了什么事情，然而这些却被前景中含着泪水的瑞秋在无意中听到。如同《狂犬惊魂》一样，本片中的婚姻关系稍显紧张，围绕着如何告诉孩子一个艰难的事实，夫妻双方总是会发生一些小争执，但通常这些小争执很快就被门口的吻别平息了。从这一设置来看，影片又表现出了模范家庭的典型性——母亲和孩子向第一天上班的父亲挥手道别。真正的恐怖并非是人为造成的——如同影片火魔战车（*Maximum Overdrive*，1986）一样，卡车轰隆隆地夜以继日地经过克里德一家的新房子。真正的恐怖是无法接受死亡的事实以及尝试滥用古老的宗教来延长生命。然而，此处却没有出现明显的恐怖描绘，而是以家庭的形式表现了出来。同时我们可以在盖奇（米克·休吉斯饰演）的葬礼上看到各个不同的阶级面对死亡时的表现（通过墓地和葬礼的两场戏）。在葬礼上，家庭内部的敌对矛盾被彻底激化，进而导致了一场有损体面的打斗，他们最终将棺材打翻在地。

维克多·帕斯科（布拉德·格林斯特饰演）的状态是电影体裁模糊处理的一个好例子。玛丽·兰伯特向观众呈现了一些血腥的特写镜头，这很有可能是观众期望能从恐怖故事中所看到的画面。当观众认出镜头中的小男孩就是维克多时，他被放在了画面的最前方——他面色惨白，并且身受重伤，头颅并不完整，同时我们还可以看到一些类似脑浆的东西。对于这些而言，路易斯所能做的只是合上小男孩的眼睛，与此同时通过手持摄像机的扭曲和重复使用从而展现出小男孩出场时带有一种近乎歇斯底里的恐慌感。然而，在主流和超自然的表现之间却存在着一种模糊性。在整个叙述过程中，维克多首次出现的形象与路易斯心中"鬼马小精灵"善良天使的形象反差极大（维克多曾经在地下室中说他希望自己能够帮到路易斯）。路易斯赋予了他知识，但维克多却感知到最终的结果并不尽如人意，因此维克多这一角色可以被解读成一个"邪恶的魔鬼"（金在小说中赋予这一角色"哈姆雷特"鬼魂的关键特质——"记忆"）。最终，维克多将路易斯引上了邪路（这就解释了为什么其他人告诉他墓地在哪里，但却又警告他不要去那里的原因）。后来，维克多警告他"不要越过围栏"，但是他同时又告诉了路易斯，他其实可以从围栏上面翻过去。

本片与《银色子弹》的不同之处在于不同的体裁元素有时是相互补充的，互文典故并不仅仅只是简单的引用。同影片《银色子弹》一样，本片进一步使用了"双重梦境"的表现手法，片中当路易斯从噩梦中醒来之时，他发现维克多依旧在他的床边。然而，这里采用的手法有效地将"睡着"和"清醒"之间的界限问题化了（路易斯说："我不喜欢这个梦。"维克多回答道："谁告诉你是在做梦的？"），当路易斯甩开被子试图将自己和梦境分离之时，镜头中出现了他沾满泥土的双脚。

维克多·帕斯科是金在继影片《鬼作秀》之后第二次尝试用"喜剧—恐怖感"来表现鬼魂的形象，他拥有许多超能力——他可以随意悬浮、出现和消失，并且后来路易斯竟然可以从正面穿过他。看起来，他似乎知道将来会发生什么，并且他很有可能还会对路易斯发出警告。虽然瑞秋看不见维克多，但是她可以通过声音判断，路易斯的感觉与维克多和瑞秋的感觉差异使电影带有了戏剧性（以及喜剧效果）的讽刺意味，但奇怪的是这却不具有连贯性。维克多就像是电视系列剧 Randall *and Hopkirk*（*Deceased*）里面的霍普柯一角，他突然出现并且发表了一些评论，然后又飞快地消失了。瑞秋在前往芝加哥的飞机上突然惊醒，于是之前她和妹妹在一起时的场景自然而然地变成了一场梦魇，然而这一梦魇却一点征兆都没有，没有人知道它是从哪里开始的。影片中睡眠与行走和生与死之间的界限相互穿插在一起，特别是当我们把镜头切回到维克多的时候，他面带微笑坐在瑞秋的身后，似乎根本没人看得见他。然后他打开机舱门，并且让租车公司的接待员给瑞秋找了一辆汽车，虽然车子非常破旧。他可以影响现实世界中的物体和其他人物，不过这些对他而言并不容易。不过在这里，我们并不清楚他为什么要帮助瑞秋回家，因为他随后的一句话，他说事情是不会就这样顺利结束的——这让他的行为看起来很像一个陷阱。他给我们传达出的信息要比对瑞秋传达的信息更多。他说此处是"到此为止了"，并且说道，"我不能再更进一步了"，但是对于所有这些独白，他并没有给出合理的解释。瑞秋苏醒后说道，"我坚信一切都会好起来的"，但是维克多在消失前却说过"我不确定"之类的话。也就是说，维克多这一角色留给观众的印象是前后不一致的，而不像《银色子弹》中是对立和矛盾的。

　　电影中还有一些非常有效的恐怖片段，例如将那只从被冰霜覆盖的草坪上弄来的死猫剥皮的拟声效果。同样地，影片中的血腥画面也有着几分克制——家庭野餐和超速行驶的卡车，以及小男孩追风筝等场景的混合剪接，随后画面中出现了一只沾满鲜血的鞋子［如同《伴我同行》中的雷·鲍尔斯和《火魔战车》里面的罗曼一样，这些都借鉴了阿瑟·佩恩在电影《左手持枪》（*The Left-Handed Gun*，1958）中，比利小子开枪把一名男子的靴子打掉的镜头］。电影中的慢镜头和父亲跪下去尖叫的情节都稍显老套，但是片中"迷你蒙太奇"式快速闪回母亲和孩子、父亲和孩子，以及全家人一起时的画面很顺利地引到了路易斯在厨房仔细翻阅照片时的场景。最后，凯奇追着瑞秋扬长而去，消失在了镜头中，我们只听到了瑞秋的尖叫声，随后镜头切到卡车撞上凯奇的瞬间，那是他生命中的最后时刻。

遗憾的是，一些卓有成效的体裁紧张效果在影片的后半段中被搞砸了，恶魔般的小男孩被塑造成了一个笨手笨脚的"鬼娃"形象。自电影《驱魔人》问世后，"被附身的小孩"这一情节被借鉴到许多电影中去，因此仅仅采用咆哮的声效已经不足以制造出不安的气氛了。镜头快速切换到受伤的尤德，他跪在床边，观众的注意力从他的胳膊上转移到了他受伤的脚跟处。刺耳的音乐，表情颓废的凯奇，以及他站在一名成年受害者的胸膛上，这看起来更像是《魔偶奇谭》之类的低成本电影的一贯风格。更多的咆哮声和那些令人费解的吸血鬼式咬住尤德脖子的场景表现出本片在构思和实现怪物主题方面的粗糙和混乱。

体裁的混乱还体现在剧本中的穿帮镜头（塞尔达的再次出现，但是并没有人把她的尸体移动到可以复活的墓地上）和技术的缺陷（在他们最后的交锋中，凯奇和瑞秋根本就没有对视）上。不过直到影片最后的十几分钟时间里，通过有限的血腥画面以及对维克多形象的模糊处理，家庭剧和阴暗恐怖电影间的体裁平衡才得以被悉数保留下来。在影片的结尾处，本片几乎完全实现了自我救赎。路易斯变成了一个跟踪狂，他的视线穿过尤德家的房子，画面中的背景随即发生了转变，这个普通的房子瞬间变成了活死人的超现实空间——迷雾，泥泞，同时家庭的画面也渐渐失衡，出现吱吱作响的声音就像是海上航行的轮船，让人联想到在《猛鬼追魂》里巴克重新复活的房子和影片《1408 幻影凶间》。凯奇最后的举动让我们联想起《银翼杀手》中，J.F. 塞巴斯坦的玩偶们的笨拙和可爱。他大吼道："这样不公平！"他发着脾气，在角落里来回徘徊，但当他醉醺醺地瘫倒在地后，镜头拉回到路易斯的脸部，我们看到镜头快速切回到他过去的样子，手里拿着风筝，他曾经是那么可爱！

然而，衍生体裁恐怖元素在电影中却占据了主导地位。突然插入闪回画面的手法并不能掩盖电影剧情所缺少的紧张感。瑞秋悬挂着的尸体突然从阁楼的门上飞向路易斯和凯奇的身边，导演在这里使用了"鬼娃"（我们可以从画面中明显看出那是一个扯线木偶）的形象。影片中还有几处路易斯和玩偶打架时的搞笑近景、特写镜头［这种与电视系列节目《管教恶猫》（*My Cat from Hell*）结局类似的拍摄手法，破坏了场景的恐怖性］。虽然影片最后试图使用一个凄美的场景，但是这也未能使电影明确的恐怖主题超越家庭剧的范畴（此时影片已经背离了它的初衷）。浪漫的钢琴配乐也未能克服路易斯拥抱瑞秋这一情节的不连贯性，他知道了瑞秋并非自己真正的妻子（瑞秋少了一只眼睛，身体在不断向外渗血）。在她摸到了一把刀子之后，镜头突变成了黑屏画面，伴随着观众听到的一声"不"之后，一抹鲜血出现在了黑色的银幕之上，然后雷蒙斯乐队（The Ramones）演唱的片尾曲响起，片尾字幕滚动出现在银幕之上。影片中的最后一个镜头可以看作比任何身体排斥感都要更加强大的虚妄爱情，但是直到这时，我们也并没有在路易斯的性格中真正发现这一特质。克兰德尔说过，男人的心脏可能比石头还要坚硬，但是在本片中它似乎要更加脆弱一些。瑞秋希望从失去妹妹的悲伤中走出来，路易斯想要寻求一条捷径来避免她的死亡，但最终他并不能够阻止这场悲剧的到来。

宠物坟场 2 Pet Sematary II

　　这部续集也是由玛丽·兰伯特执导的，该片看起来更像是一部毫无新意的翻拍作品，同时也很好地例证了即便是灵活使用互文手法也无法克服电影体裁上的缺陷。本片的开场带有极强的自指性。杰夫·马修斯（爱德华·福隆饰演）目睹了他的母亲——蕾妮（达兰妮·弗鲁格饰演），一位恐怖电影界的"尖叫女王"，因拍摄时特效出错而被意外电死。随后，在一个精妙的元文本细节中，兰伯特向观众展示了他在观看达兰妮·弗鲁格在赛尔乔·莱昂内拍摄的影片《美国往事》（*Once Upon a Time in America*，1984）中的画面。我们不难发现，在两年后上映的电影《终结者2》中，爱德华·福隆的表演依然与父母之爱的缺失有关。如同恶魔般的警长格斯·吉尔伯特（克兰西·布朗饰演）是一个刻板并且有家暴倾向的继父形象一样——他酗酒、暴力（开枪打佐威），嘲笑德鲁的体重并且玷污德鲁的母亲阿曼达。当格斯被谋杀又奇迹般地复活之后，他变成了一个和蔼可亲的人，德鲁第一次感觉他们就像"真正的一家人"那样在吃早餐。尽管格斯的吃相很像一头猪，德鲁把脖子上的伤隐藏起来这一象征性的动作和《终结者2》中莎拉·康纳（琳达·汉密尔顿饰演）在加油站讨论父爱的场景如出一辙。[①] 德鲁宁愿这个"不死僵尸"来做自己的父亲，因为他对家庭更负责任，在这两部电影中都表达出了父爱的缺失。

然而，就像影片《魔女嘉丽2：邪气逼人》中错误地使用了摇滚乐一样，本片的电影配乐包括像JAMC乐队（The Jesus and Mary Chain）的歌曲 *Reverence* 和雷蒙斯乐队的歌曲 *Poison Heart*，它们都在不同程度上破坏了影片在视觉上的参照类型。不同于爱德华·福隆在影片《终结者2》中扮演的约翰·康纳一角，至少在那部影片中他参与了现金积分卡的骗局，在本片中杰夫和学校的环境都没有表现出青春期的叛逆感。尽管爱德华·福隆的身材十分瘦小，但欺负他的家伙克莱德·帕克（贾瑞德·拉什顿饰演）几乎没能对他表现出实际的威胁。在德鲁

---

① 莎拉·康纳在影片《终结者2》中说过："看到约翰和机器相处，突然明白了……机器永远都不会伤害她，朝她大声叫嚷或者喝得醉醺醺的，殴打她或者说太忙而没有时间陪她。机器会为了保护她而不惜牺牲自己。这些年来，在她对父亲所有的定义中，唯有这个机器是符合标准的。在一个疯狂的世界中，它也许是最为正常的一个。"

和杰夫骑车去学校的路上，二人之间的谈话让人感觉更像是影片《银色子弹》中马蒂所处的环境或者是《纳粹追凶》中托德去学校时的场景。本章前面谈及的两部电影，梦境里闪现的裸体以及使用前色情明星奇希·劳尔兹（她在片中演唱了 *Love Never Dies* 一曲）的场景，仅仅是为了强调影片深层的叙事结构是一部健康的家庭剧。它们只是在表层叠加了恐怖电影的特质，要想达到更高的电影分级，单就故事本身而言，其并未传达出这样的效果。

"恐怖"是从一系列可预见的特征中派生出来的，例如像突然出现的移动和噪音（在宠物医院中一只猫突然跃入镜头）。杰夫的父亲蔡斯（安东尼·爱德华兹饰演）梦见了他的妻子，这可能表明邪恶通过梦境产生了作用（就像他儿子之前一样），但是这场梦境看起来更像是用劣质的蓝色水粉画出来的无缘无故的性爱场面。影片中复活的尸体先要洗澡却又担心弄湿地毯的想法是一个不错的尝试，但像《宠物坟场》那样把本片转换成僵尸片是行不通的。金曾经几次选择与擅长僵尸亚类体裁的罗梅罗进行密切合作。金创作了一些类似僵尸的怪物，他似乎将自己一贯的领域转移到了这个类型上面，但却并未受到该类体裁相关惯例的限制。罗梅罗的僵尸描写之所以成功，原因在于那些僵尸被设定在了有限的空间内（农场小屋、商场、军事基地，等等），并且通常都带有一定的隐喻成分。在金的作品中并没有把僵尸比喻成大众，也没有反映出消费者主义或者是二十世纪出现的现代主义。把僵尸从影片的体裁元素中剥离出来使它们看起来非常荒谬。影片中追逐、打闹的场景显得十分笨拙是因为"不死僵尸"无法快速进行移动（在影片《终结者》中，为了解决阿尼行走时的僵硬蹒跚，导演通过给他一辆摩托车作为代步工具而解决了这一难题）。在本片中，阿曼达直到与他发生关系后才发现她的爱人是一具僵尸。相比于大卫·芬奇执导的影片《异形3》（*Alien 3*，1992）中的追逐情节，本片中格斯和狗狗"追着"杰夫穿过房子这一场景明显表现出该片缺少节奏感。在本片中，摄像机稳定器的使用放大了这个问题，而不是解决了这个问题。

　　总的来说，该片是对影片《宠物坟场》的简单重复。影片的问题是体裁本身所造成的，并且不能通过互文手法的使用来掩盖这一缺陷。慢镜头中被附身的佐威像狂犬古卓那样穿窗而入的一跃并不能带来极强的视觉冲击力，而与《伴我同行》相比，一群人聚在一起谈论鬼故事的场景无论是在原作还是在影片中都显得平淡无奇，毫无幽默感可言。影片中含有对《终结者 2》主题基调的互文参照（同一名主演，相似的家庭关系，甚至是对压扁的物体给出了同样的特写镜头。在本片中当格斯开车追逐杰夫和阿曼达时，画面中出现了一个压扁了的土豆的特写镜头），但是本片却没有《终结者 2》中复杂的人物性格和整体架构。或许我们不得不说，预算（该片的预算不足詹姆斯·卡梅隆那部史诗电影的十分之一）决定一切。因此，金没有授权在影片的片名中使用他的名字，这也没什么好奇怪的。

舐血夜魔 Sleepwalkers

　　　　"梦游鬼"是一种半人半猫的可变形游牧动物，它以人类处女之精气神为食，猫之抓痕可将其置之于死地。它的起源可以追溯到传说中的吸血鬼。

　　　　　　　　——*Chillicoathe Encyclopaedia of Arcane Knowledge*

　　　　　　　　　　　　　　　　（1884 年版）

　　吸引观众注意力的是该片的怪物概念。上述的定义出现在《舐血

《舐血夜魔》电影剧照

夜魔》的开场镜头之中，这可能来源于早期的影片《午夜行尸》的理念，
该片最初也对剧情进行了一个类似的介绍。金向我们介绍了一种新型
怪物：一个吸血鬼和一只埃及猫神杂交的奇怪混合体，怪物本身似乎
就带有某种自我毁灭因子。这种怪物的乱伦特性使人们从一开始就对
其寿命提出了疑问。开场的最后一个镜头显示出一对爪子划过银幕，
并伴有猫一样的"嘶嘶"声，这为那对夜魔的灭亡埋下了伏笔。然而，
影片中依旧存在很多疑问，比如这些生物来自哪里？它们是怎样长大
的？它们如何生育以及为什么最终只剩下了两个？它们在半变身的时
候看起来似乎拥有吸血鬼一样的牙齿，但是完全变身之后却更像猫科
动物。影片为这对夜魔设置了可以随意隐身的剧情，这使得整部影片
的剧情前后矛盾，并使影片看起来像卡通片一样，它们就像超级英雄
一样可以随着剧情的需要展露它们的超能力。在影片《闪灵》附带的
DVD中，金回忆起电影公司的首选导演（他没有提及这名导演究竟是谁）
提出的各种疯狂想法，例如这些生物的历史（甚至是它们属于哪个星
球）。现在回想起来，设置一个背景故事可能会对观众理解整部影片

的剧情更有帮助。玛丽最终被猫抓伤之后燃烧起来，这一情节相当具有戏剧性，尽管影片从一开始就预示了这种可能性，但是这里依然存在一个疑问——既然她知道那样一个威胁的存在，她为什么还要坚持走出去？

影片的开场段落借鉴了保罗·范霍文执导的现代色情惊悚片《本能》（*Basic Instinct*，1991）中的开场画面，一个长镜头扫过微风拂过的海滩，挥舞着的棕榈树和犯罪现场忙碌着的警察。直到我们看到布雷迪一家居住的房子时，我们才发现现场的不同寻常——出现了很多吊死的猫。然而，这些并不是犯罪片的标志而是影片刻意营造恐怖感的一种尝试。《星球大战》中的马克·哈米尔在本片中饰演了一个小角色——警官詹宁斯。他和他的搭档一板一眼地进行着对话，使观众了解了房子以及住户的情况，然后那名警察问道："你觉得这里发生了什么？"他的上级回答："我不知道，但我肯定这里有人非常不喜欢猫。"这样的对话似乎只是为了搞笑而无法使观众感到恐怖。

当警察进入房子之后，我们立刻看到了一系列常见的恐怖镜头。尽管外面是白天，但却没有任何人试图拉开窗帘，他们依靠手电筒照明，镜头时而反向跟拍两名警察进入房间，时而又切换到他们的主观视角呈现出他们所看到的情况（墙上的血迹和一具猫的尸体）。尽管这是一所现代的房子，倾斜的拍摄角度，昏暗的环境和安静的对话（这地方像是空了好几百年）都给人一种进入了鬼屋的感觉。当观众跟随着警察的视角慢慢走近一道紧闭的房门时，电影配乐与这一情境产生了呼应，一只手伸出来打开门，如人们所料，一只猫尖叫一声跳了出来。导演米克·加里斯在执导其他几部根据斯蒂芬·金小说改编而成的电影中，试图采用流线型的拍摄来给已经落入俗套的恐怖电影注入一丝新活力，这的确带来了一种新鲜感，让我们在看到一具僵硬的尸体从壁橱中掉出来之前拥有了片刻的缓冲。然而，正如评论家奈杰尔·弗洛伊德所指出的那样，米克·加里斯"运用动态镜头的移动和不同寻常的拍摄角度只是围绕着一个本质上毫无意义的剧情编排，这是一种看似聪颖实则多余的视觉形式"。在影片中，玛丽掌掴查尔斯的场景，在有效和滑稽之间进行了一个非常明显的界限。在这里，导演米克·加里斯在母亲向前移动时反向拉镜头，在查尔斯后退时向前推镜头之间来回切换。就像在拍摄坦尼亚家房子的楼梯时，紧随其后的是他跑入墓地野餐的镜头（不得不说，这并不是影片中最浪漫的场景）。米克·加里斯的镜头流动性可以被认为是一名导演对电影体裁可能性的一种探索，尽管镜头扫过内衣时散发出了一种色情场景的信号是其惯用手法，但这却使影片任何潜在的浪漫或色情成分显得相当多余。

在近景拍摄玛丽挥舞着剪刀突然出现在坦尼亚（梅晨·阿米克饰演）的面前，她只是剪了一支玫瑰送给她时，这看起来更像是在模仿一个情绪不稳定的精神病人而没有真正令人感到恐惧。金创作的第一部长篇原创剧本必须对这种无效体裁元素的尝试承担一定的责任。在电影的后半部分出现了越来越多嘲笑以及讽刺性话语（"它可以让你完蛋"），同时在玛丽一次又一次的暴力行为之后，她的性格也开始变得越来越古怪（拿花瓶砸破了坦尼亚父亲的头部，弄断了罗伯特夫人的胳膊并把它抛向窗外，咬掉警察的手指并猛咬他的胳膊）。当她将两名站在家门口、茫然不知缘由的警察的头部撞击在一起时，这升级成了一场闹剧。

当代恐怖的一个关键部分是通过特效使身体具有匪夷所思的超能力。而当这种"特效"不是那么"特别"的时候，就会令人感到怀疑——那个被抱起来然后被刺穿在栅栏上的警察分明就是一个假人。查尔斯以及后来玛丽和那只所谓的凶残的猫，实际上他们是在和一只可爱的玩具进行搏斗，这些场景显得非常荒谬。玛丽开了两枪将两辆汽车打爆的场景，听起来就好像她在枪上安装了消音器，而查尔斯的眼睛被开瓶器捅出来的场景在画面中并未显得十分清晰。最荒谬的地方在于，在坦尼亚家的那名警察站在距离玛丽大概只有三米的地方朝她开了好几枪，但却都没有打中，最后他反而被玛丽用一个玉米棒刺伤了后背。

影片中视觉风格的某些元素也表现出相当奇怪的体裁混搭。查尔斯的外形看起来很像二十世纪八十年代的美式风格，而他们周围的场景似乎毫无理由地停留在了二十世纪五十年代中期。当查尔斯第一次出现在镜头中的时候，他一边往胳膊上刻着"T"，一边看着同学录中坦尼亚的照片。当查尔斯和玛丽欢愉之时，一个相当古老的电唱机上放着四十五首单曲（圣托和约翰·法里纳于 1959 年发行的器乐专辑 *Sleepwalk*）。查尔斯的车，以及坦尼亚那种极其忠贞的性格似乎把我们带到了更早的时期（当然，她自己也觉得和同学之间存在一定的距离感，他们无法理解她对性的过分谨慎）。影片中的贞洁观带给观众一种落伍的羞怯感，她的笑容或显虚假，或显啰唆。坦尼亚的父亲开车接她回家，他的父亲看起来更像是她的伴侣。查尔斯把玛丽搂在怀里并把她抱上了楼，镜头停留在卧室门口，门在观众面前紧紧地关上了。当查尔斯在墓地亲吻坦尼亚并且开始变身的场景则表明性欲等同于兽欲的爆发，男人都是深藏于表面之下的野兽，蹂躏处女，并汲取她们的生命力。或许这种文化方面的落伍传达出了一种美国小镇沉重、压抑的保守主义，或者说这对夜魔已经超出了他们所处的时代，但是这两种猜测都不具备说服力。当我们看到坦尼亚在当地电影院大堂工作的时候，她听着随身听，我们从背景音乐中得知她正在听伯瑞·高迪于 1962 年发行的歌曲 *Do You Love Me*？

影片中还有其他一些奇怪的体裁元素。警察发现查尔斯超速，随后引发了追逐场景，他们呼叫总部，随后车轮的突然转向，欢快的摇滚音乐，车轮的特写镜头，地面上带起的树叶，以及查尔斯从车窗进出车里的方式——所有这些都让我们想起哥伦比亚广播公司（CBS）

的电视系列剧 *The Dukes of Hazar*（1979—1985）和美国广播公司（ABC）播出的《警界双雄》（*Starsky and Hutch*，1975—1979）。本片中使用的汽车是一辆庞蒂亚克火鸟（影片《鬼作秀2》中也使用了这辆车），这一设置使人联想起二十世纪七十年代黄金时段播出的电视剧中的剧情。

在影片的中段部分，体裁风格突然出现了改变。夜魔的第一个受害者是查尔斯的英语老师法洛斯先生，他突然变得十分暴力：用尺子狠狠地抽打了一名学生的关节（又是一个复古的桥段）。影片体裁转变的标志是查尔斯车里播放的摇滚音乐（Extreme乐队的歌曲 *Monster*），当时他被一直尾随在他身后的法洛斯逼停到了路边。法洛斯因他的造假记录而与他进行当面对质，镜头从极低的角度拍摄了法洛斯的脸部特写，此时镜头的视角几乎快要进入车里了（正如之前他看着那个男孩在课堂上传递色情涂鸦时，广角镜头近距离拍摄了他的脸部特写镜头）。然而在此之前，查尔斯一直都在保持一种与人为善的形象，但是他却在突然间变成了在恐怖电影中失去理智、极其自我的杀手形象。法洛斯做了一个侵犯性动作，查尔斯回应道，"人应该管好自己的手"，并随即弄断了他的手指，同时把它递了回去，并且用调侃的语气说道："这是你的。"这些台词很难使观众产生真正的恐惧感——血腥和潜在的恐惧被拙劣的模仿破坏了。从摄像机稳定器的角度来拍摄查尔斯在树丛中追逐法洛斯的这一场景，致使人物看起来非常搞笑，特别是查尔斯撞在了树上，以及由上至下拍摄他残忍地撕咬男子脖子的旋转镜头，这些都使得这一幕看起来更像是在模仿吸血鬼。从米克·加里斯公开消解传统的恐怖元素开始，他就不太在意在影片中刻意营造出恐怖效果了。查尔斯把一支铅笔插到一名警察的脑袋里面，说他是"警察肉串"并且声称"我想你刚才应该没有开枪警告我吧"，然后他用自己的枪打死了那名警察。与此同时，在面对坦尼亚被强奸时不断地反抗，查尔斯极为平静地说，"我认为你没有好好地去感受这一切"，于是影片彻底沦为诸如基伦·埃弗瑞·韦恩斯执导的《惊声尖笑》（*Scary Movie*，2000）之类的恶搞影片。

尽管存在这样或那样的问题，但影片还是有值得称道的地方。在第一次的汽车追逐中，两辆车并排行驶着，当查尔斯注意到车里有一只猫的时候，他突然间变了脸。必须要承认的是，尽管这很明显是用蓝屏拍摄的画面，但是这个变脸的场景的确让警察以及观众吓了一跳。查尔斯的隐身和将汽车隐形的能力或许会让观众觉得影片有些类似NBC播出的电视系列剧《霹雳游侠》（*Knight Rider*，1982—1986）中的卡通效果，而该剧的主要受众则是青少年观众。从猫扭曲的视角来看那辆车则给人一种非常恐慌的感觉（事实上，这甚至比影片《克里斯汀魅力》更加让人感到不安）。

坦尼亚的脸上盖着一条毛巾，他十分放松地躺在浴缸里，这一场景使用了直接互文的手法。导演米克·加里斯通过拉镜头对她的脸部拍摄了特写镜头，然后镜头渐渐拉向远处，瞬间切换到查尔斯身受重伤的特写镜头，此处并没有出现虚构的标志，我们并不知道这是否只是一场噩梦。影片中的浴室场景并不像大卫·柯南伯格的《毛骨悚然》（*Shivers*，1975）中的寄生虫袭击一样，需要慢慢营造出某种氛围，或者像是《猛鬼街》中通过阳具状的手柄和刀子传达出公然歧视女性的暴力威胁。尽管在本片中，饰演坦尼亚的女演员长得很像《猛鬼街》中的女主角南茜（希瑟·兰根坎普饰演），但是对私密空间的简单侵入（这是《惊魂记》一片中浴室场景的关键要素之一）在这里看起来显得十分奇怪，更奇怪的是这一场景居然如此简短。影片中的标志性拍摄场景是从地面开始，然后草坪和屋顶上全都站满了猫，这样的场景肯定是非常阴森、恐怖的，但是夜魔和居民为什么如此害怕猫影片却并未为我们展现出清楚的因果联系，这很难让人产生真正的恐惧感。因此，当坦尼亚看到即将死去的查尔斯时，她并没有流露出多少悲伤的感觉，而当玛丽让他们跳舞的时候，也同样没有产生那样真实的恐怖。事实上，奇迹般复活的尸体笨拙地随着开场音乐跳舞，此时的背景音乐和交欢场景使用的是同一首歌曲，这使得跳舞的场景看起来荒谬至极，丝毫没有不安的感觉。

　　从影片的类别来看，影片潜在的最吸引人的地方或许在于这两个夜魔之间的本质关系。在电视上播映的剧集中，关于乱伦的例子并不多见，而电影可能会更加注重恐怖的"集聚"——主流文化并没有深入探究这种体裁，否则其可能会错过那些在其他体裁中不被接受的情节。从某些方面来看，这对夜魔是母子关系——她问他是不是要出去，打听一些新鲜的"八卦"并同时表示她希望那个女孩比较"温柔"。这是一种非常畸形的"三角恋"关系，基于自身的利益，他的母亲主动要求自己的儿子外出引诱、谋杀那些处女。他问她是不是嫉妒了，对此她回答道："我为什么要嫉妒呢？你希望我嫉妒吗？"为了生存，他不得不背叛她，在性方面她必须把他让给别人。后来，当他回家时，她表现得不像是一名焦急的母亲，而更像一只需要被雄蜂喂食的蜂后那样看着他。她问他和那个女孩进展得怎么样，她的表现并不像是一名挑剔的母亲，更多的是在确认女孩纯洁与否。他们的食物来源引起了一个基本问题，就像他说的："哪个女孩会跟一个刚刚认识的人约会呢？"对此她回答道："我猜她不是一个好姑娘。"一种共生关系将二人联系在一起，但这种关系同样也使他们变得更加脆弱——如果一个人被抓的话，另一个人很快也会死去。后来，她恳求道："你给我带来了吗？"在灯光下，她更像是一名瘾君子，而他则像一个毒贩子。老人依靠年轻人出去为他们猎食，他提醒她说："如果我发生不测，你就会饿死的。"他在感情上对她非常依赖，因此他无法使自己和坦尼亚的关系更加"圆满"，部分原因在于他认为自己会对爱人不忠。

对于一个公开带有乱伦情节的电影而言，在杀人现场开的那个玩笑在该片中再合适不过了。在那场戏中，很多金喜欢的恐怖片导演都露了脸。牺牲一部分叙事时间表现带有讽刺意味的插科打诨反衬了一系列杀戮事件，脱离影片情境的互文被彰显了出来。金自己饰演的守墓人喋喋不休地说道："我不会对此负责的。"克里夫·巴克、托比·霍珀在片中饰演了法医，乔·丹特和约翰·兰迪斯分别饰演实验室技术员及其助理，而乔·丹特的角色原本拟定由罗梅罗扮演。金的粉丝会发现影片中植入了参照的情节，比如在学校里，坦尼亚对查尔斯所讲故事的反应是"我喜欢它"，嘉莉·怀特曾经在相似的情景下做出过同样的回答，这表明坦尼亚与一个感觉自己是局外人的女孩之间产生了某种关联。同样，当查尔斯去电影院见坦尼亚的时候，大银幕正在播放的影片正是《吞噬》（*They Bite*）——米克·加里斯的下一部作品。

《舐血夜魔》一片具有一些很有发展潜力的特点，特别是挑战体裁内涵的乱伦情节。影片讲述的是一场不可避免地悲剧，当猫开始逐渐聚集并围在布雷迪家新房子的周围时，那些猫选择了小心避开那些为它们设下的陷阱。不同于希区柯克《群鸟》一片中鸟群的聚集，本片与开场中的博德加湾产生了呼应。影片在怪物的概念上缺乏体裁的连贯性，再加上不合时宜的文化意象，使影片缺少让观众感到刺激或者受惊吓的能力。

结 论

金认为在描写恐怖之时涉及三种层级的情绪反应——先是恐惧，他将其称之为"最细致的情绪"，但是如果未能达到这一效果，他将会尝试"惊骇"，如果仍旧未能达到效果，他将会走"粗俗路线"①。
"粗俗路线"理解起来相对直观一些——呕吐反射伴随着低劣的恐怖（在小说和电影中）。这里我们可能会联想起《伴我同行》一片中的 "猪臀霍根"，以及影片《鬼作秀》里面《父亲节》这个故事，或者是在《宠物坟场2》中不带任何感情杀死受害者的场景。更加困难的是"恐惧"（terror）和"恐怖"（horror）之间的区分，尽管这在表面上很像是"同情"和"同感"之间的区别。"同情"蕴含的是自我之外对某人的同情，是一种怜悯的感觉，但是还夹杂一定的距离感，庆幸遇到麻烦的不是我们。"同感"则更进一步，是我们把自身放在了别人的痛苦、麻烦或不幸的位置上。这种区分越是精细，在艺术表现上也就愈发难以实现。在《论写作》一书中，金表现出对其作品大获成功的好奇，但是这种好奇心并没有延展到电影中去。在本章中，我们可以看到许多例子，它们一开始想要实现"惊骇—恐惧"，但是很快就沦落为"令人作呕"，这种情况通常是因为缺乏对体裁的明确理解，进而使得它们落入不合时宜的愚蠢风格或者儿童电影风格之中。

---

① 斯蒂芬·金. 死亡之舞. 伦敦：华纳图书公司，1993：40.

第四章

从男孩走向男人：
成年礼

"成年礼"是在文学和电影评论中经常用到但却很少给出定义的一个术语。在本文中，它指的是在年轻人的一生中，在其成熟的关键阶段举行的一个仪式，这个成熟阶段通常包括越来越能够意识到死亡和失去的可能性。正因为如此，它既有通用性，在不同的文化中又有具体的体现。对于该术语更精确的解释可能源自于人类学和文化礼仪的研究。人类学家阿诺德·范·杰内普认为成年礼应该包含三个阶段的分离和重新组合。[①] 在第一阶段，个人从他们所在的群体中走出来，走向一个未知的地方或者一种状态之中。在第二阶段，通常会通过象征性的行动和礼仪与过去的自己分离开来。在第三阶段，他们完成仪式重新进入社会，并获得了一个新的身份。维克多·特纳提炼了阿诺德·范·杰内普的观点，他指出，在这个过渡状态的有限期内，个人处于一种迷失的状态中，这个迷茫期的特点主要是谦逊、隔离、考验、性别模糊以及共同性（即在一个非结构化的群体中，所有的成员相互

---

① 阿诺德·范·杰内普. 成年礼. 纽约：劳特里奇出版社，2004：60.

之间都是平等的）。①

　　作为一种叙述形式，成年礼很难产生显著的效果，因为它主要作用于某一人物的个人成长，这需要感同身受并且令人信服，同时还不能过度感伤。它有一个明显的缺陷就是缺乏节奏感，再加上过于简洁的叙述最终致使电影变成了纯粹的"体裁剧"，观众会觉得此类电影平淡无奇并且很快就会忘记它。人物的成长方式十分重要，特别是当人物之间产生冲突并且将影片的节奏继续保持下去。在通常情况下，该类影片无法借助迎合大众的影视元素诸如暴力形象化、色情内容，或者是社会所不能接受的言辞来给那些可预见的情景和对话添加"趣味"。

　　对于此类体裁而言，想要获得共鸣，学习经历必须是深刻同时又能够改变生活的，甚至在宗教信仰的层面上也可能发生类似的改变（宗教信仰本身就带有这样的色彩）。儿童以及青少年往往是非常重要的角色，这对于那些默默无闻的演员来说也是重大的机遇。对于导演而言，找到合适的人选也是一件非常困难的事情。在这里，学习者是关键人物，那些可以传授智慧的人（通常以父亲的形象出现）以及他们和学习者之间的关系也同样变得十分重要，这可能会成为叙事的核心。但如果学习过程过于突出，对话就会变得过于简洁、精炼，就像迈克尔·瑞安和道格拉斯·凯尔纳所说的那样："一旦体裁约定被彰显出来，该体裁就无法成功地变成一种意识形态。"②

　　由于成年礼的叙述常常是个人性质的，它们经常映射出作者自己的某些经历。金最为成功的一些改编电影似乎都把重点放在了跨代关系，特别是父子关系上。影片中往往仅有几个角色，在特定的戏剧场景下，强调内心从纯真到世故的转变中伴随着一种强烈的失落感（就

---

① 维克多·特纳. 仪式过程：结构与反结构. 皮斯卡塔韦：阿尔定出版社，1995：69.

② 迈克尔·瑞安，道格拉斯·凯尔纳. 摄像机政治：当代好莱坞电影中的政治与意识形态. 布卢明顿：印第安纳大学出版社，1988：78.

像《亚特兰蒂斯之心》和《纳粹追凶》以及不太成功的《劫梦惊魂》一样）。在这些影片中，金将自己的童年经历以半自传似的形式，以及那种童年不再的强烈情感注入到了电影之中。然而，尽管从金的角度来看，这么说可能有些片面——例如在影片《伴我同行》中尸体的发现，或许更加反映出观众想要看到可辨的作者形象而不是第一人称的叙述者。这些"风口浪尖"上的事件在诸如《伴我同行》之类的作品中营造出了一种强烈的哀伤感，特别是当男主人公直观地感受到生命中的稍纵即逝。就像体裁本身一样，长大成人只是一个短暂的概念——当然，年龄在这里起到了一定的作用，但是学会冷静地对待生活，意识到生活中的阴暗面和欺骗的本质也是同样重要的。本章中这些影片的特色或许在于，片中人物都愿意承认人具有口是心非的两面性，但同时他们并没有否认人生中其他更加积极的可能性。

伴我同行 Stand by Me

> "男孩天性诚实，这是男孩的特权。但这同时也是他们
> 成年之后必须要舍弃的美好品质。"
>
> ——杜桑德

这部电影改编自《四季奇谭》中的短篇小说《尸体》（*The Body*），最初观众对本片的反应是喜忧参半的。这是首部避免与金的名字产生明显联系的改编电影，那些期待看到恐怖内容而前来观看预演的观众不免会产生小小的失望。在影片的结尾处，B.B. 金演唱的主题曲使影片得到了升华，影片出人意料地将重点放在了主人公生命中

《伴我同行》电影剧照

的关键时刻所体现出来的兄弟情谊与团结互助。导演罗伯·莱纳理所当然地获得了一致好评，在他的启发和引导下，童星们的表演令人印象深刻。但他于1994年拍摄的影片《浪子保镖》（North）则显得没那么成功，同样以孩子为中心的一部影片在票房和口碑上双双遭遇失利。在二十世纪七十年代，他曾经是一位成功的演员，荣获过艾美奖，同时出演过 CBS 的情景喜剧《全家福》（1971—1979），但是他的导演生涯似乎还是因其以角色为中心的执导风格更加为人所称道。《当哈利遇上莎莉》和《危情十日》都被搬上了大银幕，剧本改编得十分精彩，演员的表演也平易动人。影片中极具深度的角色塑造和深刻的幽默，不仅有年轻演员和编剧们的功劳，导演罗伯·莱纳也同样功不可没，编剧莱纳尔多·吉迪恩和布鲁斯·埃文斯通过与罗伯·莱纳的合作成功创作出了一个清晰、易懂且真实动人的剧本。

阿诺德·范·杰内普和维克多·特纳所描述的成年礼的三阶段架构同样也出现在了《伴我同行》这部影片中。一个预先设定的阶段是孩子们所处的家庭环境，中间阶段则涵盖了整个旅行（虽然旅行只有两天一夜，但它却显得很长，因为这段旅程占据了影片的大部分内容），最后一个简短的阶段则表现出孩子们的回归，他们重新融入社会，而这次经历也给他们带来了深刻的改变。从主题和内容上来看，影片将重点放在了成熟的过程，日益增强的死亡意识以及对成人生活想象的不断幻灭之上。这些内容在影片中通过一系列或是真实发生或是想象出来的考验、仪式以及惩罚体现出来。

在《四季奇谭》的四个故事中，有三个故事都成功地被改编成了电影——《纳粹追凶》《肖申克的救赎》以及《伴我同行》。简而言之，它们要比大部分金的作品好得多，特别是在短篇小说的形式下，一方面短篇故事更要求精确，但另一方面短篇故事也可以更随心所欲地进行自由扩展，甚至是偏离最初设定的主题。《四季奇谭》之所以如此成功，原因在于时间的构架——四个故事的主人公都处于人生重大改变的时间节点上。《午夜四点》（*Four Past Midnight*）也是关于时间的小说，但是它更侧重于从感性角度，以及与现实割裂的可能性和潜在的另一个平行宇宙中进行叙事。《四季奇谭》中的故事大部分都根植于人类领域——没有发生超自然事件（不同于影片《小丑回魂》和《劫梦惊魂》，尽管它们也聚焦于因共同目的而聚到一起的男性群体）。除此之外，金在《尸体》和《纳粹追凶》中所关注的是青少年时期（一个讲的是一群人，另一个则讲的是孤身一人），这种捆绑在一起的男性群体叙事出现在了影片《小丑回魂》和《劫梦惊魂》中，但是与第一个例子一样，这两部作品都没能捕捉到时间的转瞬即逝感。孩子们都感受到了在一起冒险时的那种特殊感觉——甚至是在他们渐行渐远之前，他们认为这段经历是"过得真愉快的"（樊恩）、"最棒的"（克里斯）以及"奇妙的感受"（泰迪）。旁白的切入又强调了这一点，虽然这一手法的使用并不高明——"我们曾经拥有更多，我们都知道这一点。一切都在那里，一切都在我们身边。我们清楚地知道我们是谁，也知道我们要往哪里去。那个时候很美好。"旁白的插入宛如威廉·华兹华斯的诗句"宁静中的情感回忆"，这样的表述完全受到了怀旧情绪的影响，特别是从成年人的角度试图重新再现童年感觉之时，这看起来更像是一种强加的感觉。① 影片中把故事标题《尸体》放在了《纯真的堕落》这个副标题下面，正是这样的处理方式使故事和影片都显得尤为深刻，使其和原作极好地契合在了一起。它戏剧化了这一时刻，即四个主人公感到仍然存在可以改变他们生活可能性的时刻（这种可能性或许正在飞快消失，尤其对于泰迪和克里斯来说）。冒险结束之后，一切再也回不去了。这成了他们生命中的一个决定性时刻，同时将他们各自的生活引向了新的方向。

根据阿诺德·范·杰内普的定义，死亡突出了成年礼的过程。尽管本片并非一部恐怖片，但是原作和电影的核心内容确实有可怕的地方存在——从字面意思来看，题目中的尸体即雷·布劳尔的遗体，这个十二岁的男孩，如同影片中的四个主人公一样，他去采摘浆果，结果在途中被一辆火车撞死了。正如金经常提到的那样，恐怖体裁吸引人的关键之处在于通过移情来间接感受到自身死亡的可能性。在影片中，一开始是长大后的哥狄·兰斯（威尔·惠顿饰演）在尝试理解他儿时玩伴克里斯（瑞弗·菲尼斯克饰演）的荒谬死亡，他在快餐店排队的时候因劝架不成反被杀死。这非常离奇，毫无道理可言，令人感到十分震惊并且非常突然——这些似乎就是死亡的特征。能看到尸体并占为己有的念头让孩子们充满了动力：一种"飞来横财"，不仅能

---

① 威廉·华兹华斯. 抒情歌谣集序. 牛津：牛津大学出版社，1969：173.

成就他们的恶名并且会让他们的声望达到他们梦想的高度（他们的照片将会出现在报纸上）。更广泛地来说，雷·布劳尔的事情引起了两伙男孩的关注（年纪稍小的孩子们很快就知道他们说的是谁了，另外在画面中我们也看到了在后面听收音机的一群大孩子们），雷·布劳尔代表了他们之中任何一个人命运的可能性。

然而，更确切地说，小说和影片的中心思想还是围绕着哥狄对他死去的哥哥丹尼的感情展开的。不良父母持续伤害子女的能力则通过影片中尚未被棒球棍打烂的装饰有"甜蜜之家"字样的油箱特写镜头展现出来，玛吉斯特尔对这种情况有过详细思考。哥狄的父母仍然处于震惊当中（在闪回镜头中），然后我们看到一开始就在餐桌旁的父母对哥哥的关怀备至、大加表扬，完全无视了他的存在。随后在屋里，他们沉浸在丧子之痛中，再一次无视了他的存在。在一个极具象征意义的画面中，我们看到兰斯夫人在前院的空地上晾床单，兰斯先生站在空地中给花园除草，而忽视了背景中站在窗边的小哥狄。哥狄想要他的水壶，然后去丹尼的房间寻找，时间定格在此。然而，这在丹尼充满无限可能性的未来终是无法成为现实了。这些运动会上的奖杯和照片不言不语地对比出哥狄自己是多么缺乏运动天赋。金在这里给我们展示的这对夫妇，他们认为只有自己才有悲伤的权利，他们无法越过自身的感受，最终我们会发现，他们低估了年幼的孩子在情绪上所受的波动。在影片后面的情节中，哥狄甚至还在树林里做了一个关于丹尼葬礼上的噩梦，他的父亲转过身对他说："该死的应该是你。"这里或许更能映射出一种负罪感，因为我们并没有看到兰斯先生在其他地方说过这样的话。但是这里明显和小说中的情节不一样，小说中的丹尼后来变成了一个怪物，带着满身致命的病毒从坟墓中爬出来说了那些话。悲伤的描述之所以显得与众不同，是因为金把哥狄的描写置于一种对自身感情不确定的状态之中。兄弟二人之间的年龄差距意味着他无法真正了解他的哥哥，尽管影片中兄弟二人在一起时的画面仅有寥寥几幕（哥狄的哥哥给了他一顶特别的帽子，随后他们一起玩耍并且支持丹尼的写作，同时还夸奖了他写作的那个故事），但哥狄却感到十分失落，这种失落感十分强烈——缺乏强烈感情带来的羞耻感，以及父母的忽视使他的性格变得愈发深沉。在影片中，哥狄向克里斯承认自己在葬礼上没有哭，这和金原作中的情节并不一致。小说中的哥狄并没有真正了解他的哥哥，在影片中，导演罗伯·莱纳强调哥狄不知道他应该如何去表达自己的悲伤，因此他只能向克里斯倾诉道："我想他，我真的很想他。"在金的小说中，哥狄读了拉尔夫·埃里森的《隐形人》并且发现自己也和小说中的英雄人物一样被人无视。这个一笔带过的有力象征手法并没有在影片中出现，而是换成了哥狄的内心独白"那年夏天，父母几乎忘记了我的存在"。那顶被偷走的帽子，象征着哥狄和他死去哥哥之间的联系，它和尸体一样被忽略了，因此在影片的高潮处，哥狄不会让艾斯偷走哥哥的尸体。

影片中存在一处明显的离题，哥狄在商店中买食物，我们可以看到丹尼距离他的生活是那么近。杂货店店主喋喋不休地说起自己的一个弟弟在韩国战死了，然后用宗教式的老生常谈安慰他说，"生命经常笼罩着死亡的阴影"，这时镜头闪回到一家人聚餐时的情景。在餐饭桌上，丹尼夸赞了哥狄写的一个故事，哥狄想要吃土豆，然而他完完全全被父母无视了，他的父亲教育丹尼不要光想着女孩子，她们会影响他未来的前途。杂货店店主产生了错觉，他告诉哥狄，他和丹尼长得很像（约翰·库萨克扮演的丹尼在镜头中与哥狄并不像）。他对哥狄并不感兴趣，但他却突然冒出来一句："你懂什么？"他似乎也是那种毫无同情心的大人，只是通过表面上所取得的成就来简单粗暴地评判年轻人。他的虚伪，他的控制欲在小说中描写得更为清晰。在金的原作中，他多收了哥狄的钱，并且还在称东西的时候用拇指压秤欺骗哥狄。哥狄与他争论，并向这个自私、肤浅、剥削他人的杂货店店主要求公正等细节都没有出现在影片中，这里减少了大人们的戏份，更加关注悲伤，而不是成年人的虚伪。

影片为了推动情节的发展，删除了大量多余的跑题部分。罗伯·莱纳删掉了小说中哥狄发表的第一部小说，那是一部硬派犯罪剧《螺栓城市》（Stud City）的衍生之作，里面含蓄地想象着"哥狄式"的角色参与了一场相当肮脏的性经历并且试图逃离他所居住的小城镇。那段性描写或许更符合《纯真的堕落》这个副标题，但它会让我们注意到后青春期的出现，并且使我们完全偏离了男性团体互动的中心主题。"戏中戏"的结构还让我们联想到哥狄的哥哥惨死于车祸（哥狄试着想象丹尼死亡时的情景），但是影片仅仅通过零星的闪回方式来呈现，进而说明过去发生的事情对现在造成的影响。实际上，这里引用的《螺栓城市》和《蠢猪霍根的复仇》（The Revenge of Lard Ass Hogan）其实是金于1969年和1975年分别发表的两部短篇小说。因此，哥狄的成长在很大程度上是金的自身成长，即作家这一经历的戏剧化。

伴随着习惯性的行为，在树屋的场景中我们可以看到"预先设定"这一阶段，我们可以看到一些青少年常见习惯的缩影：打牌、抽烟、开玩笑（有些玩笑可能并不礼貌）。他们模仿大人的姿势（克里斯把烟盒放在T恤的袖子上），他们彼此之间开着玩笑，互相辱骂时也常常模仿大人们的语言。这群人之间有着密切的联系（敲门时的暗号），成规的惯例（相互摩擦手掌表示握手言和），以及明显的禁忌（可以辱骂母亲，但是不能辱骂父亲）。更特别的是，他们是因为接受彼此的不同而团结了一起——泰迪不仅近视而且耳朵被烧伤了。樊恩有点儿笨，他根本记不住敲门的暗号。克里斯有一个酗酒且家暴的父亲。当哥狄问克里斯："我很古怪吗？"克里斯回答道："不怪才怪……不过，那又怎么样？每个人都有一些奇怪的地方。"他们之间有很多笑料，每隔几分钟他们就会开怀大笑，特别是泰迪常常胡说八道，如"一坨屎不止有一千只眼睛"。即使在影片的后半段，这个笑话还可以让克里斯大笑不止。

共同的惯例还延伸到他们日常开玩笑的方式上——当樊恩气喘吁吁地说出那个令人感到震惊的消息时，他被其他孩子的歌声"我从家里一直跑到这儿"连续打断了两次。我们从这里可以明显看出，他需要大家的关注和认可，他不知道该怎么表达自己的内心，因此他郁闷地低下了头（然后，他一想到可以拿到奖章的时候，他很快就又兴奋起来了）。当他问了大家一个特别简单的问题"你们想不想看一具尸体"的时候，孩子们的注意力立刻全部都集中到了他的身上。实际上，在这里并不需要对他们之间的背景进行解释，他们太熟悉了，完全可以理解彼此间的话语和玩笑，这也象征了他们之间长久的友情，在这里用一句"我们立刻明白了樊恩的意思"来引出罗伯·莱纳插入的一个场景：当樊恩还在他家房子下面寻找他埋下的存钱罐的时候，他似乎忘记了自己将存钱罐埋在哪里了。对于道听途说来的秘密，尤其是那具尸体，它就像藏宝图一样让孩子们感到异常兴奋。这种兴奋是通过樊恩的视角表现出来的，当他看到他的朋友在谈论布劳尔时，他特别想听清楚，于是他爬过去往上看，结果不巧弄得自己满脸尘土。在这里，好运气和坏运气的随机性表现得非常明显——如果你站在了正确的地方，你可以听到一些有意思的八卦，如果你站在了错误的地方，你很可能会被火车撞死。讽刺的是，或者说遗憾的是，维克多·特纳所提到的"共同体"概念在孩子们企图逃离他们的日常生活，特别是来自各自家庭的压力时就已经存在了。

在金的小说中，他选择使用火车轨道的画面来象征孩子们的命运，当孩子们出发的时候，罗伯·莱纳使用了从地面仰角拍摄的方式来拍摄孩子们走向摄像机时的画面，展现出一副典型的美式少年形象。铁路作为美国开拓时期西进运动的主要运输方式，在本片里则代表着一场旅途——如果不走向黑暗，那么至少应该走向荒野、接受历练。维克多·特纳指出，性别模糊是仪式行为的一个重要因素。不论是开玩笑，还是相互谩骂，男孩之间的对话也极具性别倾向。当他们开始明白前方还有很远的距离时，樊恩建议搭便车，但是泰迪认为那样"没什么意思"并且做出了一个总结性的结论："樊恩，你妈怎么会生出你这样的儿子？"危险突如其来并且经常是难以预料的，就像孩子们还在桥上的时候，火车突然间出现了，只有哥狄通过轨道的振动提前发现了这一点。罗伯·莱纳通过一个巨大的广角镜头向观众展示了美丽的自然景观，男孩们唱着歌慢慢出现在画面的左下方。然而，这股闯劲并没有持续多久，因为他们都没有想起来带食物。

正如阿诺德·范·杰内普所说的那样，影片的叙事非常短暂，并且整齐地被划分成一系列男孩们必须克服的考验。罗伯·莱纳在泰迪和开过来的火车之间使用了一组交叉剪辑画面来表现泰迪自愿接受的"闪火车"的挑战（很奇怪的是，火车并没有一点减速的迹象），如同大卫·格里菲斯在 *The Lonedale Operator*（1911）中展现的那样，镜头在不断驶来的火车和坚决站在那里不动的泰迪，以及越来越恐慌的男孩们之间进行切换。此时，克里斯证明了他在伙伴中的领导潜质，他一把将泰迪从轨道旁推开了。这让泰迪感到非常恼火，他想要像他父亲那样勇敢，他一直认为自己的父亲是参加过诺曼底登陆的军官，但是后来我们从米洛那里听说他的父亲是一名被收容所收留的孤儿。泰迪的家庭状况，特别是他暴力、情绪不稳定的父亲，他怪异的外表和性格以及他那些奇怪的想法让他产生了非常不理性的怒气，这股怒气会时不时地从他身上爆发出来，虽然他无法清晰地表达出来，但是其他孩子似乎也都能理解和接受。

在他们这个群体中，对成年世界的了解被当成了一种可以炫耀的资本——克里斯警告樊恩"如果当时他们发现你在那里，他们会杀掉你的"，以及片中后半段克里斯十分确信地说道："这是一支零点四五口径的手枪。"对此哥狄轻蔑地说道："我看出来了。"在篝火露营那一场戏中，克里斯精辟地说道："饭后来根烟，快乐似神仙。"这一群体中不断地出现矛盾而后又和好如初，后面的仪式提到了发誓和手势。甚至就连艾斯·麦利尔（基弗·萨瑟兰饰演）欺负他们的时候，这个群体中也有着严格的规则。在克里斯骂他混蛋的时候，他给了克里斯一次机会"收回那句话"，以及当他们像打棒球一样肆意破坏的时候，艾斯坚持要求他的伙伴们遵守规则。男孩们的整体存在和故事叙述的过程是基于违反这些仪式而存在的，比如进入严禁进入的区域（废物堆积场，火车道轨，以及尸体现场），接触禁止触碰的东西（克里斯偷的那把抢），以及最为明显的，使用禁用的语言（他们之间经常相互谩骂和诅咒）。他们对各自母亲的侮辱存在一种特定的状态，例如像克里斯看到废物堆积场的汽车残骸之后，他说："樊恩，看来你的母亲又开车出来乱闯了。"就像长大后的哥狄通过旁白解释说："能找出恶心、低级的新字眼来调侃朋友的母亲，对我们而言是一件很有面子的事情。"

正如维克多·特纳所说，在成年礼的过程中，角色扮演和展示胆量的情节比比皆是。哥狄和克里斯两人进行赛跑，但是当哥狄说"跑"之后，他才开始跑。克里斯和他玩闹，模仿体育比赛的评论员进行解说，当他胜利的时候还像观众一样鼓掌。这是男孩们最喜欢扮演的众多角色之一——他们想要成为却永远都不可能成为的其他人。当哥狄让他们闭嘴的时候，其他三个孩子立刻回了一首打油诗和口号似的调调："我不闭嘴，我越长越大，每次看到你，我仍然忍不住张大嘴，想吐。"正如之前他们在唱歌时打断樊恩讲的那个新闻，以及后来泰迪和樊恩伴随《我的女孩棒棒糖》的音乐跳舞时，这些共同的惯例在实践中不断得到改善，帮助他们支撑起父母不在身边时的生活。

阿诺德·范·杰内普和维克多·特纳并没有关注某种特定的叙事手法，但是对于金来说，作为一名作家，这是一种赋予措辞更多内涵的重要方式。尽管正如之前提到的那样，有些关于哥狄写作部分的片段在影片中被删去了，但在男孩们的日常生活中，口口相传的故事占据了很大一部分。电影情节从樊恩无意间听到的关于尸体位置的新闻中展开，但是中间还是加入了一些具有地方色彩的奇闻轶事，就像谣传中米洛可以让他的狗丑巴（Chopper）指哪咬哪，克里斯承认了自己偷拿了买牛奶的钱，以及哥狄在篝火露营时所讲的故事。在这种情况下，神秘感要比事实本身重要得多。就像小说中樊恩极力否认他的哥哥早就已经偷走了他埋藏的钱一样，即便存在大量事实证据，大家也都倾向于相信那是一个有趣的故事而不是事实，就像泰迪重复喊着口号以此来强调自己的父亲是一个战斗英雄那样。

关于蠢猪霍根的故事，标志着讲故事的人即将成为未来的大作家，奇怪的是玛吉斯特尔却不曾提起。但从广义上来说，这依然是一个重要的插曲。就像影片《魔女嘉莉》一样，它讲述的是一个边缘人物报复校园恶霸，以及欺负她的坏人、同学和老师的故事，结局极其血腥。金经常使用这种在故事中插入故事的方式［如《绿魔》（*The Tommyknockers*）中贝基·鲍尔森的复仇行为］向青少年灌输有关家庭，性征服，以及勇于面对困难的、流传下来并加以强化的真理。的确，几乎任何潜在的体验都被披上了些许的神秘色彩。篝火露营是讲故事最常发生的场所，哥狄讲故事的时机和他们饭后的聊天时间，以及结束时抽一根烟的习惯也是维克多·特纳所提到的"共同体"的最明显的例子。孩子们念念不忘找到了那具尸体，哥狄用讲述人体细节的方式来吸引他的"听众们"，绘声绘色地描述蠢猪霍根的胃是如何发出怪异而吓人的响声的。有趣的是，金在这里可能会把他的读者们恶心得够呛。哥狄的故事，不仅极其恶心，而且他还字斟句酌地将细节进行了放大（"他得意扬扬地往后倚着，欣赏着自己的杰作——一场彻底的呕吐大会"），以此来迎合他的"听众们"。

在本片中，通过泰迪难以相信故事就此结束并询问"后来发生了什么"的场景来讽刺读者为了自身的满足感而对完美结局的渴望。在小说中，哥狄道出了这种开放式结局的原因："当你不知道接下来会发生什么的时候，故事就随即结束了。"[①] 这个故事的成功之处（你对一个角色的关注就是想知道在故事结束之后可能会发生什么）在于之后泰迪的背叛，他在后面给故事编了一个比较令人满意的结局（蠢猪霍根回到家之后，他开枪打死了自己的父亲，然后加入了德克萨斯流浪者队）。金试图隐约回答那些预期没有被满足的、毫无想象力的听众，但是这却让他们感到更加失望和愤怒。樊恩代表着一种不同类型的、毫无想象力的读者，他无法忽略那些细碎且毫不相干的细节："蠢猪霍根参加比赛要不要交报名费？"哥狄试着给出他的"听众们"想要听到的故事情节，然后告诉他们或许蠢猪霍根回到家吃了几个汉堡庆祝了一下。但是金在这里却强调说，鉴于故事内部逻辑和艺术上的完整性，如果作者仅仅反映了观众想要的而不是这一角色可能去做什么的时候，故事就变得非常无力了。

篝火露营"大讨论"显示出罗伯·莱纳在拍摄电影版"共同体"时的高超技艺。在一个缓慢的推镜头中（这几乎就是一个从篝火角度的摇摄镜头），我们看到一系列的"提问—回答式"的话题吸引了孩子们的注意力，镜头先是对着哥狄的问题"古飞（Goofy）是哪种动物？"，然后切换到樊恩的问题"如果你下半辈子只能吃一样东西，你会选择哪种食物？"。因此，在这里我们可以看到一个双人的特写镜头。这

---

① 斯蒂芬·金. 四季奇谭. 伦敦：华纳图书出版公司，1992：414.

些话题吸引着我们的注意力，而画面的转换也体现出时间的推移和讨论的循环，然后镜头回到克里斯身上，他用一种十分确定但是明显毫无逻辑的方式回答道："古飞不可能是狗，因为他戴着一顶帽子，而且还开着车。"从关于食物的假设性问题（这是胖嘟嘟的樊恩主要关注的问题）转换到对迪士尼动画的理解上，这些都与现实以及电视文化是如何反映并扭曲了他们所处的世界相呼应，比如他们认为电视剧都是固定的套路，而"大篷车英雄"却始终都走不到目的地。他们质疑生活中某些虚构故事的意义而非从中获取乐趣，他们甚至怀疑相信它们的必要性。

当影片逐渐接近高潮段落的时候出现了一个展望回归的元素：即阿诺德·范·杰内普的"重新融入"阶段。在克里斯和哥狄憧憬未来的畅想之中，克里斯提到哥狄开始上大学之后他将会发生的巨大变化，而且他将要学做鸟笼和烟灰缸，随后镜头切换到泰迪和樊恩关于太空飞鼠和超人打架谁会赢的争论上来。泰迪对于这个问题不屑一顾地说，太空飞鼠只是一个卡通人物，而超人却是一个真正的人。樊恩点头表示同意，并总结道："要是他们打起来肯定很精彩。"克里斯和哥狄之间的对话，可能反映了金对于他很早就离家出走的父亲的感情，那个时候金才只有两岁，这段对话的确可能有一些不自然。克里斯可能是一个成熟的人物，但当哥狄讽刺地对他说"谢谢你，老爸"的时候，他却回答说："我倒真希望我是你爸爸。"毫无疑问，这一回答缺乏一定的可信度。

那些说教性的话语"除非有人好好照看，否则小孩子常常会糟蹋东西……如果你的父母不愿尽责，也许真该由我来看着你"。说教性的话语都很符合一个群体中需要意见领袖的潜在主题（还有后面关于樊恩想要回去而产生争吵时，泰迪对克里斯反驳道："你是谁，他的母亲吗？"）。但是从语言学的角度来看，这和孩子们在其他地方的说话内容和说话方式有些脱节，致使故事以及整个电影有了一些不一样的意味。如果克里斯真的扮演了一名负责任的父亲角色，并且周全地照看了哥狄（而最后哥狄也实现了自己的梦想，成为一名作家），那么成年后的哥狄在得知克里斯的死讯之时，他一定会为失去这样一名"父亲"（自己真正意义上的父亲）而感到悲伤。

阿诺德·范·杰内普认为，在一个真正的成年礼经历的各种考验和挑战中，危险是很关键的一部分，本片中男孩们的生活总是充满了危险和不确定性——他们自己也感受到了这一点，克里斯重述有一次泰迪从树屋上摔下去的时候，他一把抓住了泰迪的头发并救了他。在现实中他救了泰迪，但是在梦里重现这一场景的时候，他并没有抓住泰迪。正如我们经常见到的那样，金在小说中会使用一系列类似或者重复的事件让我们意识到那种可能的潜在后果，而不是一直给出一个出乎预料的结果所带来的紧张感。在这个叙事性的旅途中，我们看到了一系列的赛跑场景：哥狄和克里斯之间的赛跑带来了欢乐，哥狄和凶犬丑巴之间的赛跑最终表现为虚惊一场，以及后面樊恩、克里斯和火车之间的赛跑，最终他们死里逃生。在一个少见的自我意识的互文引用中，哥狄和克里斯之间赛跑慢动作，哥狄一边跑一边回头，就像艾瑞克·里德尔（伊恩·查尔森饰演）在休·赫德森执导的《火战车》（*Chariots of Fire*，1981）中那样，哥狄被丑巴追着快速朝栅栏跑去的时候又一次重现了赛跑时的慢动作镜头。

影片和金的原创小说都构成了一个有关二十世纪五十年代美国小镇青少年的近似人类学的研究，以及关于男性"求爱期"的社会学研究。在电影版的成年礼过程中，我们经常会发现影片叙事的前进动力不足，因为内省的停顿会抑制戏剧张力。但是罗伯·莱纳在影片大部分的时间里，都让主人公一直处于不断移动的状态中，从而表明了主人公在情感上并不是放纵不羁的。当泰迪从废物堆积场走开，远离凶狗丑巴之后，他突然大哭起来。在克里斯试着说了几句安慰的话之后，他们都沉默了——他们知道在什么时候应该沉默不语（此时的樊恩突然开始唱歌，克里斯瞪了他一眼之后，他才停下来）。他们一边说话一边重复着机械性的动作，例如像投石子，以及后面对着锡罐吐水（以近景和特写镜头的方式出现），这使他们避免出于社交压力而不得不保持眼神交流或者过于一本正经地瞎忙。

虽然这一群体中的孩子们正处于人生中的迷茫期，但他们确实也有想过回归之后在社会中可能处于的位置。从更广泛的意义上来说，我们看到了一群近乎感受到自身所承担着期望和重担的人，这种重负主要来自于他们的家庭（哥狄的父亲称他的朋友们为"一个小偷和两个笨蛋"），同时还来自于社区，这个更大范围内的负担。克里斯成为小偷是因为大家都这样看他，尽管事实上他试着把偷来买牛奶的钱还回去，而真正的小偷（那个老师"老女人西蒙"）所处的社会阶层则使她免受怀疑。来自命运及社会的压力压在了他们的身上，他们每个人都有深切的感受。正如哥狄说起克里斯时，"他出生在一个卑微的家庭中，所有人都认为他会变成一个坏人"。然而，在影片的后半段，我们看到克里斯对这种思维方式发起了挑战，特别是当哥狄试图把友谊置于前途的前面之时，他提出了当他们上高中之后还和克里斯在一起，并且他从此将放弃他的写作才能。然而，当克里斯重新讲述偷牛奶钱的故事之时，他却悲伤地说他想要去"一个没人认识他的地方"。影片的辛酸部分来自于逃离这个似乎错位的命运斗争，尤其是当面对自己的哥哥变成"小时偷针，大时偷金"的典型代表之时。

有趣的是，在影片中我们看到了两类人——年龄较大和年龄较小的两伙人之间产生了鲜明的对比，他们中的一些人甚至来自于同一家庭之中。这在某种程度上体现出了对年龄较小的一伙人的威胁，但是与年龄较大的人们相比，他们的相同行为也产生了一种对照感，从而营造出一种未来状况的提前展示，描绘出如果他们的生活不发生改变，他们将会变成什么样子。作为年轻一伙的老大，这暗示着如果没有发生重大转变的话，克里斯将会变成艾斯·麦利尔。他现在已经拥有了一把枪，而与此对应的则是艾斯拥有一把匕首，当艾斯偷走哥狄的帽子之时，他在人行道上向克里斯进行挑衅，他仿佛把克里斯当成了未来的挑战者。树屋里面的纸牌游戏将会变成用棒球棍击打油箱，而他们也已经触及到了轻微的犯罪（克里斯偷买牛奶的钱）并最终导致纸牌游戏演变成了一场疯狂的飙车游戏。然而，这两伙人却都有一个共同的目标（得到尸体）并且双方其实很难保密，他们并没有混迹在女生堆里。他们梦想找到尸体，这样他们的名字就能出现在报纸甚至是电视上了。他们对生活的想象在很大程度上受到了电视的影响。当克里斯给哥狄展示自己的枪之时，他声称自己随身带枪是为了防止遇见熊，哥狄随即反问他："你是想当'独行侠'（Lone Ranger）还是'大镖客'（Cisco Kid）呢？"当查理建议给警察打匿名电话的时候，比利对此嗤之以鼻，因为电话可以被追踪到——"我在电视剧 *Highway Patrol* 和 *Dragnet* 里面看到过类似的情节"。虽然这只不过是一个游戏，但是如果枪不小心走火的话，他们违法的时刻将会很快到来，游戏终将变成现实。无处不在的辱骂性的性引用表达出他们异性恋的立场，但这似乎有些过犹不及了。艾斯在人行道与哥狄、克里斯搭讪的时候称他们为"小妹妹"（克里斯在平息谁该去买食物的争论时也用到了类似的词语），以及在用棒球棍击打油箱的游戏中，他甚至称想要退出游戏的人为"同性恋"。收音机里面播放的摇滚歌曲《火之大球》（*Great Balls of Fire*）渲染出一种"大龄青年"的挫败感。象征阳具的棒球棍反映出他们失业或者低薪的生活现状，低生活水平的人如今已经成为社会的弱势群体（艾斯说他想快点结束比赛，好早点去领取社保）。

哥狄是这伙人中最有想象力的一个——他的反应极快，能编出一环扣一环的谎话来欺骗自己的父母。幽默感是使本片成功的重要因素之一，但本片中的幽默感缺少了对人类学相关的研究。我们可以时不时看到这些孩子的话语中充满了诙谐和风趣，比如樊恩抱怨哥狄拿大伙的钱买来的东西不好时，哥狄的反讥（"我想再能干的人，也无法用你那七分钱买回山珍海味"），以及他对泰迪说过的那些尖酸、刻薄的话（"你知道'白痴'是什么意思？"），还有泰迪在影片的后半段对樊恩所说的话同样令观众感到十分难忘（"世界上最胆小的人，到底是你还是我呢？"）。泰迪对生活的另类态度以及他一直压抑着的脆弱，都使得他的性格格外引人注目。当哥狄让他不要再把樊恩摁到水里的时候，哥狄说道："别忘了你的年龄。"他非常有逻辑地回答道："这正是我这个年龄该做的事，我这辈子只年轻一次。"对此，哥狄回答道："不错，但你确实玩过了头，下半辈子你就会变成一个蠢蛋。"当樊恩担心穿过铁路桥火车突然经过的时候，泰迪在一旁嘲弄他的害怕。在他避开火车并差一点步入雷·布劳尔的后尘时，克里斯讽刺地说道："现在我们就知道下一班车什么时候会来了。"这时的气氛一下子就活跃起来了，但这同时也反映出在这个社区里面，孩子们的生命是多么低贱。

　　影片并没有花费诸多笔墨在旅途的返回阶段和重新融入社会这一过程上，这给观众一种虎头蛇尾的感觉。这只是一个旅行但却并不是终点，这一点对于这个故事来说至关重要。回程的旅途被压缩得很短，几乎一闪而过——这一叙事的重要特征都已呈现，剩下的只不过是等着他们的未来顺其自然地出现。他们四个各自分别之后，哥狄的旁白让我们了解了之后所发生的一切："后来我们和泰迪、樊恩的来往越来越少，直到最后他们变成了我们生命中的过客。"孩子们长大成人之后可能再也回不到过去的模样了，他们各自的经历改变了他们的人生。在金的小说中，哥狄是在小说的结尾唯一活着的人——克里斯的惨死和电影中的情节一模一样，但是在小说中樊恩和泰迪各自死于房屋失火和车祸之中。或许该片的制作公司感觉观众无法接受这么多有着无限可能性的年轻生命的陨落，在影片中，泰迪最终成为一名销售员，而樊恩当上了出租车司机，他们都在竭尽全力维持着自己的生活。

影片保留了小说中年轻的这伙人战胜了年龄大的这伙人的情节，尽管小说中清楚地写出他们取得这一胜利所付出的巨大代价，艾斯把他们挨个抓住并且揍得遍体鳞伤，有些人甚至还留下了后遗症。在小说中，克里斯开枪发出了警告，而影片中哥狄实施了这一行为，这样的设计使他更像该群体真正的代言人，这也预示着他将要面临克里斯的死亡，同时强化了哥狄长大成人后的这个角色（理查德·德莱福斯饰演）。观看预演的观众们希望拥有一个更有意义的结局，于是成年哥狄在影片中上演了一个终极版大结局，并通过他的电脑屏幕显示出来他写下的那句话：他在小说中的最后一句话也成为影片中的最后一句话。

这部影片也与演员们的实际生活产生了某些关联。其中，杰瑞·奥康奈尔从影片中蠢笨的樊恩·泰西欧的形象中走了出来，成为一名成功的电视演员，此后他又在福克斯广播公司（Fox）黄金时段播出的浪漫科幻剧《平行旅者》（*Sliders*，1995—2000）和 NBC 热播的犯罪剧《遇见乔丹》（*Crossing Jordan*，2002—2007）中担任主演。威尔·惠顿后来扮演了《星际迷航：下一代》（*Star Trek：The Next Generation*，1987—1994）里面的韦斯利·克拉斯，而科里·费尔德曼则克服了酗酒和吸毒，出演了一系列的青少年电影，如乔·舒马赫执导的《捉鬼小精灵》（*The Lost Boys*，1987）和乔·丹特执导的《地狱来的芳邻》（*The 'burbs*，1989）。然而，本片的女主角瑞弗·菲尼克斯则没那么幸运。尽管她在西德尼·吕美特执导的影片《一事无成》（*Running on*

Empty，1988）中展现出了极高的表演天赋，并因此而获得了奥斯卡奖提名，但如同她在《伴我同行》中扮演的克里斯·钱伯斯一角那样，最终她因吸毒过量而英年早逝。二十世纪九十年代中期的影迷们在得知了这一消息之后倍感心痛，这也给她的人生平添了几分辛酸，同时也给电影带来了挥之不去的阴影。

纳粹追凶 Apt Pupil

> "为什么有些人会做那些其他人不可能做的事？"
> ——托特·鲍登的历史老师
> "你是一个怪物。"①
> ——杜桑达

　　该片并没有像《伴我同行》一样拥有一段真正意义上的旅途和一个强大的演员阵容，但对于每个人来说，它绝对是一次非常具有教育意义的经历，特别是当托德·鲍登（布拉德·兰弗洛饰演）发现杜桑达是多么邪恶，概括来说，就是人性——他自己究竟可以有多邪恶。影片中的主角们遭受了一系列考验，这些考验采用了一个交替结构而非平铺直叙的结构来平衡他们之间的权力转换。在他们第一次见面时，托德咄咄逼人，杜桑达流露出了想要报警的意图，但是托德虚张声势，看着他无力地挂断了电话，老人最终做出了让步，双腿软弱无力地靠着电话亭坐了下来。在这个阶段，托德似乎掌控了一切，画面中托德

---

① 斯蒂芬·金. 四季奇谭. 伦敦：华纳图书出版公司，1992：137.

《纳粹追凶》电影剧照

完成了杜桑达的拼图游戏，沾沾自喜的脸上写满了对于破坏老人的乐趣而给自己带来了残酷的满足感，但他高估了自己对于形势的掌控。在这个阶段，大屠杀只是一系列故事其中的一个，这些故事让托德几乎难以置信。然而，在讲了仅仅一个月的"故事"之后，杜桑达被邀请和托德一家共进晚餐，他的侃侃而谈充分展示了他编造、演绎自己生活的能力，而托德对此只是冷眼旁观，反感极了。

影片可能是从 CBS 播出的电视剧《阴阳魔界》中《他还活着》(He's Alive)这一集获得的灵感，这一集中皮特·佛尔莫（丹尼斯·霍珀饰演）作为一个年轻的美国新纳粹分子，他被希特勒的鬼魂激发不断地杀人。影片《纳粹追凶》则是一个关于邪恶无处不在的强大寓言。影片可能因为一两处难以置信的巧合而存在缺陷（可能对于一些观众来说，这也许会是硬伤）——比如在一群挤满了上学的孩子的公交车上，托德一下子就认出了杜桑达这名纳粹战犯，而在医院中，杜桑达正好被安置在一个从集中营幸存者的旁边，而这个集中营正是他曾经管理并实

145

施过惨无人道统治的地方。事实上，影片之所以成功是因为影片本身的结构和两位主角的精彩表演。影片中的情节通过对比糅合到一起：杜桑达说他也有一份关于托德的档案，可以证明托德有罪。影片中的场景在两人的梦境之间进行着转换，二人开始都做着关于毒气室的噩梦（可能这里还暗示着责任所在）。托德还威胁要打电话告发杜桑达，但是就像之前的老人一样，他根本不敢打他。我们可以看到杜桑达讲故事的强大能力（这也是托德一直都来拜访他的原因），并且对于自己可以欺骗法官和记者的能力直言不讳，同时他还刺激托德说："你能做到吗……我很清楚我可以做到。"接下来，我们对他所编造出来的一个关于他保存托德档案的故事丝毫没有感到有任何怪异的地方：一个可以确保他安全的神奇故事，一个关于"心怀恐惧的老人"和小男孩因为知道一些彼此想要保守的秘密而被捆绑到一起的故事。讽刺的是，这并非是杜桑达而是托德为了驱除脑海中的故事以及他们清醒时串通一气的负罪感，而发疯似的想要把所有关于战争罪犯的证据都烧掉。这部影片的不同之处在于，布兰登·博伊斯的剧本中存在着非同寻常的性格碰撞。每当我们感到两个主人公彼此发力的时候，情况就转变了。托德认为他可以控制他所释放的力量（杜桑达也是如此），但其实二人谁都无法控制住自己的力量。

二人之间权力平衡转换的例子发生在托德给杜桑达买礼物的时候，就像后面考试成绩出来后一起庆祝时那样，二人在此出现了共同的基础，在特纳的阶段论中称为"共同体"，但这只是错觉而已。这里的仪式行为还存在着等级间的差异——已经确立的和新发现的。当托德没有敲门直接进入杜桑达家中，他走近这个趴在桌子上的男人时，杜桑达突然醒了过来。他们都吓了一跳——托德吓一跳是因为他以为杜桑达已经死了，而杜桑达也被吓了一跳是因为他没有想到会在周末见到这个小男孩。礼物内容的揭示被延后了一会儿，因为杜桑达花了几秒钟的时间才打开了盒子，在他看到礼物的那一刹那，言语和面部表情都发生了变化，他把礼物拿了起来——一套崭新的纳粹军装。这段剧情充满了微妙的反应。与预期恰恰相反——杜桑达被这个礼物吓了一跳，而托德对此似乎看起来也很惊讶（"我还以为你会喜欢它呢"）。托德命令他穿上军装（完全不顾杜桑达本人的意愿），戴上帽子，喊口号，此时托德似乎完全掌控了一切，而杜桑达则表现出了他的软弱和奴性，他的举止僵硬，行为荒唐、可笑。然而，当杜桑达开始带着由衷的喜悦正走步时，我们可以从一个低角度的镜头看到他在自己的口令下动作十分流畅。此时，托德连忙叫停，这场演练以一个纳粹军礼达到了高潮（从稍高的角度进行拍摄，麦克科林直视摄像机，就像在与无形的神进行眼神交流那样）。杜桑达先于托德首先意识到了托德所释放出来的这种力量，于是他警告托德这一行为是在"玩火"。皮手套和皮带的特写镜头与前后情境有些脱节（这为他第一次出现在公交车上，小心收起的那把黑色雨伞的情节进行了铺垫），这让我们捕捉到了一丝纳粹主义的感官意识，就像是莱妮·瑞芬斯塔尔执导的电影《意志的胜利》（*Triumph of the Will*，1935）所反映的在仪式般的行为中失去自我一样。

与小说相比，影片中的这两个人物角色要更加讨喜一些，特别是托德，影片中的主人公更深入地了解自我。辛格删去了小说中杜桑达不得不身着军装睡觉的场景，把猫烤死的场景，以及托德在无意间谋杀了四名流浪汉的场景。托德被朋友孤立，他没能和贝蒂·特斯克发生性关系（但并不像金小说里所描写的那样，托德十分具有攻击性，甚至因为性无能而被奚落），他甚至会在白天出现幻觉。在一个单独拍摄的场景中，梦境和现实之间的划分变得难以界定，辛格用特写镜头拍摄了托德在学校洗澡的场景，他用双手遮住脸，然后画面中的颜色消失，他左顾右盼，发现身边站着一名犹太老男人。随后，镜头切回长镜头显示出托德脖子上的一个红色标记，这暗示着他已经在那里待了好几分钟了。

在"流浪汉插曲"之前，他唯一一次表现出攻击的迹象是在他练习篮球的时候，他把篮球狠狠地砸向篮板，他的朋友也因此而称他是一个白痴，对此托德极为不满地回应："你再说一遍？"然而，当他一个人打篮球的时候，他的投篮却非常精准（玛吉斯特尔曾错误地评论说，"在整部影片中，托德没有投进去一个球"）。[①] 当他无缘无故杀死那只受伤的鸽子时，他发现并沉迷于自己的伪装能力以及对比自己弱的人施压威胁。在影片的前半部分中，托德明显掌控了局面，他（更广义来说是我们）和杜桑达保持距离的能力都因缺少睡眠而愈发无法集中注意力而被侵蚀。杜桑达假扮成托德的祖父，并且他在和佛林奇老师会面时表现出的娴熟演技使托德更加紧张。辛格使用托德的视角进行拍摄，他走进教导员的办公室，然后镜头向右平移，杜桑达出现在镜头中，这一段体现了阿诺德·范·杰内普所谓的角色扮演和勇气。这和第一幕的情景完全相反，那时候杜桑达蜷缩在电话下面，而在此时此刻，他靠后坐着，看起来非常放松并且掌控着全局，这些全部都依赖于他的演技和意志力（就像佛林奇老师所说的那样，"他是一个很有说服力的人"）。在这里，影片避免了成年礼叙述中的一个惯例——人物角色彼此之间的开诚布公。这两名主人公各自心怀鬼胎，他们都有着属于自己的秘密（直到最后，托德才不再继续进行欺骗之事）。影片的寓意不仅在于违背道德，还隐含有一种庆祝的基调：当托德最终从谋杀案中脱身之后，他所拥有的欺骗能力被看成是走向成功的一个重要因素。

另一个看似关键的时刻是杜桑达取来一瓶酒以庆祝托德在学校获得好成绩的时候。那些天方夜谭的游戏结束了，杜桑达明显意识到自

---

① 玛吉斯特尔. 好莱坞的斯蒂芬·金. 纽约：帕尔格雷夫·麦克米伦出版社，2003：114.

己失去了对托德的控制（关于这一点，影片在他走动的时候进行了详细表现）。从托德的视角来看，老人正前倾着身子，用手去拿楼梯顶部的一瓶酒，托德正在向他慢慢靠近。杜桑达踮起脚尖的特写镜头形象化了托德想要从后面把他推下去的企图。然而，杜桑达却将故事转向了他所写好的一份档案（或者说他声称写好的）中，而他的最新故事的结局是"他感觉很安全"。这时，二人的力量再次发生了转换，他稳稳地转过身，手里握着一把刀，开始高唱 Que Sera Sera 这首歌。杜桑达对邪恶的复杂性有着更加深刻的了解，并且以一种看似与性有关的表达更为准确地描述出了他们之间的捆绑关系："我们只不过是在互相虐待而已。"托德得到的教训则是——这种令人陶醉的、腐败的、有时甚至是带有寄生性质的邪恶，远比哥狄在《伴我同行》中学到的要残酷得多。

　　杜桑达在这个过程中可能学到的东西在影片中并没有被过多展现出来，因此这段剧情不太具有说服力。尽管麦克科林在影片中的表演非常出色，他所饰演的杜桑达并没有给出太多具体的线索来解释他的动机。这就使得有些场景看起来似乎不太恰当，比如当杜桑达试图把猫放在煤气烤炉里，尽管此前关于他过去的讨论可能再次激发了他的嗜血本性。他曾经描述过他在毒气室所做过的事情，但是片中并没有试图做出和纳粹哲学一致的解释。他谈及之前曾经让一个村庄从地球上消失，因为"战争之门已经被打开了"，这暗示着一种责任，而他只不过是要完成一项必须要完成的工作。从麦克科林的声音中可以反映出来他想要逃避、抵赖，并且小心翼翼地层层叠加着自己的不同身份，英国演员、美国公民、纳粹战犯，他的死最终成了一个谜（在那个令人惊奇的特写镜头中，他仿佛是在朝我们微笑），难倒了观众和那些备受挫折的调查员们。在筹备拍摄该片的时候，剧组最初选择由尼克尔·威廉森来扮演杜桑达一角，他和麦克科林在表演广度和细节之处是如此势均力敌，我们很难想象出如果由他来扮演这一角色最终又会是怎样一番情形（其实，这一角色的首选演员是詹姆斯·梅森，但是很不幸，他在影片开拍之前不久就去世了，如果由他来饰演的话，我想这一定也非常有趣）。

　　成年礼的叙述重点在于教育的过程，因此我们应当考虑托德从这一过程中学到了什么。在小说中，他并没有真正想过人们为什么要做那些事情。他是一名孤独的杀手，在他被捕之前，他一直都在肆意狙杀车流中的人群。就像布雷特·伊斯顿·埃利斯的小说《美国精神病人》（*American Psycho*）中的主角帕特里克·贝特曼（Patrick Bateman）那样，金用斜体字表现出了主人公（通常是不言而喻）的暴力行为和性别歧视。影片软化了托德的性格，让他变得更像是一个普通的青少年（骑自行车、玩篮球、厌学），尽管他是一个有着施虐倾向的边缘人物，他沉迷于杜桑达的经历，但是最后他并没有变成一个杀人狂魔。他用计谋打败了佛林奇老师，但却并没有残忍地杀害他。小说中传递出的是人物如何演变成了一名精神病人，而影片则试图通过对罪恶的诱惑和腐蚀本质做出一般性的评价。他骑着自行车进入隧道，路上洒满了阳光，这里他的形象有一种"迪士尼式"的纯真，这个画面稍后被蒙上了一层蓝光，然后画面迅速切换，当他看到纳粹涂鸦从自行车旁一闪而过的时候，之前的场景让人觉得仿佛幻觉一般。他是一名"聪明的学生"，善于把他所学过的所有知识整合到一起，进而为了自身利益操纵环境并且左右他人的意愿。这也许会令人感到奇怪，他也懂得了努力学习的价值。只有在杜桑达和佛林奇先生进行了交易之后，托德才开始屈服，并且开始努力学习。从杜桑达看到托德优秀的成绩单并建议喝一杯来庆祝，甚至是在去拿酒时脸上浮现出来的那种快乐的表情中，我们可以看出关心孩子的家长所表现出的那种"严厉的爱"。

　　从一开始，布拉德·伦弗洛（看起来就像是年轻时候的伊桑·霍克）

就传达出一种可以通过他一手积累的一系列难以置信的指纹、照片和其他证据来操纵一切。他从中所学到的是如何应用这些证据，他所达成的比约翰·休斯执导的影片《春天不是读书天》（*Ferris Bueller's Day Off*，1986）中的年级操控和保罗·布里克曼的《乖仔也疯狂》（*Risky Business*，1983）中的大学预科犯罪都要更加黑暗，这些都暗示了权谋腐败是不道德创业精神的至高目标（托德出现在学校，背景是印有"敢于成为领导者"这一标语的拉什莫尔山的海报，这一场景是经过特别设计的）。大卫·施维默饰演了一名天真的辅导员——佛林奇老师。这听起来有点像《瘪四与大头蛋》（*Beavis and Butthead*，1996）中的嬉皮士老师。范·德里森弱化了托德战胜他的胜利感。他说："你不能那样做，事实上，你完全不知道我能做些什么。"比起布里克曼，影片中的汤姆·克鲁斯站在树荫下，一边扫树叶一边说出的诅咒更加令人胆寒，这同样也呼应了影片《愤怒》中查理·戴克在拒绝校方劝说时的冷酷和直白。

对于战犯应该怎么处置以及托德的计划是怎么串通起来的都是一些很有意思的次要问题，但是在开场时历史老师的问题似乎暗示了对人类邪恶的重点探索，从而赋予了托德《蝇王》情景中"杰克式"的性格，杰克被拥有决定其他人生死的能力所引诱，他时常在流浪者身上进行实验。然而，影片中更加令人感到不安的是美国的教育系统，在该系统中，人类历史上最具争议性的邪恶时期用了一周时间就被随意打发了，然后孩子们只能充满好奇地去寻找其他细节。影片戏剧化了教育的无能，但却没能传达出大屠杀的真正恐怖（金在小说中重复了死亡的数字——六百万，这是一个"无法抵赖"的事实），从而回避了那些成年人可能认为是迎合了嗜血欲求的画面。然而，这种做法对于那些像托德一样，希望寻找一种可靠的方式来抵抗终极力量的诱惑和愉悦的孩子们来说却帮了倒忙（"他们太害怕了，不敢在学校里告诉我们")。从某种意义上来说，托德的行为正是这一系统所期望的——他渴望获得更多的知识，并且厌倦了图书馆，他想要寻求第一手证据来了解实施那些行为的真正感觉是怎样的。

影片清晰地将这个被边缘化而又极易受到影响的青少年所具有的邪恶潜质和追求真相的欲望（杜桑达是一个更有成就感的恶人，他精通欺骗和伪造）呈现在观众面前。在我们初读小说时，我们可能会把托德看作"法西斯接班人"（但直到他杀死了那只鸽子之前），然而他并没有在生活的其他领域中显露出他残暴的一面，他只是有些好奇心，他经常做着关于毒气室的噩梦，并且没有证据表明他对杜桑达怀有敌意——他收集材料的目的也不是为了进行敲诈。据佛林奇老师所说，托德一直是班上最优秀的学生之一，他只是常常在作业本上涂画一些纳粹党徽，不过这也只是因为他太入迷了，想要了解更多关于纳粹的知识，而不是因为他想要美化纳粹政权。然而，对于完全理解这种恐怖对自身的腐蚀程度，或者是否只有那些有病的人才真正想要了解那么多，这些仍有待商榷。在影片的开场和结尾处都对杜桑达的眼睛拍摄了缓慢的特写镜头，这可以理解为辛格想要让我们看穿这双眼睛。然而，影片还把杜桑达的面孔重叠在了一个典型的美国郊区的标志上——杜桑达与篮球架的画面交织在了一起结束了全片。至此，影片不仅仅是对西方教育的一次控诉，同时也谴责了人类对大屠杀这一事件认识的局限性，大屠杀这一事件可能是对生命意义的藐视甚至是毁灭。

亚特兰蒂斯之心 Hearts in Atlantis

《亚特兰蒂斯之心》是一部饱含哀伤，节奏缓慢，以人物为导向的故事片，影片将重点放在了十一岁的鲍比·葛菲（安东·尤金饰演）和临时寄宿在他家神秘莫测、父亲一般的泰德·布洛提根（安东尼·霍普金斯饰演）之间的关系上。如同《小丑回魂》和《伴我同行》一样，影片将叙事放在青春期的一个关键时刻：童年的友谊比成年人的任何经历都更加强烈。在二十世纪五十年代，主人公和他最亲密的朋友们正经历着成年礼，从某种程度上来说，这塑造了他成年后的生活。这个结构化的故事和儿时朋友的死亡运用了倒叙的手法构成了影片的主体以及最后的结局，鲍比神奇地碰到了已经长大了的儿时恋人的女儿（实际上都是由米卡·波瑞姆饰演的）。浪漫性、连续性和一致性使得电影在结尾处将成年后的鲍比开车穿过洒满阳光的树林之时与他童年自己骑着自行车奔向未来的场景进行了比较，而我们已经或多或少地猜到了一些他的未来。

与影片《伴我同行》一样，《亚特兰蒂斯之心》主要讲的是一名小男孩以及他在人生关键时期的成长故事。然而，从风格上来看，本片有一些对之前金作品改编电影的互文参照，使之成为一部稍有自我意识并能左右他人情感的作品。在拍摄泰德、凯柔和萨利在火车轨道上玩耍时的场景时，导演从视觉角度参考了《伴我同行》，以及像《克里斯汀魅力》一样坚持使用二十世纪五十年代的歌曲为该场景增色。在影片的后半段中出现了恰比·切克的歌曲 The Twist（1959），以此来表现孩子们的青春活力，并且用 The Platters 乐队的 Only You（1955）表达出鲍比对于橱窗中脚踏车的喜爱之情，然后镜头迅速转移到凯柔走进去说服那个买家购买了另外一辆不一样的脚踏车的画面中去。甚至当鲍比和凯柔在河边玩耍的时候，背景音乐使用了圣托和约翰·法里纳于 1959 年发行的器乐单曲 Sleepwalk 作为背景音乐，音乐中拨弄吉他的声音让我们想到了影片《舔血夜魔》。从副文本的角度来看，影片的片名指的是青少年时期的纯真感带给人们的伤感和怀旧，孩子们"慢慢长大成人，我们的心碎成了两瓣"。这一点通过孩子们玩耍时的蒙太奇镜头表现了出来，特别是在开阔的空间中奔跑（在路上，穿过棒球场，以及树林周围和河流附近），无忧无虑、毫无大人监管的烦恼被淋漓尽致地表现了出来。在影片中，凯柔站在台阶上，在路上奔跑以及后面她获救的场景是为数不多的几处使用手持摄像机拍摄的画面，这些画面显得特别生动自然。

然而，在包含这些感性画面的同时，影片还有其阴暗的一面，这是本章的其他两部电影中所没有的，特别是凯柔和鲍比妈妈的经历。亲切、温和通常是与男人向女人施暴时同时出现的，例如像恶霸里奇·奥罗克（乔·T.布兰肯希普饰演）对凯柔的伤害，以及鲍比的妈妈（霍普·戴维斯饰演）被老板强奸。这些都有节制地表达出对女性的伤害。通过一本书掉到小溪里的场景暗示了小女孩受到了伤害，而葛菲夫人的情况则通过一名路过的女士，从她试图以正常姿态走路而感觉到她所承受的那种疼痛看出了她的遭遇。除了家人和朋友，影片中还隐含有 FBI 式的"低调男人"和剥削的世界，但是我们只能从报纸以及泰德神秘的言语中解读出来。黑色西服、闪亮的汽车以及电线杆上带密码的讯息对于鲍比来说更像是一些虚幻的东西，但是当那些面目模糊的男人在影片结尾时出现的时候，一切都显得那么真实。在重复拍摄他们其中一人给一辆路过的汽车发出讯号的画面中，画面在上升的蒸汽中呈剪影状，这个画面有些类似影片《驱魔人》的风格，他们看起来好像是那些匿名绑架以交换赎金的恶魔般的人物。整个小镇则更像是鲍比后来观看的影片《魔童村》（ *Village of the Damned*，1995）中的小镇，而在《魔童村》里面，孩子们最终被邪恶的外来势力所接管。

该片的问题在于，成年礼电影大部分都是基于对生活中"现实"或者"真理"的发现，这和那些奇妙、梦幻的概念是针锋相对的。或许最合理的说法应该是，威廉姆·高德曼的剧本使"低调男人"的形象变得十分真实可信，他们的隐约威胁在金的小说《黑暗塔》（*Dark Tower*）中切断了与外星智能的所有联系。相反，影片中存在大量与视觉相关的场景，影片的开场就是长大后的鲍比成为一名成功的摄影师（大卫·摩斯饰演），该场景透过一个旋转的玻璃球进行拍摄。影片的主题讲的是泰德发挥了棱镜作用，让鲍比重新评估他对爱情、书籍和父亲的观念，并显示出鲍比终生携带凯柔照片的重要意义——鲍比一直都在注视着相片但却忽视了来势汹汹的过往车辆。影片对于视觉隐喻的关注还延伸到了场景的选择上。在拍摄葛菲一家和泰德的生活空间时，影片罕见地使用了剧场设备，这两处场景经常采用长时间的不间断拍摄，房子内部的门敞开着，这样我们就可以看到泰德和葛菲夫人走进卧室或者厨房时的画面，以及与前景中鲍比说话时的画面。的确，整部影片中唯一一次关门是最后鲍比的妈妈背叛了泰德。这些场景中的拍摄角度通常与桌子齐平，接近孩子的视线高度，这种拍摄安排表明在鲍比的生活中，他拥有和母亲共存的因素，但是他却被分隔开来（例如他对自己父亲的了解以及对父亲的感觉），而鲍比必须要把这些情节放在一起并联系起来。

霍普金斯所扮演的布洛提根会令人想到同样是由他扮演的汉尼拔·莱克特，这两个角色有一些相似之处，同样温和的说话方式，可以是慈祥迷人的（对鲍比），也可以是颇具威胁性的（在与破坏分子对峙的时候）。他的站姿，头部微微后仰，仿佛在听一种只有他自己才能听到的若有若无的音乐，这让人想起了《午夜行尸》中的詹姆斯·梅森心不在焉时的样子。但片中还拥有更加活泼的人性成分，影片中引用了塞缪尔·琼森关于"排气"的笑话。在这个被操纵的世界中，泰德似乎是一个非常天真的人，他招牌式的温和似乎也与这个愤世嫉俗的世界格格不入，就像葛菲夫人对于他和鲍比的交易表现出的不信任，以及后面他帮助凯柔复位脱臼的胳膊时导致了她差点报警。在鲍比身上发生的两种相反力量集中体现在他的母亲也想让他当个"间谍"这一点上，她想让他告诉她发生在泰德身边任何可疑的事情。此外，如果这不是一种灵性，那就是他性格中的一种超然品质——他创造了足球比赛中"奇迹"的发生，在比赛中球迷的希望和梦想被一名英勇的老球员实现了。后来，慢动作表示，鲍比背着受伤的凯柔寻求帮助，此时背景中还传来了人群的欢呼声。反复的剪辑再现了在身体和精神的双重压力下，那种困惑、恐惧以及身体几乎不受控制的感觉。鲍比开始产生一些心灵感应的能力，最明显的是他出现在了集市上的纸牌游戏中（小说《死亡地带》里面所没有的情节）。也许是出于合理性的考量，高德曼在剧本中最终删去了这部分。泰德留下的持久影响力是非常具有教育意义的一课，即通过读书来提升自我。他成功说服了那些男孩，成人图书馆借书卡是一件值得拥有的礼物，而最后我们听到鲍比的声音是他背诵了关于琼森的奇闻轶事。

矛盾的是，鲍比在学会质疑父母的同时还存有想要相信他们的念头。在泰德的刺激之下，鲍比希望自己可以更多地了解他的父亲，并且在不知不觉中跟随着他的脚步来到了他最喜欢的酒吧。他从酒吧女招待的口中得知他的父亲是一个天才的赌徒，一个慷慨的人，而不是他母亲一再强调的失败者（虽然泰德和招待员之间的关系仍然含糊不清，因此她的话到底有几分可信我们还不得而知）。女招待给他的照片和后面他第一次玩着一顶帽子时的画面联系在了一起，这暗示着他有了一个新的偶像来作为衡量自己的标杆。像电视连续剧《孤胆奇侠》（The Lone Ranger）中关于英雄故事的短暂黑白画面，以及瞥见他的朋友萨利（威尔·罗斯哈尔饰演）和父亲装车时一起嬉闹的场景，这些都让鲍比羡慕不已，对他来说这些都是可望而不可即的男性偶像。尽管泰德拥有神秘的力量，但庆幸的是，他把这种力量用在了好事之上（帮助鲍比攒钱买了他梦寐以求的自行车，赶走那些恶棍，以及预测到凯柔的受伤）。此时的鲍比并不是泰德谈到接吻时，鲍比玩笑式地用手比作十字架所要提防的怪物。鲍比就好像是泰德从来没有过的儿子，但我们并不能确定这一点，因为从头到尾我们对泰德的了解都是十分有限的。在他们分开之前，他让鲍比抱着他（我们看到一个拉长的胸部水平镜头），当他被抓走的时候，他大声说自己从来都没有后悔过，他的手伸向车窗去"触摸"鲍比的姿势不仅非常感伤，而且也颇为感人。

在影片中，他经常坐在门口或者靠着窗户，一个人沉思着（就像鲍比出现时的第一个画面，暗示着他们之间的某种联系），他看起来就像是一个"朦胧的"身影，我们最先看到了他的双脚，在与鲍比交谈时，我们透过结霜的玻璃看到的人影又像是他的头部从画面中被剪切走似的。有些时候，他在影片的背景中显得很模糊，影片通常都突出了前景中鲍比清晰的身影，即使是在阴暗的场景中也经常会用一束光源照着他。他也抽烟，这在二十世纪五十年代是一种令人愉悦的习惯或者就像最近的电影《X 档案》中的那个阴险的吸烟者一样。他也许并不是坏人，但他从没有说起过他的家庭或是家人，甚至是自己的工作以及他的过去——他只是一个具有心灵感应能力的人，就像金笔下的众多人物一样，他认为那是一种负担而不是一种天赋。他的欺骗性不同于葛菲夫人的老板，当她给儿子打电话解释她为何要加班时，他躲在画面之中，他其实只是在利用她。在接下来泰德坐在阳台上的场景中，他的脸同样也是模糊的（他靠着一个柱子），他的回避是为了自我保护，而不是为了自我满足。

在含有明显感性画面的同时，高德曼的剧本比较抵制那种易得的感情。鲍比满怀深情地与凯柔道别的场景被她直接说出口的"我也爱你"而变得十分短暂，而他们在床上对视时的感情应该是含蓄的，而不是夸张地被表达出来——她要去"弄好沙拉"，而不是花上一整天的时间说那些陈词滥调。影片《凶火》本来也可以成为《亚特兰蒂斯之心》这样的电影。该片的叙事核心放在了父子关系上面，但是只有意识到这种关系的短暂即逝才能意识到其全部的重要性——在很多早期的关于金的改编电影中，剧情并没有达到这一敏感和复杂程度。通过使用金的小说中密切配合的开场和结尾部分，影片聚焦在年轻的希望带来的无限可能性之上，并且舍弃了在失去纯真和理想主义之后所带来的阴暗面——这恰恰也是小说的中心思想。在影片的结尾处，父子之间的角色几乎被倒置了（鲍比保证说，"我不会让那些坏蛋抓住你的"），但是汽车慢慢离去如同噩梦一般的无力感，是他必须要学会的关于成长过程中最痛苦的一课——尽管你尽力了，你也不可能完全保护你深爱的人免受伤害。

结论

　　尽管从形式上来看，影片《伴我同行》最符合成年礼的叙事概念，本章中列举的所有影片的主人公都是一个处于性格形成时期的小男孩，他质疑父母的正确性并想要从家庭之外寻求关于死亡、失落和期望、困惑的可能性答案。有人可能会说，影片叙事体裁的联系越是松散，就像《纳粹追凶》那样，就越是难以准确地预测影片的叙事将如何收尾，这样可能会影响电影的票房，但是与文本相比，这却是一种更加愉悦的体验。

　　这三部电影和威廉姆·戈尔丁于1954年撰写的小说《蝇王》存在着许多相似之处，该小说讲述了另一个关于成年礼的故事。小说中的旅行不仅让主角们见识到了什么是邪恶，也让他们认识到了友谊的价值。金经常提到这部小说，他曾经说过这是他的最爱之一，并且是他最喜欢的虚构小镇和制片公司名字——岩石城公司的来源，该公司改编、拍摄了金的大部分作品。在影片《伴我同行》中，克里斯对哥狄那种父母式的关心有点像猪仔对雷尔夫的那种关心，特别是作为“一个真正明智、成熟的朋友”[①]。哥狄作为一名天生的领导者，他有着远远超出他年龄的成熟，在这里可以被看成是雷尔夫。在樊恩的愚蠢和怯懦中，我们可以看到猪仔的影子，而被误解的泰迪，则准备好牺牲自己，就像是另一个充满活力的西蒙一样。总体来说，影片全男性的演员阵容，在未开化的环境中经历了一系列考验，并且在没有父母影响的情况下结成了一种手足似的联系。《纳粹追凶》也聚焦于人类的邪恶潜质，在所有这三部影片中，主人公都缺少与父母的沟通与交流，这主要是因为哥哥的逝去（《伴我同行》），父亲的神秘消失（《亚特兰蒂斯之心》）以及父母的冷漠（《纳粹追凶》）所导致的。

---

① 威廉·戈尔丁. 蝇王. 伦敦：费伯—费伯出版社，1954：223.

第五章

机器的觉醒：
二十世纪五十年代的
二流科幻电影

"我害怕机器，因为在很多情况下我不知道它们是如何
运转的。"①

　　金对机器的恐惧有些不合常理（从他的逻辑来看，大多数人都有
这种恐惧感），这也许正是本章中的电影一直都苦苦挣扎在成功边缘
的原因之一。在通常情况下，在删去了原作中的政治背景之后，影片
就只剩下那些被预算制约的特效场景了。本章中的所有影片，除了《克
里斯汀魅力》（金的原作最初打算构思成一部短篇小说）和 2001 年拍
摄的影片《劫梦惊魂》之外，其他影片都源自二十世纪七十年代的短
篇小说，其故事内容相对较短，因此要拍摄成篇幅正常的电影则意味
着要将文本内容进行过度延展：将某种想法进行放大、扩展。这些影
片探究了现代社会对科技的依赖性，并将机器一旦不再服从命令的后
果进行了戏剧化的演绎，然而这样的戏剧化并没有带来恐怖的效果。

---

① 斯蒂芬·金. 与斯蒂芬·金的一夜. 比勒利卡：马萨诸塞州公共图书馆出版社，
1991：20.

本章中有些电影可能还落入更宽泛的主题"日常的恐怖"的范畴之中——最普通的家用设备似乎在密谋、反抗着他们的使用者。

从表面上来看，这一组影片似乎反映出彼得·比斯金特等学者讨论的二十世纪五十年代二流影片的主要问题之一。[①] 金自己也承认，"伟大的恐怖小说几乎总是和寓言相关"[②]。然而，这里的大部分故事并没有更深层次的共鸣——都是一些外延性的东西，相当缺乏内涵。这些影片很少有对政治或者社会背景的担忧——本章中的影片没有显示出对辐射的恐惧，没有所谓的"红色恐怖"，除了影片《坟场禁区》之外，几乎没有关于"自然肆虐"的亚类题材。机器之所以不受控制也并非是为了惩罚人类的傲慢：对那些最好不要碰触的领域进行了过度挖掘。在这些影片中，科学本身并没有产生任何象征意义，同时也没有出现可信的"夸特马斯（*Quatermass*，1955）式"的疯狂科学家或其他（《天才除草人》中的乔比）接近这类角色的人物。

肯德尔·R.菲利普斯所撰写的《影射恐惧：恐怖电影与美国文化》（*Projected Fears*：*Horror Films and American Culture*，2005）或者是大卫·斯卡尔的《怪物秀：恐怖文化史》（*The Monster Show*：*A Cultural History of Horror*，2001），这些书的书名已经反映出一种理论方法的延展。里奥·博德里认为，小说在很大程度上反映了当代主流文化的价值，斯蒂芬·格林布拉特后来又提出了新历史主义和"共鸣"的概念（仅限于文学领域）。[③] 本章中的影片，在尝试把二十世纪五十年代的B级片转换到二十世纪八十年代或者其他时代背景之时，

---

① 彼得·比斯金特. 眼见为实：好莱坞如何教导我们停止担心并爱上五十年代. 纽约：众神图书公司，1983：111.

② 斯蒂芬·金. 守夜. 伦敦：新英语图书馆出版社，1979：14.

③ 肯德尔·R.菲利普斯. 影射恐惧：恐怖电影和美国文化. 韦斯特波特：普雷格出版社，2005：7.

出现了一个非常明显的问题——随着年代的更迭，B 级片这种电影形式也不复存在了。第二次世界大战带来的恐惧已经不再是一股强有力的文化暗流了，"红色恐怖"的政治隐喻，或者是核试验带来的突变，都无法再与观众产生共鸣。由于缺少像罗杰·科曼这样具有探索精神的导演所带来的创新，并且缺少深层结构的隐喻，低预算的怪物电影仅仅成为一系列表面特征的堆积。对于一部过时的文学作品来说，我们并不一定要刻意拍出那种过时的视觉画面，虽然金大部分关于机器的短篇小说都创作于石油危机时期，并且表现出了一种因害怕过度依赖汽油驱动汽车而产生的共鸣，因此在这些作品中都有一种奇怪的"勒德趋势"，即反机械化和自动化的趋势。

金所涉及的机器并没有人类的外形，而是一种基于工业模式的内燃机——没有表现出其他意识力量，以至于《火魔战车》中的卡车只是在消耗完汽油就失去了动力。它们并不像"终结者"系列影片中那种杀不死、拥有自我意识的机械人。在现实世界中，卡车是来自工业时期的威胁，并非超自然的事物。然而，影片并不需要通过阐述某一事件以表达宏大的反资本主义言论。在影片中，这些机器具有感知能力，一种真实而非隐喻的能力使得它们开始袭击工人。在影片《尸之舞》（*Danse Macabre*，2009）中，金指出几乎所有的怪物电影都可以被归纳为三种基本类型：吸血鬼、狼人和无名之物。在第三章中所涉及的影片中，有一个狼人和一个有些类似吸血鬼的故事（《银色子弹》和《舐血夜魔》），正是这种最终的主导分类，表明了那可能才是金的真正兴趣所在，并且想要恢复过来是多么困难。

本章中的影片存在的一个主要缺陷在于缺少具有威胁性的怪物。在过去的三十年中，让人记忆深刻的怪物没有一个出自于金的作品之中。比如，雷德利·斯科特执导的《异形》，"终结者"系列电影，甚至是安东尼·霍普金斯所扮演的托马斯·哈里斯笔下的汉尼拔·莱科特那种人面兽心的怪物。在金的改编剧本中，当怪物拥有生命的时候，它们就会传达出某种隐喻：当怪物是机器的时候，它唯一的知觉就是暴力。这样就杜绝了伙伴情感的产生，也防止发展成类似弗兰肯·斯坦那样的怪物。一个局外人，也许会使我们对其产生同情。这类影片中并没有庞大的生物存在，通常是受到辐射的影响，例如像戈登·道格拉斯执导的《X放射线》（*Them!*，1954），罗伯特·戈登的《海底来物》（*It Came from Beneath the Sea*，1955），杰克·阿诺德的《奇怪的收缩人》（*The Incredible Shrinking Man*，1957）或者是罗兰·艾默里奇的《哥斯拉》（*Godzilla*，1998），这些为数不多地超越了二十世纪五十年代的银幕形象。而在本章中，原子核废料在金的改编剧本中并未发挥任何作用。

此外，哈里·M.本肖夫挑战异性恋标准的怪物概念与本章几乎没有关联，除了影片《克里斯汀魅力》之外，怪物的性别并没有任何特殊的意义。[①] 在这里，怪物暗示着汽车是某种性替代品，带有嫉妒、女性化的多样性特质。不论是在书中还是电影中，怪物都用以分裂丽和阿尼之间的潜在关系，而阿尼在他的变形过程中，夸大了自己异性恋的身份。约翰·卡朋特删掉了金小说中有关鬼魂的背景故事，这样一来那辆汽车的邪恶就显得毫无依据了，并使得机器成为一个性欲复仇的替代工具，但是影片中并没有显示出更为阴暗的政治意味——这并非是一个关于汽车所有权的警示故事。的确，从广义上来说，影片的内容更加接近于影片《油脂》中的汽车庆典，将其视为一场年轻人的性解放。我们可以看出《克里斯汀魅力》更加偏爱互文引用和体裁混合，尤其是约翰·卡朋特想要参考其他影片，使用背景音乐来作为视觉画面的讽刺性补充，而这两种方式的组合主要用来表现阿尼·康明翰的变形过程。

---

① 哈里·M.本肖夫. 壁橱里的怪兽: 同性恋和恐怖电影. 曼彻斯特: 曼彻斯特大学出版社，1997: 66.

克里斯汀魅力 Christine

"汽车就像女孩，你不知道吗？" ①

希区柯克曾经想在影片《西北偏北》（ *North by Northwest*，1959）中刻画出在汽车装配线上发现一具尸体的情节，但他最终没能找到具有可行性的情节主线。在影片《克里斯汀魅力》中，导演约翰·卡朋特重拾了这一想法，但是他犯了一个致命的错误，没有沿用金小说中的设定，即罗兰·里贝腐烂的尸体导致了那辆汽车变得愈加邪恶，卡朋特把那辆汽车设定成天生邪恶。除了定期从车上的收音机里面蹦出来的二十世纪五十年代的背景音乐，克里斯汀并没有真正被赋予任何"性格"。这辆车的邪恶之处无法被感知，只能通过暗示被表现出来，通过乔治·索罗古德的 *Bad to the Bone* 这首歌来强调出这一点。这辆车因一名工人把雪茄的烟头丢在了车上而杀了他，而且还毫无缘由地弄残了另外一个人，把车的前盖重重砸到了他的手上，就好像被鲨鱼突然咬了一口那样。在摄像师唐纳德·摩根的建议下，开场画面是唯一一处使用富士胶卷拍摄的镜头，这种不同材料赋予了开场柔和略带棕褐色的色调，使其与影片后面的部分区分开来。汽车装配线营造出了一种积极的跟踪拍摄，就像是影片《周末》（ *Weekend*，1968）中让·吕克·戈达尔拍摄的交通堵塞的机械版场景一样。此处采用纵横交错的摄像机定位和电影音乐的缺失引导了观众的同情心，这和柯南伯格的《欲望号快车》（ *Crash*，1996）中的洗车场景如出一辙。当我

---

① 斯蒂芬·金. 克里斯汀魅力. 伦敦：新英语图书馆出版社，1984：233.

《克里斯汀魅力》电影剧照

们看到钟表指向五点，一名监工穿过生产线，表情十分迷茫，但是卡朋特并没有简单地进行反向拍摄让我们看到他当时所处的环境——仿佛只有汽车收音机播放出的微弱声音，营造出了一种紧张的氛围。摄像机跟随着那名监工缓缓走到克里斯汀的面前，此时的汽车车灯还亮着，然后镜头上升至汽车上方，从鸟瞰的视角进行拍摄，于是观众看到他打开车门，一具尸体从中滚了出来。

从外表来看，书呆子似的主角阿尼·科宁汉姆（基斯·戈登饰演）在克里斯汀的影响下经历了一个转变的过程，本片仿佛成了一部爱情片。他在第一次出场时就戴着缠着胶布的厚厚的眼镜，手里拿着的垃圾袋并不小心将东西撒了一地，而他的母亲正在把午饭递给他。他是一个刻板的、敏感的处男，而克里斯汀（刻意起了一个女性名字）显然成了阿尼的性替代，因此他与她在一起的时间要比和丽在一起的时间多得多（在汽车餐馆时，嫉妒心爆发的克里斯汀差一点噎死了她），并且阿尼的行为和外表反映出了一种性方面的成长。在去医院看望丹

167

尼斯的时候，阿尼摘掉了他的眼镜，穿着也更加时尚了（随着剧情的发展，他的领子几乎以可见的速度不断增长着），而且他说话时开始带有一种平静的自信感，特别是在面对侦探琼金斯（哈利·戴恩·斯坦通饰演）的时候，这一点是此前没有出现过的。那位苍老的卖家，乔治·里贝说一辆新车拥有"世界上最美的味道……除了女人之外"，这使得克里斯汀的性替代意图更加鲜明、清楚。当阿尼在达内尔的自助车库里打开汽车收音机时，镜头重复了开场中的运动轨迹，向上拍摄然后越过挡风玻璃，但是在这里我们可以看到画面中的阿尼有着一种欣喜若狂之感。他充满爱意地对车喃喃自语（"他们再也不能伤害我们了，从现在起我们团结一心"），然后他们的"关系"突然发生了转折。通过一个长镜头，我们可以看到阿尼离开了那辆车并且转过身，随后要求克里斯汀"我们给他们好看"，这时通过罗伊·阿伯加斯特的液压装置把前凸的盖板吸了回去，她奇迹般地又重新变回了原来完整的自己，然后影片又进行了回放。在悠扬的萨克斯背景音乐中，跟踪拍摄的镜头向上停留在阿尼的肩膀上方，加上充满性欲的命令声，整个过程就像是一场超自然力的脱衣舞表演——一场她的私人才艺秀。然而，不论是电影还是小说，都没有达到那种令人感到不安而又不妥协的恐惧感。

　　像《魔女嘉莉》一样，《克里斯汀魅力》是一部高中校园片，但是本片更多体现了性和浪漫的挫折感。我们看到当新来的女孩丽（亚历姗卓拉·保罗饰演）走过门廊的时候，阿尼对她产生了一种渴望感，在汽车修理课上当他被欺负的时候（巴迪·雷普顿嘲笑他，叫他娘娘腔），特写镜头中他的眼镜被慢慢碾碎，极高和极低的拍摄角度交替出现，展示了阿尼无助地抬起头看着巴迪在他面前挥舞着一把匕首的情景。阿尼第一次见到那辆车的时候流露出的那种狂喜就像是一见钟情，一种毫无逻辑的迷恋。丹尼斯认为"这车真烂"，相信很多观众也都是这么认为的。当他问阿尼："你为什么喜欢这辆车？"他回答说："我不知道。或许这是我人生中第一次见到还有比我更难看的东西。"当丹尼斯反驳说他不难看的时候，阿尼回答说："我知道自己长什么样子"。买下克里斯汀促使他从自我贬低发展到自我认识。主人公的名字来自于朗·霍华德执导的 ABC 的电视剧《欢乐时光》（*Happy Days*，1974—1984），导演将主要角色即倒霉的里奇·坎宁安融入到了阿尼身上，突出了这是一部针对青少年观众打造的娱乐片，并且没有任何阴暗的潜在意义。阿尼的名字，后来的时尚品位，汽车克里斯汀的外观设计，以及阿尼父母的严加约束，所有这些都带有影片《无因的背叛》的色彩，只不过本片的背景更加具体一些。拥有一辆车，则意味着拥有了一种性解放的象征意义，对于阿尼而言，这完全背离了父母的愿望。在因车而起的争吵中，他当着父母的面咒骂了他们两次，尤其当他在楼梯上掐住父亲喉咙的那一两秒时间里显示出二十世纪五十年代的家庭纷争不断升级，同时也标志着他和家庭的永久决裂。在缓慢、冗长的镜头画面中，阿尼开车进入达内尔的自助车库中小心地停好车，并强调了他对车的在意以及拍摄的深度。在错误启动之后，阿尼说了些鼓励的话，然后车子启动了，收音机里面放着 Dion and the Belmonts 乐队的歌曲 *I Wonder Why*，以此来表现阿尼最新的心头之爱，就连他自己甚至对这一切也无法做出解释。

卡朋特实现影片恐怖来源的方式非常有意思，因为从类文本的角度来看，这辆车就是影片的主角。该片的预算非常有限，甚至还不足一千万美元，并且大部分的预算都用在为了突出克里斯汀而需要用到的各种车上。该片也没有一线明星的加盟，但是基斯·戈登（他也曾出演过德·帕尔玛执导的影片《剃刀边缘》）成功地诠释了阿尼从一个书呆子转变成一名沉默寡言杀手的全过程。此外，卡朋特还采用了互文背景来表现那些边缘人物。罗伯特·普罗斯基扮演了达内尔，这个外表看起来令人不快，但是内在却并不那么讨人厌的角色（他让阿尼去后院的堆积场找配件）。同时，他还建议增加关于"将厕所卫生卷纸套在卷轴上"略显多余的对话。哈利·戴恩·斯坦通饰演的侦探琼金斯并没有太多戏份，他在询问阿尼时的场景采用了与克里斯汀第一次出现在乔治·里贝小棚屋外相似的场景结构。在这两个场景中，克里斯汀占据了画面中的一大部分，以一种令人不安的方式进入到镜头中，她仿佛很"在意"被人谈论。只有两场戏的罗伯特·布罗森（里贝的扮演者）在影片中显得很奇怪，在第一场戏中他穿着一件破烂的背心，在第二场戏中，他甚至直接在外面穿了一件外套罩住了背心，仿佛是他在卖了车之后生活才开始慢慢变好的。他还让我们想起了小说中他的哥哥罗兰也穿过一件类似的背心。

　　带有性别意味的汽车使影片再次被归类到青少年电影的范畴中。对汽车的破坏则意味着更加黑暗时刻的到来。那伙坏人用刀片划破了座椅，特别是当巴迪拿着象征生殖器官的大锤进入到达内尔的车库，同时还对克里斯汀进行侵犯时，这使得这场破坏带有了强暴的意味。然而，伴随着一两节小理查德的歌曲 *Keep A — Knocking*，背景音乐再次发挥出讽刺、互文的评论作用。在汽车影院的时候，摄像机缓缓向上移动，然后绕车一周进行拍摄，如同跟踪、偷窥一般。丽挣脱了阿尼，仿佛是对这辆车拥有一种本能的抗拒（"我不能……不能上这辆车"）。如果这时候我们还没有想到嫉妒这层含义的话，那么她接下来说的话则清清楚楚地将这层意思传达了出来："跟我比起来，你显然更在意这辆车。"丽之所以会这么说，原因在于在大部分的时间里，阿尼一直都和克里斯汀一起待在达内尔的车库里。影片中使用了许多奇怪的摄像机机位，通过拍摄丽的过肩镜头使得反向拍摄的感觉更像是将摄像机的机位架在了仪表盘上方一样，这使她看起来更加直接，也更值得信赖——他一直都在回避有关克里斯汀的问题。她沮丧地击打着座椅，阿尼要求她不要那样做，于是她反驳说："呵呵，你不喜欢我打你的女人？"后来当她和琼金斯出现在一起时，阿尼一丝不苟地擦拭着引擎盖上侦探倚过的地方。当镜头从顶部拍摄汽车时，丽的头用力向后仰着，这并非因为她的情绪非常激动，此时的她被一种看不见的力量扼住了脖子。这一刻，该片从一部青少年影片转变成了一部不折不扣的恐怖片。奇怪的蓝光照亮了汽车内部，与外面的黑暗形成了鲜明的对比，此时拍摄的画面几乎全部采用特写镜头，这一场景营造出一种紧张感，就好像在宣称她不能容忍阿尼将注意力转移到其他地方。

　　随着杀戮的展开，当校园恶霸穆奇（尽管校园复仇主题又与《魔女嘉莉》联系在了一起）出现的时候，影片出现了进一步的类别转变，由原来的"精细"恐怖主题向血淋淋的肢解题材进行转变。穆奇的对话（"喂，科宁汉姆，你疯了是吧？"）在这里显得比较讽刺，因为车窗是黑色的，我们无法看出到底是谁在开车，抑或是这是克里斯汀的单独行动。追逐穆奇的那场戏也狗血十足，车子一直在不断地来回打转，但效果却远不如《血溅十三号警署》中的汽车来得更具威胁性。卡朋特将镜头聚焦在车上，从而减轻了整部影片的恐惧感，有节奏的击打声和车轮尖锐的摩擦声（与穆奇的尖叫相呼应）要比之前出现的鼓点声的起落以及有力的电子和弦弱得多。通过顶部拍摄，我们可以看到穆奇死了，这完全是克里斯汀的个人意愿，她挤进一个非常窄的停车位之后，摄像机径直朝着穆奇的上腹冲了过去，但却没有任何血腥的情节出现在画面中，大银幕慢慢变成了黑色。后来警探说他们不得不"用铲子把他刮起来"，但是这一场景只是通过语言描述出来的，它并没有向观众直接展示出来。尽管片中有一些细节性的画面处理，比如停车位旁边的"危险"标志或者以交替视角拍摄的小巷追逐场面，在拍摄这一场景时，摄像师采用了广角镜头使汽车看起来十分扭曲，同时也使它离我们更近，但叙事却没有被打断。约翰·班德汉姆执导的影片《蓝色霹雳》（*Blue Thunder*，1983）中也出现了行人被汽车追逐、相撞的画面，但在那部电影中，观众被受害者所吸引，因而显得这一形象更加丰满，观众在片中看到了司机，看到了被追逐的人戴着手铐被堵住嘴，并采用了极具戏剧感的低角度拍摄引擎盖以及大量特写镜头，然而《克里斯汀魅力》一片并没有运用类似的拍摄手法。穆奇的死亡更像是在执行一场死刑，参加一场胜负已定的比赛。

在克里斯汀追逐另外两个破坏分子进入加油站之后，卡朋特使用了与穆奇被杀时一样的视角进行拍摄。在开阔的大路上，变成火球的汽车在夜色的映衬下营造出震撼的恶魔形象。正如乔治·米勒执导的《疯狂的麦克斯》（*Mad Max*，1979）中对主人公的妻子和孩子的无情追逐一样，本片也采用了低角度拍摄。尽管有一种似曾相识的感觉，影片中的巴迪还是很难令人产生同情，因为他就是一个十足的恶霸，也没有家庭的牵挂，他似乎注定就是这种下场。

丽和丹尼斯之间关于克里斯汀的理论化场景是影片中最薄弱的情节。被删掉的情节显示出一段更长的剪辑也许会使他们之间不断增加的亲昵感显得清晰不少，但是你能看出来为什么卡朋特希望删掉这段情节吗？难以置信的逻辑飞跃，不当的情节阐述和儿童电影的理论化，这些都表明卡朋特期望达成与《银色子弹》中相似（同样令人痛苦）的场景……在这两部影片中，似乎没有足够的证据显示出影片在电影理论方面的进步，特别是这里——阿尼本可以表现出更强的占有欲，但事实上却并非如此。

当丹尼斯在达内尔的车库最终尝试毁掉那辆车并且使用一些难以解释的推土机技术时，影片达到了一个高潮（并非像詹姆斯·卡梅隆拍摄的《异形》那样，里普利采用起重设备展现出了非凡的实力），但在小说中这些技术是可以被解释清楚的。影片中昏暗的光线彰显出

阿尼的卡里加里 ① 般的妆容，他死于一场带有某种性意味的汽车事故中，犹如《欲望号快车》中的沃恩那样，他在办公室里被挡风板的玻璃碎片刺穿了身体，但神奇的是在最后一刻他居然把它拔了出来。通过对比我们发现小说中的结局似乎有些草率，因为小说中原本是阿尼的父亲迈克尔被挡风玻璃刺穿，而阿尼（还有他的母亲）则死于一场离奇的车祸，这在小说中只是简单进行了描述。小说中的最后一战并没有使用推土机，而使用了一辆名为矮牵牛（Petunia）的油罐车，因此卡朋特不得不放弃金所喜欢的那种不同性别间的贴身战斗形式。

如同《闪灵》中斯坦利·库布里克的问题一样，金想让我们相信一个无生命的物体是天生邪恶的。他把克里斯汀描绘成一个"带有固特异（Goodyear）橡胶轮胎会移动的、可怕的鬼屋"，但是片中的内容（除了汽车着火的那个镜头）却很难使人相信这一切。② 克里斯汀本该是一辆普普通通的美国车，但金却刻意选择了一台 1958 年款的普利茅斯公司生产的复仇女神，这样就不存在所谓的"文化包袱"了。然而，克里斯汀的主要问题在于它和《霹雳游侠》以及《疯狂金车》（*Herbie*，2005）这样的影视作品有一个共同点——都是关于"一辆带有自我意识的汽车"的作品。相同的基本前提应该带来令人捧腹大笑的欢乐或者是毛骨悚然的恐惧感。尽管影片运用了各种不同的背景音乐，但所有期望得到的回应却仍然无法实现。即使是杰里·伦敦导演的低成本电视连续剧 *Killdozer*（1974）中与电影同名的机械主角也有一个可见的、通过外星陨石而变得邪恶的动机。在天真的欧洲人眼中，克里斯汀看起来就像是一辆典型的美国车，旨在体现主人公的经济和社会地位。这种带有暗色车窗并且开得飞快的大排量汽车在发达国家的城市里比比皆是，我们

① 卡里加里是电影《卡里加里博士的小屋》中的男主人公，该片是德国表现主义电影的里程碑之作。影片以怪诞的表现主义风格，成为西方恐怖片为之效仿的鼻祖。

② 斯蒂芬·金. 克里斯汀魅力. 伦敦：新英语图书馆出版社，1984：493.

很难把克里斯汀和恐怖不安联系起来。要想实现那种效果，我们估计需要某些"移位"的效果，比如在《天降财神》（*The Man Who Fell to Earth*，1976）中，尼克·罗格把一辆现代汽车放在了过去的时代背景之下，片中有几处大卫·鲍伊饰演的角色开着车行驶在前工业时代场景中的短暂画面，从而营造出一种身处异世的感觉，这让观众不禁怀疑自己眼中看到的一切究竟是否是真实的。影片《西部世界》（*Westworld*，1973）和《终结者》中"杀不死"的机器（在片中那场最终决斗中，重生的克里斯汀与之非常相似）要远比一个可以自我驾驶和自我重生，但只比普通车强一点的汽车危险得多。在史蒂文·斯皮尔伯格执导的《飞轮喋血》（*Duel*，1971）中，一些在后视镜中突然出现随后却又突然消失的不明交通工具不间断地接近那辆汽车，这令观众感到十分不安。金非常推崇这部电影，并且在《死亡之舞》甚至是在最近维克多·萨尔瓦执导的《惊心食人族》（*Jeepers Creepers*，2001）中都谈到了它的闪光之处。[1] 在影片的结尾处，伴随着缓慢的跟拍镜头，克里斯汀被挤压成了一个个金属块，但这一切更让人觉得好笑而不是害怕，此时我们听到了一阵音乐声，原来是一名垃圾场工人扛着一个手提录音机路过此处。在镜头中，金属块的一个细微动作表明邪恶并没有完全被消灭，这一设定很有可能是为了拍摄续集而留下的悬念，但遗憾的是，该片的续集至今仍未开拍，这在很大程度上是因为影片中的花样都已经演腻了。

如果说影片对于某些观众来说确实存在长久的吸引力，这可能并不是因为二十世纪五十年代怀旧美学的永恒主题。刀战、汽车影院、摇滚乐都使得该片非常像兰德尔·克莱泽执导的影片《油脂》的邪恶版本，在本书中我们曾经谈及这部影片。[2] 在DVD中，制片人理查德·罗布里兹喜欢引用《时代周刊》对于该片的描述，"该片是继《月光光

---

[1] 斯蒂芬·金. 死亡之舞. 纽约：伯克利出版社，1981：66.
[2] 斯蒂芬·金. 克里斯汀魅力. 伦敦：新英语图书馆出版社，1984：95.

心慌慌》以来约翰·卡朋特执导过的最好的作品了"，但是我们却无法忽略这样一个事实，《时代周刊》奇怪地把仅仅一年前拍摄的《怪形》（*The Thing*，1982）给忽略了。总而言之，从很大程度上来说，影片《克里斯汀魅力》确实错失了良机。该片投入制作的速度（该书仍在畅销书排行榜上）可能要负相当一部分责任。在 DVD 中，理查德·罗布里兹承认："影片中有很长一段时间什么事情都没有发生过。"为了避免与约翰·兰迪斯的《美国狼人在伦敦》产生对比，卡朋特明显减轻了影片的血腥程度，但却没有用任何恐怖和奇异感来进行替代和填补（如同影片《异形》的上半部分那样）。据说，卡朋特在开场中采用的背景音乐选自卡梅隆执导的《终结者 2》（*Terminator 2：Judgment Day*，1991）中贴面酒吧的场景片段，施瓦辛格在没有杀死任何人的情况下占用了一套机车服。这一背景音乐只是一种模仿，它并不是一种真正意义上的邪恶标志。在小说的结尾，丹尼斯向我们讲述了他做过的两个梦：一个是身体腐烂的罗兰·里贝驾驶着克里斯汀，而另一个则更加可怕，无人驾驶的克里斯汀重生了并且收音机里发出了刺耳的摇滚乐声。但是当我们看完电影之后，我们认为无论是丹尼斯、金还是卡朋特，他们都选择了错误的梦境。

火魔战车 Maximum Overdrive

"你们的忠诚在哪里？"

——万达·朱恩

一群人被围攻，然后一个个死去，这样的剧情设置在以前的电影中就曾经出现过，然而像约翰·卡朋特执导的《血溅十三号警署》，影片中充斥的紧张感在本片中却完全看不到。金可能是从希区柯克的《群鸟》一片中获得了灵感，但是机器本身并不一定是戏剧性或是有趣的。人们对于机器的恐惧实在是奇怪而又不合时宜的，仿佛这些都是发生在十九世纪的事情一样。这种对于机器的恐惧感在现代生活中已经完全常态化，比比皆是。和《克里斯汀魅力》的问题一样，影片中的机器行为并没有人类的介入（我们可以看到很多卡车都处于无人驾驶的状态到处飞驰），但是它们仍然没有表现出具有自我意识的一面。我们面对的不是力量强大到无法想象的机器军团——只是日常生活中的恐惧。那些卡车绕着车库漫无目的地行驶，令人想到的并不是超自然的实体，而是老式西部片中典型的印第安人。

发生在影片开场中的威明顿大桥事件的确存在一些令人难忘的元素。它可能不像爱森斯坦的《罢工》（Strike，1925）那样，但是倾斜的大桥确实产生了一些有趣的画面，如车辆渐渐并排停靠（慢镜头呈现），然后突然发生碰撞。暴力的内在能量通过使用真车而不是电脑模拟得到了加强——与之类似，詹姆斯·卡梅隆《泰坦尼克号》（Titanic，1997）一片中的大场面和高投入的基本理念并没有带来更多震撼的效果。然而，除了辱骂顾客的 ATM 机和银行标志从温度读数变成"去你的"这类脏话揭露出这些机构对顾客的真实想法之外，影片剩下的部分中几乎没有更加智能的实例了。

搭便车的布雷特、《圣经》推销员罗曼、新婚夫妇以及骑自行车的小男孩最后都聚集到车库避难的时候就形成了一种"组建团队"的要素。然而，不同于《小丑回魂》或者是《血色玫瑰》（Red Rose），影片并没有在人物塑造方面进行更多的尝试，以此激发出观众的同理心。身为新婚妻子康妮的性格十分讨厌，她的声音也非常难听，因此我们不难发现女演员雅德丽·史密斯后因给莉萨·辛普森（美国动画片《辛普森一家》中的二女儿）配音而大红大紫。在亨德肖特对比利的压榨（以及其他雇员的暗示）中隐含了一些社会评论，因为他处于假释状态中，所以亨德肖特命令其加班却并不付给他加班费，当他身为一名非法武器交易商被自动武器射杀而死亡之时，我们可以从中看出，这也许暗示着某种诗意般的正义，但这并不可取。

影片中存在着一些有趣的创意，例如那辆卡车突然慢慢倾斜，通过后视镜偷看比利和布雷特调情，以及将比利"轻轻"后推至燃油储备箱周围，这一情节压缩了影片的矛盾冲突，通过上升镜头观众可以看到一长队卡车一直伸展到了远方。随后，镜头下降至水平地面，通过推、拉镜头跟踪拍摄的电动刀子的镜头更是令人联想起了低成本纪录片中的某些画面。在影片所有的攻击场面中，金在攻击开始的那一刻使用了电影《惊魂记》中的背景音乐——小提琴乐的合成版。播放着《公路之王》（King of the Road）这首歌的雪糕车一路追逐那个名为德科的小孩，这个设定其实令人感到紧张不安（就像电影《血溅十三号警署》中的情节那样）。之后，我们第一次看到了那辆雪糕车，它出现在了背景画面中，并且从镜头中匆匆驶过，恰好经过了小男孩几秒前所在的地方。在影片结尾处，这辆雪糕车被火箭轻而易举地炸成了碎片。汉迪卡车的出现则象征着来自于卡车的邪恶威胁，一边是一个讽刺性的标语"又一袭快乐来临"，另一边则是打扮酷似Pennywise（金的小说《小丑回魂》中的小丑角色，十分吓人）的小丑面带微笑地传达出一种死亡意味。从车库的开场画面中，我们可以看到大部分的镜头是从卡车的视角进行拍摄的，透过驾驶室的窗户，天色逐渐变暗、画面慢慢变黑。这更加接近于金自己的观点，因为从影片的细节来看，他是片中的第一个角色，画面中的他戴了一副颜色很深的太阳镜。不同于影片的《月光光心慌慌》开场，这样的处理方式缺乏连贯性，因为其中暗含的感情既不连贯，也没有任何解释性意味。

只在极少的情况下带有道德审美的恐怖片这一概念才会产生作用。影片中的那名女服务员，因为上菜晚了几分钟就被电动刀子砍掉了手脚。还有一个不知名的角色（有色人种），在片中理所当然地成了犯罪分子，最后他因为过度沉迷于各种视频游戏（并且从零钱兑换机里面偷钱）而付出了巨大代价，他痴迷于屏幕上的游戏模式，最后触电而亡。与此同时，参加完棒球比赛之后被压路机压扁了的孩子，还有眼睛里面进了柴油的邓肯，他们几乎都是无罪的。

当影片的叙事富有节奏感并且充满想象力的时候，情节的漏洞可能不会产生太大影响，但是当人物陷入困境之中，并且当他们除了思考当下什么都不能做之时，观众的同步思考就显得不那么合情合理了（观众甚至是被主动引导这么去做的）。如果所有的家用电器都被感染了，为什么影片的叙事仅仅聚焦在卡车上呢？超自然敌人出现的关键问题（"你想干什么？"）出现在了随后的叙事中，但是影片似乎没能给出明确的答案。影片中还存在着真实感的问题——车库的主人真的会私藏火箭发射器吗？为什么超级智能要依赖莫尔斯电码来沟通，并且还需要德科来进行翻译？那股力量并不足以推倒罗曼，更不用说把他撞进沟里甚至吓得他连鞋子都掉了。实际上，稍后他重新恢复意识的事实几乎挽救了情节上的不连贯，但是随后他却"受伤"死去了。就在卡车开始攻击车库的那一刻，幸存者们用排水管逃生的情节令人难以置信，因为在此之前没有任何人想到这样去做。威明顿这座城市作为全球灾难缩影的这一概念通过广播传播开来，而德科骑着自行车在横尸遍野的周边转悠，这里所谓的"世界末日"严格说来却更像是一个事故的发生地。幸存者们最后逃到了附近交通便捷的天堂岛，随后电视新闻中给出的"解释"是一架 UFO 在两天前被俄罗斯的"气象卫星"摧毁，这就使得整个事件的起因变得非常扑朔迷离。我们并不知道它是一颗凶猛的彗星〔正如影片的开头字幕所暗示的那样，这里公开借鉴了约翰·温德姆于 1951 年出版的《三尖树时代》（*The Day of the Triffids*）中情节的模糊性或者是某种更加精明的东西〕。如此前一样，比利令人难以置信地将其阐述为一把"扫帚"，它在外星人入侵之前先把人类扫除干净。

影片大部分的缺陷都可以归咎于金，因为片头清楚地告诉我们影片是他"特别创作并且亲自执导的"。有关影片的大部分决定都是可预知的——不考虑背景画面是否与之相配，影片中到处都充斥着 AC ／ DC 乐队的配乐，这无疑传达出一种自我放纵的意味。在开场以及后面那对新婚夫妇在高速公路上被追杀而撞车的场景则是通过慢镜头表现出来的，对于金来说，这是他第一次同时也是最后一次亲自担任导演一职。这也非常清楚地表现出文学和电影之间的不同，即一个人在某些方面所拥有的知识和能力不一定使你在其他方面也拥有同样的能力，或者更准确地说是一个人年轻之时对于某种体裁的欣赏，并不意味着三十年后你会成为再现这类体裁的专家。

坟场禁区 Graveyard Shift

《坟场禁区》在金的电影改编中是一个非常罕见的例子，因为它像绝大部分二十世纪五十年代的二流影片一样暗含了一些政治意味。在通常情况下，该类元素都被剥离了出来（比如《亚特兰蒂斯之心》），但是我们还是可以明显感觉到本片中的机器非常具有代表性。就像弗里茨·朗《大都会》中的主控机器，机器的关键部位以及啃食它的老鼠都反映出资本主义进程中的寄生性质以及从中受益的所有者的缺席和脱离。影片《坟场禁区》讲述的是大型工业机器利用其劳动

179

力，阴险的经理很高兴看到机器把那些服务于它们的工人吞噬，他们贿赂当地官员对于这种危险的机器视而不见，最终导致了在最底端的"秘密工作场所"中发生了斗争。除了工人领导华威（史蒂芬·马赫特饰演）和凯利（简·维斯康斯基饰演）之间几个对话片段之外，这些机器几乎淹没了所有的一切。机器对于工厂来说是至关重要的，而工厂对城镇的经济生活也是至关重要的。机器在轮子的转动和支配下运作着，它们有着锋利的齿轮，散发着难以忍受的高温并且几乎没有设置任何护栏——那些手套和小型急救箱几乎无法为工人提供实质性的防护。工作环境的嘈杂、肮脏、阴暗且危险，简而言之几乎就像是狄更斯时代的"血汗工厂"，又像是金的小说《王国医院》（*Kingdom Hospital*）中的"回溯工厂"。

工人们之间也存在着剥削等级，就像布罗根（维维·波利兹饰演）陶醉于他的压力软管，他甚至一度要求卡迈克尔这个唯一的黑人角色，像西部小说中那样做跳跃式的动作。早些时候，我们看到了这种毫无理由的敌意，布罗根曾经把一只老鼠放在了霍尔（大卫·安德鲁斯饰演）的汉堡里面。这种类似影片《魔女嘉莉》中的校园暴力，同样也发生在了这种充斥着大男子主义的工作场所中。当华威突然出现的时候，霍尔解释他的手里挥舞着弹弓是因为"我还以为你是一只老鼠呢"（老鼠在英文中暗含卑鄙小人的意思），此处双关语的使用也说明了他的淫乱不忠（他桌子上的照片暗示着他有妻子），并且真实体现出了他对待工人的方式。他在明知危险的情况下，放任工人们被机器下面的怪物吞噬。此外，凯利口中的性骚扰事件，由于在法庭上缺乏确凿的证据而被工会劝说放弃指控。在被派去进行清理工作之后，她以一种公然反叛的行为撞坏了华威的汽车而实施报复，而此时只有霍尔紧紧抓住了华威的胳膊阻止了他的暴行。华威只付给霍尔最低工资，同时非正常的工作时间以及霍尔在第一个月工作时不受工会保护等条件，都是在他深知霍尔身为一名流浪汉，又有着不为人知的过去，霍尔是不可能拒绝这一切的。影片中并未对霍尔的过去展开深入探究。华威虚假地对霍尔说道，"我非常喜欢你的个性"，并且"钦点"他为清扫组队长（这些话他之前也对其他工人说过）。伊普斯顿（罗伯特·艾伦·伯斯饰演）试图抗议他们在工作中受到的剥削，他们的工作是灭鼠而不是清洁工作，但在一次直接的对抗中，华威把他关了起来并用麻袋把他的尸体装了起来。灭鼠工人克利夫兰（布拉德·道里夫饰演）也未能幸免于难。霍尔注意到他时常加班，他对此的解释是有很多人在竞争这份工作，同时他也表示自己的工作时间必须与拿到的工资相对等。

尽管《坟场禁区》是按照传统的恐怖片体裁来进行商业推广的，但影片中还是存在些许科幻小说的影子，因为影片中的怪物是从某种科学事故中产生的。华威敲诈灭鼠队除掉那些老鼠，从理论上来说，应该由他为向河水中倾倒毒素而负责。毫无证据表明他只是遵照工厂主巴赫曼（我们从未见到过这个人，就像金的笔名一样，可能只是用来掩盖某些非法行为）的命令，克利夫兰无从选择。在影片中，霍尔要求和华威搭档，并且声称"在这次小小的冒险中，必须要有人来代表管理层"的场景则强调了影片中的政治因素。作为一名懦弱的领导，华威让霍尔第一个下去，而在后来进入到地下之后，他又让卡迈克尔走到了自己前面。

然而，就在他们开始地下穿行的时候，影片出现了体裁的转换——不再是现实主义风格。华威突然变成了一个疯子，他涂黑了自己的脸，与霍尔展开了一场私人恩怨的相互追杀。地下的地貌有一种人造环境和自然环境的奇异组合：一部分是干燥的矿区和工厂设施，另一部分则是潮湿的墓地和洞穴。随着文学背景断层的出现，影片的体裁承载也落入了互文的不足之中。布罗根惊慌失措地开始逃跑，他跌落在几节楼梯处并且陷入一个比乔治·卢卡斯的《星球大战》中的垃圾处理场更为黑暗的一个地方。一个全新的地下世界——满是骨头的巨大洞穴展现在了我们面前。我们仿佛置身于左拉的《萌芽》（*Germinal*）中，充满洪水的矿坑回荡着奇怪的回声，霍尔和凯利借助一个棺材从被水淹没的洞穴中游了出来。

然而，就像我们在《人鬼双胞胎》中看到的那样，我们很难从字面意思来解释一个暗喻并且把它当成一个现实实体，这反映出怪物外表和本性上的极其不一致性（以及衍生性）。第一次杀戮看起来像是对老鼠进行疯狂虐待而遭受的一次正当报复，这些老鼠被故意丢进了采摘机里面。第二次杀戮则直接参考了影片《异形》中布雷特（哈利·戴恩·斯坦通饰演）出现时的场景（在一开始的场景中就有所暗示，所有的老鼠都排成一排，无动于衷地看着那只猫，而不是琼斯）。在一个黑暗的、不停滴着水的场景中，一个暗藏在背景中的怪物渐渐显露出来。随后，我们看到已经惊呆了的卡迈克尔把他的打火机扔到了他旁边的怪物身上，就像《异形》中达拉斯的死亡一样。在这里，他并没有使用雷德利·斯科特的链条，而是采用悬挂的布片加上蝙蝠式样的翅膀伪装成怪物进行攻击。在一开始的时候，它会发出一种类似于狗的咆哮声，在布罗根掉下的水池中，我们看到了它长长的爪子以及非常长的触手。此时的怪物看起来十分像某种巨鱼。不过后来，我们更全面地看到了它的样子，它既有早期《异形》电影中的"异形"特点（它会发光，可以吸附在天花板上，还长着长长的爪子），同时也很像让·皮埃尔·热内执导的《异形4》（*Alien：Resurrection*，1997）中缓慢移动的"异形女王"那样进化，它长着蝙蝠式的头颅、吸血鬼一样的牙齿。影片隐约给人一种一切可能是由于过度开发和污染而引起的大自然的反扑，就像约翰·弗兰克海默执导的 *Prophecy*（1979）一样，但是毫无疑问，它确实杀死了几名被迫工作的工人而不是那些操控着机器的人类。怪物被引诱着继续往前走，它的尾巴掉进了正在运转的机器里面，霍尔大力投射，终于用弹弓启动了机器——怪物被碾碎了，剩下的碎尸成了老鼠们的饕餮大餐。

克利夫兰讲述了在越南老鼠被当成折磨人的工具的可怕故事，这与乔治·奥威尔的作品《1984》中温斯顿·史密斯内心的巨大恐惧，以及斯皮尔伯格在《大白鲨》（*Jaws*，1975）中昆特讲述的神秘鲨鱼传说的残酷魅力产生了互文性共鸣，从而为他的工作笼罩了个人仇杀的光环，并且还为娜德罗（伊洛·娜马戈利斯饰演）的死亡进行了铺垫。在影片的后半段中，她在楼梯处被老鼠袭击了腹部而难逃一死。本片的剧本中还有一些有效的元文本方面的自我意识，例如克利夫兰在刚刚展示了自己的脚踝手枪皮套不久之后，就宣称自己并非是布鲁斯·邓恩可以随意摆布的窝囊废。在显摆过他的脚踝手枪皮套之后，他荒谬地宣称自己的小猎犬很会抓老鼠，而在后来他一面和霍尔握手的时候，另一只手里还拎着一只血淋淋的死老鼠，并挥手拒绝递过来的烟，就像那会对他的身体不好一样。

令人迷惑的怪物概念，对体裁元素明目张胆的借用，这些都带给观众一种完全剽窃、缺乏创意的感觉（特别是借鉴了《异形》中的雷德利·斯科特，在他的角色动态变化中整合了一种经济社会等级制度），以及因此而产生的混乱政治意义都弱化了整部影片。最后一块标志牌的急速镜头预示着"新管理层"的到来，以此结束了全片，为影片留下了开放式的结尾。但片尾蒙太奇式的玩笑反映出过度衍生的审美趣味，这很可能会使这样一部续集电影显得有些多余。

天才除草人 The Lawnmower Man

"这种技术或许会解放人类的大脑，也或许会奴役它。"
——劳伦斯·安吉罗博士

《天才除草人》是唯一一部金诉诸法律以求解除自己与这部电影关联的电影。这一举动的重要意义并不在于该片的质量，而在于它反映出在二十世纪九十年代金对于自己作品掌控程度的转变，特别是在使用他的名字为影片树立品牌的情况下。

影片遵循了二十世纪五十年代科幻小说的标准体裁轨迹，主要讲述了科技可以帮助人类更好地发展，但是一旦失控，就会演变成另一种情况。本片的预设背景并非原创——本·波娃于 1969 年出版的小说《机器感知》（*The Duelling Machine*）中就设置了一个虚拟现实游戏的场景，还有柯南伯格执导的《录像带谋杀案》（*Videodrome*,

《天才除草人》电影剧照

1983）中也探究了关于高科技游戏对现实的渗透性。布雷特·伦纳德采纳了现成的剧本——*Cybergod*，该剧本由他和基米尔·埃弗雷特共同执笔撰写，但它们却公然地想把金的名字加入其中。伦纳德在1995年拍摄的电影《时空悍将》（*Virtuosity*）则表明他非常擅长塑造像SID 6.7（罗素·克劳饰演）这样更为丰满的反派形象，而柯南伯格在《感官游戏》（*eXistenZ*，1999）一片中，用更加细腻的手法将虚拟现实的游戏世界进行了问题化处理。片头将主题设定为在猩猩身上做实验，这使它们变得非常暴力，这也是罗梅罗执导的影片《幻海魔灵》（*Monkey Shines*，1988）所关注的焦点，但在此处略带搞笑的过肩镜头从猩猩的视角拍摄门廊，大大削弱了它在看着那个折磨人的、风火轮似的陀螺时的思考过程所反映出的潜在趣味性。这种拍摄手法已经在影片《终结者2》中被使用过了，手持摄像机的拍摄以及爪子进入镜头的画面（包括把笼子上的锁摘下来，以及进入虚拟现实的游戏世界中），这一切看起来似乎都已经非常过时，没有给人们带来丝毫的惊喜。毫无疑问，将影片的开场设计成"安杰洛的噩梦"则显得效果十分欠佳。

乔布·斯密这样稚气的大男孩一角与哈尔·阿什贝所执导的《妙人奇迹》（*Being There*，1979）中彼得·塞勒斯所扮演的好运不断的园丁相呼应。倘若由约翰尼·德普这样的演员来扮演可能会使影片呈现出更加风趣、机智的一面。杰夫·法赫扮演的乔布一角，自人物出场起便让观众记住了他一头蓬乱的头发，老人一样的罗圈腿，并且他在集中注意力的时候还伸着舌头。但是，情况很快就发生了变化。在短短几周之后，他变得更加挺拔，头发也梳得光滑平顺，他开始注意自己的形象，露出健硕的肌肉，并且敢于开口与腐败的教会"主子"进行争论，他以自己的精神和肉体为代价才最终得到了这些教会"主子"为他提供的庇护场所。他从一开始爱和隔壁的孩子一起看漫画转变成能够快速阅读教科书，从对他轻浮的邻居完全不感兴趣到发展出彻底淫乱的性关系——尽管存在着不容置疑的道德问题，但这一切因影片中丈夫的公然家暴都变得合理起来。

安吉罗（皮尔斯·布鲁斯南饰演）对乔布的利用看起来就像是一种不同形式的虐待，一种结合了动物实验和一种类似于恋童癖的"美容"行为。他引诱乔布承诺对他们的安排保守秘密，并且承诺可以使他变得更加聪明。乔布的一系列行为，诸如烧死神父，用割草机攻击情人的丈夫，在车库中将之前揍过他的坏人脑中植入被割草机咀嚼的画面，以及"逼疯"安吉罗的部门经理蒂姆斯（马克·布林莱森饰演）等，所有这些看起来似乎都是一种报复行为。然而接下来让乔布沉溺于邪恶之中，以及计划把自己投射到虚拟空间里面成为一个"纯能量"的实体则无法让观众理解到他的真实动机。任何比他解救那些徘徊在网站上的孩子们更加慷慨的行为，现在都被幻想破灭的安吉罗炸得烟消云散了。

影片中有些画面非常有镜头感，例如像割草机后撤时的特写镜头，我们可以看出来它是在乔布的意念控制下进行的自我运行。在影片的结尾处，电话声响起，标志着乔布作为一个虚拟存在的诞生。但是总体来说，该片是难以令人信服的。那个秘密机构即"虚拟空间工厂"（在续集中根据威廉姆·吉布森的典故被重新命名为"虚拟之光工业"①）的建立，这看起来像是电视系列剧 Golden Years 中法尔科普林的前身，并没有多少科学可信度。乔布轻而易举地为他的情人找到了一件完全合身的虚拟现实"外套"，这一设计是典型的未经大脑考虑的故事情节。当提姆斯通过一个巨大的电视屏幕向上级汇报的时候，在这个特写镜头下，这些以提姆斯为中心的场景看起来更像是电视系列剧《雷鸟》（Thunderbirds）或者是维克多·弗莱明执导的《绿野仙踪》（The

---

① 美国作家威廉·吉布森以撰写科幻小说见长，他是科幻文学的创派宗师与代表人物。

Wizard of Oz，1939）中的场景，毫无未来感并且削弱了工厂本应具有的威胁感。这样带有互文色彩的暗指所带来的问题在于，与它们最相似的文本往往是儿童娱乐节目或是喜剧片，也就是说，它们破坏了文本在体裁上的完整性，就像米克·加里斯在翻拍《闪灵》时创造出来的树篱生物以及《肖申克的救赎》中科菲被截短的镜头一样。

劫梦惊魂 Dreamcatcher

"我觉得我不想看到这个。"

——比福尔

影片《劫梦惊魂》确实含有金小说的一些典型元素，本书在其他章节的讨论中也有所体现——美国小镇以及狩猎之旅所体现出来的男性友谊，如同《小丑回魂》中童年和成年之间的联系。然而，所有这一切都被一个外星飞船坠毁的科幻情节弄得面目全非。这种情节走向在金的全部作品中并不占据很大一部分，然而在电视迷你剧《燃烧森林》（*The Tommyknockers*，1993）中它却又一次出现了。在本章的所有影片中，该片中的外星飞船坠毁、着陆地球这些情节无疑是最接近二十世纪五十年代的二流影片［如1951年克里斯蒂安·尼比和霍华德·霍克斯执导的影片《怪人》（*The Thing from Another World*）］风格。地点的选择、带有明显敌意的外星势力碟形飞船，政治内斗以及渗透到人类当中却没有明显的外表变化［与杰克·阿诺德执导的《宇宙访客》（*It Came from Outer Space*，1953）和唐·希格尔执导的《天外魔花》（*Invasion of the Body Snatchers*，1956）等方面还有很多相似性］。

《劫梦惊魂》电影剧照

　　然而，对人们威胁最大的并非来自于外部入侵，而是来自政府恶势力的攻击。因此该片既要反对入侵者，又要反对官方势力，但在危急时刻，人们有可能会理所应当地期待该势力为其提供的帮助。

　　霍克斯的作品经常探究在压力之下男性气概的变化，这在片中小木屋的场景中有所体现，但是这种更需要深思熟虑的电影元素很快就消失在了与"讨厌的虫子"的战斗中。在克里斯·史泰因布鲁纳和伯特·戈德布拉特看来："霍克斯认为戏剧的本质在于在一个荒凉的环境中，强壮且具有鲜明个人特色的男人们面对重重困难来反抗怪物，并且这些'硬汉们'所面对的（除了自身的勇气，彼此间的忠诚和同志情谊之外，几乎没有什么其他武器）是一个近乎压倒性的敌对环境。"① 影片《劫梦惊魂》拥有全男性的演员阵容，虽然并非所有的主角都是硬汉，但是作为一次狩猎之旅，才思敏捷似乎才是他们唯一有效的武器。影片中还有一些微小的文体方面的典故。肯尼斯·冯·戈

---

① 克里斯·史泰因布鲁纳,伯特·戈德布拉特. 奇思妙想的电影. 纽约: 加拉哈德图书公司, 1972: 221.

登和斯图尔特·H.斯托克认为："幽默叠加的对话"是霍克斯作品中的一个特点，这在小屋中围坐在桌子旁边的场景中也有所体现。① 然而，尽管霍克斯在影片中戏剧化了科学家与军方之间的冲突，一方面科学家们想要留下外星人进行研究工作，但另一方面，军方一旦发现外星人潜在的威胁就会摧毁它，然而《劫梦惊魂》一片却忽略了这一功能——科学只是成为军方对无足轻重的平民实施控制的正当理由罢了。

金的原作明显给人一种置身于"飞碟时代"的感觉，小说在开头部分呈现出一系列 1947 年开始关于发现外星人踪迹的新闻以及在新墨西哥州的罗斯威尔发生的一系列事件。这使得《劫梦惊魂》与影片《X档案》之间产生了某种关联，不仅仅是在影片的拍摄场景和视觉类型上，而且还在于柯蒂斯（摩根·弗里曼饰演）的立场和那名"抽烟的男子"非常相似，人类为了使自身利益最大化而忽视了不断出现的外星人入侵所带来的威胁，然而这种暴力正在向他们袭来。在这一点上，影片《劫梦惊魂》反映了外星人入侵这类影片中的一种共性，梅尔文·E.马修斯也对此进行了探究，即这种对外星人的恐惧会侵蚀公民的自由，这在二十世纪五十年代以及"9·11"恐怖袭击事件发生之后都有所体现，如虚构的外星人入侵与当下媒体所描述的伊斯兰极端恐怖主义是如何并行其道的。② 具体来说，影片《劫梦惊魂》触及的是这样一种情形——一种公共信念被置于以科学为基础的权威中，公共健康凌驾于法律之上，成为实施群体控制和施暴的一种机制和正当理由。马克·贾科维奇在谈及二十世纪五十年代的福特主义政策时指出，他们暴露出"对

① 肯尼斯·冯·戈登，斯图尔特·H.斯托克. 二十部史上最佳科幻电影. 纽约：阿灵顿出版社，1982：32.

② 梅尔文·E.马修斯. 敌对的外星人，好莱坞以及每日新闻：二十世纪五十年代的科幻电影以及 9·11. 纽约：阿尔格拉出版社，2007：12.

美国社会生活的科技统治管控有一种不断增长的焦虑"①。这并非是影片《劫梦惊魂》的主旨所在，但是将美国公民围成一圈并用铁丝网保护起来，并且将他们暴露在严寒之下，影片中的一个小人物通过一张百事达卡来确认自己的身份，这些举动都是内心深处紧张感的外在表现（影片在此也强调了那些跨国公司在塑造文化身份甚至是在形成自我认知感的过程中无所不在）。

在影片医院巡房的片段中，一个小角色（柯蒂斯的助理）对欧文说："在美国，你不能这样做。"在米克·加里斯执导的《末日逼近》（*The Stand*，1994）中也出现了公民自由迅速丧失的这种设定，但在本片中，公民的自由在被消灭之前，受害者们被柯蒂斯和他亲自选拔的"忧郁少年团"却被圈禁在了类似集中营一样的地方。柯蒂斯上校最初在金的小说中名叫库尔茨，这似乎是有意为之，使人联想起约瑟夫·康拉德的小说《黑暗的心》（*Heart of Darkness*）中的库尔茨。从影片一开始，他就是一个彻底的精神变态（他称自己为"怪物"），但是他二十五年来一直都在与"敌人"进行斗争，无奈"敌人"似乎从来都没有想要与人类进行和谈，"敌人"只是一心想要殖民统治地球或者毁灭人类。他狂热地认为只有强制隔离才是拯救人类的唯一方法。在他看来，他的工作不是"周全所有的小事"，而是要"顾全整个大局"。

本片最值得关注的地方在于如何从字面和隐喻两种形式来表现怪物。金在接受采访时煞费苦心地强调《劫梦惊魂》是如何打破并超越了"洗手间"之外的某些禁忌：洗手间很可能是最先发现毒瘤的地方。然而，这种天马行空的理想与极其低劣的表达不和谐地杂糅在了一起，究竟怎样更好的吸引观众的确是一件非常值得商榷的事情。当影片中的主人公身患慢性胃肠胀气和腹泻之时，他的身体会产生一种恶心的

---

① 马克·贾科维奇. 恐怖作品的读者. 纽约：劳特里奇出版社，2002：51.

感觉。治疗师亨利（托马斯·简饰演）的第一个客户躺在沙发上，十指相扣放在他圆滚滚的肚子上，后来他因积食而亡，我们很难把形而上的意义归因于如此真实的影像之上。这种表象还出现在了别处，例如，欧文（汤姆·塞兹摩尔饰演）用一把左轮手枪给琼斯（戴米恩·路易斯饰演）打"电话"，我们尚不清楚为什么亨利需要一个形似左轮手枪的物品来实现一种形而上的想法。影片《劫梦惊魂》更像是对比福尔（杰森·李饰演）所说的"生活的阴暗面"所进行的验证。比福尔和琼斯对里克（第一位受害者）以及他身上散发出的令人难以忍耐的恶臭味只字不提，他们只是将他抬到床上之后便飞快地跑向窗边透气。即使是距"文明社会"尚有一段距离，社交礼节和身体机能的克制都掌控着人们的行为。

然而，"马桶中的怪物"在字面上的意义会让人联想起一个关于下水道鳄鱼的都市传说，而且更加有趣的是比福尔对于牙签的特殊需求。在影片中，他伸开双手试图捡起那根落在并未沾血的瓷砖上的牙签，就如同影片《海市蜃楼》（The Langoliers，1995）中图米撕纸条的行为一样，比福尔的强迫性行为没能挽救他，反而导致了他的死亡。撕开的浴帘（这一幕是向影片《惊魂记》致敬）或者是比福尔掉落的眼镜（从座位上离开的时候看不见了）所暗示的内容，被落在他后背上的怪物，从他的两腿之间用一只分叉的爪子抓住他的场景削弱了。亨利发现虫卵以及孵化虫子的场景本应是充满紧张的气氛（他的火柴可能点不着或者他可能会引火上身），但是最终什么意外都没有发生，他平安无事地烧毁了一切。

这些"狡猾的虫子"从它们的蜿蜒爬行和产卵方式来看，它们具备了蛇的某些特性，而它们离开时留下的黏黏的轨迹又像鼻涕虫，但是很明显它们是能够跳跃的。在琼斯猛然间关上洗手间的门，其中一只怪物撞到了门上，以及影片结尾处在与亨利的交锋中，我们也可以看出它们的这些特点。本片的缺点正如金的其他作品一样，它更加注重基本概念的呈现而不是影片内容的实现。在影片中，一次突发并且模糊性的猛刺之后，比福尔低头看去，他发现自己的手指几乎已经全然消失了，这一场景将跟拍和突然移动有效地结合在了一起。然而，徒手肉搏的镜头看起来只是让人觉得十分荒唐。比福尔手里拿着一把马桶刷并且将怪物逼入了绝境，他和它打了起来，它就好像是一片防风条一样。不同于《异形》中专门设计的情节，即外星生物可以发展、进化，本片中的外星人概念实在令人感到困惑。在小木屋中，站在琼斯身后的"A"先生（格雷斯）——身材高大，微微发光，全身呈果冻状并且内部散发着光芒，而参与地面进攻、四处乱窜的"B"先生（格雷斯的另一面）——与真人无异，这两者之间的确切关系我们至今仍不清楚。

就像那些怪物一样，影片本身也显得十分杂乱无章。片头是一个旋转摄像机拍摄的黑白画面，一部分镜头捕捉到捕梦器和雪花扭曲成的漩涡，类似于让·皮埃尔·热内执导的影片《异形4》的片头部分。这样的混合是为了呈现出寒冷的环境，实现身份的转变并且将过去与现在的时空联系起来。

随着追逐琼斯的情节愈发激烈，在追逐者和被追逐者之间的交叉剪辑通常通过一种稍显模糊的垂直消除来实现，这种拍摄手法在现代电影中经常被用到，我们至少在影片《星球大战》中能够经常见到。在一个孤立的、白雪皑皑的场景中用字幕来说明时间的流逝让人想起电影《闪灵》中的幕间标题。在一部以先进的CG特效技术为特点的影片中，选择一种过于简单而又夸张的方式来呈现琼斯被附身的情节显然不合逻辑。在雪地的滑板车上，从对角线两侧对他进行交替拍摄则让观众略显迷惑。这也许是因为他"正常"的口音（虽然操着一口"伪美国口音"），一口标准的英国口音，以及他在微笑时与快速的头部运动共存，这的确让人觉得一切都非常奇怪。在夺取巡逻车的场景中，他杀死了一名警察，这使他看上去更像是一部低成本影片如《终结者2》中的机器人 T-1000 一般。

影片中还存在许多情节上的漏洞。当然小说中也存在这些问题，但是这些缺陷彰显出影片缺乏节奏感，片中的叙事结构（以及模糊的怪物概念）破坏了观众对戏剧场景的认同。例如，观众不明白亨利的自杀冲动从何而来？为什么比福尔强大预知危险的能力没有警示他怪物的出现？在琼斯发生车祸后，为什么他的"改变"与实际上看起来并没有什么不同（除了腿部残疾之外）？达迪斯召唤他穿过马路，但最终却令他撞车的真实原因是什么？柯蒂斯驾驶的直升机是如何躲开美国军方的？如果一只虫子就可以毁灭整个世界的话，为什么外星人需要到达一座特别的水厂才能够毁灭地球……所有的情节设置其实都十分模棱两可，令人感到困惑。影片中出现的"人链"救人方法（救援那名被困在管道中的工人）的想法也非常不切实际，镜头在观众并未理解之前就离奇地被剪切掉了。就像《绿魔》中与外星人进行的徒手肉搏一样，对于需要直接进行身体接触的传染并没有在高度智慧的人类身上发生。达迪斯的真实身份以及他和孩子们之间的神秘关系（在影片开始半小时之后通过回溯情节加以解释）与外星飞船坠毁、着陆的情节并不吻合。达迪斯传达的消息，在后面的情节中被揭示出来即"询问/你好，格雷先生"，以及那个智障且带有语言缺陷的小男孩实际上是一个外星人，他的任务是拯救人类。这样的电影情节需要更多的时间去演绎以此让观众感到信服，但是很明显在本片有限的时长中，观众是无法消化这些剧情设置的。这里有必要强调的是，这样的例子并不是迂腐地为了证明电影的可信度——许多小说从字面上来看都含有很多"不真实"或者"难以置信"的地方，但是该片的问题在于影片中存在太多这样不真实的方面，而且常常是与中心人物联系在一起的，它们足以削弱影片的戏剧效果。对于外星人来说，当我们在真实世界中缺乏相关经验时，我们通常更倾向使用现有的体裁知识去理解它们。在我们接触该类电影的时候，需要先回答一些关键性问题：它们的动机和能力以及人类主角的反应是什么？

"记忆仓库"的概念十分有趣，尽管与外星虫子一样，"记忆仓库"也是影片中极具写实性的一部分。当亨利和达迪斯一起驾车去水厂时，每当他的回忆出现之时，影片就会设置一个闪回镜头切入场景中来表现他的回忆。这种如同有形办公室一样存在的"记忆仓库"的思想空间概念在卡夫卡的小说《审判》（The Trial）、特瑞·吉列姆执导的影片《妙想天开》（Brazil，1985）以及斯派克·琼斯的《傀儡人生》（Being John Malkovich，1999）中都出现过。本片中存在着一个奇怪的时空错位元素，即营造出刻意早于电子时代的感觉。在影片中我们可以看到，琼斯搬动成箱的文件并放在小车上，并且绕着一个环形的建筑行走，这样的场景给我们一种身处十九世纪图书馆中的感觉。在经历了 1999 年那场严重的车祸之后，金不得不重新思考他是如何进行学习的。我们看到琼斯对"摇滚歌词"、"电脑使用指南"，以及"情色幻想"和"运动耻辱"等幽默性话题进行了严格分类。伴随着《蓝色港湾》的背景音乐（在达迪斯得救之后，这首歌使他渐渐平静下来），那些应该被遗忘的材料在《公民凯恩》式的老式炉子中被烧毁。

在解释完"记忆仓库"的想法之后，镜头切换到一个蓝色背景下拍摄的小屋中，琼斯在外面看着自己的生活。当琼斯坐在车上的时候也出现了这样的蓝色背景，这本来可以使本片成为一部更加具有想象力的影片——沿袭同年上映的大卫·柯南伯格的《童魔》（Spider）中的情境设置。然而，除了表明整部影片投射出许多主观幻想，以及在仓库中最珍贵的办公室里收藏琼斯内心深处的记忆之外，影片几乎没有什么实质性的内容存在。《劫梦惊魂》这部影片太拘泥于文字了，当一个外形怪异的怪物在"记忆仓库"里面追逐他的时候，为什么它只能进入他的内心深处（通过一个广角镜头拍摄）但却无法穿透一扇普通的木门呢？这些剧情设置使影片陷入了传统的怪物电影模式之中，镜头在不同的场景中进行切换，怪物的影像十分模糊，它晃动的尾巴和从它的视角拍摄的红色背景镜头中，琼斯疯狂地试图隐藏有关达迪斯的所有文件。但是，为什么琼斯可以看到皮特（蒂莫西·奥利芬特饰演）在摩托滑雪车上被杀害，就好像他自己拥有一个巨大的、无所不知的电影银幕一样？或者说，为什么他仍然一瘸一拐地走在自己投射的幻想中，这里的逻辑也是不清楚的。

或许影片中丰富的体裁混合元素是金从他自己的"成年礼"作品中吸取、借鉴的元文本元素。从情节设置和情节的视觉化来看，影片《劫梦惊魂》与《伴我同行》和《小丑回魂》都有明显的互文关系。影片《小丑回魂》中就出现过同样的画面，五个好朋友手牵手团结一致帮助解决一宗青少年失踪案件（一个女孩的尸体在一个污水管中被发现）。《伴我同行》与之类似，影片中也有一群年轻男孩沿着铁路游荡的标志性画面。正如《伴我同行》和《小丑回魂》那样，《劫梦惊魂》的背景也被设定在了一个美国小镇上，大家团结在一起打倒恶霸。影片着重刻画了一群处在成年期的昔日好友团结在一起与比他们更加强大的势力进行对抗、共同承担的惨痛经历（在这三部影片的叙事中，有两部都与超自然力有关）。当然，这也在一定程度上给他们的成年生活带来了阴影。在小屋中围着餐桌谈论关于电影的"冷知识"时，特别是用旋转摄像机拍摄的皮特和比福尔之间的快速交流，感觉就像是影片《伴我同行》中成人版本的"树屋对话"。

影片的结局有些虎头蛇尾。的确，外星邪恶力量被打败了，但是结尾处与外星人相关的情节却成为观众关注的焦点。在 DVD 版本中，达迪斯莫名其妙地转化成了不同种类的外星人，与格雷斯先生展开决斗并且拯救了世界，但是最终他也变成了一团红色的尘云，顷刻间变成了捕梦网的形状。琼斯在幼虫污染波士顿的饮用水源之前就一脚踩死了它，影片在亨利和琼斯相互喊出对方的名字之后，莫名其妙地以一个定格画面作为结尾结束全片。但是在金的小说中，故事的结尾处并没有幼虫出现，而是达迪斯用手指形成了一个"虫洞"效应，最终炸死了格雷斯先生。在这里，影片用一个墓地的场景结束全片，亨利和琼斯一起高唱《蓝色港湾》，以此来向达迪斯的牺牲表示敬意。在此之前，达迪斯已经"消灭"了格雷斯先生，并且伸出双臂摆出胜利的姿势高喊"达迪斯"（"达成了"）——在修订后的结局中，他的名字则完全失去了意义。

影片中的确有一些引人深思的镜头试图丰富这一体裁，尤其是建立了一个超脱尘世的背景环境，例如当比福尔在狩猎的过程中抬头往上看的时候，慢镜头呈现出雪花落在了他的眼镜上。此外，影片中不仅有夜间鸟瞰拍摄的一辆汽车蜿蜒穿行在林间小路上的镜头，还有当雪花飘落之时摄像机扫过树木顶部拍摄的镜头。詹姆斯·纽顿·霍华德的配乐让人联想起一些大卫·席尔维安早期的器乐作品，采用编钟有限的高音表达出雪花滴落的音效。镜头中的琼斯和比福尔在看到动物时的惊慌失措说明灾难已经降临在了这个区域，动物比人类更早感知到了这一事实。随后通过拍摄窗口反射的镜头显示出主人公严肃凝视着的表情，随后演员们走出房间与电脑（CG）画面交融在同一画框之中，从而为影片营造出一种真实感。① 皮特和亨利慢慢靠近那名跪在地上的女人，镜头跟随在他们的身后，沿着二人的视线进行交叉剪辑，但是直到他们靠近那名女人之后我们才看清楚她的脸——这一幕让人不禁想起尼古拉斯·罗格拍摄的影片《威尼斯疑魂》（*Don't Look*

---

① 斯拉沃热·齐泽克. 真实眼泪的恐怖. 伦敦：BFI 出版社，2001：53.

Now，1973）里面那个可怕的女侏儒，但遗憾是，本片的剪辑速度过慢，背景音乐也没能充分营造出一种与之类似的恐怖感。影片中存在着一些非常诙谐的对白，皮特在亨利去寻求帮助之前曾经对他进行过承诺，如果皮特去世了，他不会告诉任何人皮特和一名已被感染的女人有过约会。伴随着他的自言自语，他引用了商业广告中的经典广告语对那名女人说道："我觉得你非常有吸引力，而且……你驾驶的那辆卡车看起来就像是一台豪车。"

总的来说，该片给人的感觉就像是影片《怪人》（约翰·卡朋特在1982年翻拍了这部影片）的翻版——在与世隔绝、大雪围困的环境中，外星人坠毁降落并融入人类中所发生的一系列故事。此外，该片还融合了《X档案》中的某些剧情设置——在黑暗的森林中进行追逐，阴暗的政府机构之间的争权夺利。影片中的确存在一些形式方面的小亮点，但是这也衍生出一些令人莫名其妙的情节，这些亮点仍旧未能把不同的元素组合到一起。影片《劫梦惊魂》给人感觉就是一部高成本的烂片，如果还有什么能被观众记住的话，那一定是它类似《老友记》的叙事风格。

结论

在金的多部小说改编的影片中，《劫梦惊魂》中的怪物概念是最为典型且有特点的。怪物通常被描绘成游动的，在更多的情况下它也许会是毛茸茸的。在小说中，人们也常常需要面对能够改变自身的外星人。但是在影片中，怪物与外星人之间的相处方式和彼此间的关系十分混乱，令人困惑不解。影片《劫梦惊魂》不同于罗伯特·怀斯执导的《地球停转之日》（*The Day the Earth Stood Still*，1951），影片中的外星人和人类之间并没有进行交流，这样一来观众就无法理解外星人的动机，也无从对其产生同情心。我们甚至没有机会去模仿蒂姆·波顿的《火星人玩转地球》（*Mars Attacks*，1996）这样的影片。

害怕科技超出人类的控制一直都是科幻片的主流，这种传统一度可以追溯到弗里茨·朗拍摄的德国表现主义的经典影片《大都会》中的机器人玛利亚。金的个人恐惧远远超出了他所处的时代，这是因为他的恐惧并不是针对那些看起来或者行动起来很像人类的机器：他的恐怖物体不是阿西莫夫，或者是詹姆斯·卡梅隆作品中的机器人，而是不起眼的汽车。如果这里存在政治批判的话，就像阿道司·赫胥黎在《美丽新世界》（*Brave New World*，1932）中对福特主义的嘲讽，以及希思科特·威廉斯在长诗《汽车末日》（*Autogeddon*）中对环境问题的抗议，又或者是阿米什人（Amish）对技术本身的抵触一样，这样的作品或许会存在一些社会意义，但是本章中的影片都没有提到汽车的危险来源于汽车的非人性化，无处不在且罪恶的本性——它的存在即邪恶。影片中也没有像菲利普·K.迪克一样，将人类和机器之间的界限进行问题化的处理。影片中没有任何事物表现出被邪恶的实体所附身，就像埃利奥特·西尔弗斯坦执导的《幽灵号恐怖车》（*The Car*，1997）那样，在加速运动中，渐渐变黑的车窗和延长的远景镜头在汽车平稳接近的时候营造出一种恐惧感，至少它尝试创造出一种威胁感。金对于这些影片了如指掌，并且在《死亡之舞》中表现出了对《幽灵号恐怖车》的欣赏之意，这一点才是更加令人感到震惊的。[①] 我们不难想象一辆失去控制的汽车——当我们在开车的时候，只要有一两秒的时间走了神，其后果就是不堪设想的。在本章中，汽车和货车的

---

① 斯蒂芬·金. 死亡之舞. 纽约：伯克利出版社，1981：190.

自动驾驶速度并不比有人驾驶时更快，不同之处只是在于，车辆仿佛被我们所能想象到的最卑鄙的司机附了身。伴随着"路怒症"的出现并且逐渐成为一个公认的文化现象，我们已经看到周围司机的驾驶行为与金想让我们相信的"世界末日"的行为相差不远了。从广义上来讲，社会学相关的主题似乎不太有趣——原子弹试验，对共产主义入侵的偏执行为或者是宇宙中是否存在适合人类居住地方……对《火魔战车》中事件的科学"解释"看起来就像是一个拙劣的阴谋诡计，这不能被理解为政治上的一种尝试。金关注的焦点以及本章中的影片所关注的焦点总是小范围内部的——关于个人交通工具的科技和工业化的工作场所。他把我们可能见到同时自己使用的机器戏剧化了，这些影片更接近本书的最后一章内容。

似乎有一种不可抗拒的怀旧力量牵引着金重塑那些在他风格形成时期所创作的电影中的怪物形象，但是它们已经无法和当代观众产生共鸣了（这从 Cycle of the Werewolf 的惨淡票房上可以看出来）。金在《死亡之舞》中所描绘的恐怖多存在于二十世纪五十年代那些他年轻时候所观看的影片中，而并非在他开始写作时期（1981）就上映的电影。本章中的大部分影片可能第一眼看起来很像是二十世纪五十年代的怪物电影，但是除了表面的特征之外，它们并没有有效传达出这个电影亚类所应有的愉悦感。更进一步来说，它们甚至缺乏体裁必需的表面特征，从而使它们成为更具说服力的作品。在被混乱的怪物概念的削弱之下，金对于科技的特殊观点掣肘于低预算的困境，而无法向期待壮观场面的观众传达出应有的特效场景，而且这也会造成影片脱离特定的政治背景，而这一政治背景可能恰恰会与其他表现形式产生某种隐喻的连贯性。观众对于特定类别的电影总是具有一定的心理预期，而这些影片之所以令人感到失望，原因在于它们并没有满足观众的心理期待。

第六章

大逃亡：监狱剧情

"监狱电影"这个说法存在一定的问题。当文本中所描述的情形对于观众来说是一种陌生体验之时，互文性作为观赏策略才会更加强有力地发挥作用。这有点像心理学中的图式理论。可以说，对于那些虚构的体裁，我们没有直接的个人经验，如科幻小说，观众主要通过与其他文本进行比较来理解这些小说。约翰·费斯克曾经谈到过汽车追逐的例子，但我们也可以将这个概念应用到监狱电影中。[①] 即使西部监狱中的人口在不断增加，但仍然只有相对少数的观众会有在戒备森严的监狱里生活的直接经验。这就意味着我们对监狱的看法更加受到小说内容的影响，用费斯克的话来说，这就像是面向制片人的"投股说明书"，而观众则是对这些协议进行"编码"和"解码"。对于那些很少投入制作的体裁来说更是如此，更为有限的编码素材相应地使那些极少数示例更具影响力。在《肖申克的救赎》和《绿里奇迹》这两部影片中，考虑到前者的开头和结尾，以及后者的闪回镜头和有组织的"放风"场景，这两部电影的场景都被牢牢限制在了监狱范围

---

① 约翰·费斯克. 电视文化. 伦敦：劳特里奇出版社，1987：115.

内部。事实上，它们的片名分别指的就是特定监狱的名称和既定的仪式。

观看监狱电影的乐趣是难以解释的。大部分监狱电影都不会将细致描绘的性爱场景和追逐场景作为影片的重点，并且从场景意义上来说，监狱电影在本质上多少都存在一些局限性。我们可能会发现在本章中的所有影片都是由知名影星参演的，但这并不是因为他们本身的影响力，而是因为他们所扮演的角色成就了影片。影片《肖申克的救赎》不仅实现了人们对监狱电影这一体裁的心理预期，而且还超出了这一预期，而《绿里奇迹》虽稍有不足，但也相差不远。这种电影亚类的背景从本质上来看就是黯淡和重复，而这两部影片都成功地成为鼓舞人心、积极进取的典范作品。许多监狱电影都重点关注了作为应对策略的禁欲主义的斯多葛学派（stoicism），以及偶尔出现的逃跑企图和那些看守的暴行（这两个特点使影片在相对静态的情节中出现了动作场景），但是本章中的影片之所以能够脱颖而出，原因在于影片元素的实现方式。

最初，十分震惊的暴行是片中必然出现的元素，比如在罗伯特·奥尔德里奇执导的《最长的一码》（*The Longest Yard*，1974）一片中，肯纳尔队长殴打保罗·克鲁的场景。在影片《肖申克的救赎》中，暴力场景也无法避免，但它很少对性侵犯进行公开呈现，影片对暴力的反应也十分不同寻常。与此相对的是艾伦·帕克拍摄的影片《午夜快车》（*Midnight Express*，1978），影片中表现出了监狱系统的残暴。片中的主人公只有采用同样的暴力行为：杀死一名警卫，虽然这只是一次意外，但只有这样他才能够最终逃脱。在阿兰·克拉克执导的影片《人渣》（*Scum*，1979）中，一名被强奸的男子通过对举报人的恶性攻击，包括兽性大发咬断他的舌头来实施终极报复。《肖申克的救赎》的导演弗兰克·德拉邦特拒绝在影片中出现类似的场景。残暴行径是通过第二天早晨在餐桌上的谈话表现出来的，但他并没有说出受害者的名字。

相比之下，影片《过关斩将》（*The Running Man*，1987）中的高科技项圈只是一种技术上的东西，而且讽刺的是，与用锁链禁锢囚犯相比，它显得毫无创造力而言，而《绿里奇迹》中所有的残暴行为则是通过性格有缺陷的佩西表现出来的。

禁欲主义通常被认为是帮助罪犯度过刑期的一个可行性策略，但是在《肖申克的救赎》中，通过演员蒂姆·罗宾斯对人物的高度塑造，一种圣洁无私和一种谜一样的特质使影片更有深度。这些特质在斯图尔特·罗森博格的《铁窗喋血》（*Cool Hand Luke*，1967）中保罗·纽曼扮演的同名男主人公以及大卫·里恩的《桂河大桥》（*The Bridge on the River Kwai*，1957）中亚历克·吉尼斯扮演的尼科尔森身上是找不到的。在这些例子中，主人公都反复受到惩罚，包括殴打或者施加其他身体上的折磨以摧毁其精神。在约翰·斯特奇斯执导的影片《大逃亡》（*The Great Escape*，1963）中，史蒂夫·麦奎因扮演的队长希尔，以及富兰克林·斯凡那拍摄的《巴比龙》（*Papillon*，1973）中的亨利·查瑞，他们身上都有一种沉默、坚韧的精神。这种禁欲主义可以对抗监狱系统中付出极大代价而获得小小的胜利，有时候这也成为一部影片中最难忘的时刻之一。希尔和尼克尔森忍受了那些"无法忍受"的禁闭，克鲁的工程师们在一场足球比赛中对守卫的残忍报复行为，以及在托尼·理查德森执导的影片《长跑者的寂寞》（*The Loneliness of the Long Distance Runner*，1962）中，科林·史密斯（汤姆·康特奈饰演）在故意输掉一场比赛之后则表现出了情绪上的逆转。

妮可·拉夫特指出："监狱电影的存在往往超出了与之对应的某个特定时代，这可以从固定的角色、主题和情节中看出来。"[①] 这些包括"无辜的罪犯"，"叛徒"或者"告密者"，有经验的犯人结交

---

① 妮可·拉夫特. 镜像镜头：犯罪电影和社会. 牛津：牛津大学出版社，2000：20.

新狱友，以及一个守卫头目在影片最初可能是公正的，但是后来他们会逐渐变得残酷和自我。本章讨论的影片并没有包含所有这些体裁特征，例如像"告密者"——通常是监狱故事中最受人唾骂的人物。在影片《绿里奇迹》中，佩西的"关系"也具有这样的功能，但告密更多是出于保护自己的无能，而不是成为监狱内的寄生虫。

在影片《肖申克的救赎》中，新犯人进来的动机各不相同，杜弗兰只是庞大的监狱体系中的一分子。在这里犯人被要求一件件地脱去衣服（一同脱去的还有他们的尊严），撒上爽身粉（就像一个婴儿那样）以及强制穿上囚服，这预示着一个被监管的过程。在影片《绿里奇迹》中，每个犯人的到来都会有一个隆重的仪式，并在某种程度上受到名流般的待遇，在执行死刑之前，他们会享受短暂的特权：待在一个叫"绿里"的地方（即影片的片名），这个名字既有其字面上的意思，同时也暗含隐喻。讽刺的是，在这个地方，所有的希望（法律和情感上的希望）似乎都已经消失，这是艾治科姆公开的意图以保持一定的效率，进而使他们忍受那些明显不能忍受的禁闭和暴行。这可能会被视为将囚犯的精神需求放在心上的一种行为，但它也可以被解读成一种权谋方式，期望以此来维持秩序，保证这个臭名昭著的监狱系统的正常运转（在考菲被行刑之后，他很快就离开了，他再也无法继续待在这个他已经不再相信的体制中了）。

电影体裁的特征可能不会随着时代的变迁而消失，但是它们会慢慢进行发展和演变，比如公众对于监狱这种颇有成效的惩罚性或改造性手段的看法在不断变化。[①] 德拉尔·切伍德指出，转变是指从一个富有改革精神的典狱长变成了一个自大狂，从一名无辜的罪犯变成了一个伟大的动作英雄，这在《肖申克的救赎》中的典狱长和影片《过

---

① 唐娜·霍尔，弗兰基·贝利. 流行文化，罪与罚. 贝尔蒙特：沃兹沃思出版社，1998：17.

关斩将》中施瓦辛格所饰演的本·理查德的身上都有所体现。切伍德提出了一个四阶段模型：大萧条时期（二十世纪三十年代），战后重建时期（1942—1960），遏制时期（1963—1980）以及行政时期（1981—至今）。《肖申克的救赎》中含有切伍德所提到的大量元素（比如影片中直升机飞过院子时所拍摄的镜头），在这个大型监狱里满是被宣判无期徒刑、没有假释希望的犯人。然而，瑞德的明显悔过和最终康复可以把他放到大萧条时期之后。拉夫特和切伍德针对那些他们研究过的影片所提出的理论是具有说服力的，但是影片叙事最令人难忘的地方在于它们所扩展的领域，甚至是它们对体裁界限所提出的质疑。

肖申克的救赎 The Shawshank Redemption

"我是个被判有罪的杀人犯，但我可以为你提供可靠的财务规划。"

——安迪

身兼导演和编剧双重身份的弗兰克·德拉邦特，早在金提出的"一美元宝贝计划"中就执导过《房间里的女人》（*The Woman in the Room*，1983）一片，与金有过合作的经历，而且之后他还在影片《绿里奇迹》中继续与金进行合作。本片是基于金的中篇小说《丽塔·海华斯和肖申克的救赎》改编而成的，它共获得了七项奥斯卡奖提名，但遗憾的是这七项大奖都未能如愿获奖，惜败给了同年上映的影片《阿甘正传》（*Forrest Gump*，1994）。此后，每年最受观众喜爱的影片排行中该片一直稳居前十位。

《肖申克的救赎》电影剧照

本片要比金的原著小说看起来更加激进。回顾金的小说，有一个关键但又平常之处——文本的力量来自情节转换的质量。《肖申克的救赎》中也明确表现出了讲故事的特点，特别适宜在影片中营造出一种神秘的氛围。在通常情况下，过于明显的画外音会显得太过直白，但本片的不同之处在于摩根·弗里曼所扮演的角色和他独具非凡魅力的叙述。在金文本中所提到的姜黄色头发的爱尔兰白人，这一角色的选择似乎有些怪异，直到我们听到了弗里曼那带有某种力量的声音才消除了这种疑虑。除了在迈克尔·塞洛蒙执导的《大雨成灾》（*Hard Rain*，1998）中扮演过反派角色，他一贯饰演一些庄严正直的角色。他的表演成功表现出对权威的服从和尊重，同时又加入了些许反讽的意味。他融合了布鲁斯·贝尔斯福德执导的《为黛西小姐开车》（*Driving Miss Daisy*，1989）一片中的霍克·库伯恩，凯文·雷诺兹导演的《侠盗罗宾汉》（*Robin Hood：Prince of Thieves*，1991）里面的阿兹姆，以及他在大卫·芬奇《七宗罪》（*Seven*，1995）中饰演的忠诚的探长威廉·萨默塞特，甚至是他在咪咪·莱德的《天地大冲撞》（*Deep Impact*，1998）中扮演的一位令人信服的总统的表演。史蒂文·斯皮尔伯格选择了他来为影片《世界大战》（*War of the Worlds*，2005）讲述全球进口的问题，很少有演员可以仅仅凭借声音就能够传递出毋庸置疑的正直感。正是如此，汤姆·沙迪亚克在影片《冒牌天神》（*Bruce Almighty*，2003）和《冒牌天神2》（*Evan Almighty*，2007）里选择他作为上帝一角的不二人选。弗里曼因本片获得了奥斯卡最佳男主角的提名多少有些奇怪，从某种程度上来说，他出现在镜头中的时间并不多，但是他的存在通过他的独白，使影片连成了一个整体。德拉邦特也选择预先录制了所有弗里曼的旁白并在拍摄过程中同步播放，也就是说，那些旁白并不是在后期制作时才加入的，这样就使得他的台词有了一种即时评论的真实感，而不是从事后反思的角度对过去的事件——进行解释。

　　从视觉上来说，这也是成功的，旁白的出现从字面上解释了金在描述那些没有地位的犯人时所涉及的种族隐喻——即"每座监狱中都有一个黑鬼"。本片还绕过了一个实际问题——小说中写到了瑞德是如何听说了有关安迪的神秘信息，但是在影片中，我们看到的是通过回顾，以主观的第一人称角度来讲述这个故事，并从全能视角进行拍摄，让我们全然信任瑞德，而实际上那些可能只是他个人片面的观点。瑞德，作为故事的第一人称讲述者，作为一个"可以弄到任何东西的人"，甚至是丽塔·海华斯的海报，但是他却无法轻易看透安迪·杜弗兰，这个人对他（对于观众）而言一直是个谜，他进而对其产生了好奇心和同情心。最后，当汤米所代表的希望也被残忍地剥夺走时，关于杜弗兰是否会自杀则产生了悬念感。瑞德是另一位作者：我们看到／听到的故事是他对于安迪在肖申克监狱时的回忆。小说中也明确写道："这是一个关于我的故事……安迪是我的一部分，他们永远无法关押起来的那部分我。"从这个意义上来说，瑞德通过安迪这个榜样获得了救赎，通过一个长镜头我们跟随弗里曼慢慢走过监狱的院子，模糊的人物走进镜头的画面中，瑞德的主导地位就此被确立了起来。他的画外音随即开始，以一种特有的语气：放松、极具代表性、简洁（"在美国的每所监狱中，一定有一个像我这样的人……"）开始了"演说"。

影片中的长镜头从押运犯人的车后缓缓上升，我们看到安迪被带到肖申克监狱，镜头从监狱上方扫过，再次回到了停在大门口的车辆上。这不仅是对影片主要场景的拍摄，而且还暗示着安迪成功地向那些身边的人传递出他的天赋——超然的想象力（通过扩展影院：影片放映还满足了监狱中人们的幻想生活），他甚至可以飞跃监狱的高墙。这个视角拍摄的镜头还让人们想起了对饥荒或者受灾地区空投食物的景象，从而将安迪塑造成为一个为底层百姓带来某种精神养分的使者。德拉邦特把这一切都归功于他的设计者特伦斯·马斯，他对影片做出了一系列重大贡献：埃舍尔式的监狱内景（大部分的观众会认为这是实景拍摄），高潮部分出现的苜蓿地，以及片中的航拍场景，这些场景甚至是在剧本中未曾提及过的。镜头中涌向大门口的人们（特别是从安迪的视角穿过铁丝网，在那个地方他将失去阶级或者社会地位的保护），在混合着支持的掌声和示威的叫嚣声中表现出人性最好（对除了他们之外的新人感到好奇）和最坏（就像看着一块有待剥削的鲜肉一样）的一面。画面上方的警卫挥舞着他们的猎枪，最人性化的欢迎来自于其他的因犯，比如阿方索·弗里曼（摩根·弗里曼的儿子）口中说出的那些嘲弄"鲜鱼"的话（片中还给了小摩根一个怪异的脸部特写镜头）。

在监狱小说中总会出现一些权威人物，但是在本片中，德拉邦特将典狱长诺顿塑造成了一个典型的伪君子形象：他张口闭口都是《圣经》和基督教义，但他同时监督着一个彻底腐败的体制。在一个颠倒的价值体系中，他的主要规则"不容亵渎"高于一切准则。影片中的虚伪之处在于，"上帝的审判即将到来"的字样掩盖着那个保险箱，他把从监狱系统中收取的贿赂以及其他诈骗所得都保存在里面。这句话后来一语成谶，最终成为抓捕他的有力证据，而且影片中安迪小心翼翼地将文件放进去的场景（包括从保险箱里面向外拍摄的镜头）在后来又重现了一次，预示着情况发生了转换。安迪拿走了为典狱长伪造的虚假身份，这一情节通过类似《非常嫌疑犯》（*The Usual Suspects*，1995）中的回放镜头得以展现出来，根据最新信息我们重新评估了书面文本，重复的动作和虚假身份的设置。同为典型的虚伪政客，马克·柯默德强调诺顿和尼克松之间的相似之处，并与后面瑞德所用的"康复"这一被看作是"政治家用语"的术语联系起来。然而，从肢体语言和外在来看，甚至包括他的眼镜以及演员鲍勃·冈顿，都使诺顿看起来更像是年轻版的亨利·基辛格。尽管他并没有因为"水门事件"而遭受指责，然而，作为在尼克松第一任期内的国家安全顾问，他被认为是在越南、柬埔寨和轰炸老挝这些错误外交政策的背后推手。①

柯默德最终的结论是，这部电影的魅力仍然是一个"未解之谜"，但不少观众都认为，安迪把自己锁在图书馆并通过监狱的扩音系统播放莫扎特的咏叹调《费加罗的婚礼》（*Che soave zeffiretto*）（这是对金的原作一个至关重要的扩充）的场景是其吸引人的关键所在。② 当第一节音乐飘荡在整个监狱中的时候，所有人包括囚犯和警卫，甚至连外边的那些人都抬起头看向了同一个方向。正如斯皮尔伯格在《第三类接触》（*Close Encounters of the Third Kind*，1977）一片所展现的那样，当他们看向某些比自己更伟大的神奇实体时，他们的脸部特写营造出了一种超然的效果，特别是还与一种强有力的音乐相辅相成之时。安迪斜靠在椅子上，嘴唇上挂着幸福的笑容，站在门口的典狱

---

① 马克·柯默德. 肖申克的救赎. 伦敦：英国电影协会出版社，2003：47.

② 同上，第88页。

长暴跳如雷，而他对此的唯一反应则是身体前倾并且调高音量（这个动作是罗宾斯的即兴发挥）。就像库布里克的《光荣之路》（*Paths of Glory*，1957）那样，我们看到一名年轻女孩（克里斯蒂安·哈伦）嫁给了库布里克，并且演唱了 *The Faithful Hussar* 一歌，那些残暴的男性囚犯尽管不明白歌词的意思，但显然他们仍然深受触动。弗里曼的画外音使这一片段所蕴含的意义变得更加明显："我不知道那两名意大利女人在唱什么。事实上，我也不想知道。有些事情不说出来更好……这就像一群美丽的鸟儿扇动着翅膀来到我们的褐色牢笼，让那些墙壁最终消失得无影无踪。"那种不可言说且无法摧毁（越是禁锢，力量越是强大）的美丽，给人的精神以希望和滋养[正如《飞越疯人院》（*One Flew Over the Cuckoo's Nest*）中的麦克默菲，他使用了一个虚构的电视画面]。事后，安迪问他的狱友："你们有没有这样感受过音乐？"这样做的重要目的是让他们"别忘记世界上还有一些地方不是用石头做成的"。

就金原著小说的题目而言，《肖申克的救赎》明显是一部互文性的作品，但更确切地说，是电影和艺术从更广义上带给人们逃避现实的机会，具体来说是通过丽塔·海华丝的电影海报逃离，以及在狱中看电影也给人们带来了暂时逃离现实的机会（这在瑞德和安迪抬头往上看的那种超然画面中也有所展现）。在放映室里，安迪试图从伯格斯手中逃脱，而胶卷也成了反抗暴行的工具。在柯默德错过的一个微小联系中，格伦·福特和乔治·麦克雷迪在查尔斯·维多执导的影片《吉尔达》（*Gilda*，1946）中的对话中使用了一个词"金丝雀"，这和瑞德对那段音乐的评价以及他在安迪逃走后所用来描绘他的那个词语关联了起来，这个词略含有囚禁、挖地道的意义，象征着一种美好因过于伟大而无法被压制。柯默德指出："安迪好像已经变成了一个神，成为他自己电影的编剧和导演，创造了一个虚构的角色——兰德尔·斯蒂芬斯，表面上是他为诺顿创造了另一个自我，但实际上则是为他自己所创造的，从字面上应验了那句俗语'穿别人的鞋'。"① 事实上，这种字面化的文字解释是看不见的（就像所谓的"救赎就在于"《圣经》里面夹着的那个岩石锤上），这也让人不禁为安迪的胆量叫绝——他认为诺顿是一个呆板的对手，将会对他眼前的线索视而不见。瑞德说："你怎么能凭空捏造出一个人呢？"对此，安迪回应道："当然可以。"他的胜利是因为艺术的想象力战胜了所有妄图粉碎这种力量的势力。这体现在诺顿死记硬背别人的言论，而不是自己原创的这一习惯之中。安迪不仅自己精心炮制了一个故事，并且在他逃狱之后也形成了一个关于他的故事。在这个故事中，他变成了一个追求自身权利的"明星"，成为那些留下来的人们希望的象征。

很多监狱电影都会详细讲述一次次困难重重的越狱尝试，例如像影片《巴比龙》和《大逃亡》。在《肖申克的救赎》一片中，安迪利用在院子内的活动时间用裤兜运土的情景参照了上述两部电影中的一些情节。约翰·弗兰克海默执导的影片《阿尔卡特兹的养鸟人》（*Birdman of Alcatraz*，1962）也与本片中海特伦的乌鸦杰克这一情节形成呼应，但是《肖申克的救赎》无疑拥有更多内涵，它将一个个体如何在一个暴虐体系中抵抗暴行的行为进行了戏剧化处理。安迪拒绝适应他周围充满仇恨的暴行。安迪拥有希望，一个他所依附的梦想（直到最后我们才发现要实现这个梦想绝非易事），但是影片所讲述的并不仅仅只是一个"逃出生天"的故事。布鲁克斯在监狱中得以生存下来，但他却付出了违背人性的代价，于是他在出狱后便迷失了自我。本片用一种明确而又实际的方式来探讨一个哲学问题，菲利普·K.迪克在一个不同的体裁领域中也进行了探究：究竟何为做人。音乐（他在图书馆

---

① 马克·柯默德. 肖申克的救赎. 伦敦：英国电影协会出版社，2003：61.

中的惊人之举）、艺术（他的石刻）、文学（他的图书馆项目），这些都使我们成为更有价值的人。安迪保留下来了这些属于他的东西（或者说，在他体内发现了这些可贵的东西），这使他不仅可以忍受而且还克服了那些困境，但与此同时他并没有因此而怀恨在心、愤世嫉俗或者是绝望。从他踏入监狱的那一刻起，我们就没有看到他因不公的定罪而抱怨或者在第一天晚上哭泣——他从一开始就亲身践行他后来所提出的建议"忙碌于生活之中"。在打败这一制度的过程中他收获了许多快乐——在屋顶工作时，他弄到了啤酒（他并没有喝），建立了一座图书馆并且买到了一些书，教同伴们识字、读书，所有这些都是为了他人而非只是满足自己。他在听到一个胖子死去之时的第一反应是问那个人叫什么名字。甚至当他在食物里面发现了蛆虫，他也给了布鲁克斯让他喂鸟。通过打理自己的生活并且照顾他人，他推翻了人们对于这个制度的预期。

从一开始，画面中的安迪笔直地坐在公交车上，在T型框架的中间，他穿着一套西装但并没有戴帽子，一眼就和其他乘客区分开来。他在屋顶问哈德利："你相信你的妻子吗？"这听起来像是一种非常愚蠢的挑衅，但是也就此确立了他为狱友谋福利的第一次交易。德拉邦特通过镜头定位，采用鸟瞰式的升降镜头进行拍摄，从而显示出他当时所处的危险境地，并且展示了沿着建筑物的一侧垂直向下令人眩晕的一幕。随着危险的减弱，镜头又切回到哈德利背后，画面中给出了一个过肩高度的俯瞰镜头。镜头数次切换到旁观的工人身上——先是恐惧，然后是疑惑，最后是佩服，在权力平衡从残忍转向无私的同时引导着观众的反应。

这部电影也颠覆了观众的期望：影片中的暴力、性以及动作场面相对较少。安迪被殴打和守卫对伯格斯随之而来的报复大多发生在镜头之外，通过声音效果，而不是直观的视觉效果进行展现。而高潮部分的越狱也是通过倒叙来描述的，大部分场景都比较低调，除了他在暴雨中超脱地扯下囚服，高举双手迎接胜利的场景。此外，本片也不存在性别问题：安迪的妻子，在影片开头一闪而过，她是影片中唯一出现过的一名女性。这部电影还提出了价值观方面的问题：安迪看似有罪，实则无罪，典狱长在外界看来好似圣人一般，但实际上却深陷腐败之中。瑞德希望他可以对安迪说："打一场漂亮的胜仗，伯格斯将会放了他……但是监狱中没有童话。"摄像机随后拉回到角落里，安迪被殴打屈服。他反复遭受着暴行，但是他的反应很重要，不仅进行着肢体上的反抗，并且还善用计谋。当他被伯格斯逼到放映室的角落里，他看起来非常像已经屈服于他，但是他却抓住一卷胶片和他们厮杀起来，以及后来当面对口交胁迫的时候，他的思维敏捷，描述了当大脑突然受损后，人类的下颚会本能地咬紧、锁住。即使行为恶劣、低贱的伯格斯也对他心生敬佩："你是从哪里学到这些本领的？"他那种远超人类耐心极限的写信行动（典狱长对此嗤之以鼻）持续进行着，直到铁石心肠的参议院退让并且松口捐钱，恳求他停止写信（以及一名警卫对他说，"安迪，你真了不起"，这是整部影片中监狱工作人员所做出的唯一一次正面评价）。

柯默德的分析主要集中研究了所有宗教方面的参照，特别是对话中自然而然出现的咒骂、发誓以及一些象征性的举动，那些犯人在屋顶上的所做和安迪的禁酒行为把他塑造成了基督使徒中的耶稣。他从一开始就高度强调了安迪犯罪事实的不确定性，他的救赎、他对妻子的死亡承担着某种道义上的责任，这些在后来汤米的出现证明他的清白后变得尤为有力。这些对安迪有利的、缓和他罪行的因素（如他的妻子似乎有外遇，他需要喝酒来为自己的行为壮胆）都让观众对他产生了同情心。无论是在诺顿的办公室，还是在屋顶上，柯默德都看到了安迪"幸福的微笑"，更加明确了他作为"肖申克囚犯们的精神救世主"这一地位，虽然他并没有全面分析这种神圣的确切性质。①

杜弗兰在他的内心深处保存着一些他自己特有的东西（他在屋顶上和其他人分开而坐），这从基督徒的角度来看可以称之为他的灵魂，但在餐桌上，他轻拍他的头和心脏，暗示了他人性、智慧和情感的来源。柯默德谈到"过度解释的对话"会显得"相对生硬"，安迪说他之所以可以从孤独中活下来，是因为他拥有"莫扎特的陪伴"，以及最后沙滩上的重聚，这显得太过于多愁善感了。② 这也彰显出他为何不害怕单独监禁，因此除非出于他的个人意愿，监狱是无法把这些美好从他身上夺走的。由于典狱长没能意识到这些美好，惩罚对于安迪来讲是无用的，除非杀了他，否则他将会是一个可怕的对手。阅读对他而言很重要，不仅是因为他是一名训练有素的会计师，而且还因为他喜欢文学，他当起了狱友们的老师，并且向他们推荐那些他们可能喜欢的文章。他的特殊技能来自于他所受的教育，这首先吸引了哈德利，接下来是其他长官，然后是典狱长，最后是整个监狱的工作人员以及那些探监的人在他的桌子前排着长队等候——知识就是力量。有人可能会说他滥用知识来帮助典狱长掩盖他的非法交易，但是随着影片的剧情发展，他用一个精心埋下的"刺"自我救赎（这也是影片标题的一部分意义），用他所拥有的唯一武器（时间和他的知识）策划了一宗万无一失的犯罪案件反对监狱中的当权派，这一事件随着他的成功逃脱而变得一发不可收拾。

尽管他有一些基督徒的特征（无恨、关心他人，甚至为布鲁克斯袭击海伍德求情），安迪在这样的环境中依然用一种非常人性化的方式生活着。瑞德佩服他的意志力（有人集邮，有人用火柴棒搭房子，

---

① 马克·柯默德. 肖申克的救赎. 伦敦：英国电影协会出版社，2003：39.

② 同上，第40页。

而安迪却建立了一座图书馆），而不是他如圣人般的隐忍。安迪让自己相信汤米可能出庭作证以洗刷自己的冤屈，但是典狱长却将汤米吊死，那可能是安迪最绝望的时候。典狱长威胁他说要烧了图书馆并不再保护他免受强奸犯的骚扰。他靠墙坐着，无比沮丧，镜头一直停留在他的身上，直到瑞德走过来与他进行交流。小说中提到他似乎穿着一件"看不见的外套"，这从下文中可以理解为信念或者是希望。这个形象转换到了瑞德好奇地讲述了一个月之后安迪找他弄了一把岩石锤，也正是安迪内在的这种平静激怒了典狱长，他试图摧毁这种平静，但他最终没能成功。

虽然影片将焦点聚焦在安迪身上，但我们不应该忘记监禁他的无比残暴的监狱系统。在他到来的第一个晚上，与他同批的新囚犯被殴打，他们被丢弃在医务室里等死。伯格斯受到报复性的殴打并最终致残，汤米被突然射杀的情节也是非常震撼的，然而在金的小说中，这一角色并没有被杀死，但是因为我们一直关注着安迪，这个他所反抗的残暴的监狱体系还是恰当存在的。在影片下半段，故事中的大部分的警卫在银幕中的戏份也减少了很多，但是他们依然还在那里，而典狱长轻易夺取了一个十九岁男孩的生命，就如同他跨过尸体之前，狠狠踩灭了香烟（以上帝般的鸟瞰镜头显示出来）一样，表明他为了维护自己的权利会毫不迟疑地去杀任何人。

影片中还有一种紧凑的、群体场景的拍摄元素。画面中安迪围着餐桌转了一圈以及在外面谈话的场景（当他们谈论布鲁克斯的时候），七八个人物紧凑地安排到了一个镜头中。在摄影师罗杰·迪金斯的建议下，德拉邦特从本质上减少了群体场景拍摄中的复杂组合数量，最终采用了诸如慢镜头跟拍，然后一直到罗宾斯谈论音乐的场景中给了他一个特写镜头。海伍德辱骂杜马斯是"蠢蛋"，他们挖出来硬邦邦的马粪被他认为是石块，这一场景给这个从文本上看起来黯淡的电影加入了罕见的轻松时刻。后来通过他对安迪越狱的描述中，演员们的精湛表演以一种真实可信的方式将一幕监狱神话展现在了我们眼前，特别是威廉姆·赛德勒所饰演的海伍德一角的即兴对话。

从海报后面的地道越狱，这一结果简单而且令人大快人心，非常巧妙地骗过了监狱当局（可能也骗过了观众）。金的小说对此的描述比较多，小说中一个狱友反复说牢房中一直有一股奇怪的风，对此安迪问他："当你面对一幅画的时候，你有没有过这种感觉？"（在影片中，德拉邦特把它换成了对音乐发表的评论），或者感觉"你几乎可以穿过去？"影片中存在着一个简短的"托多洛夫式"的神奇时刻：在一个明显不可能的（直到撕掉了海报之后）地方莫名其妙地犹豫了一下，这个短短的时刻有一种将要见证某种不可能的撩人前景，这一刻虽然短暂，但却让我们重新评估了自身对于这个世界的了解。像瑞德和典狱长一样，我们都没能意识到那个地道的存在，直到影片用一种延长的回放为我们做出了解释。图书馆以及财务账目中埋下的"伏笔"和他的逃生都是有所关联的，因为他的耐心和忍耐都和一样东西有关，他有许多的时间。巧合的是，他最擅长的学科正是地质学，以及他对压力和时间结合力的研究。安迪将《圣经》经文背得滚瓜烂熟，他甚至可以信手拈来就说上一段，典狱长甚至拿起了藏有岩石锤的《圣经》（但他却没有发现），这些讽刺的情节反映出电影中潜藏的人道主义冲动："救赎就在于此。"对于瑞德来说岩石锤似乎就是一个可笑的微型工具，但正是凭借这样一个工具却使明显的不可能最终成为现实。安迪的姓氏（"杜弗兰"的法语衍生义就是矿物学家）中隐含的意义可能就是一个缺陷，因为在狄更斯看来，这样的命名方式抑制了角色的发展。然而，影片中并不仅仅参考了词汇领域的范畴，还恰当提出了通过揭示过程定义角色而不是通过实际变化改变角色。从某种意义上讲，沿着瑞德给我们讲述的整部影片的主线（以及他的旁白），我们得以一步步解开安迪真实自我的神秘面纱。颇具讽刺意味的是，安迪对于大仲马所写的《基督山伯爵》（*The Count of Monte Cristo*，1845）的了解，这是一本关于长期监禁、欺骗和戏剧性逃生的经典之作，而且当他建议把其归档到"教育类"的时候，在我们后来回想起剧情之时对这一情节产生了特别的共鸣。影片中安迪模仿许多人那样刻下了自己名字，但是他所做的远远不止刻下他的名字当作记号而已，他的举动为后来的人留下了不可磨灭的遗产。

不同于传统的监狱故事，本片中的一个小人物也在一段时间之内占据了故事的主导。布鲁克斯·海特伦这一角色在小说的基础上进行了大量扩展，他在假释之后死在了"老人之家"的事情在小说中仅占了一小节的内容。《绿里奇迹》仿佛就是以这个故事为基础而进行创作的，布鲁克斯是一个非常值得信任的人，他负责图书馆的图书运输工作。影片的叙事一直紧跟着这个显眼的小角色展开一条支线，当镜头切回到监狱场景之后，他的旁白成为他最后的遗言（起到了遗书的效果）。那些狱友们的未来则是——寄居于小客栈中惨淡生活着，做着枯燥、低收入的工作，他们已经不了解、不明白这个社会，并且很难在其中找到一席之地。就像瑞德所意识到的那样，布鲁克斯已经完全适应了这个制度，他已经无法在外面独立生存下去。在一个慢镜头的跟拍中，瑞德强调了他关于监狱围墙的哲学"一开始你憎恨它们，然后你习惯了它们，最后你十分依赖它们"。采用长镜头拍摄布鲁克斯（詹姆斯·惠特摩饰演）留给大家一个可怜、孤独的身影，身处一个他不再熟悉的世界，一开始他不情愿地走出监狱大门，后来又被路上的汽车吓到（此处德拉邦特结合了金小说中所描述的瑞德在假释后的感情特征），他在公园中喂鸟希望自己可以遇见杰克（小说中那只鸟被凄美地埋葬了，但影片并没有将这一幕拍出来）。他曾经有过梦想，并且厌倦了担惊受怕的生活。影片中布鲁克斯自杀的场景既感人又充满了悬念，我们看到他穿戴整齐后站在一张桌子上，然后用一把刀子在刻些什么，镜头聚焦在他的鞋子上，一些木屑落在了上面。在镜头缓慢回放过后，我们才确认了我们所害怕的事情还是发生了。当瑞德最后获释之后，他沿着布鲁克斯的步伐生活着，但所幸他没有选择布鲁克斯最终的结局。在安迪的影响下，他选择留下自己的生活痕迹，选择在世界上"忙碌地活着"，而不是像布鲁克斯一样结束自己的生命。

卡斯特·洛克特别是执行制片人莉斯·格罗茨，特别希望把两位主角"捆绑"在一起，这种想法在试映时表现得尤为强烈，因此在金的小说中，公交车上的结局被换成了瑞德最后说的以"我希望……"为开始的旁白，以及那个神秘的天堂芝华塔尼欧（Zihuatanejo）。就像那些屋顶上的人们一样，他们"感觉自己就像自由人"以及"一切的主人"一般，因为他们可以坐着并且在室外和朋友一起喝酒，自由主要意味着可以自由地表达友谊。这二人都保有他们的正直，尽管在这个漏洞百出的监狱系统中，瑞德获得了假释的机会，宽松也好，严厉也罢，这些都是随机的，并且渗透出"卡夫卡式"的荒谬。柯默德把瑞德的态度解读成一个有罪之人的赎罪，这引导着我们去相信瑞德那更加诚实、直接的答案，以及他最终的态度（通过他那句"我一点都不在乎"表达出来）去说服委员会，但是这一切都只是一厢情愿的想法。小说开头就出现了对于康复的评论，表明瑞德一直都知道这一切。这个明显随机假释的授予只是突出了它被推迟了那么久的残酷现实，而且从事后来看，这也削弱了安迪这些年来所进行的挖掘工作——毕竟，他也可以继续等下去，然后幸运地获得假释机会。即便如此，最后的一系列事件依然十分具有冲击力。瑞德的行为几乎也是"巴甫洛夫式"的：在商店要求上厕所。颇为戏剧化的是，即便是在中部地区的开阔乡下，他选择携带了一个指南针而不是一把手枪，他本能地向四周看了看，然后在打开盒子之前还往墙外看了看（这是弗里曼一次不错的即兴发挥）。

影片中的基本情节以及非常重要的构架（越狱细节的倒叙，结尾，以及大部分的对话）都是从金的原著小说中衍生出来的，这应当归功于其积极向上的中心主题，该小说被收录到《四季奇谭》中《春之希望》（Hope Springs Eternal）这一章节中。德拉邦特添加的内容通常是在其他人的建议下（第一次到达监狱、聚餐时刻、播放音乐的场景以及他们在沙滩上的最终团聚）完成的，他省略的内容（瑞德想知道安迪是否贿赂了守卫，所以他们没有搜查他的牢房，这使得越狱一事显得不再那么神奇），他改变的内容（聚焦于典狱长，他杀害了汤米，而不是仅仅将他转移到别的地方），以及他扩展的内容（布鲁克斯的假释和自杀情节），所有这些都使故事更加丰满，使人们在重读小说的时候产生了异样的感觉，人们会发觉自己最怀念那些原著中没有出现过的情节。

该剧本是目前金的所有改编剧本中仍有销售的两部中的其中一部（令人不可思议的是，另一部竟然是《劫梦惊魂》），这是影片实力的有力证明，同时也是对金的原作的有益文学补充。当然影片也并非没有缺陷——安迪可以随着打雷闪电的出现，准确计算出时间并用石头击打管道的能力，这似乎是不可能实现的。然而，剧本中某些部分承载着《圣经》的重要意义，并且通过弗里曼的旁白坚定地传达出这种信念——在安迪越狱之后，我们看到瑞德照看着一块墓地，然后停下来仰天望去，陷入了沉思（这和小说的情节几乎完全一样）："有些鸟儿是永远关不住的，因为它们的每一片羽翼上都沾满了自由的光辉。当它们飞走之后，你隐约明白把它们关起来也是一种罪恶，它们的离开确实是一件欢欣鼓舞的事情，但你所居住的地方也会随之变得更加灰暗、空虚。"这部电影是一曲赞歌，不只是赞扬人类耐力和决心的力量（等待二十年，然后在下水道中爬行将近五百米的距离），而是对宽大灵魂的赞美，这种精神使安迪总是在自己身上寻求帮助别人的方法。他在海滩上的梦想不只是为了他一个人。他邀请瑞德和他一起同行，表明种族、国籍和阶级都不能阻止安迪向其他人提供金钱帮助，分享他的梦想和他的心意。也许该片具有持久魅力的原因之一在于它采用了比较罕见的电影形式。影片从头到尾都坚持使用第一人称的旁白，有力地传达出一种求生精神，以及一股发自内心的声音（用一种类似电影《阿甘正传》的方式，尽管与此相反，无论是在故事叙述还是在电影内部都存在多重压力）。从影片开始到最后的那些格言式的话语有一种类似保险杠贴纸的作用，但是瑞德的三段式结论"希望会是个好东西，可能是最好的东西，而且好东西从来都不会消亡"（类似于金对《再死一次》的总结"没有什么是会永远失去的"）。在这种三段式的结论中，至少有两段是令人信服的。安迪作为一名无私的人道主义者对人类本质的卓越需求有着敏锐的感知，将保护并培育一种特定希望的必要性有力地人性化了。永恒价值的第三部分说得有些遥远——好东西（汤米、布鲁克斯以及影片开头部分出现的那个肥仔）的确会消亡，希望当然也会消亡，正因为如此才使得活下来变得更加凄美。

绿里奇迹 The Green Mile

仅仅时隔五年，同一个作家的作品由同一位导演执导，至少拥有一位一线明星参演的监狱电影，从一开始《绿里奇迹》这部影片就不免让人联想起声誉一直在稳步上升的同类作品《肖申克的救赎》。正如之前所说的那样，对监狱环境同样有限的曝光以及相似的电影类型都使得它们之间的互文联系更加紧密——更何况剧本还是金近期的改编作品。

此外,《绿里奇迹》给监狱电影增加了互文意识,这与约翰·斯坦贝克有关。影片开篇给人一种滥用私刑的感觉,与影片《人鼠之间》(*Of Mice and Men*,1992)的风格非常接近,该片是由加里·西尼斯拍摄而成的(他在本片中扮演了伯特·哈默史密斯一角)。如同《肖申克的救赎》一样,斯坦贝克也将叙事设定在了二十世纪三十年代的大萧条时期,而且也有一个像考菲那样的受害者莱尼·斯莫尔,他身材魁梧,拥有一张无害的脸庞,他遭到了受周围人的迫害。慕斯威尔的故事对于德拉·克洛斯(迈克尔·杰特饰演)来说,同样带有某种满足愿望的悲伤和天真,乔治·弥尔顿关于过上极其富裕生活的故事对莱尼来说也有着同样的意味,这些都使得听故事的听众平静了下来。这在金的小说中甚至存在着明确的暗示,如在提到考菲(迈克·克拉克·邓肯饰演)该如何"对待老鼠和对待人"的时候。① 在《肖申克的救赎》中,典狱长最终不解地搜查安迪的牢房,这也类似斯坦贝克对克鲁克房间的描写:一个人多年来积累的个人物品无声地向人们展示着这个人的某些生活经历。金的"主流"小说被部分改编并出版的《火焰》(*Blaze*)一书,最初被视为(根据乔治·比姆的观点)对斯坦贝克作品的"文学致敬",文中的主人公也是一个高大、有些智障的角色,他受一个叫乔治的人影响非常大,但此人并非一名良师益友,而是一个三流的骗子。细心的观众可以发现德拉邦特在选择哈利·戴恩·斯坦通(他在很多年前就已经出演过《克里斯汀魅力》一片)扮演嘟嘟这一角色的时候还添加了一个元文本笑话,在这部电影中还有另一个角色名为戴恩·斯坦通。

---

① 斯蒂芬·金. 绿里奇迹. 伦敦:猎户星图书有限公司,1996:285.

影片中存在明确的电影互文，它所描绘的佐治亚松树养老院暗指电影《飞越疯人院》，例如福尔曼在片中通过播放无厘头音乐来控制居民，有一个名为"酋长"的美国土著角色。比利在突袭警卫之前假装吸毒昏迷的样子则模仿了墨菲从休克疗法中渐渐恢复时的样子。尽管在影片中没有出现护士长拉契特这样的人物，但在金的小说中出现了布拉德·诺兰这样一个拿病人开玩笑并欺负保罗·艾治科姆的品质低劣的护理员。本片的叙事者和主人公（分别由达布斯·格里尔和汤姆·汉克斯饰演）因为布拉德的出现想每天都出来散步。然而，德拉邦特在影片中把这一点弱化成了他仅仅出于好奇，对于自己打破的那些小规则视而不见（而并非像布拉德那样好管闲事强制执行这些规则），这使观众对于这个老人每天在外面风雨无阻所做的事情很感兴趣。作为一个从一开始就切入正题的影片，本片的节奏非常平缓，影片中的大部分画面切换都使用溶解的效果就说明了这一点。

本片的叙事结构要比一般标准的监狱电影更加复杂。在金的小说中，小说从一开始发表的时候采用的就是"狄更斯式"的常用结构——一种"涡流"（eddying）的结构。在故事逐渐发展之前，通常会有新的章节进行一个回顾和重述，有时候甚至是逐字逐句地重复一页，而且这些回顾经常会把我们带回到疗养院以及保罗给他的密友伊丽（伊芙·布伦特饰演）讲述自己故事的场景中。这种连续的形式通常需要扣人心弦的元素，也可以说是注入戏剧紧张感的同时让叙事看起来富有情节性。在书面形式中，连载可以让作家控制自己的写作节奏，定时定量的发稿吊足了读者的胃口，读者无法直接跳到结尾来看情节是怎样发展的。德拉邦特在影片的开头部分把这些元素都捆绑在了一起，并就此把一个设置和另外一个设置并列（也可能是用一方遏制另一方）起来。保罗的想法被转换成了对话，有时也会通过他人之口表达出来。所以在这里，知识的贫瘠通过白天电视中无处不在的争论表达出来。

影片《礼帽》（*Top Hat*，1935）的上映（德拉邦特将金小说的背景时间向后推移了三年，这样他就可以借用这部电影中的主题歌曲 *Cheek to Cheek* 了）让保罗感觉痛苦不安，并以此开始了影片的主体情节。后来，当保罗翻看考菲的日记之时，镜头又切回到犯罪场景的重现，这样就把影片的开始、中间和结尾部分联系在了一起，我们能够看到更完整的故事全貌。在考菲握住艾治科姆双手的时候，镜头切换到了一个慢动作场景，最终揭秘出沃顿就是德泰里克一家餐桌上的客人。然而出于戏剧效果的考量，这种所谓的戏剧高潮被生硬地抑制住了，并且引发了一个问题——为什么考菲没有直接把事情的真相说出来？

新犯人的游行是监狱电影中必备的典型情节。在本片中，由于犯人本身的情况而有所不同，黑人约翰·考菲被一个粗暴的小个子白人用锁链牵着走进来时，特写镜头颇具一些奴隶制意味。然而，考菲身体上的不协调又显得十分滑稽可笑（小说中的守卫被描述成"一个小孩儿和一头被捕获的熊走在一起"），他需要低下头才能够进入自己的牢房。在牢房中，当保罗向上看着考菲的脸之时，摄影师从他的视角给出了一个倾斜镜头。事实上，通过考菲头部的取景剪辑让人想起了 ABC 的电视连续剧《白头神探》（*Police Squad*，1982）中长得过高的畸形实验室技术人员。这些细节并非是无关紧要的，这突出了他在身体上是多么不自在（这种不协调如此显眼，尽管所有狱警都很专业，但他们也克制不住地一直盯着他看，甚至就连影片的画面也要努力将他容纳在内）。因此，在这种情况下，人们最有可能的反应就是觉得这一切非常好笑。在这里，我们还看到了影片风格上的主题之一，当所有的主要人物都抬头向上看，我们还不知道他们在看什么的时候，我们只能看到他们脸上混杂着好奇和近乎"斯皮尔伯格式"的敬畏。当考菲对一只老鼠弯下腰，或是他"亲吻"佩西（道格·休切逊饰演）和摩尔夫人（派翠西娅·克拉克森饰演）的时候，也出现了同样的场景。

影片的剧情设置让人感到了不同寻常的幽闭恐惧（即便对一部监狱电影来说这也很不一般了），德拉邦特使用了一个低角度拍摄的镜头营造出一种看待最后旅程的感悟和深度，以此来强调艾治科姆关于囚犯对生命的尽头感觉十分漫长这一评论，同时也让我们为金吉尔先生的出现做好了心理准备，这一段剧情几乎全是用交替出现的高低视角镜头来拍摄的（除了老鼠飞速穿过牢房的时候是从德拉克的视角进行拍摄的）。此刻，在灯光和古怪的木琴声的衬托下，那只老鼠的出现代表了一种意想不到的幽默感，以及在一个非常严肃、规范、隔离的环境下，人们之间的多样化和连通性。德拉邦特还把镜头的焦点拉到了距离很远的老鼠身上，它看着那段最后的旅程，这让我们注意到了它的脆弱性。这只老鼠使那些注视着它的人们更显人性化了，并且更进一步丑化了佩西对动物的狂热且不合逻辑的仇恨。这也体现出他对于那些由他负责的犯人的态度。对于艾治科姆来说，这段最后的旅程就像是"一个重症监护病房"，但是对于佩西来说，它就是"用来淹死老鼠的一泡尿"。

粗暴的守卫这一脸谱化的角色代表是佩西·韦特莫尔，他在银幕上感觉像是一个典型的同性恋但他本人却拒绝承认，因为他非常注重自己的发型，对囚犯频繁使用同性恋式的虐待。在他表面的敌意之下，他其实非常害怕靠近"狂野的比尔·沃顿"（山姆·洛克威尔饰演）。我们还看到了他因为尿裤子而没有去帮助他的同事们打压比尔。他阅读教科书中的色情漫画反映了他分裂和性压抑的性格特征。他谋杀沃顿则是一次部分自我否定的尝试，泪水落在了他的脸颊上，这是他无法接受的部分自我。当他最后被送到精神病院的时候，他似乎总算找到了适合他的地方，之前他对储藏室的迷恋也为此埋下了伏笔，因为储藏室看起来似乎只有半间病房那么大。在整部影片中，他的行为并不稳定并且伴有暴力倾向（他比其他犯人暴力得多）。他对德拉克的虐待并不仅仅只是假装弄湿海绵，残忍地打他，而是彻底打消他对慕斯威尔的念想，这一点格外残酷。他的视线从着火的囚犯身上转了回来，不由自主地举起双手捂住了自己的嘴，这些举动都表明这段经历在击溃他已经十分脆弱的理智时也起到了一定的作用。

就像杜弗兰一样，考菲的身边也围绕着基督徒的联想。英文缩写这种手法之前曾经被使用过，从威廉·福克纳《八月之光》（*Light in August*，1932）中道德感模糊的乔·克里斯莫斯到《终结者2》中的约翰·康纳都曾经使用过这种手法，但它却并没有在监狱小说中出现过。他可以欣赏到生命中更简单的事情（他对最后一餐的要求包括艾治科姆老婆做的玉米面包，以及他夜间远足去见莫尔斯夫人的时候，他希望可以停下来去嗅一下叶子的味道）。他强大却又温柔，明显是"从天上降落于人间"的（根据哈默史密斯的描述），并以他的身体为代价祛除其他人的伤痛（保罗的膀胱感染，金吉尔先生受的伤和梅琳达·莫尔斯夫人的肿瘤）。他的行为被艾治科姆定义为"奇迹"，他从第一人称的叙述所做出的判断，使我们很容易去相信那些所谓的事实。镜头慢慢聚焦、放大了考菲的脸部特写，他的背后是放映室微弱的灯光，他张着嘴，呆若木鸡，看着《礼帽》（该片在开场的时候，曾激起过艾治科姆的回忆）中的弗雷德·阿斯泰尔和罗杰斯称舞者们为"天使"。

在面临即将对一个无辜的人执行死刑时，艾治科姆恳求考菲"告诉我你想让我为你做些什么"。然而，这个基督徒式的言外之意还是有些模糊——他使用他的力量，报复性地去惩罚佩西，再经由他人之手去惩罚沃顿，他似乎厌倦了这个世界（或许只是他在这个世界中的位置）。然而，在他顺从地说着"是的，先生"的时候，他那月亮似的圆脸不断重复着自己的名字及拼写时的口头禅，这些都在无形中表露出与"汤姆叔叔"类似的形象。考菲与典狱长的妻子梅琳达唇对唇的接吻画面在二十世纪三十年代的美国电影中绝对是一个极具争议的画面，但是这个画面还是要比影片《鬼驱人》（*Poltergeist*）中摇晃的家具、闪烁的灯光或者老爷钟突然停止的画面可信得多。

实际上，艾治科姆更像是一名虔诚的基督徒。当我们第一次看见他的时候，他看起来完全像是一个"新式英雄"，他的主要问题就是想要排尿，后来他在晚上爬到外面对着柴火堆撒尿。他的创伤明显源自个体和家庭之中。他所犯下的错误和公然的侮辱都表现出了无比的宽容，就像佩西对德拉克无端进行的攻击一样，我们很难想象出他是如何开始从事这份工作并且一直干了这么久的。尽管佩西身后有一位极具影响力的姑妈，并且他并不想让那些踏上最终旅程的人们感到失望，但保罗从来都没有真正表现出愤怒，甚至是在一些更加私人的时间里也没有表现出他的愤怒之感，他显得不太有人情味。这一切都使得在扑灭火焰之前佩西看着德拉克身体燃烧的场景看起来更具教育意义，而并非一种合理的报复行为。他看起来更像是敏感的化身而不像是一个活生生的人。甚至是在德拉克崩溃之后，佩西展现出自己真实的残暴本性，艾治科姆在典狱长面前掩盖了佩西的罪行，而那时他其实可以选择直接将他的罪行公之于众。从某种意义上来讲，考菲之所以会"惩罚"佩西，是因为艾治科姆没有这么做。

艾治科姆的神圣也影响到了他的同事，在他的指导下，他们也拥有了类似的信念，在对犯人执行死刑的时候，他们尽可能地让犯人没有痛苦地死去。布鲁特斯·豪威尔发明了"慕斯威尔感伤"这一概念，哈里·特维灵格（杰弗瑞·德穆恩饰演）祝愿德拉克在向参观者展示他的老鼠时可以"惊倒一圈人"，以及影片开头由艾治科姆吟诵的口号后来也被哈维尔（尤为讽刺的是他的绰号竟然是"野蛮"）重复吟诵："在最后那段旅程中所发生的事情，都将停留在最后的旅程之上。"这同样也适用于佩西，尽管他们没有足够的机会（当他尿裤子的时候）

和动机去羞辱他，但他们还是这么做了。

当嘟嘟讲了一个低俗的笑话，并且所有人都在笑的时候，艾治科姆把大家聚在了一起，他随时都保持着镇定。当阿伦·比特巴克（格雷厄姆·格林饰演）正在等待他人生中的最后几个小时之时，我们看到了他和艾治科姆在一起度过了一段非常私人的时光。艾治科姆就像一名告解时的神父那样，循循善诱地说着一些慰藉的话语，描绘着天堂可能是什么样的。小说中还包含了艾治科姆心里没有说出（并且被认为是虚伪）的那些想法，这些未尽之言清楚地显示了当他嘴上说着那些慰藉的话语时，他心里真实的想法是这个人是会堕入地狱的。此外，金在小说中还让艾治科姆提出了一个计划来帮助莫尔斯夫人，这在某种程度上是他认为自己愧对德拉克所进行的赎罪行为。德拉邦特把这些情节都删去了，从而使艾治科姆的动机看起来更加纯洁，将他的自我怀疑塑造成了一个迷人的缺点——他问自己在审判日当天应该说些什么，并且在早些时候，他向妻子忏悔，他害怕他会因执行死刑而下地狱。在小说中，艾治科姆没有执行任何死刑就想跳槽，但是德拉邦特把这部分内容延迟到了影片的结尾处，这使他看起来更像是受到了考菲的影响，他仿佛继承了考菲的某种精神。艾治科姆因思虑着考菲的事情而夜夜无法入眠，并且在身体上也受到了一定的影响，他在比利的暴怒之后瘫倒在了通往最后一段旅程的地板上。他是一名模范丈夫，他深爱着自己的妻子，在考菲的帮助下，他最终得以将这份爱意表达出来。实际上，艾治科姆确实无法继续从事这份工作了，这一点有力地表明了对于一个敏感且富有同情心的个体来说，这是一个不能并且不应该忍受的过程。

作为监狱电影的另一个主要情节，高潮部分的行刑纯粹是好莱坞电影的表现手法。先前的角色发生了转换，考菲需要向守卫保证"一切都会好起来的"，在走进行刑室时，在心怀仇恨的民众面前考菲显得有些畏缩，但是艾治科姆让他安下心来（在小说中是"野蛮"说了一句话），鼓励他去"感受我们的感受"。电影画面切换到所有的守卫身上，他们的脸上满是泪水，不敢去看他的眼睛，而影片中艾治科姆和考菲之间有一次标志性的握手画面，这与他们第一次会面时的情形交相呼应。黑人和白人，捕获者和被捕获者，强壮和相对瘦弱都并列在了一起，同时还与佩西进行了对比，佩西和艾治科姆在握手之后并没有信守诺言。我们通过画外音听到了考菲的真实想法，就像通过心灵感应向艾治科姆传达了讯息。他在回忆起沃顿绑架那些女孩的时候，威胁说如果她们有人大叫的话他就会伤害另外一个人："他利用她们对彼此的爱杀了她们，每一天都在发生同样的事情，全世界都是如此。"这也许不仅描绘出考菲试图帮助人类，同时也展现了艾治科姆与这段最后旅程的相关工作。考菲低声呼唤着"天堂，我在天堂"，这是背景音乐 *Cheek to Cheek* 里面的歌词，此时行刑设备也已经连接上了。我们在影片中已经看到了两次这样极其恐怖的过程，因此，当第二个开关被推上去之时，我们只看到了考菲片刻的痛苦表情，背景中灯泡闪烁的慢镜头，这一场景显示出了一种超然的品质。在他死后，艾治科姆把圣克里斯托弗的奖章挂回到考菲的脖子上，这可以被视为是兑现承诺或者是对毫无意义的死亡的一种讽刺。

影片并没有过多地考虑社会现实。鉴于艾治科姆的神圣，德拉邦特对于将一个残酷体系进行感性化处理所付出的代价持一种开放式的态度。我们第一眼就看到了一伙被锁链锁住的人们，他们吼着劳动号子，看起来他们似乎正在非常"欢快"地工作着，他们相当轻松，只有极少的守卫看管他们（一个站着的守卫，另一个守卫则骑在马背上）。监狱外围也没有什么守卫，逃跑看起来似乎再容易不过了。在影片中，除了考菲之外（他是无辜的），比特巴克、德拉克甚至是比利·沃顿的罪行直到接近尾声时才被揭露出来（与小说中不一样），这样的处理使他们的角色显得更加人性化，不那么沉重。在影片中，德拉克看起来像一个听话的怪人，和老鼠做朋友，坐在电椅上的时候一直在道歉，明显表现出了一种悔恨之情。然而在小说中，他明确被定罪为强奸和多重谋杀罪，这使读者可以更加冷静客观地看待这个人。

　　然而，在其他方面，德拉邦特在金小说的基础上呈现出了更为阴暗的一面。艾治科姆拜访了哈默史密斯，在小说中他被设定为一名记者，但在影片中他却被设定成了一名律师，并且是考菲的辩护律师。他几乎没有探监者，也没有家人或者法律顾问来探访他——德拉邦特的观点是在这样一个地方体现出来的，所有的法律手段都已用尽，最后的旅程是一条不归之路，那是等死的地方。影片的立场可能并不像艾伦·帕克执导的《大卫·戈尔的一生》（*The Life of David Gale*，2003）一片那样鲜明，而且德拉邦特并没有使用小说中的台词诸如"我们再次成功毁灭了我们无法创造的东西"，但是对合法化杀人机制的清晰刻画（电椅、海绵、他所说的话）都毫无疑问地可以判断出金并非死刑的拥护者。我们看到的那三次死刑，每一次执行都向我们展现了详细的过程，甚至还包括偶尔需要多加两剂量电荷。为了避免影片被归到 R 级，德拉克的行刑场景不可能像金小说中描写的那么形象、令人瞠目结舌。所以德拉邦特把关注点放在了肉体烤焦的"嘶嘶"声，德拉克的尖叫声，乱窜的人群和警卫惊骇的反应等一系列特写镜头上。正是出于这种原因，梅琳达的诅咒也是通过转述而不是直接说出来的。

　　观众也许并没有期待影片像罗伯特·奥特曼的《幕后玩家》（*The Player*，1992）结尾处那样狗血地突然出现"缓刑"的剧情，但作为一部监狱剧情片，该片以异常忧伤的基调结束了全片。尽管我们也没有看到艾治科姆的妻子因车祸而惨死，就像小说里描写的那样，德拉邦特让艾治科姆回过头去看他写的那本书（这一点很可能是金自己的行为）思索"这其中是否存在一些有意义的内容，它们应当是令人振奋并且崇高的"。显然，考菲没能获得缓刑，艾治科姆的小说以他的吟诵作为了最终的结局"我们每个人都走在自己的绿里上，生命就是一场死刑判决"。延长的生命对他而言（如嘉莉·怀特、约翰尼·史密斯的天赋甚至是约翰·考菲，他把感受世界的痛苦比喻成了脑袋里面的"玻璃碎片"）非但不是一个祝福，反而看起来更像是一种诅咒（我们看到他在艾丽的葬礼上放下一束鲜花的画面慢慢消融，他比她活得更长久），从这一点来看，死亡或许是一种解脱。

过关斩将 The Running Man

《过关斩将》是第一部根据金化名为理查德·巴赫曼所著的作品改编而成的电影，金之所以采用化名，是因为出版商希望他每年只出一本书，而他本人则希望创作出更多的作品。把该片放在本章可能会显得有些奇怪，但是通过对金的小说进行删减，并对其内在过时的形象化内容进行修饰，去掉其中暗含的社会背景，影片中的越狱情节表现得十分突出。

像前两部影片一样，《过关斩将》从文本上来说也是引经据典，但是这里的引经据典只是为了证明影片不仅在文本上缺少深度，而且更是想象力匮乏的一种表现。在视觉风格上，这部电影也是高度借鉴了其他优秀作品。电影开场的字幕伴随着哈罗德·法特梅耶细微的合成配乐，让我们多少想起了马丁·布莱特斯执导的电影《比佛利山警探》（*Beverly Hills Cop*，1984）所体现出的乐观向上的精神。当然，这更会让人觉得该片仿佛是一部穷人版的《终结者》，这两部影片都采用了相似的影视图像。影片的开场是在一架高科技直升机中使用监视设备来控制、监督城市中的普通大众，此处呼应了电影《蓝色霹雳》中的开场设置。然而，这部早期的影片至少营造出了真实的紧张感，本片在直升机有限的密闭空间内拍摄的令人难以信服的打斗画面，在本·理查兹（阿诺·施瓦辛格饰演）拒绝服从命令的时候明显使用的蓝屏画面，以及他挂在直升机舱外的场景，则在不经意间让人觉得十分好笑。班德汉姆的电影基于观看监控录像暴露了为达到政治目的来操纵、处理这些画面，营造出一种有效的叙事推动力。类似的剧情在这里却没能产生任何悬念感，安布尔（玛利亚·康柯塔·阿隆索饰演）在试图窃取录像带的时候轻易地被抓住了，而阿尼对于揭露电视节目的虚假性毫无兴趣（他并非那个想要摧毁卫星系统的人），他只想对那些折磨他的人实施出于个人的、正义的暴力复仇。然而，尽管在一个明显废弃的锻造厂内与"火球"（吉米·布朗饰演）对抗的过程与电影《终结者》的结尾部分以及诸如迈克尔·克莱顿的《西部世界》（*Westworld*，1973）这样的经典之作看起来具有相似之处，但本片却没能让人感到任何恐惧感或者是危险的感觉。洛杉矶的城市风景像是低预算版本的雷德利·斯科特的《银翼杀手》——夜间的摩天大楼，探照灯掠过现场以及街道旁边的窝棚，有些窝棚甚至已经着了火。即使街头的巨型霓虹灯屏幕（伴随着柔和的女声）起到了一定的作用，但这也只是让我们想起了斯科特为如世外桃源般的殖民地所做的广告。

影片《过关斩将》以越狱为主题，同时对"真人秀"现象进行了社会批判，在该类电视节目中，节目的参与者通常都是普通的参赛者（例如潜行者），这些挑战者都可以迅速成为名人。然而，影片通过游戏竞赛节目对未来展望的这一主题本身就存在一定的问题，即主题过于野心勃勃而影片本身并非如此。主持人言不由衷地喋喋不休，用煽情的视频片段介绍参赛者，以及与观众进行沟通和应答的互动，全场欣喜若狂的欢呼声和主持人所说的结束语，所有的一切都丝毫没有未来感而言。在 1989 年，类似《美国角斗士》这样的"真人秀"节目已经风靡全球。把柯特·富勒塑造成基林工作室的合作伙伴则令人想起了佩内洛普·斯皮瑞斯执导的影片《反斗智多星》（*Wayne's World*，1992）中的罗素，他重现并模仿了这一角色，因此让人很难把节目制作人的束手无策当回事儿。同样，政府司法和娱乐手段上的省略或者模糊是美国新闻媒体的重要组成部分，以此来帮助新闻从业人员抢先到达犯罪现场。基林对于一名潜在候选人的不道德行为的反应——一名教师用牛排刀杀死了他的妻子和岳母（"我十分喜爱这一品质"），这似乎一点也不奇怪。在诺曼·杰威森执导的《疯狂轮滑》（*Rollerball*，1975）中，圆形剧场已经在十年前就通过在电视上推广暴力运动传达了国家对于异议者的镇压。

与影片《疯狂轮滑》相比，本片中的游戏看起来则显得相当平淡无奇。挑战者从一个隧道中飞下去，就像介于坐雪橇和过山车之间的经历（那些玩游戏的人通常都非常开心），从而营造出一种没有什么科技含量的并且类似"星际之门"系列电影中的场景。在着陆之后，这一动作并没有多少地理学上的意义，每次与潜行者的对抗都发生在昏暗的摄影棚或者随处可见的荒地上。这个游戏中的暴力场景，就像潜行者的名字那样，或者说，就像施瓦辛格的角色一样显得过于幼稚了。虽然一开场巴肖的摩托车攻击来势汹汹，但当阿尼被拖在自行车后面时，这一行为就像是在拙劣地模仿西部一种名叫"龙骨拖行"的惩罚游戏。我们从来没有真正期望出现那种类似雷德利·斯科特的《黑雨》（*Black Rain*，1989）中残酷、程式化的暴力行为。安迪·加西亚所饰演的查理一角，也在类似的情况下被斩首了。

影片中也有一些颇有成效的讽刺笔触。在基林的办公室里，我们看到了"仇恨船"的海报，以及后来的"疼痛—美式风格"的海报。这些海报和一些小雕像并列摆放在一起，暗示着他知道公众想要什么。

同时，在那个"向美元攀登"的简短广告里，一名男子抓住绳子向上爬，下面是一群狂吠的罗威纳犬，巧妙地将探险"真人秀"节目中那种腐蚀人心或者简单的美进行了包装。就在那个人快要逃脱的时候，一阵大风把他吹了下来，画面定格在他即将下落的那一刻，这种情节的突变可能像柯南伯格执导的《录影带谋杀案》中，马克思·瑞恩会赞赏批准的那种节目一样。当基林穿过门厅的时候，他不小心被一名清洁工绊倒了，他当时表现得非常友好，但随后他在电梯里脱口而出要解雇那名清洁工，这就彻底表现出了基林"两面派"的本质。国家利用媒体操控不仅重新编辑了他的反对片段，还有粗劣的宣传以及大规模操纵并虚构素材，当我们看到弗里曼队长战胜了阿尼和安布尔时，尽管电视演播间的攻击和越狱一样怪异，但在这两场戏中的人数设置都不多，甚至连两位数都没有达到。

玛吉斯特尔风趣地描写了从小说中反对乌托邦、积极社交的版本到影片中利己主义、共和派主人公这样的转变。当然，影片中删去了小说中大部分更为激进的政治元素。然而，玛吉斯特尔却错过了对施瓦辛格这一角色的处理，这一处理使所有其他的体裁预期失色不少。在他职业生涯的这一阶段，他只要出现在电影里，就会让人觉得这又是一部"阿尼的电影"，但观众从中派生出互文意义的方式可能会比电影看上去还要复杂。原来的中篇小说是以对敌人总部所在的摩天大楼进行一种令人感到怪异的预知一般的"9·11"式的袭击为结局［在《失眠症》（*Insomnia*，1997）中也用到了这种情节设置］，但是为了更崇高的目的，自杀式的结局并不完全符合施瓦辛格的银幕形象。由理查德·戴尔等学者发展起来的"明星理论"认为，明星形象的吸引力是通过预期内容的传达以及与某些原创可能性之间的紧张感创造出来的。乐趣来自于新旧内容，熟悉和陌生之间的融合。影片对于施瓦辛格的角色塑造至关重要。除了天启似的影片由彼得·海姆斯执导的《末日浩劫》（*End of Days*，1999）之外，他所扮演的角色从来没有死亡过（他似乎成了一个"终结者"），这有效地表示出他在银幕上几乎就没有遇到过什么危险，我们知道他一定会回来的。无论如何，他都会杀死他的对手，这是一种观影乐趣。但我们在这里看到的却不是一次对社会的讽刺或是动作电影的认真尝试。《过关斩将》代表了施瓦辛格银幕形象的一个关键点，他肯定参与了汽车追逐和爆炸场景中的动作戏份。在《终结者》的两部续集中，他扮演的"终结者"一直都朝着坚定的目标迈进着。但在观看本片之时，我们看到他前进的唯一目标是实现他的政治诉求。

正如他之前拍摄过的影片，本片中的主要特效在于他的身体。然而，这种真实表现出的"自造人"在很大程度上仍然需要直观地被表现出来。紧身连体衣让他的身材轮廓更加清晰，并且在最初的越狱片段中还反复拍摄了他站在那里的镜头。如同兰博一样，他一手握枪射击，特技演员表情夸张地从架子上掉下来之后，他的第一反应是立刻谨慎地开始思考，而不是急于在力量减弱之前跑向周围的栅栏。本片最初想选择克里斯托弗·里夫来饰演该角色，这可能会在角色身上融入一些卡通元素，但是施瓦辛格在银幕上的形象和内涵要比这更多一些。我们第一次见到他的时候，他正悠闲地单手拿着一根铁梁，抽着一根粗大的雪茄，就像是约翰·韦恩和大力水手（Popeye）的结合体。与标准监狱电影里面逃亡的罪犯不同，施瓦辛格并没有表现出害怕的心理，也没有试图躲藏，他抽着雪茄，在市内穿行着，衣着也与以前的形象无较大差别———件金黄色的紧身背心、一双靴子和一个工具箱，看上去仿佛集合了他"健美先生"和"终结者"的形象于一身，甚至对于他的同性恋粉丝团来说，这一银幕形象看上去有几分乡下人组合（Village People）成员的样子。

在影片《终结者 2》中，他扮演的角色 T-1000 说过，他越是与人类进行多次接触，就越是能学到更多东西。在本片中有一段与之呼应的对话，他声称"我学得很快"，甚至在他出演伊万·雷特曼的电影《龙兄鼠弟》（*Twins*，1988）和《幼儿园特警》（*Kindergarten Cop*，1990）中扮演以家庭为中心、"多愁善感"的形象之前，本片中已明显出现了一个亲切、温和的阿尼形象。相较于早期的电影，如约翰·米利厄斯的《野蛮人柯南》（*Conan the Barbarian*，1982）和马克·莱斯特的《独闯龙潭》（*Commando*，1985）中，接受过对话和语言训练让他可以说出相对复杂的台词。毫无意外，在杀死受害者的时候，他说的话是那样僵硬、无趣，就好像"邦德式"的讽刺一样——巴肖（"必须把他撕了"），"火球"（"真是心急啊"），以及"副零"和"发电机"（"他的脖子一定非常不舒服"）。当基林回复（讽刺那句名言）"只是在重新运行"时，那句家喻户晓的"我还会回来的"名言似乎也带上了悲伤的告别意味。

不同于施瓦辛格早期的动作角色，他在本片中的大部分时间里都在和一个女人演对手戏，他作为一名异议者、被国家误判的受害人，成功将她争取到了自己的一方，另一方面他在这一过程中也成功运用了自己的男性魅力，影片最后的一个吻，标志着他最终赢得了美人心。然而，必须要指出的是，从1987年的时间来看，施瓦辛格所参演电影中的女性角色仍然只占很少的一部分。在被发现试图揭露有关贝克斯菲尔德大屠杀真相时，安布尔继本之后被抓住并被送去参加比赛。一进入比赛，她就扮演了阿尼身边一贯的女性角色：她特别害怕，随时需要被保护。然而，"色诱"阿尼这个荧屏角色的尝试并不是十分成功。安布尔的同事看到本的时候说，你应该庆幸"他没有先杀了你，再强奸了你，我的意思是那样一个人，有什么是他干不出来的"。安布尔喃喃自语："会吗？"这一切都反映了身在好莱坞的阿尼强大的野心胜过了任何真实生活中出轨的可能性。

按照施瓦辛格以前拍摄的影片来看，阿尼可能会扮演潜行者这样的角色——单调、机器人般的角色。他在影片《终结者》中扮演了一名冷血杀手，而在本片中他扮演的这个角色拒绝向手无寸铁的妇女和儿童开枪。他并没有像在詹姆斯·卡梅隆拍摄的《真实的谎言》（*True Lies*，1993）中那样，在影片中跳探戈或者开喷气式战斗机，但是我们看到他手脑并用地去解决问题，触手可及的东西到了他手中都能变成武器用来对付那些装备良好的对手，并通过运用电脑技术偷走了安布尔的护照。他依然会时不时地展示一下自己的力量，例如把阿隆索从固定在地板的工作台上举了起来，以及后来他用身体抵挡住了牢房的大门。然而，他打断了阿隆索的例行健身，而并非是他自己的健身行程。在这两个场景中，他穿着白色的背心和短裤，就像他坐车旅行时穿过的那件夏威夷风格的衬衫一样，这使他看起来有点像一个小孩，因此让人觉得他并没有什么威胁（他在《龙兄鼠弟》中进一步继承并发扬了这种穿衣风格）。

实际上，直到影片结束，全片也几乎没有发生什么变化。开场的监狱场景似乎早已被人们遗忘，但是从集权主义的角度看来，他们赞同影片中的监禁感。"真人秀"节目的观众可能意识到他们被骗了，但是并没有表现出他们要求政府对此负责或者想要站出来反对政府的意图。观众在本杀死基林之后发出的迟钝欢呼声似乎和他们之前对于这个游戏的反应并没有什么不同之处。基林对这种依附于电视文化的演说却是一针见血，只要阿尼满足他们的愿望，他们就会为他欢呼。尽管本片的初衷是拍摄一部动作片，但该片的意识形态却矛盾地与政治惯性结合在了一起。作为未来的加州州长，他对逃出来的伙伴们说道："我对政治并不感兴趣，我只是为了生存。"用达尔文的话说，就是适者生存。基林可以立即发现本的明星气质，正是因为他是如此罕见。在基林被阿尼的一段慢镜头迷住时，他正在阐明施瓦辛格将给这个节目带来的明星效应。在描述理查德的时候，基林说："你很有才华，你很有魅力，你很有勇气。"施瓦辛格在这部影片中是否显示了所有这三个特质值得我们进一步商榷，但是本片的角色并没有这样去要求他。在把本·理查德从一个普通人转变成一个"超人"的过程中，角色的改变和角色的选择意味着有效推翻集权国家或是质疑一个集权国家的所作所为，甚至是对一个集权国家的行为进行质疑的唯一方式。这并不是通过集体民主行动实现的，它只能通过个人英雄主义的行为来完成——这是一个只有"前宇宙先生"才能扮演的角色。

结 论

本章中的监狱就像是一个机器，通过重复、艰辛的日常工作来毁掉囚犯的生活，从某种意义上来说，监狱电影创造出了一种比金的科技怪物影片中的怪物（在第五章中将会详细探讨）要更加恐怖（因为这是基于现实）、更加可信的"怪物"。卡夫卡的小说《在流放地》（*In the Penal Colony*）和《审判》（*The Trial*），都讲述了没有任何合理证据就被判有罪的囚犯被关在残暴、毫无人性的监狱系统中，该系统的唯一目的似乎就是摧毁他们。金的改编电影并没有表达出那种随机、既有的惩罚概念：尽管那些仪式令人感到十分厌恶，但是在监狱这一背景中自有一种内在的逻辑。在影片《绿里奇迹》中，我们看到了使囚犯做好行刑准备的必然过程，在《过关斩将》中，一个"真人秀"电视节目基本上营造出了同样的情境，但这仅仅是为了娱乐大众。

典型的监狱电影就是幻想，它旨在揭示监禁残酷现实的同时，让观众通过冒险主义和英雄主义来逃避日常生活中的苦难。在这些所讲述的故事中，经过长时间的苛刻压迫后，正义又奇迹般地恢复了。通过讲述这样的故事，监狱电影使我们相信，简单来说就是在这个世界上长期忍耐终会得到好报的。

影片《肖申克的救赎》和《绿里奇迹》都将背景设置在一个神话般的过去中，可以说都有着令人振奋的结局（如果我们把艾治科姆的英雄主义和考菲的牺牲看作是《绿里奇迹》的焦点，而不是一个无辜的黑人被国家合法化地谋杀了），而《过关斩将》里面也设置了一个动作冒险英雄作为影片的亮点。然而，片中任何正义感都是牢牢设置在个人层面上的，而不是制度层面上的，并且都伴有严厉的限制性条款。在《肖申克的救赎》中，通过几乎难以置信的长久以来的个人忍耐（安迪并没有被赦免，他只是逃出了监狱），以及在经济上受益于典狱长的欺诈计划，正义才最终得以重现。在《绿里奇迹》中，尽管艾治科姆从体制中走了出来，但体制本身依然保持不变。在《过关斩将》中，荒唐、叛乱的"真人秀"节目竞技比赛与金小说中的自杀式飞机坠毁相比则显得不太真实。虽然醉酒以及妻子的通奸行为为他的犯罪提供了一定的合理性，但在《肖申克的救赎》中，似乎并没有什么不公正的存在，因为从一开始我们看到并且我们也认为安迪是有罪的。直到后来，当引入了汤米以及有关埃尔莫·布拉奇的情节之后，影片才转变成了一个更加传统的"为自己洗脱罪名"的故事。类似地，从一开始来看，考菲明显有罪，直到影片最后我们才在回放中看到了更完整的版本，见到了真正的凶手比利。影片《过关斩将》的情节一开始就表现出了明显的不公正，既有本·理查德出于个人目的想要洗清自己政治叛乱的罪名，又暴露出"真人秀"电视节目作为政府镇压大众的一种手段。

类似梅尔文·勒罗伊所拍摄的《逃亡》（*I Am a Fugitive from a Chain Gang*，1932）之类的影片，有时候会有一种近乎"狄更斯式"

的社会评论元素在其中，从而使得我们意识到监禁系统的问题，明示或暗示地鼓励我们去抗议。尽管史蒂夫·尼尔认为，体裁电影能够帮助、指导和塑造意识形态并表现出某种意识形态，在《肖申克的救赎》和《绿里奇迹》中，通过将叙事设置在过去，给人一种安心的缓冲，在一种怀旧的慰藉之下反映出死刑的可怕或是暗示现在的监狱条件总体已经大为改善。① 影片《绿里奇迹》的特点是对死刑进行了形象化的戏剧描绘，而《肖申克的救赎》则刻画了一个基于身体、经济甚至性能力的残酷的监狱权力系统。然而，这两部电影都是通过基督徒式的主人公以及距离现在十分遥远的时代背景对影片进行调和，并且明显减少了政治内容，这使得影片更具历史感、回顾感，而不是让当代观众感到那是一场"战争的动员"。

---

① 史蒂夫·尼尔. 体裁. 伦敦：英国电影协会出版社，1980：16.

第七章

血之书：作家题材

"永远不要相信你出版的东西。永远不要把你所相信的
东西出版出来。"①

　　金笔下的许多角色（主角和配角）都是作家，尤其是自二十世纪
九十年代初以来，许多角色都是刚刚新近遭受打击的男性（特别是丧偶
的打击），而也恰好给予了他们不同寻常的创作灵感。写作是一项固有
的内在行为，尽管把写作变为一项充满戏剧性的活动也不是不可能的，
但对于电影制片人来说，这的确是一个不小的挑战。格雷厄姆·格林是
金在谈论写作时最喜欢引用的一位作家，他曾经提出"写作是一种疗伤
的形式"这一观点。对于金笔下的众多角色来说，将自身的经历记录下
来已经成为他们疗伤的一种方式，去理解这些经历，与之和解，然后继
续相对正常地生活下去。当这种经历发生在童年，并且只有经过成人期
的过渡之后才能被理解之时，这种方式就显得尤为重要，就像哥狄·兰
斯和比尔·德斯巴勒的情况一样。这不仅适用于那些职业作家（保罗·谢

---

① 斯蒂芬·金. 梦魇幻景录. 伦敦：新英语图书馆出版社，1993：138.

尔顿、杰克·托伦斯、撒德·博蒙特和本·米尔斯），它也同样适用于像保罗·艾治科姆这样的人，他们都在努力让生活变得更有意义。影片《秘密窗》不仅明显触及到了剽窃这一话题，甚至还谈到了作家在日常生活中奇怪、孤僻的性格，并且在遭受压力之时，写作是一项既能保持同时也能威胁个人心智的矛盾活动。狙击手成为潜在的追踪者，这让人们想起了《危情十日》里金经常反复提及的一桩轶事，他曾经给马克·查普曼（射杀约翰·列侬的凶手）亲笔签了名。

金所借鉴的主题似乎越来越小了，但这也并未让人们感到非常惊奇，也许对于他来说，写作本身和写作的过程就是如此有趣和重要。当然，倘若一个人能像他那样在一天之内写出那么多文字，那么他必然会对写作一事拥有自己独特的见地，但同时我们也会发现从时间的安排上来看，他将很难再去经历和体验生活的其他方面了。艺术家和角色之间的本质关系，特别是用化名来呈现他们自己的生活（《人鬼双胞胎》），有时候这种做法也许会使粉丝对作家非常着迷，他们拒绝让作家改变或发展剧情（《危情十日》），此外作家们也许还会伴随着剽窃和唯我论的风险［《秘密窗》、《神秘花园》（*The Secret Garden*，1949）］以及作者自身所遭遇的瓶颈［（《闪灵》、《尸骨袋》（*Bag of Bones*，2011）］，这些都是直接影响金的问题。他声称《秘密窗》是"最后一个关于作家和写作的故事"，但他随后迸发出了有关这一题材的灵感，并于2006年出版了《茜茜的故事》（*Lisey's Story*）一书，探究了关于一个作家的文学遗产问题。①

就创作过程本身而言，其存在的问题可能更多。金在《论写作》一书中就试图回答了一直以来所存在的问题——"你的创作灵感从何而来？"但是本书的销售量却一直不温不火。《危情十日》将监禁下可能

---

① 斯蒂芬·金. 午夜四点. 伦敦：新英语图书馆出版社，1990：305.

的写作状态和感受搬上了银幕，《人鬼双胞胎》只是在影片结尾才向我们展示了写作的行为，即乔治·斯塔克试图模仿他的创造者但最后却失败了，而《秘密窗》则戏剧化了连同写作一起拒绝的情况。不同于直接挑战影片的某种形式，比如彼得·格林纳威的《枕边书》（*The Pillow Book*，1996）以及他根据莎士比亚的《暴风雨》（*The Tempest*）改编而成的电影《魔法师的宝典》（*Prospero's Books*，1991），这些电影都用绘画体系将文本以一系列字体上的形式搬上了银屏，这里是把作家的生活直观地展现在了银幕上。我们在本章中的电影里看到的角色，他们都面临着生活的窘境。他们的作品在某个特定体裁之内都十分成功，但是当他们试图跳出该体裁时就会变得困难重重，这就反映出在本书其他地方提及的影片改编所承受的体裁压力所带来的魅力和专制。

危情十日 Misery

"有时候，我觉得我也许疯了。"

——安妮·威尔克斯

罗伯·莱纳已经在《伴我同行》中展示了其创造小规模人物主导剧情的强大能力。本片中的叙事仿佛是一部戏剧，把有限的演员聚集在了一起。金把《危情十日》描述为"能对读者产生巨大影响力的小说"，而《人鬼双胞胎》则"恰恰相反"，《秘密窗》似乎尝试着"在同一时间之内讲述两个故事"①。影片《闪灵》和《尸骨袋》探究了

---

① 斯蒂芬·金. 午夜四点. 伦敦：新英语图书馆出版社，1990：306.

《危情十日》电影剧照

作者遭遇写作瓶颈时而产生的恐怖感，《危情十日》则揭示了艺术家是怎样被迫接受妥协的一系列过程。

保罗·谢尔顿（詹姆斯·卡恩饰演）是一位被自己的成功所束缚的作家。通过开放式的紧凑拍摄，我们看到了一个庞大笨重、明显落伍的打字机特写镜头，同时也听到了打字机按键的声音（相比之下，作者只是背景中的模糊人物）。稍后，我们看到保罗直视摄像机的镜头，然后镜头反切到打字机上进行拍摄，从而表现出作者与创作工具之间的密切关系。编剧威廉姆·高德曼没有选择使用金小说中这两者之间的敌对对话，就像《蝇王》中那个会说话的猪的头盖骨那样。

保罗疯狂爆发式的打字与一个有趣的反向镜头同时出现——他的口中嘟囔着"可恶、可恶、可恶……"的特写镜头，就像在《闪灵》中尼科尔森一直重复他的那句谚语那样，在一部小说完结的某些固定仪式上金融入了自己的经验。谢尔顿对自己故事的总结说："呼吸看

245

起来似乎没有什么特别的地方，但是如果没有了呼吸，我们还剩下什么呢？"当金于 1999 年发生车祸之后，这样的结束语回味起来无疑平添了几分讽刺意味。

那个挎包（在汽车内出现了两次特写镜头）则表达出一种自负、满足、全神贯注，它同时也让人联想起在倒叙中保罗向他的出版商（劳伦·白考尔饰演）解释书的重要性，对于他这样努力奋斗的作者来说，挎包象征着他来之不易的完美形象。出版商一角的形象化使之与保罗形成了某种鲜明的对比，同时也缓解了保罗自身患有严重幽闭恐惧症的本性。保罗显然已经厌倦了，但他仍然说道："我曾经也是一名作家，但现在我只是在为《米瑟莉》一书凑字而已。"他的代理商把《米瑟莉》描述为金钱的象征，并且反驳他说："你仍然是一位作家。"代理商同时还指出，《米瑟莉》的成功出版将能够使他供孩子们上大学，让他们过上奢华、富有的生活。对他来说，成功就像毒酒一般，这一切不过是他的读者以及唯利是图的出版商们想要他创作的内容而已。安妮·威尔斯（凯西·贝茨饰演）是这群狂热而永不满足的读者群的极端代表，她只希望看到他们想要看到的内容，而不是出于作者本人意愿的原创内容。保罗造就了一个需要一年喂食一次的怪物。通过这个对话，《米瑟莉》仿佛成了一个真实的存在。小说群体不同层次的定义成为了安妮和保罗之间的核心战场，保罗就作家的责任被教训了一次（就像安妮所看到的那样）。她虽然精神错乱，但是从某种程度上来说她也许是正确的——他不再是他看起来的样子，他从以往的经验中挣脱了出来，成为一名更加优秀的作家。一名严厉的编辑正是他目前所需要的。她评论他现在的作品，她认为："你的水平要比这更好。"讽刺的是，她的看法完全正确。

影片对于写作行为的重点刻画反映了保罗与安妮之间的关系。安妮声称她被"我是你的头号粉丝"所唤醒，并被其中幼稚、夸张和潜在的不可能性所感染。在广角镜头中，保罗的房间除了木地板、床和一把椅子之外竟然没有其他任何家具，这就是接下来几个月中他将要居住的地方。他最初被困在走廊里的情景，进一步说明了他的被俘状态。他需要卧床休息，所以片中不可避免地需要经常使用俯拍镜头来突出他的脆弱。对于安妮（从低角度进行拍摄）而言，当她发现他试图杀死书中的女主人公米瑟莉之时，莱纳有时会用广角镜头扭曲她的形象来彰显她的古怪和可怕，她斜眼看着保罗的脸，或者将他堵在走廊的尽头。玛吉斯特尔一直分不清楚"高角度"和"低角度"这两个术语，并且声称"整部电影的摄像机角度和视角几乎都给了保罗"，这无疑加强了观众对于他受害者身份的认同感，同时也让观众对安妮产生了疏离感。[1] 然而，在大部分的场景中，莱纳交替拍摄的视角让我们对两名主角都产生了同情心。例如，在一个低角度拍摄安妮的脸部特写镜头，然后切换到她高高在上俯视着他的画面时，随着保罗开始进行创作，莱纳的拍摄更加接近于人眼的高度，并且经常使用静态镜头。当安妮说话时镜头仍然聚集在保罗的身上，当她在挂外套或者在房间内的其他地方干活时，影片使用了不同的音效等级，从而使这种自然的小细节与对话叠加在一起，随着安妮的谎言慢慢开始出现破绽，这更增加了我们对保罗处境的认同感。

2004 年，罗杰·米歇尔拍摄了尹恩·麦克尤恩于 1997 年出版的作品《爱无可忍》（*Enduring Love*），将一个"情爱妄想症"患者的生活（*De Clérambault's Syndrome*）搬上了银幕，片中列举了"情爱妄想症"的症状，执着于某一个爱人，想象彼此之间有着某种互动关系，对一个人的深爱程度甚至到了可以为他／她殉情，甚至还认为这一行为是命运的安排。在宗教的狂热下，安妮把她遇到保罗这件事当成了"一

---

① 玛吉斯特尔. 好莱坞的斯蒂芬·金. 纽约：帕尔格雷夫·麦克米伦出版社，2003：66.

种奇迹"，但是她对这名"世界上最伟大作家"的盲目崇拜已经证明了她的英雄崇拜正处于极度不稳定的情绪之中。她的信念通过十字架，以及她的不敬姿态和她声称上帝回复了她的祷告，并且告诉她"我把他送到了你的身边，因此你要为他指路"等细节表现出来。同样她也给了自己合理化的暗示，即"在某种程度上，我是在追随你"，她认为是自身强大的欲望实现了她的心理诉求。宗教性和世俗崇拜在这个挂有保罗签名照的休息室中相互交织在了一起。同样讽刺的是，她夸张的赞美竟然触及了他一直信仰的艺术性谎言——当她声称"你真的是一名非常优秀的作家"之时，他脸上的痛苦表情已经说明他知道自己其实不是一位优秀的作家。她声称"我爱你"，同时又立刻加上"我也爱你的思想，你的创造力"，这也表现出她如少女般的青春期迷恋（一个屏息般的呼唤"天哪，保罗"就是标准的反应）并相信这是一段"特殊的、完美的爱情"（这可以从当她得知"米瑟莉还活着"的时候，她快乐得如少女般在原地旋转并且跑过去播放李伯拉斯的唱片这一场景表现出来）。她的情感发展引人注目，她觉得成年人之间的关系非常复杂，于是她宁愿在家中和她的毛绒玩具猪一边吃薯片一边看电视相亲节目。在此期间，其他人甚至不能与她闲聊进而打断她观看电视节目，所以当保罗说冬天正在变得越来越短时，她打断他说："是，不过那只是一个推断。"

　　安妮扮演了"多重"人物，但她与保罗之间并不是绑匪和人质的关系，她把自己设定为一名家庭怨妇（"我给你做饭，打理你的个人生活，但我得到了什么回报？"）。她甚至从保罗写的浪漫小说中获得了某种情人姿态，转身进入门廊并且给了他一个飞吻。从某种意义上来说，他是造成安妮不幸的主要原因，她从他的剧本中习得了那些举止和俗套的情话（"亲爱的，我对你有信心"）。但是对其作品而言，她是一个粗暴的评论家，似乎以老师的姿态告诫他说："不对，你必须重新来写。"安妮将那些与她原来设想并不相符的真实世界中的种种元素通通排除在外：手稿中的咒骂，烧掉那本将米瑟莉写死的书稿，星期六早上播出的英雄们奇迹逃脱的系列电影，以及那些她不喜欢的人们（她所护理的病人和前来询问情况的警长）。但是，她的虚荣心使她绕开了自身的唯我论倾向，她同意保罗以她的名字命名一名掘墓人，而这是保罗尝试创作《米瑟莉归来》中唯一令她可以接受的地方。最后，当伯斯特到家中拜访她时，安妮进一步展现了她的非正常情绪。她告诉伯斯特，上帝让她成为保罗的替代品，并且命令她来创作新的故事，仿佛她就是保罗的分身一样。原有的认同感现在已经被吸纳所代替。同时，她也任命自己为保罗的护士，并且在电影开头，安妮拉开覆盖的时候，莱纳从顶部拍摄了他从头到脚的慢镜头，像电脑扫描图一样第一次全面展示了保罗的伤口。然后镜头反转，保罗背上了自制武器，就像马丁·斯科塞斯《的士司机》（*Taxi Driver*，1976）中的特拉维斯·比考（罗比特·德尼罗饰演）一样——这是一个十分恰当的互文典故，暗指一个受到蒙蔽、具有暴力倾向的唯我论者。

保罗凭借直觉感觉到了她的非正常情绪，随即便开始赞扬她，称她也可以像列勃拉斯一样，允许她幻想他们之间的情爱关系，以期尝试并策划逃跑计划。安妮同样也是一个悲剧角色，也许这有点自怜自哀，但是她对保罗监视的核心却是"如果你不是我，你永远不知道失去你对我来说是多么可怕"。他声称自己非常喜欢这样做，对此她的回答则是："你真好，但是我敢打赌这并不完全是真的。"他逐渐意识到安妮欺骗性的性格特征，当他无比沮丧地发现自己无法用大头针打开大门时，他不得不承认小说与现实之间所存在的差距是如此之大（快打开啊，我在书中就是这样写的）。直到最后他成功逃离，我们才意识到，我们和保罗一样，并不知道房间的构造，从而否定了他对房间内外了如指掌这一观点，在大厅里快速跟拍的上下晃动的镜头就是因为他不知道该怎么走所造成的。他试图打电话，但当他拿起听筒之后却发现电话只是一个摆设而已，这也表明安妮虽然看起来很正常但是她的内在早已迷失了。当她逛街回来后，她查看了他的身体状况，并且咄咄逼人地问道："你都做了些什么？"同时，银幕之外的喋喋不休变得更加尖锐。高德曼的剧本（在此处几乎是逐字使用金的对话）通常讽刺性地重复了她的台词，在此保罗对她的怀疑做出了回应："你很清楚我一直在做什么。"他扮演着受害者的角色，并且直觉地感到这样会分散她的注意力。

莱纳用蒙太奇手法充分展现了写作过程中的平淡无奇，不断出现的消融画面表现出保罗整日写作的状态——拿出打字机中的纸，警长的阅读，以及从侧面和顶部拍摄打字机按键的画面。这处蒙太奇拍摄表明该过程很简单，但也许是因为他只有一个读者需要被取悦，虽然她可能会非常严厉。在小说中，金明确表示："安妮·威尔克斯是一个追求完美的读者，这个女人爱读故事，但对故事的创作机制丝毫不感兴趣。她是维多利亚时代原型的具体化，是永恒的读者。"① 保罗试图向安妮解释写作的具体过程（例如他使用的纸张类型），但实际上她并不想知道这些。更具讽刺意味的是，高德曼通过删掉金的小说中保罗解决了《米瑟莉归来》的叙述问题来反映这一事实。实际上，重要的是他完成了这本书的事实，而并不是他所写的具体文字。这种热爱不仅给他带来了物质财富，同样也造成了他现在的监禁：写作导致了认知上自欺欺人的幻想，但是这也使得他最终能够哄骗安妮并且逃之夭夭。

贝茨的表演占据了影片的绝大部分时间，她也因此获得了奥斯卡奖。但是，卡恩的表现也同样令人印象深刻，尤其是他出现在银幕上的大部分时间都处于身体受限的状况下，所以在大多数时间里，他只

---

① 斯蒂芬·金. 危情十日. 伦敦：新英语图书馆出版社，1987：69.

能依靠面部表情来与他人进行交流。小说中关于他对止痛药依赖的描述被卡恩的面部抽搐和伴随每一个动作而发出的沉重呼吸声所取代。当她开始抱怨他的书稿中出现的咒骂之时，她的声音会慢慢变大，慢慢变得歇斯底里，具体表现为她把汤洒了出来并且对他进行攻击性指责（"看看你让我做了些什么"）。莱纳压缩了小说中的几个场景，稍微放大了保罗的镜头，他的眼望向窗户，表达出了他对自己当下的处境几近崩溃、悲痛难抑的状态，这一切让他渐渐明白他落到了潜在的暴力狂躁者的手中。她的脾气说来就来，而他自己被隔离在房间内，他的腿受伤了，只能依赖止痛片止痛。[①] 与《天方夜谭》中的谢赫拉莎德一样，只要故事能够继续进行下去，他们就能保持一种不确定的平衡感。写作的完结不可避免地使得叙事走向了终结，而此时安妮自己也意识到了她的自杀倾向。

安妮未能把身体里的性欲和她的世界观结合到一起，这从她说的话中体现了出来，她的言语中古怪地混杂着孩子气的话语［"丑丑"（Oogy 是从 ugly 引出的带有某种喜爱的词），"喔喔叫唤（cockadoodie）和"罪人"（Mr Man）]以及突然冒出的古怪声音，如发出猪的叫声等。这些行为形象地表现出了她对疾病的迟钝反应（我们可以预料到她作为一名护士的过失行为），她说要把他肩膀上脱臼的关节复位过来，并且可以听到他腿里面的骨头在移动。最明显的是，我们看到了一个床下的镜头，摄像机越过安妮的头，但是却把重点放在了保罗一脸惊恐的表情上。当时她正挥动着便盆，离他受了伤的腿很近，这一举动看起来十分危险。

在这个表面看起来十分冷酷、紧张的戏剧中还有一些喜剧元素起到了对比的作用。当安妮把烤炉推进来焚烧他的书时，他说："当我

---

① 斯蒂芬·金．危情十日．伦敦：新英语图书馆出版社，1987：13．

提到小吃的时候，我想得更多的是奶酪和咸饼干。"安妮制作了一辆轮椅，他说："太棒了，我想参观一下其他的房间。"安妮给了保罗一个护具并且让他"把我想象成你的灵感"。他照做了，但是并不是以她想象的方式。伯斯特与他活泼的妻子〔由弗朗西斯·斯特恩哈根扮演，一年后她又在《流金岁月》（*Golden Years*）中扮演了类似的角色〕之间喜气洋洋的生活中也生成了许多不错的台词。当她对他的阅读进行了嘲弄之后，他回答："正是这些讽刺让我们的婚姻更有味道。"莱纳沿着大厅给出了一个巨大的长镜头，伯斯特在休息室，安妮在厨房，他们彼此之间并不诚实，在警长有机会偷偷溜到楼上之前，他们同时向外窥视着（实际上有两次）。安妮出现在他后面的门框处，手里拿着的却是毫无威胁的可可粉。

尽管那些易于让人联想到恐怖体裁的血腥场景被剪掉了（这并不惊奇），比如安妮残酷地开着割草机碾过第二个警察时的脸部特写镜头，然而在地下室中，从保罗的视角以低角度拍摄的伯斯特被无情扫射的镜头仍然相当令人震惊。安妮冷静地谈到金伯利钻石矿以及列勃拉斯虚弱的声音都使得"蹒跚行走"这一场景的恐怖气氛更富有张力（莱纳和制片安德鲁·沙因曼在剧本中增加了这段情节，这是整部影片中高德曼最感兴趣的一个段落，他强烈要求将其保留在成片中）。与小说中单脚被截肢相比，本片的血腥画面相对更少一些。一扫而过的镜头中，保罗的踝关节呈现出某种不自然的角度，并且发出了令人厌恶的吱嘎声，特别是安妮以某种循序渐进的方式造成这样的声音，再加上保罗的身体表现出的全然无助都表达了那种血腥的恐怖感。我们不需要观看第二次施暴的画面，一次就足够令人作呕了——高德曼看过最终剪辑版之后也得出了同样的结论。

最后，保罗烧了安妮的剧本甚至向她的嘴里塞满了纸（类似《异形》中里普利的"口交"行为，这也许是为了报复开始时安妮对他实施的令人厌恶的人工呼吸），写作为他提供了真正意义上的逃脱。^① 她变得更像是一个女怪物的化身，她在经受打字机的击打、自制燃烧瓶之后被刺穿到机器上面，随后又被门挡刺穿后，她竟然活了下来，她极度兴奋，仿佛经历了性高潮一般倒在了保罗身上。在小说里，令人难以置信的是，安妮从窗户中逃走了，如同弗兰肯斯坦那样的不死怪兽一样，随后她为了杀死保罗而进行了一系列毫无征兆的噩梦般的举动。因此在小说结尾处，她最后死在牲口棚外的结局则显得有些虎头蛇尾。相反，在电影的结尾处，保罗正与他的出版商共进午餐来庆祝他的新书大获成功，这是一种商业上的胜利。尽管没有明显表现出与恐怖体裁相关的标志，但是本片像《魔女嘉莉》一样，以一个毫无根据的主观想象结束了全片：反复出现的逼真噩梦（因为仍有自称是"他头号粉丝"的读者不断企图接近他）或者就像德·帕尔玛影片中最后出现的苏珊·斯奈尔一样，在柔和色调中的最后一幕里放大的镜头显示着他逐渐淡去的笑容，并且留下了最后的一句台词："我不知道是否有人可以从那样的经历中恢复过来。"

人鬼双胞胎 The Dark Half

"我希望不是你，萨迪厄斯。我一点也不希望乔治·斯塔克接管你的演讲小组。"

——雷吉·德里斯

霍德和斯托顿把金 1989 年的《人鬼双胞胎》称之为"一部杰作"。

① 斯蒂芬·金. 危情十日. 伦敦：新英语图书馆出版社，1987：5.

《人鬼双胞胎》电影剧照

庆幸的是，导演罗梅罗在致力于改编小说《克里斯汀魅力》和 *Cell* 时，对于小说文本的处理并没有掉以轻心。电影改编不完全以作家的想法来决定电影的内容和发展趋势，如果片中存在一个传奇不死的角色，那么将会发生怎样的故事，这样的想法当然很有意思。显然，金借鉴了巴克曼的经历（"没有他的话，这部小说根本不可能写出来"），以及他想扼杀比自己更有创作活力的另一个自我创作出了这本小说。然而，小说和电影都存在一个问题，即它的可实现性。它们都采用了一个令人难以信服的理念，在文学上将死神（来自希腊神话和荣格心理学）比喻为成群的麻雀，然后期望读者和观众接受这种文学上的真实性并把这种隐喻当成生与死之间的信使。提到罗梅罗，人们可能更多想到了僵尸 [在前景中的掘墓人如荷马一般在胸前画着一个十字架，这其实是一个互文笑话，让人想起了罗梅罗的经典之作《活死人之夜》（*Night of the Living Dead*，1968）中的一个小角色]，但僵尸是实实在在的，并不是什么模糊的抽象概念。

总体来看,影片朝着不同的方向进行发展——犯罪故事、哲学幻想、恐怖和围绕着作家生活的家庭剧,但最终却无法融汇到一起。这部电影试图传达出一种令人信服的二元性。博蒙特作为一位作家对其家庭的影响很明显地表现在了物质的收益上,从舒适的房子乃至他们饮用的酒水。博蒙特在写作时的波动情绪,以及泰德的情况,都与讨厌的虚构人物太过相似。当泰德一边给孩子换尿布,一边用他滑稽的、硬汉似的方式说话,并且当记者唐纳森在拍摄的路上读到一则文摘的时候,他的妻子莉斯扭过脸看向别处,随后离开了这间昏暗、没有窗户而且只能通过一个哥特式的滑动书架才能进去的"史塔克书房"。然而,影片基本前提的缺陷破坏了人物塑造方面的尝试,并且难以令观众产生共鸣。当然,仍有很多电影不符合常理,没有完全合理的情节,但在这里我们看到的是一个犯罪故事,它必须涉及因果关系,并且包括一名侦探寻找线索的过程。试图了解某个计划的复杂动机经不起推敲。虽然在蒂莫西·赫顿的表演中有一些模棱两可的地方(威胁勒索者克劳森以及对医生说乔治将"把他的睾丸当早餐"),但是博蒙特这一角色并没有产生足够的威胁,史达克身上也没有体现出足够的人性,从而让观众看到了角色不断趋同的可能性(从泰德变得日益笨拙粗鄙就很容易看出来这一点)。

　　本片的核心问题在于对字面直译的压倒性倾向(如影片 *Endsville* 的结局)。金和罗梅罗采用明喻并将其转换为直接的比喻——作家笔下的角色被当作真实生活中的人来对待,这甚至反映在了互文典故中。医院里的护士所看到的场景(最后一幕采用极高拍摄角度在房子上方伴有轻微运动来模拟鸟的视角进行拍摄)以及攻击史达克的场景,都明确参照了希区柯克执导的影片《群鸟》。虽然希区柯克的电影情节并不总是无懈可击,但它们以传达悬念的能力著称——这也正是本片所欠缺的。尽管我们看到博蒙特拥有不在场证明,但在警察看来,犯罪现场的指纹并且有目击者声称看到长得很像他的人，这些都已经具备了充分的间接证据。当博蒙特接到电话时，我们知道博蒙特的确不应该是一系列谋杀案的嫌疑犯，但是庞博恩发现自己实在难以接受史达克（实际上我们可能也会难以接受），因为他并非一个鬼魂，而是一个"天外来客"。我们可以深刻体会到博蒙特的感受，在小说中，"推断和理性告诉他，史达克是不可能出现在这里的"[①]。不同于标准犯罪／神秘故事中的最后一幕，希区柯克也曾经使用过这类手法，然而本片中有一些场景已经失去了情节发展的动力，情节推动观众去思考另一个人的潜意识，投射并创造出角色的现实性。这不仅缺乏可信度，而且使影片的剧情前后不一致。当然史达克更加暴力一些，但是博蒙特和被史达克杀害的那些人之间并没有发生过争执，即他只是以自己的行事风格将自己的意愿付诸行动，而不是出于某种现实。

因身体受到侵害而出现血淋淋的恐怖场景本应是观众期待从罗梅罗的电影中体会到的观影乐趣，比如博蒙特在大脑进行手术时采用的顶部拍摄方式，画面中仅仅露出了一只移动的眼睛，以及最后麻雀对史达克的攻击，啄食他的大脑和肋骨的场景。影片中有一个打破体裁限制的小尝试，比如一个离奇的场景，现在回想起来这可以理解为一场毫无预兆的梦境。博蒙特穿过房子看到花瓶的碎片，裂开的烤箱里面装有一只腐烂的火鸡，还有一个人坐在那里，看上去像是他的妻子。但当镜头慢慢靠近她之后，我们却发现她并没有脸，只是戴着一个带有裂缝的面具，下面露出了一具头骨。所有这些形象都直接来自于金的小说中，并且极具戏剧效果，因为它们遵循了一个噩梦般离奇的逻辑。[②] 这些画面在高潮部分进行了重现，花瓶、烤箱和坐着的人并没有裂成两半，表明我们先前看到的场景只是一场预知的梦境。

---

① 斯蒂芬·金. 人鬼双胞胎. 纽约：维京出版公司，1989：165.

② 同上，第36-38页。

这部电影最成功的地方在于没有将写作场景直接表现出来。从体裁上来说，在"直截了当"的杀戮场景中，史达克是一个不折不扣的杀人狂。突然进入到画面中（米利亚姆被扔到她的公寓里）或是突然出现的噪音（在停车场时，一张纸被突然吹到了警察的脸上），这些都采用了恐怖片的惯用手法。然而，为了获得家庭评级并且获得在电视上播放的许可（这可能是本片主要的播出阵地），野蛮暴力的行为从画面中被删去了（只是用音响效果传达出踢爆唐纳森的头），并且通过平面视野替代传达一些剧情（比如克劳森的死亡）。这种威胁感的出现以及消失有效地使观众产生了恐惧：在黑暗中，荷马停下车准备搭载一名路人，但当他回头望去的时候却发现路上空无一人。在倒车时，镜头从他的视角看向卡车一边，随后再回切到他的脸上，突然间，画面中出现了一双手把他的身体从车窗中拽了出来（虽然很明显用了一个假人）。紧跟在卡车身后一个缓慢的跟拍镜头显示出他仅仅剩下一条腿挂在车窗边晃来晃去，这仿佛是都市传说"铁钩人"的另一版本（小说中他最后只剩下一只胳膊，电影中进行了改变，使其更加生动也更加令人毛骨悚然）。泰德的经纪人里克坐在自己的公寓中，在他的身后，清洁玻璃的吊车上一双腿缓缓进入画面，但结果那却只是一名善意的清洁工罢了。这让观众平复了心情，随后，罗梅罗安排里克进入了浴室，他发现了两名死去的警察。就在此时，史达克突然跳了出来，并且刺死了他，随后又从窗户中跳了出去。史达克的袭击成为里克生命中的最后一幕（这也是一个元文本笑话，给之前的场景画上了一个句号），凶手离开的时候用"邦德式"的语气讥讽地说道："这是一笔亏本的买卖。"

乔治最后尝试写作的场景试图重新确认本片对作家的关注。像保罗·谢尔顿一样，博蒙特使用他熟悉的工具打败了乔治，他用铅笔刺穿了他的脖子，随后又用打字机砸掉了他手上的枪。然而，影片最后场景中的互文典故只是为了强调身体与自身作战的概念是怎样进行的，这颇有几分"隐身人"的意味，产生了几个有效的电影先导画面。麻雀一路啄食并进入到书房中，光线穿过房间，就像在克里夫·巴克执导的《猛鬼追魂》中出现的修道士一角。同时，这些电子鸟攻击了史达克，并且啄食了他的皮肤，感觉有点像弗兰克·科顿的重生。用《银翼杀手》中罗伊·巴蒂的话来说，乔治想要"更多的生活"，但是不同于罗伊，史达克这个角色并不丰满，不足以让人对其产生同情心理。史达克和博蒙特在空间和外表上逐步趋同，两人见面的时候都戴着帽子和墨镜，怀里还抱着一个婴儿。

像《孽扣》中的曼特尔兄弟一样，在影片结尾两个双胞胎的渐渐趋同企图通过在银幕上的对称表现出来，但与杰瑞米·艾恩斯在片中微妙、细致的表演让观众体会到角色性格之间的相似不同，这里甚至暗示了博蒙特吸取了史达克的部分性格，本片还是老套地将"正常"与精神错乱进行了对比。史达克身体的腐烂（在小说中写出了一些细节）也让人们回想起柯南伯格《苍蝇》一片中的赛斯·布兰道尔。[①] 史达克冷静地拔出一颗牙齿，并且开始怀疑他们的声音是否匹配。然而，不同于布兰道尔，此处的行为并不存在共生性的"昆虫哲学"。在小说中，史达克推诿地说道："你可能会说，言语变成了肉身。这一切是怎么发生的并不重要，重要的是我就在这里。"[②] 如果博蒙特表达出了他黑暗的一半（"这都是我"，他告诉他的妻子），这并不符合他想要抹杀自己的那部分欲望，他需要把史达克的活力融合到他的写作和日常性格中去。柯南伯格的另一部作品《夺命凶灵》则戏剧性地描述了一场更具说服力、最终以悲剧收场的战斗，同时也是在兄弟之

---

① 斯蒂芬·金. 人鬼双胞胎. 纽约：维京出版公司，1989：291–292.

② 同上，第415页.

间所发生的故事，最终只有一个人活了下来，他必须要去同化和吸收另一个人。

　　体裁的混乱延伸到了丹尼·艾夫曼所演唱的开场主题曲中，这暗示了本片将会是一部魔幻电影。但在其他地方，比如当博蒙特开车去工作时，我们却听到类似电视系列剧《迈阿密天龙》（*Miami Vice*，1984）中的电子合成乐。这部小说把结局描述成"黑色童话的场景……好像将现实扯出了一个破洞"[①]。不幸的是，小说中"现实"的部分从来都不牢固。"被吸收的双胞胎"这一概念相当有趣，但是人性被分裂成两半，一半是光明的，一半是黑暗的。这是一种非常粗糙的二分法——蒂莫西·赫顿饰演的乔治·史达克仿佛一个卡通形象，他一袭黑衣出现在了观众面前，就连手套和靴子都是黑色的。他梳着溜光的头发并且带有不同的口音，但是一旦当我们离开了片段似的镜头，当我们看到他的完整形象并且他在阐述着他渴望博蒙特继续写作的想法时，观众对他的印象就彻底改变了。尽管医生指出，博蒙特表现出了典型的精神分裂症状，但这实际上并不是真的。事实上，罗梅罗使用同性双胞胎（莎拉和伊丽莎白·帕克分别饰演了威廉和温迪·博蒙特）暗示了导演并未完全参透到影片的整个细节中去。由他设定出的虚构人物乔治·斯达克充满活力并且十分果断，他被认为存在于博蒙特大脑中的一部分，但他其实是双胞胎中的另一个，但从逻辑上来说，他是一个未发育的双胞胎，因此他应该同时包含这两种要素。

　　影片存在体裁上的矛盾。电影、小说以及它们所基于的恐怖体裁从本质上来说都是对人性中"黑暗的那一半"的兴趣之所在——在删掉那些情节之后，影片留给我们的是平淡无奇的幸福家庭的场景（毕竟，我们确实在银幕上看到了很多有关婴儿的家庭生活）。没有过渡就没

---

① 斯蒂芬·金. 人鬼双胞胎. 纽约：维京出版公司，1989：415.

有故事。故事情节在我们看到博蒙特出现在能写出更有价值的文学作品之前就已经提前结束了，但这并不能表明这将会是一个更加有趣的结尾（小说中给出了一个道德论的结局，"他不是一个相信幸福结局的人，他的所知主要来源于此"）。[①] 小说中明确暗示了博蒙特婚姻的破裂，并且回避了此事对泰德的影响，而他最终也选择自杀身亡（根据《尸骨袋》的相关内容可以得知)，本片则改编了小说中的灰暗结局。[②] 相比《火魔战车》中通过 AC／DC 提问的那个问题："究竟是谁创造了谁？"本片中的问题则在于到底是谁需要谁，从某种程度上来说这也是导演试图给那些破坏作者主导地位的人们的一种警告。金从来没有公开发表过续集，虽然评论家们也许会说他重新循环使用了之前的那些想法。这也正是罗梅罗在影片中希望传达出来的想法。

秘密窗 Secret Window

　　身兼导演和编剧双重身份的大卫·凯普早已展现出在密闭空间内营造紧张感的能力，例如由他担任编剧、大卫·芬奇执导的影片《战栗空间》（*Panic Room*，2002）和斯皮尔伯格导演的《侏罗纪公园》（*Jurassic Park*，1993）等。影片《秘密窗》是根据《午夜四点》中的中篇小说《秘密窗，秘密园》（*Secret Window, Secret Garden*）改编而成的。早在"揭露"场景出现之前，大部分读者和很多观众就已经发现了情节上的转折，在那一幕中我们发现了被忽略的枪手和雷尼的身份。这是一个相当易于预测结果（甚至包括莫特极其明显具有

① 斯蒂芬·金. 人鬼双胞胎. 纽约：维京出版公司，1989：463.

② 同上，第 468 页。

象征意义的名字）。大卫·芬奇之前执导的《搏击俱乐部》（*Fight Club*，1999）一片也使用了相同的假设性前提。然而，这种设定比起第一次出现时包含了更多的艺术性，而这部电影的确值得我们反复观看。

互文性是通过开场长镜头的流动性表现出来的，镜头向上穿过雷尼湖边小屋的窗户（此处使用了"错位剪辑"的手法），这让人们想起了希区柯克执导的影片《惊魂记》，这也可能会让精通电影文化的观众猜想雷尼是否会像玛丽·克里恩一样偷了东西。"浮动"的摄像机看起来像是在寻找一个目标：慢慢地扫过一台笔记本电脑，然后镜头一直向下旋转拍摄，直到我们看到一个人躺在沙发上。在这个镜头中我们可以看到房主的职业，他相当有钱并且在当下非常懈怠。在第一次观看的时候，观众很有可能会错过这个暗指路易斯·卡罗的《爱丽丝梦游仙境》（*Alice in Wonderland*，1865）中用些许视觉效果来表达穿过镜子的场景，观众只有在事后回想时才能理解全部的意义。在影片的高潮部分，银幕上同时出现了多个雷尼的形象，他直视着摄像机，每个影像都模仿了不同经典角色的声音（马龙·白兰度、克里斯托弗·沃肯甚至是罗曼·波兰斯基）——互文性典故的植入让文化专家通过识别（这是一种体裁固有的乐趣）这些线索来展现他们的实力。这种互文性甚至延伸到了金自己作品的典故中去：当摄像机通过镜子跟踪拍摄艾米看到这幢房子一直以来的混乱不堪时，一些地方甚至还刻着"枪手"的字样（这是雷尼潜在的欲望"开枪杀死她"的一种省略），比起《闪灵》中的"谋杀"情节，这种做法显然更加直观明了。

虽然这部电影并没有具体提及精神崩溃，不像小说那样，但是关于雷尼有罪的线索从一开始就存在：清洁工加文太太认为垃圾箱中的稿件是雷尼的，他的私人侦探直截了当地问他是否偷了稿件，甚至就连他的妻子艾米（玛丽亚·贝罗饰演）也怀疑情况是否如"从前一样"，即之前发生的一场剽窃官司。在特写镜头中，他紧张（也可能是有罪的）

的举动，试图在抽屉中找到一些香烟，他甚至直接对着摄像机，看起来就像是他在和自己的狗说话，他甚至还重复了好几次："我没有抄袭那个故事。"这些画面都给人带来了一种过度抗议的感觉，随后他在审读书稿的时候碰翻了饮料，这很可能暗示着他在内心深处承认了抄袭一事。在他随后的梦境中出现了一道门，这道门似乎拥有某种强烈的力量使他摇摆不定，同时他在邮局以及警长办公室的不适都暗示了他在女性周围时具有的极强不安感。在电影的后半部分，他的罪恶感表现得更加明显，这主要体现在那顶标志性的帽子上面。他戴着那顶帽子走了进来，随后便摘掉了帽子来回走动，但最终他又戴上了帽子，这一系列举动明确表明他就是那个"枪手"（他说话时还带有枪手的口音）。

　　这部电影是奇怪的体裁混合体。尽管是以神秘故事的形式存在，约翰尼·德普饰演的莫顿·雷尼完美诠释了凯普剧本中潜在的喜剧因子。雷尼出现在房子中的场景运用了典型的倒叙手法，他开玩笑地抗议艾米留下的那一百美元并告诉她，他的服务是免费的。同时，他告诉艾米她的嘴角有点东西，尽管他自己身着睡袍，脸上还有些剃须时残留的泡沫，但这给人的感觉就像是德普之前许多古怪形象的总和——从耶利米·S.谢奇克的《邦尼和琼》（*Benny & Joon*，1993）到戈尔·维宾斯基的《加勒比海盗》（*Pirates of the Caribbean*，2003）以及他在2011年拍摄的续集。影片的趣味大多集中在他的脸部特写上——从影片一开始他透过挡风玻璃向外望去，到撞到他妻子通奸，再到最后他咬了一口从她尸体上长出的玉米。我们看到他被清洁女工抓到抽烟的场景，就像《老友记》（第三季第十八集，1997）中的钱德勒在工作间吸烟时的场景那样。当在电话中他的妻子开始告诉他"她的某种感受"时，他剧烈挥舞的手势以及像小狗一样发出了叫声。在他的身份暴露时，他的下颌十分紧张地抽动着（所有这些特征都是新加入电影中的）。在小说中，"我杀了一面镜子"这句话是雷尼尖叫着喊出来的，而在影片中德普则用一种平静的声音将它表达出来，这使他滑稽的动作看起来更加荒唐可笑而并非是情绪不稳定。科尔兹问雷尼"是不是做了些什么见不得人的事才让泰德离开的"，这时候我们看到一组快速拍摄的镜头，那些画面显示他在汽车旅馆的房间看到艾米之后对着自己大叫的场景。随后镜头直接切回到德普的脸部特写上，他随意地说道："我可能做了一些事情。"我们没有看到他攻击科尔兹和格林利福的画面，甚至他最后谋杀了泰德和艾米的场景我们也未曾看到。他与狗之间无聊的举动，他对它唱着墨西哥歌曲，他的喉结上下移动，他凝视着拔下来的电话，同时他的身边放着一包多乐脆（Doritos）玉米片，这让他看起来就像是一个深陷情绪之中、令人同情的角色。这种喜剧元素一度还延伸到了泰德身上，他在加油站的时候想和雷尼打架，但却不小心将砖块砸到了汽车窗户上，伤到了自己的手。

与这些场景并列的是一些更加慎重、阴暗的情节。极为明显的裂缝从墙上延伸到天花板上，这暗喻着雷尼分裂破碎的自我（甚至还有一个从天花板角度的俯拍镜头）。从窗口处拍摄的有关艾米的叠加记忆［采用了一种类似尼古拉斯·罗格于 1980 年拍摄《性昏迷》（*Bad Timing*）的方式］以及后来关于那座烧毁的房子的记忆都显得相当感性。他对艾米的真实情感几乎都是在潜意识的闪回中表现出来的，他们在烧毁的房子旁欢愉以及他在保险理赔勘察时一直看着她时隐时现的肩膀（显然其他人是看不见的）。

尽管风格有些与众不同，但是打破传统取景方式的做法使电影中的部分片段显得更加神秘。在卡车的场景中，凯普用德普的头遮住了部分镜头，直到我们透过驾驶室的窗户看到那把螺丝刀刺穿了汤姆·格林利夫的脑袋，我们才知道他是唯一的目击证人。尽管从逻辑上讲，雷尼并不明白他自己是怎么了，但是他的反应很强烈，马上就开始了呕吐行为（暗示着他正被迫意识到自己的行为）。镜头快速切换，透过满是血渍的窗户，雷尼出现在了画面中。调查员科尔兹死在了后座上，这反映出在雷尼的意识中（或者是我们的意识中），震惊与现实的碰撞。金在小说中的早些时候提到了雷尼需要一副新眼镜，这一细节暗示了他的视力并不好。凯普通过使用德普凝视的特写镜头表达出这一问题，比如，他眯着眼睛看着一只孤零零的松鼠。凯普在大特写镜头里只截取了德普的半张脸——所有这些都暗示我们看到了一个极度分裂的人。凯普在电影中至少尝试着对某些体裁的传统手法进行延伸，而且他用镜头的定位提出了一个关于电影镜头中"真正"的主题是什么的问题。在好几个地方，凯普在主人公进入镜头之前就先把镜头指向了一个明显"空空如也"的场景中去，比如影片开头透过车窗拍摄汽车旅馆的大门，以及雷尼幸福地倒在沙发上，就好像他是沙发的一部分一样，还有雷尼靠近他之前烧成废墟的家的时候。当雷尼在湖边散步之时，凯普把镜头拉得离德普的后脑勺很近，以至于当他在打蚊子时，看起来就好像他感觉到自己正在被监视一样。

互文性的对话中往往增添了一种喜忧参半的共鸣。因无知而拒绝舒特时，雷尼通过塔米·怀尼特的歌 D－I－V－O－R－C－E（逐字拼出）道出了自己的"婚姻"状况。后来，当他看到艾米和泰德在一起的时候，他自言自语地唱着 *Talking Heads* 一歌："这美丽的家不是我的，我漂亮的妻子不是我的。"在影片中，他甚至以一个歌手的形象示人，展示出了与一些歌手／作家如大卫·伯恩相同的怪诞气质。他在邮局和一个女人的交谈好像布雷特·伊斯顿·埃利斯的《美国精神病人》中的对话，尽管我们不能百分之百听清楚角色说话的内容，但是我们仍然可以听到那个女人说："如果你再这样继续下去，他们很可能会杀了我（她的上司如果知道她将包裹给了雷尼一定会很生气）。"或许是因为内心的负罪感已经扭曲，他听到耳里的话却是："我知道你做了什么。"形如影片《无因的反叛》似的开着一辆卡车冲进湖中的一幕看起来确实像是将动作戏引入到了本片之中,这种尝试确实相当铤而走险。

影片的片名"秘密窗"反映出了写作在本质上的浪漫主义,金将他的一些惯用套路进行了戏剧化处理,比如:一起散步。但是我们看到真正写作的戏份只是在影片的开头和结尾部分,并且大部分都是一些内心戏。雷尼的生活实在是乏善可陈,他答应清洁工他会去做饭其实只是一些令人没有食欲的三明治。我们看到他身穿睡袍躺在沙发上,听着水管的嘀嗒声,和狗一起聊天。他的与世隔绝不仅仅是因为房子的地理位置(在影片的开头强调要到达房子需要穿过一片开阔的水域),而且还因为他的狗被杀死了,他失去了最亲密的伙伴。作为一名细心的读者,舒特了解他生活的细枝末节,包括他那"愚蠢的打盹",因为他在书的封面上读到过。雷尼是一位作家,但同时他也是一个产品,是在市场部门和观众的需求共同作用下制造出来的产品。

影片的叙事焦点在于想法、创意的所有权,以及由此产生的对作家及其周围人的影响上。值得注意的是,电影没有被称为"斯蒂芬·金的秘密窗"。但是凯普在 DVD 中提到,金同意了编剧所撰写的剧本,同时还观看了电影的粗剪版本,并且"提出了一些建议",虽然我们并不清楚这些具体的"建议"是什么。通过雷尼扭曲的个人视角,我们可以看出金的小说情节实际上是一个"三角恋"的故事。金在小说中的很大一部分描写都是关于雷尼的思绪,凯普也采用了很多手法将这些思绪表达出来,但在大部分时间里,他都采用画外音的方式让雷尼大声说出自己的想法——由于房子与世隔绝的地理位置,作家的职业身份以及房间内无所不在的镜子,这些都使他似乎直接说出了自己的想法。凯普还给了他一只狗作为陪伴,那只上了年纪的盲犬奇科(在金的小说中是猫咪"撞撞")成为他的倾诉对象。

一个女人被杀手追杀,汽车无法启动……这是恐怖片中惯常出现的场景。本片通过顶部拍摄以更有趣的方式表现出了艾米在拽出汽车时，一个援救者非常滑稽地走到了雷尼的铲子上，最终我们并未在镜头中看到雷尼的身影，同时艾米死亡的部分被很有分寸地被剪掉了。随后，我们看到了另一个结局：几个月后，一个神清气爽、干净整齐的雷尼出现了。现在的他与邮局女子约会，并且不顾治安官员的警告回应道："唯一重要的事情就是结局，这才是最完美的事情。"随后，他又重新戴上耳机开始写作。凯普的镜头跟随雷尼的脚步进行拍摄，透过秘密窗，我们看到了窗下大片的玉米地，这也暗示了尸体就埋在下面。实际上，凯普确实设计了一场戏把这一情节拍出来，只不过它并未出现在成片当中。凯普认为，通过画外音的方式念出故事最后的结局会更有效果（"她的每一点都将会随着时间的流逝而消失，她的死将会成为一个谜，对我来说也是如此"）。小说结尾处意外地出现了某种契机：保险理赔调查员福瑞德·埃文斯在雷尼伤害艾米之前及时出现在了她的身边，并且射杀了雷尼，但电影并没有采用这一结局。在影片中，这名杀手最终被无罪释放，他的状态甚至比入狱时还要更好，他已经把自己的经历写成了新的文学作品。的确，雷尼在很久以前写的故事也许恰恰暗示了他的嗜杀冲动，在影片结尾，我们看到了这些冲动的最终实现，其实它们早已酝酿多年。

影片的确运用了标准的恐怖电影拍摄技巧，这些技巧已经成为观众完全可以预料到的手法。然而一些补救措施让这部影片超越了人们对体裁电影的普通预期——尤其是约翰尼·德普令人过目不忘的表演，以及凯普对摄像机机位的设计和调动都极力掩盖了影片情节中戏剧效果的缺失。在小说中，目击者汤姆·格林利福看到一个和雷尼走在一起像鬼魂一样的透明人。此外，金还为后面发生的一系列事件缔造了一个背景故事，雷尼是从自己的学生约翰·金特纳那里抄袭了这个故事。影片结尾处那张诡异的便条，可能是自称舒特的人留下的。为了表达出灵魂的破碎，凯普选择了片段式的叙述手法，犹如《人鬼双胞胎》中的史达克一样，舒特不能同时既被当作一种投射又是一个现实中活生生存在的人物。金早期小说中的矛盾心理在罗梅罗的电影中淋漓尽致地表现了出来，但是凯普做了更大胆的决定，他选择二者之一并对其进行着力刻画，同时还为影片增加了一个更加凄凉的结局（在金的改编作品中极少见到）。正如金在宣布本片拍摄之时所说的那样："采用熟悉的元素，以全新的方式重新进行组合。"

影片在最后出现了极其明显的潜台词，但本片却没有像《异世浮生》、《死亡幻觉》或者是 M. 奈特·沙马兰的《灵异第六感》（*The Sixth Sense*，1999）那样，在读者以及观众心里形成相当强烈的共鸣感。在《人鬼双胞胎》和《秘密窗，秘密园》中的电视广告语是这么说的："它究竟真的存在还是只是一种幻觉？"遗憾的是，这句话并没有在电影中引起观众的共鸣——这两部电影都是一部家庭式的心理戏剧而非令人迷惑的侦探故事片。由于影片的野心稍显不足，它的成功也相应被打了折扣。

结 论

《危情十日》是一部关于著作权，更明确地说是有关消费者权利的影片。安妮·威尔克斯作为谢尔顿的头号粉丝，声称自己有权并以他工作中最主要支持者的身份影响着他的写作进程。她对写作的构成并没有多少兴趣，当保罗试着解释角色的构造和人物关系的编织时，她摆出了一副很生气的样子。尽管她购买保罗书籍的行为也为他获得商业上的成功出了一份力，但她仍然想充当顾问的角色。绑架、监禁保罗体现出了一种观念：作者是读者创造的，因此要忠实于读者并创作出更多他们喜欢的作品来回馈读者。值得一提的是，《危情十日》戏剧化了体裁消费极端化所带来的乐趣并将随之产生的严峻后果留给了作者独自承担。因此电影不仅反映出身为作家的金所遇到的两难境地，同时这也是拍摄所有金作品的导演们所面临的困境。他们希望拍出不同寻常的风格，如果电影被认为离体裁预期太远，他们又要面对像威尔克斯之类的粉丝的怒火。这类既有读者形成的观众群一方面赞同他们喜欢的作品被拍摄成电影，但讽刺的是，另一方面他们又极力反对在电影创作方面的冒险行为。

在这类电影中极少存在实际的写作场景，电影并没有试图去挑战展示这一内在的、大脑创作活动的难题。相反，它们戏剧化地把作家当成公共财产和商品来对待：无论作家本人愿意与否，人们已经在他 / 她的身上投射了一些意义。从某种意义上来说，我们的读者都是没有判断力的导演主创论者，他们通过自己对作品的看法来判断作者。因此，我们把作家当成名人（《危情十日》）。作为畅销小说中虚拟人物的创造者，无论对错，这些人物多少都体现出了作者自己的性格特征（《人鬼双胞胎》）。此外，作家甚至成为诉讼案和个人袭击的对象（《秘密窗》）。讽刺的是，正当金用签名作品、个人现身和回信鼓励推进作者权的神话时，他的小说和基于作品改编而成的电影却将之描述成这一切都是虚假的。作家几乎被刻画成了萨满巫师的形象，他们为真实世界创造了另一个富有想象力的多维空间——这超越了小说本身。三部影片中最值得称道的是《秘密窗》，采用主流电影相对罕见的、一个不可信的故事讲述者——我们通过镜子追溯并进入到雷尼自认的唯我世界中。虽然电影可能并不那么成功并且情节十分混乱，但是至少本片在电影文本上的尝试，足以令观众在每次观看之时都能体会到不同的意义，这一点还是十分罕见的。

第八章

日常生活中的恐惧和女孩们

"一扇扇门就像是一张张嘴，楼梯则是咽喉。空荡荡的房间瞬间变成了陷阱。"①

——《狂犬惊魂》

　　乔纳森·莱克·克兰的《恐惧和日常生活: 恐怖电影史中的非凡时刻》（*Terror and Everyday Life*）暗示着家庭和世俗逐渐成为恐惧的来源，这或许反映了更广泛范围内的文化迁移现象，比如书店总是常年设有"幸存者文学"的专柜［例如大卫·佩尔泽于 1995 年出版的作品《一个被称作"它"的孩子》（*A Child Called It*）］。金的《危情十日》也体现了这种文化迁移，或者也可以说反映了这种"战栗空间"的文化现象，它强调了公民甚至在自己的家里也不再感到安全。② 实际上，这种现象至少可以追溯到希区柯克拍摄的影片《精神病患者》中去，

---

① 斯蒂芬·金. 狂犬古卓. 纽约: 维京出版公司, 1981: 53.

② 乔纳森·莱克·科瑞恩. 恐怖和日常生活: 恐怖电影史中的非凡时刻. 伦敦: 塞奇出版社, 1994: 21.

而文中提到过的其他参考内容则可能会令人想起约翰·卡朋特在影片《月光光心慌慌》中拍摄的结尾画面，这反映出金的作品中对小范围家庭恐惧长久不衰的兴趣。玛吉斯特尔称《肖申克的救赎》《纳粹追凶》和《热泪伤痕》"缺乏必不可少的超自然怪物，影片更关心日常现实中的怪物"[1]。前两部电影按类别被放在了本书的其他章节中，但是在金关于技术恐惧的故事中也含有这些恐惧元素，并且在第三章中也提到了我们在日常现实中对死亡的潜在恐惧。

影片《闪灵》是一个关于家庭破裂的恐怖故事。《热泪伤痕》则聚焦于一名受虐妻子的反应，并逐步揭开女儿受虐待的情节，表达出当今的女性关系：恐惧的后果。在电影《狂犬惊魂》中，虽然泰德对衣柜里怪物的恐惧（呼应影片《猫眼看人》中的《将军》段落）场面被放在了电影的开头部分，但是在原著中还描写了维克对工作以及人性方面的一些思考。在这部中篇小说中，唐娜以及她空洞、无爱、噩梦一般的婚姻，这才是原作和电影真正的主题。

《狂犬惊魂》Cujo

"没有所谓的怪物，怪物只存在于故事中。"

——维克·特伦顿

"为什么大人们说没有怪物呢？"

——纽特（《异形》）

对于电影体裁而言，不管作为小说还是电影，《狂犬惊魂》都被

---

① 玛吉斯特尔. 好莱坞的斯蒂芬·金. 纽约：帕尔格雷夫·麦克米伦出版社，2003：14.

《狂犬惊魂》电影剧照

当成一个恐怖故事来进行宣传：一只恶魔般淌着口水的狗占据着封面和海报最显眼的位置。然而，这一定位却未能实现观众对本片的体裁预期，也许是因为提革糟糕的导演决策，或许更重要的原因在于它的基础结构并不是一部恐怖片而应该是一部家庭戏，这在唐娜·特伦顿（迪·沃伦斯—斯通饰演）的性格发展，狂犬古卓的塑造和高潮段落——唐娜和她的儿子泰德（丹尼·平托罗饰演）被困在车里等情节中表现得尤为明显。

《狂犬惊魂》作为一个恐怖故事本身就存在一些问题的，最明显的就是角色分配不当的问题。在狂犬古卓的选择上，无论电影还是小说都没有选择广为人知的某些极具攻击性的品种，电影（和小说）选择了圣伯纳犬（St Bernard），这种犬以体型庞大闻名，但同时它也非常聪明、善良和友好。这类犬是山地救援的象征，但用它来传达狂犬带来的恐怖则显得不那么有效。不同于凶恶的巴斯克维尔猎犬（Baskerville Hound），在影片中，一只庞大的圣伯纳犬嘴角挂着剃须泡沫，它似乎会因为过分热情而置你于死地。在背景音乐下，镜头在猎人与猎物的视角之间不断进行着切换，开头的一连串事件似乎只是好玩而已。从一只兔子的角度来看，它看起来可能颇具威胁，但这只狗庞大的脑袋卡在了兔子洞里，然后它就被兔子咬伤了鼻子，这也是儿童故事中的常见内容。使用近景和快速剪接来展现一系列攻击性事件以及身穿狗服装的特技演员，这使得整部电影看起来非常粗制滥造，更不用说在后期制作时才刻意加上的咆哮声效了。导演尝试表现古卓每况愈下的情形：分泌更多口水，讨人厌的表情以及对噪音越来越无法忍耐，但竟然没有一个人注意到它鼻子上明显的红色伤口，这着实太荒谬了。

　　从体裁角度来看，影片《狂犬惊魂》确实是一部恐怖的家庭片。相比坎伯在农场时的情景，影片上半部分的节奏相对缓慢。但正如科林斯所描述的那样，占据了电影三分之二内容的婚姻不忠实际上并不仅仅只是影片中的次要情节。[①] 正如纽特无法在《异形》中回答关于怪物的问题一样，《狂犬惊魂》也是一部关于"家庭"的电影。特伦顿一家的社会理想（可能是自命不凡）与表面舒适的现实生活之间有一种脱节的感觉，他们住在一栋可以俯瞰大海的大房子里，丈夫开着红色的跑车还参加网球俱乐部。然而，丈夫的工作却是十分危险的，甚至很有可能会因为丑闻而失职，尽管丑闻并非他自己制造的。那辆红色的跑车看起来相当不错，但实际上却需要经常维修。在俱乐部里，维克（丹尼尔·休·凯利饰演）和史蒂夫（克里斯托弗·斯通饰演）一起进行比赛，而后者却恰好正在和他的妻子偷情，他破坏了维克的家庭关系。维克似乎无力阻止对他职业名声的损害，正如他无力修理他的车或者解决自己的婚姻问题一样，所有这些都令他濒临崩溃的边

① 安·劳埃德. 斯蒂芬·金的电影. 纽约：圣马丁出版社，1993：83.

缘。他知道某个地方出了问题，每当他躺在床上的时候他都十分清醒，唐娜在一旁夸赞他对泰德很好，但他却反问道："我对你怎么样？"

维克对怪物的判断被证明是错误的，虽然在某种意义上他写的"咒语"无法使怪物继续靠近泰德的卧室，最终当他们被恶犬困在车里时这一"咒语"还是起到了一定的作用。在吃早餐的时候，大家面面相觑，为了缓解这种尴尬气氛，他提出想再要一个孩子的想法，而此时的唐娜却无比渴望逃脱繁重而又枯燥的家庭琐事。当特伦顿一家第一次去坎伯的车库时，唐娜的自卑感油然而生，她无力抵抗诱惑（她尽量避免与自己的倒影有目光接触）并且和她的虚荣心汇聚在了一起。她走到正在摘菜的坎伯夫人身边，但是之后却又笨拙地停了下来。她穿着泡泡袖连衣裙和高跟鞋，这对于一个来乡下车库参观的女人来说显得过于盛装而不合时宜了。史蒂夫想要继续和她偷情，这引起了二人之间的争执。食物撒落了一地，正当唐娜拿着拖把准备打扫满地的狼藉之时，维克和泰德一起回了家。虽然维克只是远远看了她一眼，但已足以预见到了自己心中最坏的担忧。尽管影片的上半部分给人的感觉是缓慢并且赘述过多，但维克还是简洁地问唐娜："是或者不是？"而她简单地回答道："是。"在影片结尾处，维克顺从了令人费解的"简·爱式"的梦想以及泰德叫他回家一事，随后他从唐娜的手中接过了孩子，成为整个家庭的支柱（在此之前，家中一直缺少他的支持），电影就此定格——一个有裂痕但持久的家庭形象留在了观众的脑海中。

卡罗尔·克洛弗对血腥恐怖电影的分析缔造了"最后的女孩"这一原型。这绝不是一个被动、只会尖叫的女性形象，她需要依靠自己的智慧生存下去，要么继续逃亡要么就杀死凶手。克洛弗对"最后的女孩"这一角色的定义如下：

> 她在影片一开始就出现了，并且是唯一一个在心理方面

不断成长的角色。从影片关注的重点来看，我们立刻就知道了她的故事才是影片的主线。她聪明、警惕、头脑清醒，她是第一个感到不对劲的人，同时也是唯一一个从不断累积的证据中推理出所面临威胁的形式和程度的人。[①]

在传统的血腥恐怖片中，女性常常被评论家描述成被动的受害者，而杀手通常是一个疯狂、孤独的男性形象，他一直都在压抑着自身的性别身份，并将之投射到那些受害者身上。克洛弗思考了这些假设，特别是关于男性和女性身份认同的假设，她甚至还提出了一种可能性，即杀手和受害者都能从受虐中获得快乐和身份上的认同。如同她所宣称的那样：

> 经过仔细思考"最后的女孩"这一原型，我们发现这是性格相似的青春期男性角色的一种代替。这一形象足够女性化，并且可以用一种愉快的方式将潜在幻想的恐惧和受虐的快感表现出来，然而成年男性并不赞同这种方式。但这一形象也不至于过于女性化而妨碍女性的能力和性征结构。[②]

然而，她的理论以各种类型的叙事为基础，而本书中缺乏大量这样的叙事，也并未涉及过于血腥的恐怖片。正如琳达·贝德莉的评论所言：

> 大多数恐怖故事传达出的信息都是保守的并且与它们的

① 卡罗尔·克洛弗. 男人、女人和电锯：现代恐怖电影的体裁. 伦敦：英国电影协会出版社，1992：44.

② 同上，第51页。

道德观一致。在万圣节、"黑色星期五"出现的恶魔和杀手都是同一类的。它们会告诉我们不要这样或那样去做，否则人类将会付出巨大的代价。不要和陌生人说话，不要大胆地显示出你的与众不同，等等。①

尽管有些时候影片《月光光心慌慌》被归结于某种惩罚性行为的概念，但这一概念其实可以追溯到《惊魂记》中的玛丽安·克莱恩（珍妮特·利饰演）和有关她婚外情的情节。金似乎很清楚这一点，《狂犬惊魂》中的受害者都是因为他们所犯下的过错而受到了惩罚。布莱特·坎伯（埃德·劳特尔饰演）计划用其妻子的彩票奖金去好好享受一个酒色周末。他的朋友兼帮凶加里，因为虐狗以及懒散马虎而付出了代价——当他在后院乱倒垃圾时，古卓攻击了他。迪·沃伦斯－斯通后来嫁给了克里斯托弗·斯通，也就是本片中她的银幕情人。她最近一次出现在银幕上则是因为出演了罗伯·赞比导演的《万圣节9》（Halloween，2007）中的辛西娅一角。她在韦斯·克雷文执导的 The Hills Have Eyes（1977）以及乔·丹特的《破胆三次》（The Howling，1981）中获得"尖叫女王"的称号。很显然，她有力地表现出了在一个原始、密闭的环境中，母亲被迫保护孩子时的那种愤怒、恐慌和绝望感。尽管该片拍摄的速度相当之慢以及与动物们一起拍摄带来了许多实际困难，但提革仍然用特写镜头拍下了她以及之前从未见到过母亲而失控的小男孩的脸部特写镜头，两人的表演着实令人印象深刻。她的恢复力、足智多谋和积极的斗志标志着这是一个"最后的女孩"似的角色。然而，片中还有一种惩罚意味以及对偷情行为的具体阐述：她认为她从一个"愚蠢的错误"中得到了解脱。她甚至怒骂古卓"一

---

① 琳达·贝德莉. 电影、恐怖和身体幻想. 伦敦：格林伍德出版社，1995：102.

边儿去”这也显示出了她的不成熟，而随后引擎熄火似乎是对她一时狂妄自大的惩罚。评论家们想知道为什么她不把车开向房子，努力使汽车离房子更近一些，或者说她为什么要开着一辆不可靠的车，带一个孩子到一个与世隔绝的地方去？毫无疑问，这些评论家忽略了这种情境所引起的恐慌感，或者说他们忽略了所有这些情节都来自于金的小说。

片中的其他情节则有效唤起了日常的恐惧。泰德对他柜子里怪物（《猫眼看人》中也用过类似的比喻）的恐惧通过一个鸟瞰角度的镜头——从开灯、关灯的慢动作移动到床上的拍摄中，戏剧性地以动作和情绪形式表现出来。第二天早上，追焦镜头从泰德的床上转移到了那些挡住了柜门的物品上，随后画面中出现了史酷比，这预示着他们试图将狗挡在车外。最后的扩展情节则使用了一些典型的恐怖手法，将身体的圈禁感与唐娜的家庭生活中所弥漫的幽闭、恐惧气氛联系在了一起。唐娜欲伸手帮泰德解开安全带，在车窗摇到一半短短的几秒钟内没有任何背景音乐，随后古卓突然闯入镜头，一阵狂吠。快速剪切以及车内低角度的拍摄，聚焦于唐娜紧握车门的手和发疯般挠着窗户的狗，类似的镜头也出现在了斯皮尔伯格执导的影片《大白鲨》（Jaws，1975）中。提革让怪物突然出现再突然离开，然后再突然将其引入到画面中（比如古卓跳上引擎盖，或是之后唐娜望向窗外），古卓就像斯皮尔伯格镜头中的鲨鱼一样，它用力地撞击车头，表现得十分愤怒。金本人对怪物非常同情，他本人就是因为电话声才变得慢慢疯狂并伴随着自我伤害，随后脑部大量出血并患有脑震荡。通过后视镜，唐娜发现了自我拯救的手段：一个被放置在地上的棒球棍，近距离的特写强调了棒球棍对她的重要性。极低角度的镜头从方向盘慢慢把注意力转移到了钥匙上，它是决定生死的关键性因素。镜头慢慢将车身拉远，车子停在了孤零零的院子中间，镜头升到古卓上方，它躺在台阶上，显然是在注视和等待着什么。同样的镜头慢慢向四周移动开始对古卓的脸部拍摄特写，只见它浑身都是奇怪的黄色分泌物，发出轻微的咆哮声。随后，一个低角度拍摄的画面展现出了整个场景：远处夕阳西下，车子、院子的前景是仿佛狮身人面像（sphinx）一般的古卓。

车外的压力通过车内的气氛反映出来：男孩经历了几个恐慌阶段之后体力开始衰退。最终，唐娜尝试从车门后方走了几步，但她仍然无法看到古卓。她蹲下去看了看汽车底部（早些时候泰德想要上厕所时，它就躺在那里等着），然而正当她直起身时，古卓猛然间窜到了她的身后。在唐娜挣扎着爬回车里之际，一系列快速剪切的镜头表明古卓也蹿进了车里，唐娜正在拼死挣扎（这些汽车的剖面镜头充分展现了年轻摄影师简·德邦特日益显露的天分）。将古卓赶走之后，缓慢的摇摄镜头从唐娜转移到了男孩身上，然后进行了一个三百六十度的重复旋转拍摄，而且速度越来越快（说明唐娜正因失血而逐渐失去意识），一系列快速摇摄之后，镜头切换到维克的身上，他看上去好像做了噩梦。古卓跳上引擎盖躺了下来，隔着挡风玻璃注视着唐娜。与此同时，唐娜两次祈祷，"求求你，上帝，让我离开这里吧"，她的祈祷似乎得到了上帝的回应，一辆警车及时抵达。在传统血腥恐怖片中，身在一个无神的宇宙中求助、祈祷是不会有任何结果的。古卓最终杀死了警察（可能是因缺乏谨慎而得到了严厉的处罚：他没有用无线电通报情况就擅自进行查看）。

男孩的神智越发混乱，唐娜与古卓之间将会发生一场恶战。视角的交替转换，展现出唐娜与古卓的同理心。棒球棍摔坏之后，唐娜已全然失色，但幸运的是（有如神助一般）古卓在最后跳跃的时候被刺中，但是噩梦并没有结束，她无法进入严重损坏的汽车里，最终她用枪砸碎了挡风玻璃。车里的场景戏剧性地穿插着维克比警察率先抵达农场拯救妻儿的镜头，但是此时的唐娜已经凭借自身的聪明才智成功地拯救了自己。她把男孩从车上抱了出来，让他平躺在桌上并往他的脸上泼水，最终在人工呼吸的帮助下，男孩苏醒过来并深吸了一口气。影片在小说的基础上又增加了一个情节：古卓突然撞碎窗户跳了进来（就像是慢镜头撞碎挡风玻璃的那个场景一样），古卓张大着嘴的重复剪辑与唐娜扣动警枪的特写镜头并列出现，与埃德温·S.波特拍摄于1903年的电影《火车大劫案》（*Great Train Robbery*）中的汤姆·米克斯一样。这展现出她的足智多谋、强健的身体以及比对手更加强大的意志力，最终她成功杀死对手并且重获生命——她拥有克洛弗所认为的"最后的女孩"的所有品质。

小说以男孩的死亡结尾，轻描淡写的几笔和孩子的名字都为他的死亡增添了些许心酸。金曾经说过："他在写作时，本想让男孩活下来，但是他后来发现故事需要一个更加现实的结局。"因此，从某种意义上来说，制片人成功说服了金，将电影的结局改为母子两人都活了下来（虽然唐娜已经被严重咬伤，而男孩的身体也被携带狂犬病毒的古卓舔过，从理论上来说，他们也将会患病，这可以说是深层结构的恢复）。由于片方更倾向于劳伦·柯里尔（笔名芭芭拉·特纳）对原作的修改，唐·卡洛斯·达纳韦和导演提革拒绝了金的剧本，并赋予影片一个更加令人振奋的结局。金对此反应强烈，他要求对作品中矫揉造作的改编申请仲裁，但他最终失败了。1983年，因商业体裁的预期和工作室的压力，金没能坚守自己中意的具有冷酷色调的版本。直到2004年，金仍坚持为影片《秘密窗》设置一个过于黯淡的结局，这反映出金作为一个全球化的品牌不断巩固着自己的地位。

热泪伤痕 Dolores Claiborne

> "现在，你给我听好，自以为是的家伙，我对你的这些
> 把戏半点兴趣也没有。"
>
> ——桃乐丝

　　导演泰勒·海克福德不同寻常的编辑手法以及演员的精湛表演使《热泪伤痕》远远超出了家庭片的范畴。在影片中，这两种元素结合在一起，逐渐向观众揭示了那些被否认和被刻意掩埋的事实与真相。与本片同名的女主角桃乐丝·克莱本（凯西·贝茨饰演）与她的女儿莎琳娜·圣乔治和詹妮弗·杰森·李之间的对手戏占据了影片的绝大部分时间。

　　自从维克多·弗莱明执导的电影《绿野仙踪》（*The Wizard of Oz*，1939）首次出现炫目的色彩并引发电影拍摄的转变之后，我们便可以偶尔从黯淡无光的当下现实转换到色彩鲜明的想象世界中去。海克福德成功实现了这种转变，除了通过剪辑手段，他还将过去和现在融入到同一个场景有时甚至是同一个镜头之中来讲述故事的发展和经过，这不由让人们想起了柯南伯格十二年前的作品《再死一次》。使用不同的布景来表现不同的时间点，这从本质上是一种典型的戏剧手法——特别是在戏剧中，通过剪辑而引入不同观点的机会并不总是存在的，因此需要通过空间和灯光的使用来引导观众的注意力。本片与这种拍摄手法相当契合，极为有限的角色给整部影片蒙上了一种幽闭感——影片中许多场景都发生在桃乐丝破旧的房子内，母亲和女儿总是针锋相对。

　　影片的叙述结构比开场更为复杂，这关系到时间线的设置以及重

《热泪伤痕》电影剧照

新聚焦相关的家庭体裁标记。在一些尖锐的对话和剧本结构的对称性方面，尽管他的名字并未出现在片头字幕中，但是我们仍然可以发现"电影顾问"威廉·高盛对本片的影响。将磁带放到莎琳娜的车上，体现了桃乐丝的小心机以及她对女儿的了解（莎琳娜在找烟时发现了这盘磁带），这一情节同样也突破了惯以"脸部特写"讲故事的拍摄手法。与以往一样，倒叙让我们想象出桃乐丝到底告诉了莎琳娜什么——整个日食事件的经过。这是一种招供，莎琳娜乘坐渡船时的画外音，她在车上的时候一定也听过了（所有的时间都被有效进行了倒叙或插叙处理）。海克福德在对金小说进行改编时与编剧托尼·吉尔罗伊达成了一致，删除了生活在薇拉床下并且只有她能看到的"灰尘兔子"这一情节，从而使本片彰显出人类的残暴而并非是具有超自然能力的怪物，这样一来影片的焦点就从薇拉和桃乐丝之间有关身体机能的争执转移到了丈夫和妻子的争斗上来。影片选择性地沿用了小说中一直使用的第一人称叙述角度，特别是在桃乐丝回忆的倒叙之中，我们更多的是通过她和女儿之间的对立关系，而不是她自己的言语来了解她本人。在小说将近三分之一处，虐待就已经出现了，而在电影中，编剧吉尔罗伊则将这一情节保留到了影片最后的转折环节中。

《热泪伤痕》是为数不多的配有插图的小说，这可能暗示出金正

281

在考虑将他的作品进行视觉化（虽然在片中没有明确表现出来），当然这也可能是因为这部小说太短了，金想要给它"加点料"，从而彰显出金短篇小说的与众不同。这些图片意义浅显、平淡无奇，除了使用低龄孩子的视角暗示这部小说是为莎琳娜所写之外，图片并没有给文本增添多少额外的意义。由于小说使用了倒叙手法，插图反映出了记忆中的关键情景，这使得莎琳娜了解她的母亲曾做过什么。金在《杰罗德游戏》（*Gerald's Game*，1992）一书中也用到了这些要素，在每个章节开头都配有同样的写实插图重现关键场景，通常是从低角度展现这一场景（而此处的低角度则反映出叙述者的位置——被手铐铐在床上）。遗憾的是，这部小说至今还未被拍成电影。

电影最初通过在楼梯顶端的影子来展示桃乐丝和她年迈的雇主薇拉之间的打斗，随后薇拉倒下。桃乐丝正打算用擀面杖击打这个女人时，她被突然出现的邮差打断了一切，他的出现引发了电影的核心问题："你做了些什么？"本片没有过多关注"是谁做的"转而关注"为什么这么做"，原因在于我们已经看到了这个显而易见的谋杀场景。多年前发生在酗酒、暴力的丈夫身上的可疑袭击，通过侦探约翰·麦基（克里斯托弗·普卢默饰演）的执着调查，逐渐将两者联系到了一起，侦探一角改编自小说中一直持怀疑态度的法医约翰·麦考利夫。本章开篇时所引用的侮辱性话语就是说给麦基听的，这也融合了桃乐丝对乔的描述——他总是懒洋洋地坐在那里一动不动，而他的妻子则包揽了所有的家务活，在她的供述中，开头的几句评论还夹杂着方言。①很明显，这部电影提出了许多道德问题，例如杀人是否需要具备一定的理由，以及罪行和赦免是否必要，但影片的道德范畴非常明确地聚焦在了母女关系上。当薇拉的遗嘱曝光之后，除了莎琳娜，其他人的

---

① 斯蒂芬·金. 闪灵. 伦敦：新英语图书馆出版社，1993：107.

意见对桃乐丝来说并不重要。她需要莎琳娜相信她，她是她最亲近的人。渡轮上的真相被曝光后，女儿回来捍卫自己的母亲，二人重归于好。事实上，我们最初所看到的场景是一场蓄意已久的自杀，并非谋杀，刻意强调的一系列景象和对话并不像表面看上去的那样。薇拉的那句"帮我"是求死之心而非希望得到救助。因此，上下文的语境在这里显得尤为重要。

莎琳娜第一次回到岛上时，有一个从直升机上俯拍渡船的壮观镜头，然后镜头聚焦到莎琳娜身上。她独自站在船头，穿着一身黑衣并且戴着一副黑色墨镜，像一尊寡妇的雕像一样。回顾过去，我们可以把这些看作是她采取的一种自我保护行为，避免回忆起她和父亲在渡船上曾经发生的那些事情。对比渡船镜头的宏大，主人公的情感明显是小范围内部的，这也许正反映了日常生活中真正的恐惧在于如何在成长中远离自己的家人。李所饰演的莎琳娜散发出厌烦和敌意。她不苟言笑，几乎不会与人进行长时间的目光接触，她经常转动着自己的眼睛，在烟酒中寻求解脱。在电影前半部分，她如同一名喜怒无常的少女，总是在咆哮、恼怒着。她经常怒气冲冲地跑出家门，表面看是去买东西，其实是为了逃避她的母亲。在某种程度上，母亲的出现是她无法规避的一个刺激性因素，就像桃乐丝的电话，它已经坏了好几年了，二人之间早就断了联系。在车里（或是在屋里，尤其是在餐桌上，她们常常不得不挨得很近，紧凑的画面布局展示了她们无法轻易逃脱彼此），她们之间的紧张关系显而易见。桃乐丝絮絮叨叨地说着租车的时间，莎琳娜置身在阴影中吸着烟，明显表现出她不想待在这里。莎琳娜被迫回来，面对她一直试图忘记的人和事。第一次见面时，麦基和他的助理弗兰克聊起了她的童年记忆，她无法否认，只能唐突地打断他们想要继续闲聊下去的打算。

金认为，如果仅是为了练习摄影并验证用摄像机和色彩作为技术的有效方式来呈现故事的可能性，《热泪伤痕》无疑是一部值得观看的好电影，但他低估了海克福德编排镜头间逻辑关系的能力，也更没有意识到演员的精彩表演在给这部家庭戏增加深度方面发挥了关键作用。进入到破旧的房子中去，桃乐丝望着水面，她面前的场景变成了色彩斑斓的夏天，随后镜头又转向当下桃乐丝苍白的脸，同时人们尖叫着"出血了"的声音也随之出现。当年轻的桃乐丝穿着红格子衬衫出现在镜头里时，小莎琳娜（塔法拉·杰西卡·斯特拉·默里演得非常好）也跑了进来，长大后的桃乐丝正呼唤着她进入房子，成年后的莎琳娜从她身后答道她已经进来了。小桃乐丝转身，此时她的衣服已经褪了色，她站在过去和现在之间——眼前是她的过去，身后是她的现在。这一场景很快就结束了，她停下来再次向外望去，她无法相信刚才发生的事情，但一切已经恢复到平淡无奇、黯淡无光的当下中去了。

　　回到屋里，桃乐丝打开莎琳娜的行李，但是尚不清楚她是出于母爱想要帮忙还是由于不信任而侵犯女儿的隐私。找到药片后，她开始意识到她一点儿也不了解已经长大成人的女儿，她向楼梯间望去……此时影片插入到另一个闪回中去，背景声中出现了孩童般的笑声，明亮温暖的橙色光束充斥着整个场景，少年莎琳娜出现，紧随其后的是年轻的桃乐丝，她们在玩捉迷藏。随后，镜头再一次回到当下正在发呆、困惑的桃乐丝身上。她们在玩成人版的捉迷藏：母女二人都有希望让对方知道的秘密，这些秘密是否告知对方取决于她们之间能否建立起新的关系。当桃乐丝望向莎琳娜的时候，莎琳娜正在她身后，她坐在餐桌旁，突然间画面左侧一个人推门而入，日光洒满了整个房间，现在和过去又进一步交融在了一起。显然，这一定是一个倒叙，当下的场景设置在了晚上。桃乐丝回头看着仍然在说话的莎琳娜，她仍旧无法相信眼前发生的这一幕。虽然过去和现在的生活纵深度不同，但它们却同时出现在了同一画面中。摄像机从桃乐丝的背后掠过，画面从她的头部开始垂直消融，色彩鲜明的过去取代了单调乏味的现在，引入了最具戏剧性的闪回。

日常物品都被视为桃乐丝行动计划的象征，就连家庭格局也不例外，乔穿着裂开的裤子，在她面前露出臀部，在过去慢镜头的场景中她在清洗盘子，现在的场景中她倒置摆放着杯子，这些似乎都在促使她在日食时展开行动。当她第一次被井盖绊倒后，她向下望去发现了一个黑漆漆的洞，她一反常态地伸出手并迅猛地抓住一些腐朽的木头，在此时刻意给出的脸部特写镜头中，桃乐丝也对刚才萌生的邪恶念头感到诧异不已。日食这场戏看起来像是在特定的布景中拍摄完成的，蓝色的屏幕营造出一种强烈的不真实感。影片的高潮部分，一方面从乔的视角出发，他看着桃乐丝，背景里的日食就出现在她的头顶上，反向的过肩镜头则拍摄了背景中深邃的黑洞，几个广角镜头拍摄出了光线的变幻。另一方面，桃乐丝背对着橙红色的天空，远处是港口怒放的烟火和亦真亦幻的庆祝活动。此外，还有一个镜头从黑暗的矿井深处向上移动进行拍摄，在井口处可以看到日食的轮廓，它似乎闪耀着来自另一个世界的橘黄色光芒。在小说中，乔跌入矿井后并没有死去，他大声呼救并且尝试慢慢向上爬，就像影片《魔女嘉莉》一样，随后他的手抓住了桃乐丝的脚踝。以上一系列行为动作使整部影片的叙事紧凑，结构紧密，就像典型的恐怖小说一样。更重要的一点在于，这些行为动作促使观影视角下桃乐丝犯罪事实的形成（在小说中她用石头砸死了乔），观众会认为她并没有那么值得同情。

片中运用了一些恐怖手法，比如画面的突然移动，还运用到了夸张的人际距离学，以此来强调家庭关系的变动。在一场带有明显调情意味的家庭场景中，乔突然手持木棍仿佛打棒球一般击打了桃乐丝的背部，这一举动令人大吃一惊（该情节在小说中是通过莎琳娜的对话透露出来的），这也暗示着在这个家庭中，恐惧和害怕是主要的情绪倾向。一旦乔喝醉了酒，他随时都有可能发作（丹尼·艾夫曼的古怪配乐突然变得刺耳起来），贝茨扮演的角色就是受害者之一，这与她在《危情十日》（从后面薇拉收集小瓷猪这一情节可以看出两部电影在视觉上的参照）中所饰演的古怪的安妮·威尔克斯截然不同。桃乐丝忍受着背上的伤痛不让女儿发现，但她的忍耐是有限度的。对于乔的伤害，她很快予以了回击。在近景镜头中，乔像皇帝一样坐在沙发上看电视，桃乐丝的胳膊突然出现在了画面中，她用一个牛奶罐击中了他的头部，出其不意地打断了他的自言自语，这与他之前那一击形成了鲜明的对比。她从容地在女儿面前藏起一把斧头，并且一字一句地冷静告诉他，如果他再打她，最好能把她打死，她拿着斧头在他膝间比画着、挑衅他，于是他退缩了。镜头又切回到现在，莎琳娜在叫嚷着什么，这说明我们刚刚看到的正是莎琳娜过去没能听到的对话内容。

对于持久的力量特别是来自母爱的力量，电影进行了戏剧化的处理。在母爱的支持和推动下，桃乐丝数年如一日地辛勤工作着，她只想为女儿将来的生活攒下一笔钱，这些都通过她的手部特写镜头表现出来。在桃乐丝按照薇拉的要求夹上六个衣架的特写镜头中，她的手饱经沧桑，这是长年听从于薇拉的淫威造成的。进一步的剪辑表明母女之间的关系只有部分被表现出来，她唯一想要从薇拉家拿走的只是那本剪贴簿（不同于安妮·威尔克斯有关谋杀的记录本，这本剪贴簿里满是莎琳娜的文章，尽管她们长期分居，但这仍然代表着桃乐丝和她女儿之间的联系）。莎琳娜以闪回的方式进入剧情中去，闪回本是为了转移观众的注意，但是过多地使用闪回这一手法，使其效力大大减弱了。桃乐丝焦虑地看向那个满怀恶意的电话，它曾经煽动年轻的莎琳娜自杀。

最终，桃乐丝抓住了莎琳娜，让她在桌旁坐下并递给她一杯水，她试图帮她来面对一些不堪回首的事实。镜头中，被子被一双男人的手接住，于是观众又一次被带回到过去的场景中去。镜头中乔和桃乐丝正就女儿糟糕的成绩单争论着，莎琳娜坐在那里，成为了他们争执的焦点（对于桃乐丝来说，她所有的希望都在女儿身上，她希望她能有一个更好的将来，而乔则企图努力掩盖他的经济问题以及他对女儿的性侵犯）。在如此巨大的压力之下，莎琳娜几近崩溃是一件毫不奇怪的事情。长大后的她总带有某些神经质的举动并伴随吸烟、酗酒、吸毒等问题。为了试着接受过去所发生的事情，成年的莎琳娜重重地跺着脚上楼去了。楼梯底部一个更年轻的莎琳娜穿着紫红色的工作服跑了下来，当她打开门的一瞬间，我们看见屋内变成了灰白色调，屋外则成了红色。此时，镜头有效过渡到了外面阳光灿烂的世界中去了。

在渡船上，电影情节最后一次发生转折进入过去。这一次，那段至关重要的侵犯记忆显露了出来，这正是莎琳娜一直拒绝回想起来的。莎琳娜逃离自己的母亲以及她被侵犯都是真实可信的事实，但迟迟未到的解释让情节看起来有些过于刻意了。我们看到她的父亲要了一杯酒，靠着她站着，整个人呈现出和她现在一样的色泽，这意味着过去和现在的碰撞与融合。莎琳娜仿佛无法摆脱过去的鬼魂，她跟着它走出去，她的周身慢慢变亮，实际上，她跟随着的是她自己的回忆。海克福德使用了类似侦探片以及惊悚片向前追溯的手法以及反向跟踪的视角来进行拍摄。年轻的莎琳娜和现在的莎琳娜视线交汇，而就在此时有人叫了她的名字，于是镜头再一次回到当下，过去的色调消失不见，咖啡馆的收银员正把她遗忘的零钱递给她。

最终的庭审过程中，在桃乐丝即将认罪之际，莎琳娜回来了，影片非常戏剧性地出现了转折。她仿佛变身成了知名律师，场景反转成了一出法庭戏。她正在为自己的母亲辩护，在与麦基的斗智斗勇中获胜。她质疑麦基查案的真正目的，她认为他只是想要追查出乔多年前死亡的真相，最终扭转了局面。颇具讽刺意味的是，如果没有把这两件案子联系起来，他也许已经成功地找出真凶了。金不喜欢着墨于母女关系的和解，他认为这在故事中已经有所体现，海克福德通过一种压抑感实现了这样的和解（不得不说，这要比金为电影《闪灵》创作的温情脉脉的结尾压抑得多）。在电影结尾处，莎琳娜颇有象征意味地向母亲伸出了手，这一姿态被母亲所接纳。此后不久，二人道别，互相真诚地拥抱并原谅了彼此。桃乐丝令女儿心中毫无怨恨地离开了，莎琳娜则露出了脖子上的伤疤，那代表着她无法逃避的过去，她仍然穿着一身黑，但看上去是那么瘦小，给人一种弱不禁风的感觉。她向母亲挥手致意，然后离开，回到了原来的生活之中。她曾经自私地逃离自己的母亲和过去的生活，而此时，她已经完全释然了。

　　海克福德的画面构图，特别是镜像的使用也使影片超出了标准的体裁预期。桃乐丝打碎窗户时所留下的一地碎片，在风格化的慢镜头中，反衬出她的样子如同拼图一般碎了一地，如同玛吉斯特尔所描述的那样，这不仅是"现在"的一种象征，同时也反映出一种不可能，这样的效果将我们的注意力转移到电影制作的过程上，以及桃乐丝是如何（为她自己以及我们）构思这一系列事件上来。她曾试图重塑自己的形象，因为她非常在意别人的看法，但她更在意自己的女儿是如何看待自己的。在渡船上也出现过一个相似的镜像：莎琳娜突然回忆起曾经受虐的情景，震惊之下的她将水泼在了自己脸上。过去和现在的碰撞，现实和记忆的冲击都在虚假的镜像中得以体现，镜中不可思议地出现了她后脑勺的影像（这一特效在《秘密窗》中也使用过，表达了一种从主观上压抑某一客观事实的心理活动）。与此有异曲同工之妙的是桃乐丝站在门口台阶上的第一次回溯，莎琳娜最后看了一眼镜中的"景象"，如她母亲一样安详，一切似乎又都恢复了正常。莎琳娜身后"如有伤害，请上报"的标志，暗示着她的解脱需要"谈心治疗"，用言语倾诉痛苦、消解痛苦，然后继续生活下去。

　　海克福德通过情节过渡、画面构图以及对两位女主角的指导，使影片超出了狭隘的体裁预期。影片的剪辑非常流畅，消融手法成为标志着事件转折过渡的主要拍摄手法，并且在影片的后半部分这一手法越来越多地用于表现斑驳地平线的剖面图，以此来展示时间的流逝、光线的奇特以及景色超凡脱俗的美。与贝茨在《危情十日》中的表演相比，本片显得有些黯然失色，虽然暗黑化、家庭化的主题以及小范围内部的戏剧张力并未使它获得较高的票房收入，但它的确值得反复观看，它的精髓深诣也不会随着时间的流逝而石沉大海。

闪灵 The Shining

"那些在房屋里产生的情绪会被房屋吸收，这个说法也许确有可信之处。这些房子存储了某种干电荷，也许当某个恰当的人出现时，或者当某个富有想象力的男孩出现时，他会对这种干电荷起到催化剂的作用，使它积极地展示出某些东西。准确地说，我并不是指鬼魂。我指的是某种三维空间的精神影像，甚至有可能是某些活生生的东西。一个怪物，你也可以这么想。"[1]

——本

"在迷宫的中间，一个人会与自己邂逅。"[2]

——《拉里的聚会》

金曾讨论过鬼屋这一亚类文学原型，比如所谓的地狱通常位于房

[1] 斯蒂芬·金. 闪灵. 伦敦：新英语图书馆出版社，1976：43.

[2] 卡罗尔·希尔兹. 拉里的派对. 伦敦：第四房地产出版社，1998：313.

《闪灵》电影剧照

屋的最低或最高处，即地窖或是阁楼。在金的《闪灵》中，锅炉很明显是一种象征意义上的触发器，在某个时刻会发生爆炸。而在《坟场禁区》以及《猛鬼工厂》中，真正的恶魔分别生存在建筑物最低点之下的磨坊和洗衣房中。《1408幻影凶间》的主要场景设置在一座大楼的中间地带，这似乎有意避免了既定原型的束缚，并且指定了房间内部事件发生的精神空间。《闪灵》运用了几个经典的鬼屋元素——一座远离尘嚣的大型建筑物，以及与最亲近（从严重程度和持久程度来看）的人之间的接触。斯坦利·库布里克的《闪灵》和米克·加里斯1997年的翻拍版本都与金本人进行合作，两部影片彼此之间形成了有趣的镜像。加里斯的版本戏剧化了一座鬼屋，而库布里克的版本则讲述了一个被鬼魂缠身的人的故事。在加里斯执导的版本中，房子将自身的邪恶投射在人类身上，而库布里克的版本则恰好相反。库布里克的影片并不局限于金的小说，他采用了全新的剧本，而加里斯则在电视版本中又重新添加了电影中删掉的那些情节，金深入挖掘并实践了他的某些想法，比如《撒冷镇》中的玛斯登大宅、电视迷你剧《血色玫瑰》（*Rose Red*，2002）中，对精神现象更为客观的追求以及在《王国医院》（*Kingdom Hospital*，2004）中，所有超现实的"大卫·林奇式"的仪器等。

尽管金认为本片表现出了库布里克对恐怖文学的无知，但是本片恰恰表现出库布里克对电影形式及其可能性的深入了解。也许从库布里克的角度来看，影片并不关心观众的心理预期，而这恰恰正是金最关注的一点（至少从文学角度来看是这样的）。换句话说，库布里克、德·帕尔玛以及柯南伯格这样的导演并不像其他导演那样急于满足观众的观影预期。体裁理论重点强调观众以及观众理解或"消化"电影的方式，但是对一小部分有影响力的导演，特别是在行业内部已经功成名就的导演来说，他们不再那么在意观众的心理预期，他们更倾向认同随着时间的流逝，一部电影将会得到评论的认可，从而吸引更有鉴赏力的观众群。从这一层面上来说，《魔女嘉莉》《死亡地带》和《闪灵》从批判的角度可以看作是德·帕尔玛、柯南伯格和库布里克等人对导演主创论的一次夯实和巩固。

那些通过观看其他恐怖影片而获得的乐趣可能无法从本片中获得：影片的节奏更多是从容的，而不是疯狂的，血腥的程度被反常地控制在较低水平，对话节奏很慢有时甚至会不合逻辑，镜头比我们习惯的要更长，库布里克鼓励（可能是要求）我们慢慢扫视整个画面并发现其中的含义。我们看到的并不是典型的"山顶鬼屋"这一亚类影片或是有着阴暗角落的哥特式宅邸。在电影中，库布里克既没有选择壮观的哥特式建筑，也没有选择黑暗的走廊或是光线黯淡的房间作为拍摄场景。那座楼很明显有人住过（除了冬季之外的月份），作为一座酒店它具有一定的商业价值，是有利可图的。夜间哈洛伦回来的时候，房间里灯火明亮，一切都看得一清二楚。在影片结尾处，母子二人逃脱之后确实给人一种解脱感，但他们到底要摆脱的是什么以及他们究竟如何逃出来的，这些仍旧让人摸不着头脑。概括本片的情节并非一件易事，这说明通过向观众描述一种被认为不可能的现象并且不加任何解释就可以实现真正意义上的恐怖。

　　库布里克曾因创下一场戏的最高重拍次数而被载入吉尼斯世界纪录——影片结尾处，温蒂在楼梯间的那场戏总共重拍了一百二十五次。这体现了导演对拍摄内容的探索和创新，而不仅仅为了满足观众对特定电影体裁的心理预期。此外，库布里克以极长的电影筹备期而闻名，在电影拍摄方面是出了名的一丝不苟，这样一个人真的可能在打字机的一张纸上犯错吗？如果当杰克将纸从打字机上扯下来不久之后，打字机上又出现了一张崭新的纸，我们应该这样去想，导演这么做是有其特定意图的。如果观众认为这一安排是由于导演的能力不足或是粗心大意所造成的，这绝对是对库布里克的一种侮辱。尽管米歇尔·西蒙声称《闪灵》是非常遵守体裁法则的，但实际上在《闪灵》中，库布里克按部就班地削弱恐怖修辞以展示影片表现形式在传递邪恶意味时的失败。^① 当我们看到温蒂在浴室里，而杰克拿着一把斧头狂砍浴室门的时候，库布里克向我们展示了门的另一侧所发生的事情。这并不意味着该片导演是一个恐怖片门外汉，他不知道如何让观众受到惊吓。库布里克反复地向我们呈现恐怖电影的体裁元素，但他并不想让我们轻易获得类型电影应有的肤浅乐趣。

　　杰弗里·科克斯认为库布里克的电影在电影史上占据着特殊的地位。他认为，屠杀的画面是解释《闪灵》中某些片段的最好手段，鲜血从电梯中涌出的镜像，它代表着"几个世纪的鲜血、百万人的鲜血，特别是库布里克所身处的二十世纪，因战争和种族屠杀而流淌的鲜

---

① 米歇尔·西蒙. 库布里克心中的"库布里克和奇思妙想". 纽约：霍尔特·莱茵哈特·温斯顿出版公司，1983：126.

血"①。或许库布里克并不愿意使用老套的银幕表现手法来呈现邪恶与猜疑，一旦他开始使用这些手法，他就会矛盾地想要削弱这些恐怖电影中惯用的比喻和修辞。科克斯联想到了童话故事并以此作为参照，比如由"门口的狼"想到了法西斯主义的崛起，但对于上世纪八十年的观众来说，他们最容易想到的是家喻户晓的迪士尼卡通片《三只小猪》（Three Little Pigs，1933）以及黄金时段娱乐节目中的流行语。在影片中，杰克·尼科尔森常常说"强尼来了"，这其实只是在模仿约翰尼·卡森在主持深夜脱口秀节目《今夜秀》（1962—1992）中时常跟观众们说的一句话。

库布里克是众所周知的"隐居者"，在他的职业生涯中从未接受过任何采访，他的作品相对很少，他对自己的作品几乎不做任何回应，任由他人探讨其作品中的意义。因此，评论界对其作品的评价呈现出两种极端，一种认为他的作品意义深远，另一种则认为他的作品过于矫情。评论家们对本片的看法各有不同，有人认为这部作品是一个关于男权主义邪恶的内在醒世寓言，或者说它体现了家庭的分崩离析、美国资本主义的衰退，抑或是对疯狂社会现状的一次探究，有人甚至称其是一次反殖民主义的宣言。《闪灵》是金第一部被翻拍的影片，它发行于1980年，当时金对本片十分不满，在电影拍摄过程中他所创作的剧本也未被采纳。这些年来，金对本片的看法日臻成熟，这可能是因为他在1986年执导《火魔战车》的经历并不愉快吧。库布里克的电影如此吸引评论界的注意也许是因为影片所采用的拍摄手法十分引人注目，比如缓慢的摄像机移动、慢镜头、具有美术感的图像合成以及沿袭传统连贯编辑风格后刻意营造的间断，等等。

影片的开场可谓是鸿篇巨制，尤其体现在直升机镜头沿着蜿蜒的

---

① 乔弗里·科克斯. 门口的狼：斯坦利·库布里克、历史和大屠杀. 纽约：彼特·郎出版社，2004：2.

乡村公路一路跟拍行驶的汽车，但这并未体现出库布里克强大的调度能力。不久之后上映的影片《劫梦惊魂》也参照了这一场景所包含的喻义。托马斯·亚伦·尼尔森认为，渐渐逼近汽车的摄像机就像是"一只猛禽"，当"猛禽"赶上汽车的时候，镜头忽然切走，营造出一种隐约的威胁感，好像前方有什么在等待着它。它们要对处于密闭空间中的家庭展开攻击——这里的密闭空间指的是车，稍后是指酒店，最后则是迷宫。[①] 在几个不同的场合中，攻击的形式稍有不同。金反复讲过关于库布里克的一则趣闻，库布里克在半夜打电话给金，直截了当地问他是否相信上帝，信仰上帝暗示着相信人们死后仍继续存在的一种乐观心态。库布里克似乎对来世的观念抱有疑虑，所以他的影片着重刻画了人性的发展而不是超自然力量或是恶魔。金断言"因为库布里克本人不相信这些，因此他无法拍出真实可信的电影"，他声称库布里克并非真正了解恐怖体裁，所以这部影片注定会失败，但这样假定的前提是库布里克想要拍出的是一部恐怖片。在电视剧《老友记》中，乔伊因为《闪灵》一书过于吓人而把书藏到了冰箱里，他藏的是书并非电影的DVD碟片，这个细节就可以说明一些问题。金对"耍把戏、卖弄技艺"非常不屑一顾，但他似乎又在强调"让读者或是观众紧张到窒息并且一直这样下去"是一件再简单不过的事情了。虽然他为《鬼作秀》所撰写的剧本以及他的导演处女秀《火魔战车》都暗含着类似的野心，但即便是最友善的评论家也无法认定他成功实现了那种效果。

金的小说可以视为关于写作的小说，而库布里克的电影，从许多方面来看，是关于电影制作的电影。库布里克的众多影片都体现出了语言的匮乏，他用电影的光影传递出了用口语和书面语无法表达的信息内容。哈洛伦和丹尼想象中的朋友托尼告诉丹尼，他可能会看到幻象，

[①] 托马斯·亚伦·尼尔森. 库布里克：在电影艺术家的迷宫中. 布卢明顿：印第安纳大学出版社，1982：203.

而那些幻象就像小说中的插图一样。我们所看的电影就是由"移动的影像"组成的，众所周知这不过是对"现实"的加工再现罢了，只不过在电影语境中，这些影像显得尤为真实。在录像机还未被广泛使用之前，库布里克就拍摄了这部电影，因此观看本片的时候不宜以定格或是后退的方式进行观看，也就是说要达到本片最适合的观影效果，应该是在电影院里以正常的速度进行观看。通过视觉讲故事的手法甚至会延展产生某些有趣的可能性，比如在《闪灵》中我们看到，在温蒂看到那些重复出现的字句之前，杰克·托伦斯正在撰写一个尚未展开的故事——这是一种典型的"纳博科夫式"的手法。① 这就与影片结尾丹尼在雪地里折返时留下的脚印相一致：从某种程度上来说，玩笑似的"取消了"角色被追逐的戏、追逐的事件以及主人公的生命。从广义上来说，在一部有关交流的电影中，肢体语言同样至关重要。当温蒂和丹尼在迷宫中走失，杰克也奇怪地感到束缚。他在大厅里随意地一扔并没有出现期待中的回弹。他开始出现幻觉，为了摆脱压抑的沮丧感，他抖了抖双臂(稍后在进入舞厅之前他又重复了这一动作)——这个好像猩猩一样的动作 [呼应了影片《2001 太空漫游》（ *2001：A Space Odyssey*，1968 ）] 在影片的发展进程中显得尤为瞩目。

像电影《1408 幻影凶间》中的麦克·恩斯林一样，杰克·托伦斯试图向周围的人传递身为一名作家是怎样的一种感受，但他根本无法解释清楚这一切。杰克不仅遭遇了写作瓶颈，更重要的是温蒂根本不理解创作的全过程。当他讽刺地表示赞成温蒂所说的"只要恢复每日写作的习惯就好了。对，没错，就是这样"，这其实也传达了金的一些看法，身为一位多产的作家，金借杰克之口讽刺了那些认为作品数

---

① 弗拉基米尔·纳博科夫，俄裔美籍作家，代表作《洛丽塔》。纳博科夫的小说向来以复杂的多主题叙事和精妙的结构著称，叙事技巧多种多样，他尤其喜欢运用各种复现、镜像、戏仿和错位来展现人物在现实生活中的荒诞处境和孤独的内心。

量等同于作家弱点的评论家。稍后尼科尔森的脸上浮现出了一个狂躁的笑容，并摆出了一个姿势，仿佛打字不过是简单的幼稚游戏。创作、写作作为电影制作的一个重要环节也许看起来特别简单，但库布里克却认为并非如此。镜头首先切到位于画面正中央的打字机，然后镜头渐渐回拉，这只是一名畅销书作家装备的一部分。我们看到雪茄和纸张已经摆放好了——所有物质上的准备工作都可以观察得到，但是如何定义创作的动机则要困难得多（难以在电影中展现出来）。从某种程度上来说，杰克往墙上扔球直接反映了他无法想出新的思路，这也标志着他逐渐变得神志不清。杰克创作的小说并非是毫无意义的。

　　血从电梯的门里涌出（电梯门也是红色的），缓缓流向走廊，这当然不可能是真的，因为血会凝结而不会像水那样流动。事实上，那是通过慢镜头来展现血的流动过程，就像影片《雷鸟特攻队》（*Thunderbirds*，2004）中所使用的特效一样，最终血泛滥开来，流出了它的轨迹，并冲刷了摄像机镜头——强调了"第四堵墙"的存在。除了一闪而过的古怪双胞胎，此处令人特别不安的是角色视线注视的方向（直直地盯着摄像机）和整个画面的框架。借助低角度和广角镜头的搭配使用，女孩们看起来好像巨人一样，她们几乎与身后的窗户一样高，这明显参照了黛安·阿勃斯的照片，而库布里克对这幅照片无疑是相当熟悉的。① 科克斯认为哈洛伦通过分散杰克的注意力以及自己的死亡成功拯救了温蒂和丹尼，这一情节唤起了有关纳粹种族迫害的记忆。在经过冗长的堆积之后，哈洛伦的离去显得有些仓促，大量的交叉剪辑都暗示着戏剧化的导入仅仅是为了呈现斧头插入他胸膛的这一结局。库布里克表面上给观众提供了故事衔接的乐趣以及体裁预期实现的乐趣，但最终观众并没有真正获得这些趣味。库布里克掌

---

① 文森特·罗布伦托. 斯坦利·库布里克传. 纽约：企鹅出版集团，1997：411.

镜的时候将镜头略微越过了"内容曲线"。路易斯·贾内梯认为"内容曲线"即为"镜头中的某一点，从这一点上观众可以吸收它所蕴含的大部分信息"[①]，这样就可以营造出一种时间被延展开来的感觉，就像在梦里或者对丹尼而言那些就是幻象。凯尔认为"与酒店血腥历史有关的恐怖景象通常以插入的形式出现，一闪而过就像是幻灯片上的图片，然而这并非是电影的缺陷，反而恰恰是值得甚至应该是被反复观看的"。一旦身处酒店之中，具体的时间点就不再具有任何实际意义。此时虽然是冬天，但是因为照明的缘故，白天或夜晚都显得无关紧要。在"周三"这一幕间标题出现之前，时间感在很大程度上已经不复存在了。这有效地营造出了一种迷失感，但同样也削弱了在影片结尾处尝试通过特殊时间参照来增加影片紧张感的效果，比如在杰克被锁进储藏室之后，闹钟就停止了。加里斯拍摄的《闪灵》也许是因为在电视上播出，中间穿插有商业广告，所以在那一版本中，加里斯借助大量字幕、精确的日期以及大量"天气镜头"给观众适时的引导，不过这仅仅只是为了表现出时间的推进。

库布里克打破了连续性剪辑的惯例，因而时常使观众感到困惑，并且将我们的注意力转移到了电影制作的过程上来。在酒吧里，杰克直视着摄像机镜头点了一杯酒，此时他已经在使用劳埃德这个名字了。尼科尔森以精湛的演技塑造出了一个疯狂的酒鬼形象，他癫狂地大笑让人彻底地明白他已经疯了。在这样的背景之下，温蒂跌跌撞撞地跑进来，声称有人想要勒死丹尼，杰克只是缓慢而慎重地回答了一句："你疯了是吧？"结合杰克当时的状况，这一回答不仅饱含讽刺意味，同时也十分有趣，这充分显示出尼科尔森的幽默，这种幽默在丹尼斯·霍珀执导的电影《逍遥骑士》（*Easy Rider*，1969）中也有所体现。当温

[①] 路易斯·贾内梯. 认识电影. 新泽西：培生出版集团，1987：159.

297

蒂提出要离开酒店时，杰克盛怒冲出了房间，并直愣愣地扫了一眼摄像机。尼古拉斯·罗格导演的《性昏迷》（*Bad Timing*，1980）和《闪灵》同年上映，人气演员哈维·凯特尔在两部影片中都讲述了类似的、只有圈内人才能理解的小笑话。之后，库布里克采用快速摇摄的手法展示了杰克在镜中从看到自己到看到正在腐烂的老妇人这一转折，显示出他面对死亡（还有他面对自己的软弱时可能产生的羞愧感）时所表现出来的惊恐和害怕，而快速变焦的手法则表现出温蒂在看到镜中所反射出的"谋杀"之后的惊慌和恐惧。库布里克因在《2001太空漫游》中所使用的一系列拍摄技术而广为人知，在本片中他将跳跃剪辑用在了杰克身处迷宫的场景中，将他当时崩溃的状态与早晨惊恐的状态联系在了一起。

突然间出现的低沉的合成配乐融合了利盖蒂、克里斯托弗·潘德列茨基和贝拉·巴托克的风格——特别是巴托克，金在小说中提到了他，说他是温蒂最喜欢的作曲家之一。[1] 配乐似乎令观众感到突兀且不合时宜，但这样的插入剪辑让人联想起让·吕克·戈达尔惯于将声音作为一种过渡的策略。此前，温蒂和丹尼在家闲聊的场景中就曾插入过配乐，稍后的食品储藏室场景中也同样插入了配乐。这暗示着局面发生了变化，更准确来说就是酒店中来自另一个世界的语言体系正在试图联系丹尼。伴随着心跳声，配乐响起，此时的杰克正饱受压力（比如当他在洗手间遇见格雷迪之后便去了广播室），当格雷迪告诉杰克免费的酒水是"酒店订单"的一部分之时（这一对话融合了金小说中的章节标题《酒水免费》以及格雷迪关于"经理订单"的对话），音效对习语的字面意义起到了补充和说明作用。[2] 当我们看到温蒂和

---

① 斯蒂芬·金. 闪灵. 伦敦：新英语图书馆出版社，1977：209.

② 同上，第 321 页。

298

丹尼在外面打雪仗时，突然插入的合成配乐就像是广播的干扰声，仿佛只有杰克接收到这种干扰声。镜头向前慢慢推进给出了他们的面部特写，他低着头、皱着眉，尽力"整理"着他（我们）听到的所有噪音。此外，戈达尔还非常喜欢在拍摄时使用幕间标题，特别是本片中的第一个幕间标题《面试》，这让人们想起了无声电影。对现代观众来说，这种用言语而非画面表达的手法似乎显得有些笨拙，但它却将电影形式置于最显著的位置，比如看上去很假的蓝屏镜头彰显出家庭和谐的本质是流于表面且脆弱的，那不过是一层虚饰罢了。底光照明使杰克看起来有些情绪不稳，比如当他为了温蒂而表演打字的哑剧，或者更明显的是在照明充足的酒吧里和弗洛伊德在一起时的场景，这一拍摄手法被加里斯所沿用，但他使用得更为大胆，更具有表现主义的特点，也可以说不那么细致了。

经理厄尔曼的面试场景与米洛斯·福尔曼执导的《飞越疯人院》（*One Flew Over the Cuckoo's Nest*, 1975）中类似的场景形成了强烈对比。在那部影片中，杰克·尼科尔森扮演了精神上不太稳定但极具个人魅力的麦克墨菲，为了搞清楚这一角色到底是在装傻还是真的精神失常，麦克墨菲经历了一系列精神评估。当尼科尔森所扮演的角色被询问意见时，如果这个问题看起来很正式且带有似是而非的意味，其目的不过是想要测出他是否在故意"唱反调"，那么他就会给出一个大胆而幽默的回答，问答交替的节奏和本片惊人地相似。在这两个例子中，尼科尔森的回答从表面上看十分正式，仿佛在和一个值得信任的朋友进行交谈一样，事实上这个角色正在压制着自己真实的内在。稍后，当杰克借口再次进入房间时，我们便可以看出他的性格究竟改变了多少。杰克·克罗尔评论说："你也许会怀疑库布里克选择尼科尔森扮演这一角色的主要原因是因为尼科尔森独一无二的面孔——直挺的鼻子、宽大且多变的嘴巴以及富有棱角的眉毛，他们可以在一瞬间重新组合，由亲切友好变成冷酷无情。"正是尼科尔森的面孔构建起《飞越疯人院》整部影片——设想一下，在美国职业棒球大联盟中，他反应快速的评论和空白电视监视器中生机勃勃的面孔使比赛变得趣味横生，甚至是他不懈的反抗都通过他可笑又愚蠢的行为表现了出来。在他职业生涯的后期，如饰演蒂姆·波顿《蝙蝠侠》（*Batman*，1989）中的"小丑"一角，他需要做的不过是做鬼脸。但是在《闪灵》中，库布里克成功地引导他表现出了角色的深度和情感变化的广度，这些都通过特写镜头表现得淋漓尽致，并赋予了影片无限的能量和真正超自然的恐怖，而不是廉价的恐吓。

斯加特·克罗索斯同样出现在了这两部影片中。在影片《飞越疯人院》中，他扮演了一名看上去虚弱无力、受不住酒的诱惑、对于贿赂来者不拒的看门人，因此宾客们能够轻易掌控酒店内部的各种设施。在这两部影片中，克罗索斯管理着一大片空旷的地方，由于性无能，他被人操控并最终被他们出卖。在金的小说中，他房间里张贴的海报呈现出一种极端的、尖锐的、有关性方面的夸张态势，用以掩盖他在这方面自信心的匮乏。二三七房间内发生的一系列事件使他惊恐地睁大双眼，这也许意味着这一切只是他的幻觉，或者说是他将这种幻觉与杰克分享，因此那个裸体女人更多的是他的性幻想。库布里克并非有意突出哈洛伦这一人物——书迷们也许会抱怨他删掉了太多情节，但互文的暗指确实给影片中不起眼的小人物增加了深度。与此对比，金的版本尽管重组了人物对话并且重新分配了银幕时间，但实际上并没有给角色增加更多的内涵。

在开车去酒店的路上，温蒂谈起"当纳聚会"①。杰克对此感到非常生气，他认为他们不应该在丹尼面前讨论这样的话题。温蒂说丹

---

① 美国历史上由于西部淘金而导致的移民大潮，"当纳聚会"就是指前往加利福尼亚州的一次长途跋涉之旅，同时这也是一场惨烈的"死亡之旅"。

尼已经看过了一部相关的纪录片，而杰克无论是对温蒂的回答（"你看，这没什么，他从电视上看到的"）还是在面试中，都毫无根据地声称他的妻子喜欢鬼故事和恐怖电影，这暗示着杰克以及库布里克都认同加拿大传播理论家麦克卢汉对视觉传播的嘲讽和怀疑。

在大多数影迷的眼中，温蒂（谢莉·杜瓦尔饰演）除了尖叫一无是处。她的肢体动作和角色性格对影片毫无影响力，无论是她从楼梯顶部拿着棒球棍击打杰克，还是她跑进雪地后挥舞胳膊的动作看上去都十分不协调。在影片结尾处，她跑向丹尼的场景使她看起来就像是在木偶大师吉姆·汉森操控下的一个木偶。她的台词毫无深度可言，她的表述乏味且内容重复（她通过无线电播报天气预报的行为被警察强行终止了），这些台词让人觉得好笑而没能唤起观众的同情心，特别是结尾处言语的抽搐感更是让观众心生厌恶。在哈洛伦带他们参观酒店设施的时候，温蒂数次打断，并且提出一些诸如"这是厨房对吗"等毫无意义的问题。当厄尔曼告诉他们很快就会有人消失时，她开了个很冷的玩笑——"就像幽灵船一样吗？"在她的台词中，所有的隐喻都局限于文字本身（厨房就是一个"巨大的迷宫"）。温蒂突然之间也能看到走廊里都是血的幻象，正如丹尼所看到的那样，因为此前并无任何暗示说明她也拥有超自然天赋，因此这一情节使观众有点摸不着头脑，事实上她看起来毫无这方面的潜力。从装扮来看，库布里克让她穿着红色的连裤袜、难看的蓝色连衣裙和一件丑极了的黄色夹克，因此影片中的温蒂只是一个毫无魅力、总是瞪着眼睛哭诉的角色。然而，在1997年发行的电视版本中，额外增加的二十五分钟内容使温蒂这一角色显得不那么单调无聊了。在这二十五分钟的时间里，她带丹尼看医生，策划逃脱事件，并且穿过一屋子正在欢庆的骷髅等，这些情节都是加里斯以某种特定的方式修复而成的。

金一直宣称他拒绝使用迷宫这个想法是因为在1953年的电影《迷

宫》（*The Maze*）中，导演威廉·卡梅伦·孟席斯和理查德·加尔森已经使用过这一设想了。尽管金给自己制定了严苛的标准，但这并不妨碍他从二十世纪五十年代另一部由纳森·朱兰执导的 B 级电影《外星大脑》中汲取灵感，并且参考影片《魔女嘉莉》设置了附身这一基本线索。库布里克设置了迷宫这一意象，不仅给影片带来了充满悬疑的高潮，同时也将悬念贯穿整部影片。迷宫将约束与表面的自由融合在一起，给人以矛盾的愉悦感，这反映出库布里克热衷于在智力游戏中添加恐怖情节的审美倾向。温蒂在没有迷宫地图的情况下决定将丹尼带入迷宫，这充分反映出她过于天真的头脑（观众并不清楚最终他们是怎样逃出来的）。

卡罗尔·希尔兹指出迷宫在某种程度上像是一种机器，而人类只是其中的一个零部件。在本片中，库布里克将对技术的迷恋与对破碎心智的描写巧妙地融合在了一起，充分体现出迷宫的特质。杰克慢慢向下凝视着迷宫模型，通过一个鸟瞰镜头我们看到了真正的迷宫和迷宫中的温蒂和丹尼（玛吉斯特尔认为这一镜头被评论界忽视了），此时的杰克正处于上帝般神圣的位置，这或许也是一种暗示，暗示着我们在影片后半段所看到的很多情节可能只是他的臆想。此后，我们可以看到丹尼在印着迷宫图案的地毯上和猫咪玩耍，将所有玩具摆放整齐，随后一个网球莫名其妙地滚入了迷宫中。这个极富象征性的情节可能就是"酒店恶魔"想要抓住他这一意图的真实体现，此处呈现出了耐人玩味的艺术效果（在加里斯的版本中，网球变成了门球），也许它也暗示着他最终获救的方式。然而，无论哪种情形，我们都认为这一情节确实存在含糊不清，或者说让人搞不清楚"酒店恶魔"的目标到底是杰克还是丹尼（抑或是两个人）。

温蒂在锅炉房中听到了神秘的声音，随后镜头立刻切换到杰克在书桌旁睡着的画面中去，杰克在睡梦中喃喃自语，观众基本可以断定锅炉房中的声音正是他发出的。他从梦中惊醒并将梦境告诉了温蒂，此时的他看起来就一个"正常的"、慈爱的父亲，直到温蒂发现丹尼脖子上的瘀痕，她才认定那是杰克干的。伴随着昏暗的灯光，杰克从空荡荡的走廊进入了人满为患的舞厅，声音嘈杂，色彩、场面快速转换，但杰克对此毫无反应，这暗示着他与酒店之间处于一种平衡的状态。稍后，他与格雷迪出现在浴室的场景中时，他穿着一件栗色的夹克，这使他和酒店装潢的主色调更加接近了。轴线的跳跃显示出杰克的迷惑。通过空间关系，我们可以把杰克和格雷迪视为彼此的镜像，从而强化了杰克是格雷迪另一面的事实，这不由得让人想起《2001太空漫游》一片中鲍曼和普尔之间无对话的交流。当杰克逐渐意识到他"一直就是那个看门人"的时候，他的笑容逐渐褪去，特写镜头清晰地记录下了这一过程（很容易就令人想起《飞越疯人院》中在他意识到大多数病人都是自愿的之后，他的意识慢慢觉醒了，这无疑是一个悲剧时刻）。

辛西娅·弗里兰将库布里克的这类电影定义为"黑暗而单调"的电影（不论从早期的草稿还是后来的完结版来看，金本人的小说都要比电影更加单调），她认为从一开始便可以对恐怖电影中所展现出的邪恶进行道德判断，这一看法大大削弱了她对本片的定义。这种概念完全不受恐怖道德范畴的限制，或者说能够被恐怖道德范畴完全重新定义，即在没有重大提醒的情况下，"邪恶"的构成元素在严格意义上来说是能够被运用到某种挑战（甚至忽略某种文化形式）或是独立为一种文化形式的电影体裁之中，这是极具争议的。的确，要想通过恐怖感带来内心愉悦的观影期待和既紧张又轻松的观影感受的话，那么前去影院观看《闪灵》的观众可能要失望了。从风格上来说，本片充斥着不慌不忙的推拉镜头，特别是在柱子后面、金色大厅或是穿过墙壁以及储藏室或者托伦斯睡觉的地方，这有时会被视为本片的缺点之一，因为它给人一种冷冰冰的感觉，观众不易如往常一样对角色产生共鸣。然而，这也许正是库布里克的刻意为之，就像导演彼得·格林纳威在电影《情欲色香味》（*The Cook, The Thief, His Wife & Her Lover*，1989）中使用的流畅推拉长镜头一样，将我们的注意力吸引到了影片的结构和场景设置上来。影片多次使用快速剪辑的手法，尤其是在拍摄丹尼身边的幻象时——影像并置，没有字幕，没有安慰人心的画外音，甚至没有小说中的人物（金的特色），我们想要关联前后或是理解所看到的一切无疑是相当困难的。当丹尼第二次看到双胞胎的幻象时，她们彼此对望然后离开，又或是当温蒂瞄到在长廊的那一头两个男人好像在进行着某种性行为，其中一个打扮成熊的样子［暗示着库布里克另一部作品《大开眼戒》（*Eyes Wide Shut*，1999）］，这一切迫使我们不得不去思索我们所目睹的这一切到底有何意义。

大量使用缓慢移动的摄像机稳定器进行拍摄，而不是在动作进行过程中突然插入的镜头营造出一种浮动的差异感。影片《异形》中也使用了这样的拍摄手法，特别是在《月光光心慌慌》的开场段落中，这一手法的使用也传达出了一种身在家中的不安感。杰克进入二三七房间里面就是一个很好的例子，这有助于营造出一种幽闭恐惧的主观体验，但同样也限制了我们可用的视觉范围。当我们透过杰克的眼睛来看整个房间时，当他的手进入画面推开房门的时候，镜头在杰克的视角和反向追踪的镜头之间切换以记录下他当时的反应。丹尼骑着脚踏车的镜头，特别是他围着角落转圈的镜头，以一种纯粹的、发自内心的节奏有效传达出一种天真的愉悦感（尽管没有解释丹尼是如何将那个看起来很重的脚踏车在不同楼层间移动的），伴随着不同的声音角度，比如丹尼的脚踏车车轮在光滑地板上滚动的声音，以及骑到地毯上低沉的声音。弗里兰认为"在这些场景中，我们的视角和他并不一样"，但实际上并非真的如此。我们通过他的视角回看二三七房间，稍后我们也通过他的视线抬头看到了双胞胎的幻象。摄像机的机位就在丹尼的脑袋后面，只是很少有人注意到这一点，房间内的这一机位，正好对应了开场时直升机的机位设置。随后，当丹尼怒气冲冲地骑着脚踏车离开二三七房间的时候，此时摄像机突然静止不动了，静止画面一直拍摄他骑到远处的转弯处，从理论上来说这样的拍摄手法会削弱紧张感，但实际上它却将紧张感延续下去，打破了固有的观影预期。摄像机不再必须真的"追着"小男孩以表达出他被追逐的感觉——恶魔其实就在他的脑海之中。

当幻象越来越细化之时，幻象的表现手法也相应发生了改变。在第三次看到那些女孩的时候，库布里克通过摄像机稳定器追踪拍摄丹尼，让他从摄像机前跑开，然后当他消失在远处的角落之际，突然加上了戏剧性的小提琴背景音乐。伴随着一声铙钹的撞击声，镜头转向那些女孩们的幻象。那些女孩直接叫了他的名字还邀请他一起去玩，由此就可以看出酒店和生活中的那些鬼魂变得愈发强大起来。镜头从躺在走廊上女孩们的尸体、地上的斧子、墙上的血迹以及女孩们的特写迅速切换到丹尼惊恐的表情上去，并且随即回放了一切。最后的追逐场景将体裁与主题融合在了一起，低角度正反向的追踪镜头（现在的镜头高度位于男孩直立时头部的位置）表现了迷宫中追逐者与被追逐者之间的争斗，目标明确的光源（丹尼的火炬）和一个广角镜头给整个场景营造出了一种幽灵般的超脱尘世的感觉。从此处简单的情节中可以看出，导演一直在进行铺垫好让观众能够接受这样一个事实，那就是男孩知道迷宫的路线，而他的爸爸并不知道。杰克向下望去的视线突然停了下来，摄像机倾斜向上展示出了他的迷惑不解。从理论上来说，摆脱了追逐他的人之后，丹尼应该是安全的，但在一阵疾跑之后镜头转换成他的视角，我们（还有他）仍然不知道那个追逐他的人到底在哪里，于是事情变得令人更加不安和害怕起来。然而，杰克慢慢一瘸一拐地走向镜头则消解了这种效果，就像他的脚步一样，紧张的气氛渐渐减弱了，丹尼成功地从迷宫中逃脱了而杰克已经崩溃了。最后，摄像机稳定器将镜头聚焦在金色大厅外面走廊的照片上，通过一系列溶解效果，我们看到杰克就是那个1921年的看门人，他注定无法逃脱命运的安排。

当杰克身在科罗拉多酒店的休息室里时，休息室的规模和家具的豪华程度都反衬着他的渺小，这进一步放大了他身上所承受的巨大压力，令人头晕、刺耳的音乐明显说明这里肯定有不对劲的地方。当温蒂大步走进休息室的时候，她完全没有在意周围的环境，就在此时音乐戛然而止，进一步强化了这种怪异的感觉。温蒂还没来得及看一眼打字机上的内容，杰克就已经一把将纸拿了过来，此时所出现的声音仿佛是"酒店恶魔"所发出的，这是对他的警告——温蒂即将回来，"酒店恶魔"对杰克的影响越来越大。尽管温蒂说"没事，我能理解"，但很明显这是她在被拒绝之后经常说的话。如此解读这种声音让人们将开场理解为远方对杰克的召唤，甚至从一开始他就被这样的声音吸引了。有学者认为该片具有莎士比亚悲剧的深度，虽然这有些言过其实（有趣的是，金最初在构思这部小说的时候将它设计成了五幕悲剧的形式），但从角色的发展轨迹来看，本片确实与《麦克白》（Macbeth）有相似之处——一对夫妻彼此之间不再进行交谈，丈夫在超自然力量的作用下逐渐产生了残忍的想法。这种对比有个有趣的地方，那就是杰克很有可能从一开始就有这些黑暗的想法，他之所以能够被选中就是因为他可以被操控。杰克和丹尼的互动与麦克白和班柯之间存在一些类似的特征，即表面上关系密切友好，但实际上却暗藏着谋杀的祸心（当丹尼坐在杰克的大腿上后，直到提起这间酒店之前，父子二人一直没有目光交流）。玛吉斯特尔较为关注画面中杰克的镜像，从他的卧室、走廊、洗手间到二三七房间，这一切都暗示着杰克的精神分裂，他有着更为黑暗邪恶的一面，或者说他已经是个鬼魂了。与麦克白一样，杰克也深受噩梦以及一些残忍想法的纠缠和折磨，格雷迪帮他把身上的酒清理干净的情节呼应了麦克白夫人所说的"一点点水就能把事情解决得干净利落"。这为杰克的未来提供了一些线索，他的未来将会是罪孽深重的。有意思的是，一个向前的推镜头停在了丹尼的特写镜头上，他看到了女孩们在走廊中的未来幻象，他的眼睛因为惊恐而睁得滚圆，库布里克在这里借鉴了由莎士比亚作品改编而成的劳伦斯·奥利弗执导的著名影片《哈姆雷特》（*Hamlet*，1948）中所使用的一种表现形式，呼应了在引入"生存还是毁灭"经典独白时所采用的拍摄手法。

温蒂发现杰克稿子的情节是通过有力的极低镜头表现出来的。画面中她的脸向下望去，真正令人毛骨悚然的不是杰克已经崩溃，而是要完成如此大量的"工作"，他应该已经崩溃了一段时间了。这让她（还有我们）不由得去思索这样的狂躁已经持续了多久，并且让我们去反思之前场景中我们所看到杰克表面上的正常举动。此时的背景音乐是刺耳的弦乐，声音越来越响，镜头的视角也转换到了柱子后面，温蒂依然在看稿子。当丹尼看到酒店走廊流淌着鲜血这一未来幻象时［走廊里的家具都被搬走了，就像 D.H. 劳伦斯创作的由克里斯托弗·迈尔斯执导的《吉普赛之恋》（*The Virgin and the Gypsy*，1970）中的场景一样］，杰克正在质问温蒂，不断重复交替的正反向推拉镜头充分表现出了追逐者和被追逐者的角色特质。库布里克运用了十四个镜头——"反打镜头—镜头"的拍摄模式，包括更近的过肩镜头，当杰克跟踪温蒂慢慢穿过大厅走上楼梯的时候，他越来越多地表现出了这个角色大灰狼一般的邪恶特质，例如楼梯上他握拳的动作，以及后来在卫生间门口他公开的言语（"小猪……"）等。在这里，温蒂只会抱怨，杰克充满恶意学着她的样子（这可能是库布里克对自己无情一面的展现，他坚持在这一场景中使用了四十五个镜头）。然而在一些场景中，从身体位置来看她处于优势位置，楼梯上的她在他之上，通过一个低角度镜头强化了这一点。她有一件武器，但她看起来仍然虚弱无力，她的退缩以及她在楼梯中间象征性地、徒劳地一挥都体现出她的软弱。他对她的请求（"亲爱的温蒂，你是我生命里的阳光"）与电影《洛丽塔》（*Lolita*，1962）中著名的开场白异曲同工，《洛丽塔》也是库布里克的作品（也与虐待儿童有关）。此处还有一个类似的玩笑，既荒唐又有趣，杰克反复要求"把球棒给我"，他就像一个试着用不同方式诠释台词的演员，声音或戏谑、或可笑又或者刻意低沉。这一场景包含着些许家庭版侠盗片的元素，在楼梯上的打斗中，杰克首先被击中了手部，随后被击中头部，最后摔倒滚到了楼梯底部，痛苦之余满是震惊，这在一定程度上缓解了他慢慢接近温蒂所营造出的那种紧张感。

尽管康纳将《闪灵》形容成一部"反恐怖电影"，并且柯林斯断言库布里克"并未使用传统手法来制造恐怖（terror）或是惊悚（horror）"。事实上，本片的确采用了一些惊悚片的标准修辞手法，比如那个正在腐烂的女人双臂伸开向前走着，她就像《史酷比》中的僵尸一般，但是从体裁来看，本片也规避了许多俗套狗血的情节。当温蒂将杰克从门口推进储藏室时，库布里克并没有采用杰克突然抓住门框或者抓住温蒂的手这样惯用的套路，他使用了极具新意的摄像机机位进行拍摄，比如在浴室门口的那场戏是库布里克躺在地上向上拍摄而成的，这种角度使门看起来仿佛是给人压抑感的天花板，暗示着主人公身上承受着的巨大压力。我们看到尼科尔森的头靠着门，头发耷拉到了耳朵下方，光线打在门上，这使他看起来就像是精神错乱的困兽一般。加里斯认为他不想让格雷迪开门是因为这样做会分散观众的注意力，但其实这种看法毫无意义。在这里，我们可以听到他的声音还有门闩被插上的声音，因为门只能从外面被打开，所以我们需要知道是谁把杰克放了出来，从而使电影保持情节上的连贯。

尼科尔森的表演被公认为是夸张的，但是他也贡献了许多长时间的标志性表演片段，特别是在浴室门口反复说着"我是强尼"的那场戏。现在回想起来，金对选角的批评确实是很幼稚的。金也许是在谴责好莱坞倾向于选择具有票房影响力明星的选角风气，但事实上金本人在选角时也是这么做的。他认可的人选之一迈克尔·莫里亚蒂在《吸血鬼复仇记2》（*A Return to Salem's Lot*, 1987）中的表演可谓是相当糟糕、毫无生气。此外，尼科尔森的表演中还有许多精彩的细节处理，但这些细节却常常被人忽视，比如舞厅中他轻微地摇晃。在加里斯的翻拍版本中，斯蒂文·韦伯将这一细节表现得极为夸张。柯林斯认为翻拍片失败的原因就在于"它已经不再具有金作品的特质了"，玛吉斯特尔也赞成这一观点，但是如果仅仅因为剧本是由原著者创作的就认定电影是"忠于"原著的，这样的看法未免太过简单了。1997年版的《闪灵》就是一个最好的例子，尽管影片非常"忠实"于原著，但是影片本身并没有能给人们留下深刻的印象。电影并不是要创造出全面丰满的心理实体，比起本片中尼科尔森表现出的酗酒、婚姻破碎和心理崩溃，翻拍片中的这一角色也许更有深度，但从影片整体来看，这并没有使翻拍片变得更加出彩。玛吉斯特尔认为在结尾的十五分钟时间里，尼科尔森演的"一个怪物"完全可以被忽视。在这里，他就像一只咆哮的大灰狼，又像是《巴黎圣母院》（*Notre-Dame de Paris*）中一瘸一拐大步走来的敲钟人（在迷宫中他将二者的特质融合到了一起），看起来荒唐至极。然而，金是这么形容这个角色的——"在小说中，这一情节正发生在锅炉爆炸之前，虽然如此，他还是体现出了一种迷人且带有悲剧色彩的孩子气，比如当他被棒球棍打伤，被刀子划伤，又或者是当他被困在橱柜里，在深思熟虑了几秒之后对温蒂发出请求时，他时而哭泣哀求，时而大发雷霆。在食品储藏室里，杰克苏醒过来，当他试图站起来的时候，他的脸部因脚踝处的伤痛而抽搐扭曲，这一情节合情合理，因为他是被拖进这个地方的。"

金认为本片有别于他的小说，在情感上处理得过于冷淡。电影突出了杰克情绪上的不稳定，因此不可能表现出角色突然陷入到疯狂的状态之中。在一些粉丝看来，影片"不忠实"于原著就是它的原罪之一（这一暗示免除了金的责任，如同比姆所说的他"和这部片子一点关系也没有"[①]）。然而，从这一角度将《闪灵》视作一部失败的作品或是一部恐怖片终究是不公平的，导演的本意是不要把它拍成一部恐怖片。金曾断言库布里克不懂恐怖电影，这也许是真的也许不是真的。如果认定《闪灵》就是一部恐怖电影的话，那么它也是一部与众不同的恐怖电影：必死的恐惧，被困在一个封闭环境中的恐惧（即便身边有你爱的人陪着你），还有源自金内心深处的恐惧，当灵感已经不再却还不得不写作的恐惧。对一些人来说，这是个颇具警示意味的故事，这部影片也反映出库布里克已经做好迎接日新月异的科学技术的准备。库布里克说："我很想跳出有声电影的固有影响，用与众不同的方式讲故事，拍一部电影。我相信肯定还有许多更接近无声电影的电影交流方式。"不同层次的电影配音和对《飞越疯人院》一片的影射都降低了观众对恐怖片惯用手法的认同。库布里克表现出一种带有内在互文特质的美学特征，这需要观众带有一定的观影策略并对体裁的特有标志和文本典故较为敏感。与加里斯的版本相比，这是一部充分展现电影制作的潜能而非局限性的影片。

---

① 乔治·比姆.斯蒂芬·金的故事.伦敦：华纳图书公司，1994：118.

闪灵 The Shining

"女人，你既不能和她们生活在一起，也不能杀了她们。"

——杰克·托伦斯

"你不能这样去做吗，先生？"

——戴尔伯特·格瑞迪

从表面上看，加里斯的版本更多体现出了日常生活中的恐惧。影片中的树篱、黄蜂成为潜在的恐怖来源。米克·加里斯将电视版的《闪灵》分为两个部分，它们看起来就像库布里克所忽略的一系列情节的集合，其中较为重要的就是树篱生物，这是许多小说迷们所期望看到的。然而，这里有一个最基本的问题就是小说中的文字和电影是如何激发起不同受众群的恐惧感的。在电影中，如果一个恐怖实体在一段时间内无法移动，那么它究竟能否令人感到恐惧，这其实是有待商榷的。

电视版本《闪灵》剧照

树篱怪物由视觉效果总监博伊德·谢尔米斯和史蒂夫·约翰逊的 XFX 公司制作而成，当无人注意的时候，这些树篱就像老太太一样移动起来，一旦有人注意到它们，它们就一动不动。树篱的"移动"效果应该是通过左右移动的快速拍摄实现的，用倾斜角度的特写镜头快速追拍静止的人物，降格镜头一边下降一边旋转，一个单独的画面只显示出一只移动的脚（其实是一个木偶）。在怪物移动的时候添加咆哮的声效和落雪的声音都是旨在遮掩某些制作缺陷。此外，当怪物移动并靠近在雪中玩耍的丹尼时，电脑特效显得相当糟糕，这一部分画面所使用的电影色彩几乎全部专门适用于幼儿节目［与英国广播公司联合 Rag Doll 公司制作的幼儿节目《天线宝宝》（Teletubbies，1977—2001）一样，使用了相同的动作和荧光色的画面色彩］，致使镜头极其缺乏深度，因为怪物看上去像是从很远的地方慢慢靠近的，不具有威胁性。一个下降并转动的升降镜头预示着正在无忧无虑玩耍着的丹尼正处于危险之中，但是这样的拍摄手法有些使用过度了，绕着树篱怪物移动的其他摄像机也存在同样的问题。在小说中，怪物确实袭击了哈洛伦和丹尼，并且砍掉了他们的腿，但是电影里那些如同老太太一般步履蹒跚的树篱怪物在人类出现的时候突然停住了脚步，从而使影片的紧张感顿失（这或许在一定程度上彰显了技术方面的缺陷）。

除了树篱怪物，画面中的黄蜂也同样缺乏威胁。真实世界中的某一现象理应比虚构实体更容易令人心生恐惧，但是电视版《闪灵》中的黄蜂还不如苍蝇令人心生厌恶。在乔纳森·斯威夫特的《格列佛游记》（Gulliver's Travels，1726）中，主人公被巨蜂挡住了去路，他必须用手中的剑打败它们才能离开。1996 年在第四频道对这部小说进行改编后，导演查尔斯·斯图里奇戏剧化地展现了英雄特德·丹森与黄蜂之间紧张刺激的战斗，并配合计算机特效将吉姆·亨森的木偶和电子动画结合起来，营造出一种强烈的真实感，就好像他们真的可以杀死黄蜂一样。

酒店中"软管"的效果被恰到好处地淡化了。"软管"出现在托尼的第一次幻象中，它伸展开来跃入到镜头之中，露出金属怪物Langolier似的牙齿。画面首先是从丹尼的视角拍到的，随后他去查看二一七房间，当他谨慎地走近时，"软管"开始摇摆好像随时准备跳起来一样，这一场景是从高角度拍摄而成的，就像是用监控摄像头拍摄的一样。"软管"不顾托尼的警告飞了出去，它的喷嘴渗出了鲜血并且抽搐了几下，但奇怪的是这些特效的效果是连续性的，而非累积而成的。这些效果只是一个又一个的叠加，并没有增加任何紧张感。那些他几乎能够立刻感知到的东西——阿蒙德的照片、总统套房中的声音以及墙上的血迹——都没有令人感到不安，这并不像《小丑回魂》中只有孩子们才能看的那样，这些东西很快就可以随心所欲地消失。

加里斯所拍摄的 DVD 版本一直存在着某些争议，金认为他"毁了这本书"，但他实际上很清楚库布里克拍摄的电影版本的分量。加里斯在酒店门廊的场景中使用了跟踪拍摄的手法，以成人的视角进行拍摄，而不是以丹尼小推车的高度来进行拍摄，大部分的镜头——并不像之前影片中所采用的过肩的高度进行拍摄。后来（也许是出于对库布里克的致敬）摄像机稳定器浮动穿过托伦斯的生活空间，但是这里并没有体现出库布里克电影中的隔离感，我们转而发现了家庭中的幸福画面——杰克正在打字，温蒂和丹尼在一起看书。在第二部分中，当杰克逐渐失去对现实的控制之时，摄像机稳定器才开始沿着走廊俯冲进行拍摄。全片只采用了几次低水平跟踪拍摄的手法，这当然是有特别的动机，例如当杰克被从厨房拖到冰箱里的那场戏中，镜头一直跟随着他毫无知觉的身体进行拍摄。

由马文·范·皮布尔斯扮演的哈洛伦一角增强了他与丹尼之间联系的可信度，他别出心裁地穿着暗红色的西装坐在红色敞篷汽车里，这使他有一种"我是皮条客哈洛伦"的感觉。金保留了这个基于抱抱熊的人物造型，给观众一种改头换面的感觉，这也确实令角色变得更加生动。与男孩相处、合拍的过程也激发出皮布尔斯身上的诸多天赋：他是一位极具魅力的明星、作家，还导演了独具开创性的影片《斯维特拜克之歌》（*Sweet Sweetback's Baadassss Song*，1971）。斯加特·克罗瑟斯之前（"是的，先生"）的仆人形象看起来十分老套，与此不同的是该片中皮布尔斯穿着白色西装，听着自动点唱机里威尔逊·皮克的歌曲《走出迈阿密》，浑身散发出一股酷劲。

虽然这部影片并没有库布里克那版的神秘特质，但有些时候我们也同样不清楚到底发生了什么，也就是说影片并不是一直采用一种无所不知的视角进行拍摄的，就像当丹尼把自己锁在浴室的时候。这使观众产生了些许沮丧感，营造出些许悬念并减少了作家如同上帝一般无所不在的存在感，但是不同于库布里克的版本，这种刻意为之让人感受不到连贯的美感。上下两部分的形式使导演拥有额外的时间来营造氛围，例如房门慢慢关闭的拖沓镜头以及温蒂试图勾引杰克的延续性画面。介绍酒店的开场画面有意识地寻求突破库布里克冰冷的画面感，我们看到了兴高采烈、温馨幸福的家庭———一种常态即将被打破。两倍大小的"丹佛门球"给人一种有趣的、爱丽丝梦游仙境般的感觉，虽然这只占了影片中很少的一部分，但是这却在影片的剩余部分中脱颖而出（比如那些平淡无奇的黄蜂场景）。

小说中杰克打破浴室门的标志性场景在影片中出现了有趣的转折，温蒂打开窗户，她的眼前出现了一堵雪墙，而韦伯精彩的即兴发挥，轻描淡写的一声"嘘"代替了尼科尔森的"这是强尼"。然而，此时德尔伯特提醒杰克把注意力放在丹尼身上，而分散他注意力的情节（在不久之后，哈洛伦也提醒了他）看起来像是把最终的冲突戏剧性地"串联到了一起"，至此观众已经等了将近四个小时。尼科尔森版本中的网球在这里被换成了门球，那个球滚到温蒂的面前，引诱她走进办公室从而落入陷阱之中，剩下脆弱的丹尼一个人在外面，但最终她也因此而找到了武器，成功拯救了自己和丹尼。与库布里克的版本不同，影片中存在一个发生在杰克和丹尼之间、难以令人信服的"重获理智"的场景。父亲很快就从疯狂中清醒过来，但随后又重新陷入疯狂之中，他沿着走廊大步地走着，就像《巴黎圣母院》中那个驼背的敲钟人一样，最终走向锅炉，牺牲了自己。

　　丹尼在二一七房间中的场景拍摄得非常好，比如通过广角镜头从房间向外望去，他看到丹尼坐在椅子上，这使得鬼魂的存在感更加强烈。当丹尼慢慢接近开着淋浴的浴室时，影片变换为交替视角，在丹尼和从浴室里往外看的视角之间来回进行切换。当他拉开浴帘之后，一名腐烂的女人出现在他的视野内，她睁开眼睛和他说话。丹尼惊慌失措地跑向门口，发疯似的想要打开门，那名女人也在慢慢靠近丹尼，就在此时一个交叉剪辑出现在了他们之间。当她抬脚走向他的时候，影片先后出现了两个镜头，分别是从脚踝水平位置对脚部进行拍摄的镜头和她的视角转向角落后的镜头，这两个场景最终在同一个画面中共现——过去和现在碰撞在了一起。丹尼终于打开门逃了出来，但是却在距离门口很近的地方莫名其妙地停了下来。此时，突然出现的一双手把他抓回了浴室，这一情节的确吓了观众一跳，但是他愚蠢地站在那里等着被抓则弱化了这种恐怖感。至于丹尼被锁在浴室后究竟发生了什么我们无从而知，我们只知道丹尼出来的时候嘴上涂着口红。在理论上而言，我们有时会处于一种盲知的地位，从而营造出一种强烈的不安定感，但是这里对于某些场景的省略，尤其是对最后一幕的省略确实失去了一次真正令观众感到迷惑和恐惧的机会。杰克在一开始查看房间时一无所获，但是当他从浴室中走出来时，浴帘移动所发出的沙沙声吓得他落荒而逃。有时候细微的细节甚至比那些全景效果更能营造出恐怖的气氛，这也可以从其他场景中得到印证，例如在雪地里骑摩托车的场景中，突然如雪花般从顶棚飘落的纸屑（在小说中，电梯里的横幅很早就暗示了酒店里存在其他东西）和大门下方出现的液体状阴影都要比那个凶狠的女人更具惊悚效果，这个场景可以在 DVD 版本所删除的片段中被找到。

加里斯在影片中提出了一个"视觉宣言"。在电影开头，加里斯就对"视觉宣言"进行了解释，包括使用自然光和反射光，低角度拍摄和移动拍摄等。杰克在浴室中发作了一次后又在浴室中疯狂地推搡丹尼，这表明他已经变得神志不清了。当他独自一人的时候，杰克会看着镜子中自己的脸自言自语，此时他脸上的光线变得较为昏暗。杰克脸上的光线并不是一成不变的，在随后的场景中光线发生了明显转变，当他通过无线电和他"父亲"说话的时候脸上泛着红晕，当他被锁在浴室里时，因聚光照明而使脸部变得通透、明亮。这是用电影手法表现杰克双重性格的方式之一，这种表现方式在加里斯影片中的其他地方也有用到〔他公开宣称自己热衷于心理恐怖片，如罗曼·波兰斯基的《冷血惊魂》（*Repulsion*，1965）〕，例如他在酒吧中每个酒瓶下面都使用单独的照明，以及霍勒斯·德温特出现时发光的面部妆容等。西蒙认为库布里克"很少使用表现主义照明而将想象和现实之间模糊不清的关系一直持续到影片的结尾"，与此相比，加里斯通常采用的方法有荧光灯补光、酒吧迪斯科风格的照明等。在第二部分中，当丹尼从门廊走过的时候，强烈的顶部照明在地面上形成了一大片光影。在库布里克拍摄同名影片的十七年后，加里斯似乎想要将大部分的效果限定在镜头和背景之中（除了树篱怪物和最后的爆炸场景），例如墙上"杀谋"的定格拍摄在后期制作时可能看上去相当不错。他选择对金所扮演的乐队主唱克里德尸体的腐烂效果进行精心剪辑，这是一个明智之举，因为这样的镜头要比影片剩下的画面更加令人感到恐怖（并且让人回想起二十世纪六十年代罗杰·科尔曼根据爱伦·坡小说所改编而成的电影）。在影片的结尾，爆炸处使用了房子的模型，这与二十年前《魔女嘉莉》中的特效相比并没有高明到哪里去。

　　儿童担任电影主要角色一直都是有难度的。库布里克的剧本很巧妙地把电影的焦点从金小说中的丹尼视角转换到了杰克陷入疯狂中去，但现实的问题则是丹尼的扮演者科特兰德·米德在情感转换上显得比较困难（尤其是当他不停地说"就像书里面的图画"），因为他总是一副惊奇的表情、语速缓慢且带有鼻音。库布里克版本中的丹尼·罗伊德也有硬伤，但他仍然能够有效地向观众传递恐惧感。加里斯版本受制于美国电视网络的压力，一旦出现儿童身处险境的场景就会遭到审查。这部影片的核心思想是想让我们相信一间邪恶的房子想要伤害一个拥有特殊天赋的孩子，其中一个有趣的细节就是丹尼穿上和他房间壁纸一样带有牛仔图案的睡衣，他看起来好像就是这个房间的一部分（或者也反映了它对于他的"渴望"）。

　　金的剧本中含有大量产生能够产生双关效果的元素，特别是在回溯过去的时候，当杰克谈起家人时，他承诺"我会好好照顾他们的"，这句话的字面意思是他要保护家人，但在后面它却成了一种威胁。然而我们必须要指出，本片令观众感到杰克将不会对温蒂或是丹尼进行实质性的伤害，这与所选择的"武器"息息相关。门球槌（金小说中提到的）和棒球棍都具有潜在的杀伤力，但是不论从字面上看还是从戏剧效果上看，它们的杀伤力都比斧头小得多，以至于门廊"追杀"的场景看起来像是在敷衍了事。这样的"武器"完全可以表现出对哈洛伦头部的全力一击（他的幸存也因此更为可信）和击打温蒂胸部（金小说中的设定）的艺术效果。杰克与沃森和阿蒙德两人的对话率性直接，鲜有艺术加工，清晰明了地介绍了酒店的历史。在结尾的转折中，丹尼长大后成了托尼（小说中也是这样安排的）倒也合乎逻辑，因为他的天赋被部分预知了，这是一个非常典型的"金式人物"，他即将被"另一个自我"归并，有点像《人鬼双胞胎》。然而令人遗憾的是，他在与父亲进行拖沓的例行交流和飞吻时流露出了多愁善感的特质，大大削弱了原有的艺术效果。在吉姆·亚伯拉罕斯拍摄的《反斗神鹰》（*Hot Shots*，1991）中，"死肉"和妻子荒唐的道别也起到了相反的作用。加里斯的版本比库布里克版本的电影评级更低（15级而不是R级），它主要通过地面电视频道（插播广告）以家庭放映的形式进行播放，播放时长是电影版本的四倍，从而使互文比较变得容易了不少。如果我们能够接受杰克带来的严重威胁，那么就可以理解库布里克拒绝解决父子之间冲突的处理方式，影片第二部分的那场戏最终以一个拥抱结束，而不是用一把斧头了结了一切。金剧本中的所有元素最初都被库布里克所拒绝，但加里斯让它们重见天日——家庭悲剧、杰克的酗酒以及被剪掉的采访情节等。对影片开场的描写、黑色屏幕以及黑手党之间的对话都在十七年后再次进入到人们的视野中，加里斯的此番举动可能是为了表明新的版本在原有基础上进行了很多改进，使之变得更加完善，而不是落入到先前剧本的窠臼之中。

正如金的大部分迷你剧一样，影片的节奏感是一个一直都存在的问题。杰克一家人站在酒店的台阶上，升格镜头使他们显得格外矮小，画面中的丹尼距离父母有些远，这一场景因为刚刚插播了一条商业广告而起到了一种过渡作用——这与整部影片的戏剧感并不匹配。第一部分没有出现真正的高潮就平平淡淡地结束了——鬼魅的事情才开始发生（火焰自动点着，椅子从桌子上掉了下来），但如果将这一部分视为叙事开端的话，那么前面的铺垫未免太过冗长了。影片中还有一些荒诞诙谐的对白，例如在和父亲通话时，杰克问道："请原谅我冒昧地问一句……你不是已经去世了吗？"早在1997年，金就已经开始使用颇具讽刺意味的妙句来引起观众的注意了，因此当杰克在查看二一七房间的时候，他信誓旦旦地许诺说"我会回来的"。影片中的某些台词存在呼应《惊魂记》（一个旅馆里面半疯的人）的嫌疑，如诺曼·贝茨曾说过"当我喝酒的时候，我已经不是我自己了"。在典型的金的剧本中，总有一个人物（这里是温蒂）对超自然现象拥有超乎想象的跨越式感知，她曾对杰克"解释"说"酒店恶魔"想要杀死丹尼。镜头离开舞厅，温蒂在没有明显威胁的情况下用一把大刀防身。影片结尾的镜头暗示了酒店的重建——为下一部影片埋下了伏笔。当我们再次注视这个闪闪发亮的古老建筑时，门球比赛期间的零星对话依旧在耳边嗡嗡作响，于是我们恍然大悟邪恶依然存在。

对于加里斯来说，托伦斯一家的关系是明显偏离的。瑞贝卡·德·莫妮的演技以及影片的时长（是库布里克版本的四倍）给了她充足的机会将温蒂塑造成一个强大、足智多谋但略微有些过度保护的女人（她用剃须刀划伤了丈夫），而不是像谢莉·杜瓦尔那样单调乏味到只会惊声尖叫（库布里克也必须对此承担一定的责任）。像杰克这种酗酒者与周围人们之间的信任感是非常有限的，影片中的一些小动作就让人们清晰地捕捉到了这对夫妻之间的猜疑，例如温蒂面对杰克办公室的那瓶茶水时，她不仅嗅了嗅味道甚至还尝了一下才大口喝下去。金酗酒成性（现在他也承认了），这对杰克的性格造成了很大的影响，因此我们看到影片中有一个嗜酒者互戒会（这里还有加里斯的义务客串）。在金的建议下，温蒂被塑造成了一个金发美人，她很可能曾经是啦啦队队长。在柯南伯格 2005 年导演的《暴力史》（*A History of Violence*，2005）中，玛丽亚·贝罗就是这样的女性角色。

金在许多场合都宣称库布里克没有理解他的小说，他不相信房子本身就是邪恶的，而事实上在这部翻拍片中，邪恶房子的表现并不尽如人意。鬼屋体裁想要拍出预期的效果，就必须依托于一个令人信服的剧本才能营造出可信的效果。托尼漂浮起来的特效看起来与本片格格不入，而更加贴合传统的吸血鬼／鬼魂影片，就像《撒冷镇》中的丹尼·格里克。影片并没有全面展示出丹尼的天赋，我们只是通过哈洛伦的心灵感应感觉到了他的潜能，但也仅限于知道杰克得到了那份工作，后来他也没有进行写作而是醉心于酒店和饮酒之中，这些信息让观众难以理解为什么"酒店恶魔"想要杀死他（不过这在小说中也是模棱两可的）。影片中的某些恐怖情节极度缺乏想象力，比如德温特戴着一个狼的面具突然出现的情景对观众来讲并不新鲜。金将小说的背景设置在科罗拉多州的斯坦利酒店，为了让这个无生体变得恐怖吓人，加里斯重复使用低斜的拍摄角度，配以"愤怒"的合成音乐，但这一切显然都是徒劳。这个版本把影片的焦点更多放在了托伦斯的心理压力上，着重描绘了酗酒、失败的教书生涯和严苛的教养方式。他的超自然力与修剪树篱、无线电结合在一起，所有这些从一开始就已经通过笨拙的象征物锅炉得以强调，最终锅炉如我们所料发生了爆炸并导致了整个酒店的倒塌。

舞厅场景与影片《魔女嘉莉》进行了一个小小的呼应，金所饰演的乐队领队凯奇·克里德（《宠物坟场》里面那个起死复生的男孩）隐藏在人群中。杰克身处热闹的舞厅中，他不小心撞到了普雷斯顿·斯特奇斯（由加里斯的儿子扮演），然后加里斯迅速将镜头切换到杰克独自一人在空房间中跳舞的场景，前后场景的变化显然是在传达一个隐秘的信息，那就是我们所看到的在酒店中的大部分场景都是杰克的主观想象。为了"证实"这种主观性，加里斯在后续镜头中再次进行了实践。他把温蒂放到了哈洛伦攻击的场景中去，然后在杰克看到吧台旁的贺拉斯和温蒂困惑地盯着稀薄的空气这两个镜头之间来回切换（就像是《麦克白》里面班柯鬼魂出现的场景一样）。

金一度指出库布里克并不理解恐怖小说，但从电影的角度来说，金本人是否懂得恐怖电影也值得商榷。尽管加里斯的翻拍大部分剧情都"忠实"于金的原著并且加入了第一版中所丢失的元素，但这未能延续《末日逼近》的收视奇迹。本片在原著的基础上加工创作了剧本而非照搬照抄，并且重新定位了杰克这一角色，厄尔曼（埃利奥特·古尔德饰演）也变得爱多管闲事，然而这些二度创作并没有为本片增色多少，也没有使影片变得更好。与第一版相比，加里斯将任何需要澄清的地方都清晰地呈现在了我们面前，例如通过剪切簿展示出酒店的历史，对于那些存在疑义的元素则采取了快速掠过的策略。《闪灵》所取得的全部成就并不是因为斯蒂芬·韦伯超群的演技，而是杰克·尼科尔森（也许身为一个公认的沉迷女色的浪荡子，他将自己演戏之外的才华都用在了其他方面）已经深入人心的形象，催生了整个评论界对库布里克导演才华的大加赞赏。这么比较可能不公平，但却鲜明地表现出电影和电视审美之间的区别，以及演员与导演威望之间的差别，盲目地将小说中所有可用的素材全部囊括进长达六个小时的影片中，即便预算再多，也未必能制作出一部出色的电影。在本片中，金延续了其在迷你系列剧中一直担任执行制片人的传统，他负责监督导演、剧本创作、客串演出和合理预算，但这只能拍出基本符合人物并带有些许趣味的电视剧，与库布里克的作品相比，该片仍然缺少艺术性。极具讽刺意味的是，加里斯竟然在电影 DVD 的评论中严肃地说道"少即是多"。

1408 幻影凶间 1408 Phontom Horror

"一场噩梦般的自传。"

——迈克·恩斯林

"这是一间邪门的房间。"

——奥林

酒店房间透着古怪，甚至残留着之前生活在其中的人们的痕迹，

《1408 幻影凶间》电影剧照

这并不是一个完全原创的想法。《1408 幻影凶间》是本书所引用的最具代表性的电影之一，它采用了非常敏感的互文参照方式来拍摄并尝试突破影片的体裁限制。本片的剧本源于金在《论写作》中的草稿练习，一开始它只是全书中的一部分，后来被写成了一个剧本。该剧本最初是由麦特·格林伯格执笔撰写的，后来由斯科特·亚历山大和拉里·卡拉斯沃奇共同创作完成。《骑士》杂志曾在 1977 年发生过类似的文章，《来自地狱的猫》最初是《妖夜传说》中一个篇章的基础部分，但它却在多年后被编撰到了《日落之后》（*Just After Sunset*，2008）中。从表面上看，《1408 幻影凶间》和《闪灵》之间存在相似之处（闹鬼的酒店，迷失在不知名的门廊中）。但这两部电影实际上却与《战场》（*Battleground*）更为相似（都有类似的对话和精心制作的特效），它们都是发生在某一特定空间（一旦进去之后，主人公就从未离开过房间）和时间框架中的亚里士多德学派的统一体，并且将罗曼·波兰斯基执导的《冷血惊魂》和《怪房客》（*Le Locataire*，1976）等具有表现力作品的影响力糅合在了一起。就像《危情十日》那样，影片主人公迈克·恩斯林（约翰·库萨克饰演）的写作生涯遭遇了瓶颈，他已经不再相信世上有鬼，并且习惯于去描述感觉而不是去实际体验感觉，这从作品中公式化的衍生的名字就可以看出来——十大闹鬼的酒店、墓地和灯塔。酒店经理杰拉尔德·奥林（塞缪尔·杰克逊饰演）坦率地形容他是"一个有才华的聪明人"，除了他自己，他不相信任何人或任何事，他成功外表下的空虚感直截了当地通过他在阅读时的心不在焉表现出来。

在格林伯格版的原始剧本中，开场有一个谋杀的情节，但最终这一情节只成了一个铺垫。恩斯林绕着这个所谓的闹鬼的房间走动，但却丝毫不感到害怕。恩斯林这一角色并不是一个无脑的青少年，他的机警与怀疑使其最初的一系列反应显得戏剧分量十足且相当可信。他四处查看一四零八房间，收音机里播放的卡朋特兄妹的《我们才刚刚开始》打断了他栩栩如生的描述。在金的改编电影中，音乐经常起到讽刺性的互文隐喻作用，这尤为明显地体现在了《克里斯汀魅力》和《舐血夜魔》中。此外，在影片《坟场禁区》中，当老鼠紧紧抓住圆木时，沙滩男孩演唱的《美国冲浪》与画面相互呼应、相得益彰。影片将"最后一小时"设置为实时时间，当钟表再次走动的时候，也意味着倒计时的开始，从而突出了客人得以存活的时间（恩斯林认为这虽然只是一个把戏，但是它却"非常有效"）。影片中有一段"托德罗维安式"的犹豫，伴随着缓慢地燃烧，进一步强化了这种不安感。他无法解释枕头上出现的巧克力，于是他开始疯狂地搜查整个房间，他深信房间里面一定还有其他人。随后，在他搜查房间的过程中，几个广角镜头从恩斯林的视角来拍摄房间，这暗示他已经陷入疯狂之中，他坚持认为奥林的饮料就是导致他出现幻觉的主要原因，并且从这种解释中获得了短暂的满足感。

哈佛斯特朗姆在一四零八房间外使用了一个高度差较大的俯拍镜头，即从很高的伦敦改革俱乐部（代表着纽约的海豚酒店）的顶部向下进行拍摄，这算是一个较为罕见的场景。为了充分利用华丽的装饰，并且为奥林和恩斯林之间争夺房间钥匙而厮打，以及营造出包围恩斯林的眩晕感和失衡感，哈佛斯特朗姆在二人之间使用了旋转摄像机进行跟拍（这是对德·帕尔帕最爱的拍摄手法的互文性暗指）。选择塞缪尔·杰克逊（在金的原作中，他是一个矮胖的白人）扮演酒店经理奥林使奥林一角相对于恩斯林来说显得更为强壮一些（就像《肖申克的救赎》里面摩根·弗里曼所饰演的角色），从而增强了房间带来的威胁感，也使影片中那些诅咒性的话语听起来更加令人信服，同时还让观众回想起他在昆汀·塔伦蒂诺的影片《低俗小说》（*Pulp Fiction*，1995）中扮演的那个多嘴多舌的杀手朱尔斯。

影片中有效使用了多种声效，例如伴随着恩斯林第一次查看房间时的研磨声、玩具"跑"下来的后期特效以及窗户夹住他手指前的低沉心跳声，这种效果让我们想起库布里克的影片《闪灵》中那个小男孩的声音，以及《七宗罪》（*Seven*，1995）中周遭的工业噪声。突然切断的声音（当他第一次进入房间的时候）如同突如其来的噪声一样，都给人一种强烈的不安感。当他试图去抚平那幅画，绳子和木板的嘎吱声同时响起（以及后来他把椅子扔到墙上时海鸥的叫声），这一切都预示着影片高潮即将喷涌而出。金曾经说过："这让他首先想到恐怖影片中的导演通过使用摄像机侧翻从不同拍摄角度进行拍摄，以此来暗示观众其中的一个角色有精神压力，一个歪歪斜斜的门有些许《卡里加利博士的小屋》的味道。"

该片使用了一些标准的恐怖手法，比如突然发出的动作（服务生突然跃入镜头然后又很快地消失）或者突然出现的声音（收音机出乎意料地打开）等。当然，影片还有许多创新之处，比如独树一帜的镜头角度，从房间一角的高角度进行拍摄让人想起监控摄像头（加深了他正在被监视的感觉），以及从门锁的内部给出一个极近的脸部特写镜头则增强了感官上的失真效果，特别是在恩斯林把钥匙弄断后又发狂似的用力砸门之时，整个酒店仿佛都在密谋反对他。零星使用的广角镜头，尤其是聚焦于恩斯林的玻璃杯产生了一种扭曲的、仿佛是由吸毒造成的效果，而从电视后面慢慢上移的镜头移动会让人想起《闪灵》中库布里克拍摄雪莱·杜瓦尔第一次由上往下扫视丈夫打字机的场景，这样的镜头移动营造出了一种超出恩斯林控制的感觉。

最不可思议的效果是从互文参照衍生出来的，而不是通过体裁手法产生的。恩斯林一开始向对面大厦的一名男子发出信号，而那名男子只是单纯模仿他的动作，直到两人完全同步。这一场景起初看起来很滑稽［让人想起《鸭羹》（*Duck Soup*，1933）里面马克斯兄弟二人的相互模仿］，后来则变成了噩梦般的威胁，那名男子露出了和恩斯林一模一样的面孔，身后一个手拿羊角锤的人正要袭击他。然而，就在最后一击的时候，袭击者突然从一四零八房间消失了，这在一定程度上削弱了惊悚效果，这个人物的扮演者是库萨克的私人教练（班尼·尤奎兹）。现下回想起来，片中的这个场景就是一个无厘头的笑话，它几乎重现了布莱克·爱德华兹《粉红豹》（*The Pink Panther*，1963）系列剧中，督察克卢索与仆人卡托（伯特·科沃克饰演）之间的诙谐场景。

从体裁角度来看，鬼故事中需要一些超自然的痕迹。第一次清楚地出现在影片中的鬼魂是一个穿着黑白条纹衣服的男子，紧接着一个身穿二十世纪四十年代风格连衣裙的女子穿过房间，恶狠狠地看了他一眼，然后从窗户中跳了出去。这些都是非常人性化的鬼，他们明显来自不同的时代，但都给恩斯林发出了同一个信号——他自己就是鬼或者很快他也将会变成鬼。恩斯林冲浪时被一个海浪打昏了，他湿透的外套上面写着"我是神经病"的字样，这暗示着（或许只有在事后观众才会明白）影片的主观性质。导演为了让这个房间变得富有表现力，渐渐开始在房间里"呈现"其他地方的场景——在 DVD 剪辑版中出现了恩斯林的父亲，他独自一人待在一家养老院的浴室里，对着自己的儿子说着格言式的话语"我曾经也像你一样。你将来也会像我这样"。就像影片《秘密窗》中天花板上出现的裂纹一样，这个房间里的墙壁也裂开了，并且还渗出了血。哈佛斯特朗姆在此处并没有进行过多修饰，他希望保持一个梦幻般的逻辑（就像《猫眼看人》第二部分里面的回声一样），因此恩斯林注定要被跳楼自杀的女鬼吓了一跳。影片中的场景从一个房间转换到了一家医院中，这样我们就能够了解到更多有关女儿凯蒂死亡背后的故事，这是基于金的小说情节新添加的内容。这个房间看起来能够让他进行越来越多的直接交流——从通过传真机传给他女儿的连衣裙，到最后通过电话与接线员的沟通，接线员建议他使用"快速退房系统"。在镜头穿过一个奇迹般出现的绞索并拉回来之前，恩斯林的头部被清晰地定格在绞索之中。

影片中的特效，包括冰冻和着火的场景，大部分都是现场布景，而非后期制作的结果，从而增强了房间的真实感和幽闭的恐惧感，但这也变得有些过犹不及了。在发大水的场景中，我们进入了灾难片的模式，仿佛是在看罗纳德·尼姆拍摄的影片《海神号遇险记》（*The Poseidon Adventure*，1972）。在后期场景中呈现的四十五度倾斜设置的想法（在 DVD 花絮中尤为明显），最终因为技术复杂、困难众多而被放弃了。在风暴场景中，影片通过快速的图片切换体现出怪诞、情色化的人物，甚至可能还包括令人印象深刻的那个从一开始就出现的攻击他的神秘人，但是这些特效的总体效果只不过强调了它们作为特效本身的作用。如果我们在观看影片的时候只是惊叹于水力学的流动，那么我们可能就感觉不到人物所面临的真正危险了。

这个主观性的故事框架中暗含了其他类似的修辞手法，更因为其相对罕见的体裁特征而显得尤为突出。他在沙滩上来回走动，并抬头盯着一面写有一四零八这几个数字的旗帜，感觉就像是在无意中借鉴了布莱恩·辛格的《非常嫌疑犯》（*The Usual Suspects*，1995）中的结局。然而，当情节节奏开始变得缓慢时，我们就陷入了一种虚假的美好之中。当莉莉和迈克重新和好并谈论起他们和女儿之间的生离死别时，我们明显感到影片是朝着爱情剧的方向上发展的。这就像尼古拉斯·罗格的影片《威尼斯疑魂》（*Don't Look Now*，1973），女儿的死亡暗示了主人公理智的丧失和他自己的惨死，特别是他见到凯蒂时的痛不欲生，而结果却是她死在了他的怀里。在对《危情十日》（在片中作家也被鼓励去探索个人经历）的元文本参照中，恩斯林看到了一四零八号房间中的鬼魂，但是当镜头再次切回到她身上时，我们看到她只是一名普通的女招待。由血腥的过去切回到现在，从疯狂到理智，从死到生，一切都预示着在邮局的场景（参照了《肖申克的救赎》的结尾，但他在这里完全没有可能得到救赎）中，他逐渐认出了酒店中的怪物，比如那名服务生把"隐藏"场景中的壁纸揭了下来，并且表示他从未真正离开过那个房间。

影片中的某些部分存在一种片段式的感觉，例如像通风口的场景和后来在房间中都出现了一个黑色大门（这些都参照了库布里克的《2001 太空漫游》）。在通风口，恩斯林遇到了一个木乃伊一样的人物（表面上看起来是房间里的第一个受害者奥马利，但是我们并不确定这一点），他向下看着自己和父亲之间的争吵（父亲说他是一名"狗屁作家"，还故意直视他），这与恩斯林笔下《圣诞已过》中的幽灵在给他拍摄生活快照时的感觉类似（这个房间已经开始把他当作一个鬼魂）。他跌跌撞撞地回到了房间（后来他打开了那扇黑色的门），这让人回想起库萨克在斯派克·琼兹的《傀儡人生》中的表演，那部影片也讲述了超越日常生活之外的一些超现实时刻。回到房间之后，恩斯林打开冰箱，但他却产生了奥林出现在一个很长的走廊中的幻觉。参照《小丑回魂》中的冰箱效果以及库布里克在《闪灵》中强调的哲学问题，奥林问他："你觉得人们为什么会相信鬼魂的存在？"他随即回答道："因为对死后某些事物的渴望。"影片中反向拍摄恩斯林在冰箱前的尖叫场景让我们回想起《录影带谋杀案》中的最后一幕，我们看到了主人公麦克斯·雷恩的影像，他依然戴着虚拟的现实头盔质疑之前的场景只是他的主观幻觉。

DVD 剪辑版有一个不一样的结局，该结局相对于影院上映的版本来说显得太过凄凉了，进而使得 DVD 版的市场销量情况显得不尽如人意。除了突然出现在奥林汽车的后视镜中，被烧得面目全非的恩斯林一闪而过的画面并没有多大效果。奥林试图归还恩斯林的个人物品以表达他的感激之情，因为在某种程度上，恩斯林的死亡将那个房间里面的其他鬼魂都驱逐了。影片最后的镜头是从酒店上面往下拍摄那个房间，这让人想起《王国医院》的开头部分和《红玫瑰》的结尾画面，这成了鬼魂恩斯林在被他女儿叫走前，俯视这座城市的最后画面（他心满意足地抽着最后一根香烟，让人想起《危情十日》中的保罗）。不断积累的互文性参照破坏了叙述前进的动力，这其中就包括金的改编，发现这些互文参照成为见多识广的观众的一种游戏，观众以此来验证他们对于电影体裁的了解。

影片中还对金的故事进行了一些技术性的更新，增加了一个可以通过笔记本电脑进行视频沟通的能力，尽管我们并不清楚为什么在一四零八房间中这个设备可以独立进行工作。书面的故事采用了"女巫布莱尔式"的重建并修复了磁带录音，并演变成一个融合了童话碎片、超现实主义梦幻感官印象和内部思想的片段混合体。哈佛斯特朗姆线性化了这些元素，并从元文本上拓宽了戏剧视域，通过口述用言语来

328

表达恩斯林的想法。金原著中"房间的声音"也被转换成了电话留言，录音机回放了库萨克即兴说出的不合理的推断，金小说中的对话再次出现。恩斯林把一四零八房间称为"这个卡夫卡式酒店"的一部分，并且这个房间还引起了他对空间界限的质疑，就像在对面的大楼出现的另一个神秘自我一样。邮局场景和窗台事件使电影变得十分流畅。影片中的图像和银幕上的事件稍显不协调，例如被丢在门廊里的食物上的苍蝇，一个女人推着一辆超大的婴儿车进入附近的房间（这是对波兰斯基于1968年拍摄的影片《罗斯玛丽的婴儿》的一种呼应），以及透过房间的墙壁不断传来的哭声，这一切都在暗示着一些我们看不见的麻烦事儿。正如恩斯林描述他的新小说时，运用表现主义元素所反映出来的潜台词"杜鲁门·卡波特遇到了吉格尔"那样，而不是陷入纯粹的场景之中，在这方面电影表现得尤为突出。

《1408幻影凶间》很容易受其他影视作品的影响，考虑到观众的现实感，并且通过库萨克的表演还表现出了一些对酒店生活的讽刺：恩斯林一开始在门廊中迷路，卫生纸被整齐地折叠成一个尖，成为自命不凡的缩影，机器人一般呆板地复述着无关且没有人情味的信息，而不是倾听客人的诉求。当时钟走到零点时，恩斯林接到客房服务的电话，这给人一种他没有陷入《土拨鼠之日》（*Groundhog Day*，1993）的喜剧之中，而是卷入到《世纪邪风暴》（*Storm of the Century*，1999）的噩梦中——"地狱即是重复"。

结论

坦尼亚在《舐血夜魔》中幸存了下来，但是他在影片中仅仅留下了一个只知道尖叫、睁大眼睛的被动受害者形象。她不曾努力拯救自己，靠着警察、父母以及很多猫的生命换来了她的幸存。简而言之，除了她之外的所有人都死去了。与之相反的是，在本章中，科洛佛"最后的女孩"的理论是部分有效的。唐娜、温蒂和桃乐丝善于观察，因而意识到危险并存活了下来。然而，她们并不是仅有的几个被赋予心理深度的角色，当然也并非仅有的几个"视角近似于我们这些对情况有特别了解的人"。影片中并不存在从文字视角让观众认同从故事中的凶手到故事讲述者之间的转换。每个人的名字都明显体现出了她们的性别（温蒂、唐娜、桃乐丝），也没有仅依靠其中一个人就估量其同龄群体的情况。这些角色的名字并不男性化，我们看到这些女主角多为受虐者，而不会像处于性危机中的男性那样成为杀手（除非这种施虐行为被解读成为一种性别冲突的表现）。在引导叙事方面，这三个人都是"男性化"的（从性别角度看待叙事的影响）——桃乐丝设置了一个陷阱，唐娜跑去车库（一个典型的男性环境），温蒂想方设法逃到酒店外的世界中去。值得注意的是，影片中很少强调性行为方面的纯洁禁欲，更多着墨于家庭背景。这里的三个例子都聚焦于妻子，从而使影片体裁更加接近于家庭剧而不是有关青少年的杀戮剧。实际上，青少年在这些影片中几乎就没有出现过。

此外，正如我们在本书的第二章中所指出的那样，用乔纳森·雷克·克里恩的话就是"老式的恐怖画面和故事的讲述方式已经消失了。过去那种依靠空洞的神话传说，再加上一些虚假暴力进行调剂的恐怖片现在已经不复存在了"。鬼屋传说在本质上与上世纪的文学形式以及过去时代的电影风格相关联。① 克里恩还补充道，把那些强调一群人在邪恶面前团结一致的重要性的恐怖故事也从多元化中去除了。那

---

① 乔纳森·莱克·科瑞恩. 恐怖和日常生活：恐怖电影史中的非凡时刻. 伦敦：塞奇出版社，1994：2.

些一方面分析恐怖的意义，另一方面又避开庸俗和血腥的恐怖场面的影片也已经从观众的视线中消失了。①

这两个版本的《闪灵》之间的不同之处就在于金是否屈服于他的"缪斯女神"雪莉·杰克逊。金想要用自己的剧本去再现一个消亡的亚类体裁，即鬼屋电影，而库布里克可能更加明智一些，他没有选择这样去做。库布里克认为让观众相信一个非生命体是天生邪恶或具有威胁性的难度太大，因而他没有接受金的剧本。而对于观众来说，他们可能会发现库布里克的版本是令人费解的、狂妄的，但至少其风格化的摄影和尼科尔森的表现力还是能够深入人心的。

从根本上说，那些不能移动的物体只有在一个极度密闭的环境中才具有威胁性。在理论上而言，一个被冰雪包围的酒店与外界隔绝长达数月也许会产生一丝恐惧感，但库布里克从来没有试图让建筑本身也产生威胁感。加里斯进行了这样的尝试，但他却失败了。对于僵尸电影来说，只要人们和邪恶的源头之间保持一定的距离，威胁就可以忽略不计。库布里克提出了一些电影表现方面的问题，在这方面加里斯选择采用恐惧氛围，但是由于过度延长的影片时长，以及缺乏怪物存在的证明作为补充（除了那些没什么说服力的树篱怪物），这样的选择反而削弱了影片所营造出来的恐怖氛围。

我们也许可以认为一部翻拍片就是一个明确的互文性文本，加里斯的版本因此可以被描述成一部"具有倾向性"的影片。哈罗德·布鲁姆的术语有意识地避开了"影响"这样一种反应，可以说仍然是一种影响，或者更准确地说是一种可预见的影响。从这个意义上看，加里斯的版本是一部反库布里克的影片。对于在第一部影片中被压缩的地方，加里斯对其进行了扩展，甚至稍显拖沓冗长：严寒环境中的现

---

① 乔纳森·莱克·科瑞恩. 恐怖和日常生活: 恐怖电影史中的非凡时刻. 伦敦: 塞奇出版社, 1994: 2.

实取景被换成了影院特效，本应重点突出的个人独角戏的核心表演部分被分散到了更强大、更广泛的演员阵容中。

　　克里斯汀·格莱德希尔指出，体裁可以防止文本变成"个人主义和不可理解"[①]。然而以《闪灵》为例，正是这些元素打造了库布里克这一品牌，因此该片是作为一部极具导演个人风格的作品来进行营销的。之所以如此定位，是因为影片中有许多令人费解的元素，使得影片可能难以被归类到常规的体裁之中。与此同时，尽管加里斯的版本看起来像是挑衅的反导演文本，但实际上它依然在其核心处保留了一点——它至少是用一个著名作家的作品替换了一个知名导演的作品。片中所有视觉化的影响都被剥离出来了，它们被全部替换成了金小说中字面的、视觉性的东西，这些可以看作是托德罗维安梦幻般的扩展片段。衍生构成了库布里克影片中的大部分段落，因为我们并不清楚究竟是谁打开了储藏室的门，杰克是在自言自语还是在和"真正的"鬼说话，在最后一个镜头中，照片里的人是否真的是他。这种模糊性和开放性被替换成了具体的、可更改的动机，尤其是酗酒，因此从与金个人经历相关联的角度来看，作品的普适性被削弱了。简而言之，为了不受限于文字本身，有趣且富有挑战性的模糊性被舍弃了。纳博科夫在康奈尔大学讲课时经常喜欢说这样一句话，即"文学并不说实话——它就是编造！"库布里克深深理解了创新将会带来的重担和潜力，他制作出了（在布景师罗伊·伍德的帮助下）精美的、令人难以置信的场景，如巨大的房间、走廊和厨房。加里斯选择采用金构思这个故事时所住的那个真实存在的酒店，忠于原著而代替了创新。正如《改编研究》（*Adaptation Studies*）一书在评论忠实性时所指出的那样，写作往往是贫乏的、重复的，坚定不移的忠实往往使一名导演总是拍出相类似的作品。

[①]　克里斯汀·格莱德希尔. 电影之书. 伦敦：英国电影协会出版社，1985：63.

　　一部小说一旦被电影公司选中之后，这种感觉就像是把一个孩子交给他人抚养一样。虽然金的标准协议在他流水作业式的作品中给予了他比大多数父母更多的探视机会，但是在大多数情况下，赠予人很少有探视权（作家并不总是喜欢这种方式）。一些可识别功能可以追溯到他们的原生家庭中，这长期存在于孩子身上，但一旦子女离开父母之后，"舞台效应"就会发生最引人注目的变化。对于一些家长而言，名声的延续是很重要的。很显然，他们的后代仍然有能力对家庭的名声造成伤害，或是提升家族的信誉。这其实是一个十分痛苦的过程，作为家长来说，他们希望固守自己后代的愿望是非常强烈的，但是他们的担心却总是被误解。在经历了多次类似影片《天才除草人》中发生的事件之后，一旦明确了底线，金如今可以更加冷静地处理全局性的问题了。哈兰·埃里森利用"异种"的概念探讨了金的改编：事实上，有些孩子看起来并不像他们的父母那样，因此并不足以把这些改编诋毁成愚蠢，它们充斥着特效技术，最终成为被剥夺了个性和一些微妙残留的影片。

　　究竟是什么把《肖申克的救赎》和《绿里奇迹》同其他金的改编

电影区分开来的，这的确是一个非常值得我们思考的问题。敏感性对于金的作品显得尤为重要。关于电影的敏感性，作者本人认为这要追溯到德拉邦特于1983年在学生时期拍摄的短片《房间里的女人》（*The Woman in the Room*），这个短片刻画了一个家庭面临死亡时的恐惧感，非常可喜的是，该片并未诉诸恐怖片的陈词滥调。造成这一局面的主要原因在于，德拉邦特一人身兼导演和编剧制作完成了该片，他在本片中投入了大量的精力和时间。德拉邦特拥有深厚的编剧功底，他在剧本上付出的心血也反映在了他早期的作品中。注重细节对于打造精良的视觉效果来说是至关重要的，这使得他的作品得以和其他优秀导演的作品区分开来。

　　在影片《火魔战车》和《肖申克的救赎》中都有在下水管道中爬行的画面。在金执导的影片中，冷血的主人公在潮湿阴冷的下水管道中与老鼠进行厮杀，并且吞咽污水，而在德拉邦特的影片中，蒂姆·罗宾斯所饰演的角色最终逃脱了出来，在一个上升的高角度，采用了一个迎着风雨和黑暗双手伸开的姿势（这出现在了克莫德所著一书的封面上）。它可能并不像莎士比亚的《李尔王》（*Lear*）对身心健康的诅咒那样明显，但是作为二十年来斗争的最高潮，那种纯粹的顽强已经通过观众以及影片的叙事再现了出来。对于金所执导的影片来说，片中唯一可圈可点的地方就是粗鲁和愚蠢了，然而这两者之间却是天差地别的。对于德拉邦特电影中可能出现的那种情感，主人公至少渴望的是一个比自身更大的愿景：超出了平淡无奇，而不是明显陶醉其中。

　　在影片《肖申克的救赎》中，我们还看到了瑞德最终找到那封隐藏书信的画面。他在监狱中慢慢走着，但他并没有发现那块苜蓿地，它们已经长了好几个月了。德拉邦特在苜蓿地的旁边搭建了一堵人造石头墙，以此来营造出一种强有力的震撼感——摩根·弗里曼所饰演的角色在昏暗的午后行走着，漫天的蝗虫飞舞着。影片《肖申克的救赎》没有任何超自然的恐怖，但很多恐怖都暗含在安迪落入那些强奸犯的手中。德拉邦特选择在影片结尾处进行平行剪辑，一名看守人员持续追踪安迪越狱一事，但最引人关注的则是演员摩根·弗里曼的特写镜头，喜极而泣的泪水顺着他的脸颊倾泻而下：这两个画面都允许观众在一定的空间内部做出反应，而并非对结局进行不必要的操控。事实上，这部影片之所以如此令人振奋，原因在于影片中的很多精彩段落都是德拉邦特的临场发挥以及演员在片场的即兴表演。冗长的旁白，延长拍摄手法的运用，色情和暴力的内敛写照（诺顿自杀一事是由声效暗示出来的）……正是因为观众对于该片形式及内容差异上的接受，最终使《肖申克的救赎》成为一部真正了不起的电影。

《肖申克的救赎》和《绿里奇迹》成功的另一个因素在于体裁的特殊性。这两部影片都是监狱电影，这是一个相对少见的电影体裁，用一种稍微愤世嫉俗的观点来看，我们可以认为它们很少存在同类影片的竞争，因此影片无法有效地参照其他经典作品来进行预判，观众的参与感以及影响力也会相对减弱一些。最受观众好评的金的改编电影并不是恐怖片，这很有可能代表了大众对于恐怖的持久价值判断（这一体裁电影很少荣获奥斯卡奖），但对于金本人来说，他最擅长写作的却恰恰是恐怖小说。尽管金对于伴随着他成长的恐怖电影有一种明显的情感依恋，但是重新创建的技术型怪兽电影的一次又一次失败，致使那些节奏相对缓慢、以人为本的成人礼影片以及监狱电影满足并超越了体裁的预期。

在研究黑色电影时，詹姆斯·纳瑞摩提出，"某一体裁的名称……以和作者名称大致相同的方式对影片起到了一定作用"。从某种意义上来说，金本人对于导演主创论的观点则是基于其改编作品在美学和商业需求中融合并构建了它们自己的体裁。在书店里，金的作品经常设有自己的专区，甚至对于根据其作品改编而成的影片也应该这样去做。对于奥特曼来说，体裁电影大量地使用互文性参考，这并不仅仅体现在一些翻拍作品上（如《鬼作秀》《魔女嘉莉》和《宠物坟场》），而且还体现了粉丝们是否可以通过常识以及已有的文学文本来证明他们的知识和忠诚度。在二十世纪八十年代，金的改编作品并没有相当的文化资本，但随着时间的推移，他在商业上大获成功，为出版商和电影公司带来了不小的利润并且在气势上已然压倒了大部分的批判声音。金的改编作品一度脱离了当代恐怖趋势，这些影片聚焦于让施加的疼痛可视化，影片已经从最初根植于恐怖的体裁逐渐转移到了其品牌所涉及的奇幻故事中，它们可以传达并超越体裁电影的最初预期。随着拍摄完成电影数量的不断增加，情况也发生了一些变化，因此人们开始认为改编金的文学作品是一个非常安全的选择。在二十世纪七十年代，改编金的作品可能还被认为是激进的、违规的媒体行为，但是到了八十年代之后，金的改编电影已经变成了业界的一种常态：从某种意义上说，这变成了一种新的保守主义。

哈兰·埃利森把金的成功在很大程度上都归功于他把现有想法（"从一个文化货币的位置"）变得流行起来的能力，他从未想过这股风潮可以持续如此之久。然而二十年以来，金一直在混淆这种预期，并且他把这种货币通过继续保持并满足市场的能力注入到电影的改编中，同时在科技和文化现象方面处于领先地位，例如对早期的改编电影重新拍摄、制作新的电视连续剧（《闪灵》和《魔女嘉莉》）等。"金的王朝"通过他的儿子得以延续下去。金在许多不同的场合曾经提起过他对童年、写作以及怪物方面的兴趣正在消失，但结果却是他竟然写出了更多具有这类元素的作品。尽管他一手创作了《死亡之舞》和《论写作》，但这两种尝试其实都在一定程度上回到了关于写作的本质和恐怖体裁的相关问题上。如果这些影片真的如评论者们所描述的那样糟糕，那么读者将不会继续购买金的新书，但这种状况并没有发生。金本人对于批评和诋毁泰然自若，他一直坚持写作并且根据其作品改编而成的影片也不断问世，在商业化的电影市场中，金得到更多的是观众的褒奖而非诋毁。尽管那些愤世嫉俗者可能会说，这表明了电影观众的某种文盲性以及他们短暂的注意力跨度，也可以说这是恐怖电影所特有的一个关键特征——延时。在一个被同等化、比喻以及被文学所吞并的电影体裁中，人们对它的任何评论只能代表下一个词语，而不是最后一个词语。金曾经在一部少年读物中说过："有时候它们似乎又回来了。"